国擎文集

JINGHONGZHAOYING

惊鸿照影

张国擎 著

作家出版社

年过不惑，天命逼近；往日之事，多成虚幻。思一生之作为，无有成者。细琢三四，又觉一二"醒世之言"可留儿孙。溽暑蜗居，真情难拂；虚构本文，数月敷成。大千红尘，不乏好事者，无聊中寻乐趣，欲对号本书，入座千秋，名垂百世。吾劝该君，慎尔择之。

——作者 1993 年

目录

序

丁　帆

　　作为在散文领域驰骋廿多年并有可喜收获的作家，一旦提笔来写小说，他的命运不外乎两种：要么被小说的浪潮所吞噬、淹没；要么就脱颖而出，成为小说潮头的弄潮儿。然而，若想成功，如没有对小说历史和现状以及未来的清醒认识；没有中外小说理论的宏观把握；没有在小说技术革命的今天遴选、整合各种形式技巧的气魄和才华，而想在文坛上崭露头角几乎是不可能的。张国擎八十年代后期就开始小说探索，他的中篇小说集《古镇逸事》可谓融江南文化风俗与社会人情为一炉的动人画面，但作为一次旧现实主义的"重复"，它的小说意义却是难以显现的。或许是作者近年来潜心于小说理论与思潮的研究，或许是作者决心重新构架自身小说的"新大陆"，作为一种新的形式和形态的小说探索，张国擎的《惊鸿照影》却使人刮目相看，虽然它的整个小说试验过程中呈现出许多有待进一步"挖掘"的完善。然而，作为一部有"复调"意味的小说，《惊鸿照影》却已先给了人以"诗意"入境的感受。正如米兰·昆德拉所言："复调小说与其说是技巧性，不如说更富于诗意。"

　　无疑，张国擎执着痴迷于米兰·昆德拉式的那种小说创作形态，尤其是对那种叙事形态、说话结构表现出莫大兴趣。《惊鸿照影》的创意究竟是什么？难道是呈示一种"历史"和"人"的主题？难道仅仅是一种新的叙事语态的呈现？

　　在"主题"一词被中国小说家所抛弃的今天，却被米兰·昆德拉一类的"先锋"小说家们所重视。也许米兰·昆德拉所提倡的所谓"复调小说"（它和巴赫金的"人物主体性"的复调小说理论略有区别）中强调的同时并进的几条线索（可以是毫不相干的线索）要围绕一个或几个主题而展开的理论，会使人联想起某种过时的理论。但是，无论如何，小说不可能彻底摆脱"主题意义"的束缚的，倘若摆脱，小说就不称其为小说了。综观这些年的"新潮"和"后新潮"小说的种种试验，我们不难看出这一小说的真理性。

《惊鸿照影》虽不为鸿篇巨构，但作为一种尝试性的"复调小说"，恐怕并不在于这部作品采用的是那种旧现实主义的多线结构或陀思妥耶夫斯基式的"现代主义"复调小说形式。也许，我们在阅读过程中可以看出一种浅层次的传统结构形态：一个是家族和个人历史构成的时空心理；一个是环境和现实所构成的生存画面。在这两条线索上展开的人物之间冲突完成的是现实主义的"主题意义"读解。如果从巴赫金的"复调小说"理论来衡量这部作品，显然，我们亦可以看到一个由四个故事而组合成的"复合结构"：1. 乐和与女人、娜娜之间的情感纠葛；2. 那个久远而又迷离的家族故事；3. 铁塔事件；4. 乐和的罗曼史。这四个故事虽然不是一个个独立的小说故事，它们之间存在着人物的交叉，但它可以分割成四个单独的"乐章"，四个单元性的故事，由此而辐射于主题的内容，显然聚焦是很集中统一的，"复调"也就是在反复强调呼唤一种人性的力量和生命的意识。

倘若我们换一种视角，用米兰·昆德拉的结构方式来考察一下《惊鸿照影》，或许我们可能看到另一种景致，它的"复调小说"的意义则完全在于一种新的文体形式的建构，而非内容附着在形式上的那种小说形态的"修改术"。米兰·昆德拉在《小说的艺术》一书中强调了小说不仅是在情节的虚构上采用技巧使多头线索连成不可分割的整体，而且须在文体本身的多样性融合上："现在，我们再把布洛赫的复调法与陀思妥耶夫斯基式的复调法相比较。前者走得远得多。在《群魔》中，三条线特点尽管各有不同，都属于同一类（三个小说故事），而在布洛赫那里，五条线的各类从根本上就不一样：长篇小说；短篇小说；报道；诗；论文。把非小说性的类合并在小说的复调法中，这是布洛赫的革命性创举。"毋庸置疑，《惊鸿照影》亦同时具备这几种"非小说性"文体的意味。作为长篇的结构形态，那种大跨度的历时性的描写增强了小说的厚重感；而心理时空的人物描写又突现了短篇小说的那种描写质感；而铁塔事件作为一种"正在进行时"的报道，它又充分表现出一种故事的超越性，使人进入"临境"的时空；而作为散文诗、诗以及"日记"的呈现，并非是作者在展览文采或是表现什么文学功底之类的装饰性描述，这一板块的"音乐"显示部则是米兰·昆德拉所力倡的所谓"对位法"，它展现的是通向主题的"诗化"了的境界，与现实和历史遥遥相对的灵魂世界的裸现；最会令人引起反感的很可能是作者那种大段大段的具有思辨色彩的"论文"呈示，作为现实主义的忌讳，正如恩格斯所说：作品观点愈隐蔽则对作品愈好。那么，这种"论文"式的饰物在传统的现实主义那里显然是"败笔"，它不仅破坏了作品结构的流畅之美，同时也破坏了作者再创造的艺术空间。然而，在米兰·昆德拉那里，这种"革命性的创举"就是作者试图用"隐含的作者"视角来创造的一种小说历史和现实进行"反讽"式思考的结果。

或许张国擎并未完全按照米兰·昆德拉的小说法则来建构《惊鸿照影》，但是我们从这部小说的散在的文体结构中似乎看出了作者那种直觉的悟性。这种"复调小说"或许在中国尚未成熟，但是作为一种尝试，它无疑是有益于中国小说的发展的，尤其是在世纪之交的小说时代，它更显出其弥足珍贵。

我不知道作者有意识地将米兰·昆德拉的警句箴言作为一些章节的题记是否是自身小说的主题显观。然而作者如此推崇米兰·昆德拉，足见作者对其小说形态的兴致："那些主题存在于小说故事之中并通过它不断地被开掘。什么地方小说放弃了它的主题并满足于讲故事，它就在什么地方变为平淡，反之，一个主题却可以在故事之外独自得到发展。这种着手一个主题的方法，我称之为离题。离题就是说，暂时甩开小说的故事。"从《惊鸿照影》这部小说中，我们可以看出许多貌似游离主题的描写，这种"离题"，从一个角度来看，它可能成为一种分主题，是一个主题向另一个主题的过渡；那么，从另一个角度来看，它又可能是人物心理空间的延伸和拓展，是向主题的深度和高度凸进的一种方式而已。作为一种"有意无意"的尝试，这往往会给人造成一种"误读"，似乎整个小说有种支离破碎的印象，但在米兰·昆德拉来说并不削弱小说结构的"秩序"，反而更强化了主题——给小说带来了整体的连贯性，而连贯性恰恰又是通过主题的若干变奏而得以实现的。《惊鸿照影》虽在这方面的努力微显粗粝，但在整个十二章的叙述过程中，是能够非常明显地看出这种小说的"变奏"的，有的甚至显现很大的跳跃性，打破了线性的历时态故事结构框架，使故事复迭而相互"游离"。但它不是传统意义上的"形散而神不散"的主题意境；而是现代小说的多主题内涵，这样做的目的就在于启迪人们的小说阅读智慧和解构的潜能。

正如同张国擎同时代并有着相同经历的许多作家存在的"共同毛病"一样，他也不可能有米兰·昆德拉那种高深的音乐造诣和会作曲的本领，这就使《惊鸿照影》不可能像《生命中不能承受之轻》《生活在远方》等那样在驾驭小说节奏时像指挥一个交响乐队那样轻松自如。米兰·昆德拉可以将每一章节用作曲形式标出它的节奏方式，如从中速→小快板→快板→极快→中速→柔板→急板……凡此种种可以看出一个艺术家的"大手笔"。也正是由此而使米兰·昆德拉这样一个会作曲的作家成为全球凤毛麟角的一流小说家。显然，在节奏的把握上，张国擎是有意忽略了这一点，以填补自己对音乐感悟上的缺陷。这虽然没有能使这部作品产生米兰·昆德拉那样的强烈的音乐震撼。然而，我们是否可以感悟到张国擎有意放弃那种"模仿"而产生的另一种适合中国读者的新口味，或者想在米兰·昆德拉之后对于"后现代"增加一种新的形式，即从作品直射心灵的那种震撼？这方面倒是很明显的。这便可以使我们静心地去看一看《惊鸿照影》里面所包容的众多东西。由此而看到张国擎对弗拉基米尔·纳博科夫那种语言美感之悟，约翰·厄普代克对人类秉性的辛辣式的透识与康拉德对生存和人性的严肃探究。就连对存在主义大师萨特的哲学认识也是那种拿来→咀嚼→消化→吸收→直至为我所有→完全以我的产品形式出现！从这一点上来看，张国擎的《惊鸿照影》便有它完全独特的认知价值！这一价值也必然会不断地被人们所认同。我期待着。但是，我还是要说，《惊鸿照影》对米兰·昆德拉式小说的借鉴之重。因为我们在这部小说的许多话语的结构上是有明显相仿的，限于篇幅，就不再展开评述了。

作为一个从廿年现实主义创作框架里艰难挣脱出来的作家来说，既不可能完全摆脱历史的惯性（况且旧现实主义中还有许多精华可汲取），又不可能不被现实的景观所诱惑（新时期以来林林总总的小说花样确也令人生羡），如此，他看中米兰·昆德拉式的小说形态就不足为奇了。问题就在于作者怎样去消化它，使之变其为张氏之特点；使之适合于中国的小说形态；使之推动中国的小说发展。这一点，张国擎确实迈出了可喜的且十分坚实的一步。

早已过了不惑之年的张国擎，其阅历之丰富，可以其记者生涯窥其一斑，洋洋洒洒落在纸上，除了有多斯·帕索斯式的记者"新闻"直观的近距离炽感外，更有那种别人难以获取的风韵和滋味。窃以为，他从前的作品反响不甚大，除了外在的客观因素以外，从主体上来说，有两点是明显存在的：一是记者的职业习惯往往磨蚀和抵消了艺术的感觉和技巧的扩张；二是忽视了小说理论的研究，光凭直感同样是写不出好作品来的，尤其是世界小说已进入了千变万化的"后现代"时期，漠视各种小说形态的存在只能是"夜郎自大"式的愚昧和冥顽。而近年来张国擎已逐渐摆脱了"记者"的困扰，走出了那种职业的叙述模态；深入探索小说的新形态似乎成为他近年来的不倦追求，八十年代在南京大学的纯理论熏陶，非但没有将他的艺术感觉销蚀掉，反而使他对小说的客观把握更有自觉意识。这种自觉意识化作一种创作的动机，便显示出它的极大优势。当然，我们不能说张国擎的小说已臻于完美，但至少它在同时期的同类小说中是不逊色的，尽管它还存在着许多稚拙之处。

从八十年代后期开始，张国擎注重研究小说内在艺术的同时就在思考构架一部反映中国历史上与我们完全融合一气的改革时代的鸿篇巨制，这部取名叫《成熟的季节》的巨制，近四十万字的第一部《摇摇摆摆的舞姿》出手便被看好。我只是从同行那获知张国擎是将那部书作为有生之年献给哺育他的这个民族的最好礼品的，他将用几十年的时间逐渐完成，从他第一部花了近十年时间来看，这并非虚言。一个热爱自己民族的作家是会那样做的！

张国擎似有大器晚成的势头，而这种势头的保持就在于作者锐意的"小说革命"。在这个跨世纪的动荡年代里，小说除了"革命"，还能做些什么呢？！尤其是像张国擎这样一直追求纯文学创作的小说家，只能做这等"革命"之事了。悲呼？乐乎？还待历史做出回答。

愿张国擎的小说能在文学史上划上一条长长亮亮的弧光，哪怕是稍纵即逝也罢。

是为序。

1993 年 12 月 7 日凌晨子时于紫金麓下

引　子

命运吸着我们的血，压在我们的头上，它像一个铁球拴在我们的脚腕上。

——米兰·昆德拉

谁敢说自己的命运是自个儿操纵着？从前乐和敢说，那时他年少气盛。后来他敢说了吗？打坐了国民党的牢出来，又戴了共产党给的右派帽子，他就像挑了头筋的猴，整天奀着脑袋混日子。就这么混着，一直混到胡子挂了霜，也没再有个粪坑底的砖出落城墙上的出息。乐和泄气了，也晓得这一辈子的锦绣好前程是活活让自己给糟蹋掉了。庄稼争不过节季，人犟不过年纪，留下这风中残烛，能抗几多风浪？虽说姜太公有八十遇文王，尔后定天下，诸神封榜的好事可做。可一部历史大书中，几人曾有过如此好事的？多的身怀绝技却早早做了冤魂，多的是"狡兔死，走狗烹"，多的是庸人坐天下，将才困顿亡。既然没那么多指望，那就这么糊吧，糊到两腿一伸进火化场，算是对来世有了个交代。至于说是好是歹，谁能有个杠杠线线那么标准的尺子来评判？你活得潇洒，那是你的造化。活得不顺心，未必就说你没对人生尽责。身前荣华富贵，死后万世被唾骂的不单单是秦桧。活着如棵草，死后千秋赞颂的也不只是他杜甫。这个中的文章，自古也没见谁写得好到极致的！用老师批学生作业的眼光来衡量，没一百分的，九十九分的都没有。可以说，八十分以上的都没有几个。有人说得好："人生没有满分的卷子，世间没有称心的岁月。"说得一点也不错。

就这命，认这理吧！乐和一声长叹。

也说不清是乐和这声长叹感动了上方何位仙家，还是吕尚八十能出山的造化使仙家有眼识得天命未近的乐和也有吕尚般的作用，岂可让他没埋在野草荒径之浜而不去造福苍生？那么做，实在与天道相悖！

不管怎么说，乐和就此有了搁城墙上承甘露的好日子。

得的何种造化？乐和浑然不知。

凡人俗胎，自是难识。个中委原，仙家也一言难尽。

见着乐和的说，嘿！这小子交上了桃花运！

不信也得信。命这东西，真是由不了你！

没想到，朝深里那么细一究，嗨！那些话还真的不是捕风捉影，实在的成分蛮高。一辈子坎坎坷坷疙疙瘩瘩的乐和，人老了却还有个时来运转，顽铁生金地那么一回风流。做鬼也甘心啊！且还是标致的女人相中自己。还不是一位，还不单单是些"半老徐娘"，竟有那二八佳丽掺乎在里面正儿八经地"热闹"，叫乐和真昏乎得难辨东西南北中。

他总觉得这是梦魇……

是梦是真，谁又说得清？有的人一辈子在梦中，有的人一辈子与梦无缘。清醒的且糊涂，糊涂的倒清醒着。世界就这么怪！

有一点。乐和说他是清醒的，那就是，他先交好运后遇女人。他强调这一点大概是声明自己的好运不是女人给的，而是命运给的。就因为这，他没敢"糊涂"！他说他一直是清醒的，正因为清醒，他才有了许多话题能对我们侃得潇洒。

说到命，百分之百布尔什维克的乐和一生没有信过"算命""问卦""看手相"之类的花样精。现在说他信了，也不尽然，他也不知道这到底是怎么回事！反正，摆在面前的事实叫他不信也得信了。你道为什么？说出来，倒也有些蹊跷。乐和背运几十年，没有一位相面的来光顾他，更没有什么高僧来指点迷津。想不到那年恢复工作进城报到，坐汽车路过一个小镇，汽车停下在那儿吃午饭，乐和就碰上一位老僧。这位老僧对乐和说了句当时令他吃惊的话，虽然乐和当时并没有朝深处想，竟没料到，后来的事实都被一一应验了。你道怪还是不怪？说句闲话，有时候，一件小事就是能引发一场世界性大战，一个老僧或巫师的话改变某个人的一生生命轨迹的事也不是不可能发生。乐和想，这大概就是所谓的命。人能不能改变这命呢？让命由自己来操纵呢？

有相当一段时间，乐和就在想着这个问题，就在试图改变……

结果怎么样呢？

那只有熟悉他的人，他的知己，他自己明白！

还是说那老僧的事吧。当时，乐和随身带了乡亲们为他事先烙好了的煎饼。看牛的胡二呆爷特地顺进村的那条饮水河上行百十里找到源头，在那儿汲了两大葫芦的澄清山泉，让乐和在路上喝。乡亲们为乐和烙煎饼，这话好解释。只是胡二呆爷花那力气给乐和去远山汲水，这到底图的啥呢？明眼人一看就明白，准是为那小寡妇秋蒲。秋蒲又是何许人？一个普普通通的农家媳妇。十八岁进婆家，二十岁时丈夫去挖了半年河，回来便一病不起，三个月以后在父母面前撒下一对儿女和年纪轻轻的女人归了西。到如今已是八年，媒人说客起码踏烂掉了她家三根门槛。这年她实在被烂头队长逼得没路可走，半夜寻了短，谁知半夜上清坑的乐和走河边过，见河边那棵大槐树下有个影子，先是以为有鬼，再听哭声不对。悄悄过去想看个究竟，不料惊动出了声响。那人"扑通"跳下了水。八成是鬼，他想。没走出几步，听声音有些不对劲儿。再借月光细看，那人在水中有几成不行了。他也顾不上水中是鬼是人了，跳下水去，把人给救上来，放在岸上摊好，借着月光，看出这女人是秋蒲。心里急了，连叫不好，慌忙逃走。他晓得这女人对他久有意思，男人在时她就有些走神瞎想，多亏乐和自个儿能守得住元气不岔邪，才没闹出什么。也好在她男人耳根硬挺知晓乐和的为人，才没有闲话。丈夫去后这几年，她死活不肯走人家，有人就说是等着乐和，甚至说他俩早就暗中好上，还嫌男人碍事……话越说越有些走样不上谱！那烂头队长就拿这威逼秋蒲就范，她当然不从，便有了眼下这事儿。可这一刻，乐和能在这里吗？被村上人看到了，还能脱身？跳进黄河也洗不清。看看她没死的危险了，趁着没人看见，三十六计走为上。乐和走出不久，想想不对劲，没人在她身边，要是她再想不开怎么办？他立马拐到了胡二呆爷的后墙窗下，用手轻轻敲敲窗棂，别着声腔低声道："胡二呆的，快到村外河滩上，你心上的那个女人在等你哪……""你是谁？"捧着碗喝闷酒的胡二呆爷把酒碗在桌上一笃，厉声喝道："说，是人还是鬼？……是鬼就对窗拍响三下，明儿我让秋蒲给你烧纸冥钱；是人，就和我是兄弟，进来喝两盅！""是鬼也知人间情，是人倒难保自身。啥事儿，你自个掂量，不过，去迟了，那人怕是命难保……"乐和说完赶紧走了。胡二呆爷起身到门口听听，没有声响，心里有些纳闷：是谁传递这信息？河滩上真有女人？哪个女人半夜去那里寻死作活。啊！胡二呆爷猛然想起下午见着秋蒲时，她的神情不对。莫非姓乐的小子玩过她又嫌了她，把她给甩了？要真是这样，老子不饶你！他拉开门就朝外奔。黑夜里，凉风一吹，胡二呆爷倒是有了几分清醒。想着自己这一生的光景，不觉清泪长垂。这几年，胡二呆打从被人在名后添个"爷"，自己也觉腰板差了些耐劲，晚上躺在床上常常哼哼哈哈地疼痛想喝口热水，没人给烧。他是真想个女人暖被窝了。从前他想，可他那饭量，一个人的工分粮从来都是三天的干饭，三个月的喝稀，余下的光景是勒着裤带吞杂粮加野菜，没一粒存粮怎么请媒人？更不用说办喜事了。正经的黄花闺女他不想。那秋蒲，人也水灵，生过两个孩子跟没开怀的一样。再说她有两个孩子，就是现成的两份口粮啊！那可是跟城里人工资一样的好东西。秋蒲在村上，也可以照顾那两个老的。他托人去说，没想到，老人同意她却不开口。胡二呆爷私下细细一问，原来人家恋着姓乐的，说他早晚能出人头地。这，这叫胡二呆爷不气昏头吗？你姓乐的想人家，那就像模像样把人家娶回去，可你住的是牛棚，能让秋蒲去受那委屈？唉！也搞不懂女人们的肚皮里都是装的什么。恋她的好厮不要呆，没她份儿的狗窝却怪热恋！胡二呆爷也曾试探那姓乐的，好像他根本没有那回事。这秋蒲，年纪也不小了，咋还有这种单相思的病？他正一路胡思乱想，不料有人在他前面挡了道："你深更半夜上哪去？"他抬头见是烂头队长，心里的不快便朝脑门上涌，这小子又不知是上哪家吃了野食，这一刻还在转魂不归家。他便不想理睬。那烂头队长见他不理睬自己，也不恼，心中正快活着刚才的事儿，那味儿还没有能散尽哩，他要好好滋味着，明个儿好与别的队长吹嘘吹嘘自己怎么一气开了三个城里来的小姐的苞，还都是黄花闺女，好嫩相哇！村上？莫说村上，方圆百十里都没地方可以找得到这么嫩相的，只有城里的茶饭和奶水能弄得出来。明儿到公社里去，再叫他们多给我送点来，越多越好，只要女知青，斤头小雄鸡的鸟一只不要。两人各自打着自己的肚皮经分开走出一阵。烂头队长一想不对，这胡二呆爷深夜出动一定有名堂，不如让我尾随其后，说不定能逮着什么现成的好油水。烂头队长这么想着，也就这么做了。那胡二呆爷是不知道身后有人尾随，他径直来到河滩上，见有人躺在那儿，慌忙上前。女人已经清醒，只是浑身没有力气，也看不清来人是谁，心里只是念着乐和。乐和救她，她是知道。她以为此时来人还是乐和，便轻声呼唤道："老乐，老乐……"胡二呆爷心里好恼，这女人也真痴！男人还不都一样，他能比别人强胜什么，要你这么死里活里的念着他！月光照着秋蒲那丰满的胸脯，直在胡二呆爷的眼前晃着，一直晃到他的心里去，直搅得他六神无主。他也就如此哼哈着应她。女人又道："把我抱回家吧！"胡二呆爷连说好，就把她抱在胸前，女人一点也不沉！还没有一只羊的分量，胡二呆爷心里乐滋滋地想。想着，那脚下就轻快起来，没几步就进了村。村口上，突然闻得头顶一声夜鸦叫，胡二呆爷手脚便没了灵活，就见黑巷窜出个人来，大喝一声："好你一个胡二呆子，敢在半夜里抢良家女子。清明世界，难道没了王法吗？"胡二呆爷闻言吓了一跳，手中的秋蒲就要掉下。那对方见他没有回词，忙上前要夺秋蒲。秋蒲见是烂头队长，死活不让，挣扎着高叫道："你烂头再想糟蹋我，我就撞死在这里。"烂头队长一听，并不理会，冷冷地说道："宁可让你死在这里，也不能让你去给这么一个穷光蛋填肚皮。"胡二呆爷说我不用她填肚皮，我送回她家还不行。"不行！要送就送我那个柴房去……"胡二呆爷问秋蒲，秋蒲说让她下来，她还是去死了的好。两个男人齐声说："你不能下来。"这就闹了没了办法。这一刻，乐和来了。虽是右派身份的乐和，烂头队长倒也让着他三分。你道为什么？烂头队长大字不识一个，却是最怕识字的，他说哪个读书识字的人，不是用墨染黑了心，坑起人来，连骨头都不留，吃了你，你还谢他的恩呢！旧时的恶讼师就那么坑过他爷爷的。此刻见了乐和，烂头队长说道："奇了，大白天没这么热闹。这月亮下面的戏倒是唱得蛮有些板眼，真是神了！"乐和说，我这两天闹肚子，上清坑有些勤。他说着就上前来看，看着看着，就说，这不是秋蒲吗？你不是在队长柴屋里给他暖那张稻床的吗，怎么又在这里了？是你不想让队长睡了，还是队长甩了你？他说着，那暗中的脚就去踩胡二呆爷和秋蒲。秋蒲这女子要多机灵有多机灵，立马就喊起来："救命啊！他烂头作孽不得好死，欺负我一个没男人的寡妇，奸了我还要把我按在河里淹死我呀！"她这一喊，吓得烂头队长站着就没了正经样子："你、你们……你们！胡二呆、呆呆，你说，你说是不是呀？"胡二呆爷朝他唾口痰："我说？你让我说。好，我们到大队里去说，说我在河滩上见着浑身湿透的秋蒲。说老乐看到她在你那个专门奸人家女人的柴房里见到她的，转眼就到了河里，你说，你自己说是咋回事？你别以为当了个小队长，就不把人命当回事！人家还有两个孩子，早晚会找你算账的……"胡二呆爷的嗓门一抬，早把村上人都惊醒了。大家把这一串人簇拥着敲开大队治保主任的门，那治保主任的床上不是自己婆娘，也睡着个嫩相的想招工走没后门的可怜女子。别人没顾上再揪他一个下马威，一门心事都搁在整烂头队长身上了。好在治保主任也知趣，把那女子遮了，过来与众人说话时力求顺着大家的意："你们说这烂头不好，把他免了，可以！从现在起就别让他当这鸟队长了。明天我与支书说说，让他去九里沟烧窑，那地方只有烂树洞，没女人那坑意儿，看他怎么打发这些时光。"治保主任瞅着乐和，又看看众人，说："队长要大家开社员大会来选的，你们说明天能不能选？还是先找个临时的顶替顶替？"大家一时没了声息，队长虽小，全队人的口粮都扣在手上，如今又正是知青上调的光景，男知青送礼，女知青没礼能暖被窝，有这诸多的好事谁不想沾沾。胡二呆爷说："我看老乐可以。"众人只好齐说可以。乐和连连说不可以。胡二呆爷说可以！乐和说不可以，胡二呆爷吼道，可以！吼着就撸起袖子过来铁耙搭了似的揪着乐和两个没有肉只有骨头的肩，再次吼道："我说可以就可以！"秋蒲见状就扑过来抓住乐和的手，连声说："大家拥戴你，说可以就行。你干嘛说不行？你可不能扫了大家的兴……"乐和压着嗓子说:"好秋蒲,你别忘了我是右派。我劝你别问队长是谁当了,你随胡二兄弟好好回去过日子吧!没了烂头,还有光头、长头、脏头、圆头、扁头,这年头没男人的寡妇门前就是是非多。听我一句劝,没错。"秋蒲不高兴,翘着好看的嘴唇道:"我给你暖被窝,累死苦死都心甘。""胡二兄弟不好?"乐和问她。"他也是好人,可我只能嫁一个人,从前跨错了门槛,以后不能再跨错。"秋蒲说着就朝乐和怀里钻。乐和让过,把胡二呆爷拉过来,"好兄弟,你……"他的话还没有说完,治保主任过来抢先说道:"看我们多呆呀!队长已经免了,谁当队长的事,明天再说也不迟。今晚上天气又好,我们干嘛不成全一桩好事,积点美德?"众人看了治保主任,不明白他的葫芦里到底卖的是什么药,七嘴八舌乱起来。乐和见状忙把胡二呆爷和秋蒲推到一块说,他俩本来早就好了,那烂头自己有婆娘,吃着碗里看锅里,还想占着秋蒲,秋蒲不肯,他就乱放风,今夜竟去秋蒲家抢人……他这么一说,众人似有所悟,由不得秋蒲还要说什么,欢呼起来。治保主任趁势便自告奋勇做了证婚人,然后众人把个水淋淋的秋蒲拥进了胡二呆爷的家中。秋蒲也没了办法,只好认了。那治保主任忘不了关键时刻救他的小兄弟一把,把胡二呆爷和乐和喊在新房外面,连着烂头,开始他的布置:"你们都给我听好了,我说这话只是为大家好,要是你们不听,日后有了事,我可保不了你们。今天的事,到此为止。你烂头也把你的家伙好好约束点,出了大纰漏,别人没法保你的。"接着,他要胡二呆爷说成是今晚和秋蒲上河边捞沙,碰上了烂头!胡二呆爷问,烂头的队长还当不当呢?治保主任说,先不当,明早就让副队长代职。胡二呆爷看看乐和,乐和是个不便多说话的人,只能给胡二呆爷使眼色。胡二呆爷并不呆的,白捡了个老婆,别的事都好商量。大家没话说,当夜各归旧寨,唯有胡二呆爷天上掉下个林妹妹,喜欢得横竖里不知如何是好。他从心里感激乐和。日子一长,这有过男人的秋蒲感到胡二呆爷满足不了自己,那念着乐和的心事又泛了起来。好在乐和察觉,时时提醒着胡二呆爷。日子也就这么过去。转眼就到了乐和出头的日子。全村人都为乐和开心。那日,胡二呆爷特意请乐和到他家中,兄弟般干了几盅,趁着半醉,胡二呆爷说:"兄弟,女人心里要是恋着谁,好死赖活都得和他有一遭的,否则愁出病落个短命多划不来。秋蒲的心一直搁在你身上,你反正也要走了,去过好日子了。可苦了秋蒲还在这里跟我煎熬,要是那回你娶了她,她这不也同你一块进城过好日子了?"乐和伤感道:"后面的路,谁量丈得清啊!"胡二呆爷点点头说:"是啊!是啊!只要你还记得我就好。今晚你别回那破棚去了,就睡我床上。秋蒲已经给你去暖被了!好兄弟一场,我不能不成全她这一回。否则,我这辈子心不安,下辈子做牛做马也还不清的……"乐和没有去沾那秋蒲，他打了胡二呆爷一巴掌，骂了他，然后趁着酒劲去看了看睡进被窝的秋蒲，对她说："秋蒲，男人都是一样的，没有挑剔才会过上好日子。我是喜欢你，可我从前是右派，没法子的事。现在你有了归属，就该好好和胡二兄弟过日子。让我亲你一下，记住，我只能是亲一下，像哥亲妹一样……"那站在一边想悄悄溜走的胡二呆爷听着听着流下了泪。他哭着抱住乐和："兄弟，这婆娘可是你送给我的！我这辈子要是对她有半点不好，那就是我胡二没了心肝……"

乐和想着这过去的一幕幕，也说不清是甜是苦，是酸是辣，他长叹一声，算了，都成旧事啦！别再提了，只要他们能过得好日子就放心了。他没有随别人下车去用饭，拿出煎饼，喝着甜津津的山泉，啃着香脆脆煎饼，渐渐把乡间的事暂时放到了脑后。他不时掠掠外面的马路景致，心想，这不比憋在那个低矮的乌烟瘴气的小饭馆喝闷酒强？那些人，咋想不透呢！

正在他啃煎饼喝山泉津津有味时，有人走过来冲他直喊：

"买茶水！买碗茶水……"

乐和看看她，举举手中那硕大的葫芦，示意自己有水喝。

对方却走近了，趴在窗上，说："你是第一回坐这车吧。"

乐和点点头。他马上又想说，不，我当年就从这条路上去的乡下。那话他是不能说的，他能告诉人家自己是刚摘了右派帽子的身份？

对方说："进了这里面的，都得破费点。"

"不呢？"他觉得自己不再是那倒霉蛋的角色了，得有点人模狗样的神气，想着，那当年的犟脾气又上来了，好在他马上就意识到了这几十年大难不死肉体尚存一息，就是因为自己的能耐好，不是谁的恩赐，人到老了才盼着一口顺心气，别让自己作践得硬砸了，他迅速把那不该出来的"尾巴"给压了进去。

"那就把你给搁下！"对方提醒他。

他点着头。

对方扭头走去几步，又回过来看他。

乐和看看四周。却见这汽车停的位置好，这地方是公路边上的"路边旅馆"，公路边上的集贸市场。一道竹篱笆上有个做做样子的门，汽车进了里面，不说进了座山雕的领地，起码也是胡传魁的辖区，只有他们在此说了算！没有解腰包的，休想从这门里出去！心里道，苦了！这回真正苦了。

那人见他没言语，便提起嗓子道："看你的相貌，不像是个坏人。你不妨下来走走，也像是在此破费过的。他们若问起来，老妇也愿为你开脱说几句。不过，这些人特精，他们要看你真的买没买的。"

"吃东西，还怎么留个记号？"

"想放你的血，总有叫你不疼的法子！要不，这世界就尽让他们快活了？"

乐和见她这般说话，想想也对，生疏地方，还是多听人一句，免得吃眼前亏。

乐和下车来，在那空场子上转转，见也是个热闹的去处。打着霓虹灯的一边是饭馆、酒吧、旅社，墙上张贴着许多不堪入目的宣传画，对于恍如隔世的乐和来说确实有些不习惯。他不知道他回去的那个相隔几十年的城市是否如今也变成了这副模样？他扫着那些在乳房上遮两小块，大腿上一线相掩的画，恍世相隔的感觉使他回到了当年那个世界里，一切难道真的又开始了新的轮回？……

"嗨！要住店还是吃饭？来吧，进来吧。你别站在那儿看。里面有真的，要什么都有。你放心，喝酒有陪的，睡觉也有陪的……"一个女人叉腰站在那儿，朝乐和招呼，见乐和朝她看着没反应，大胆走过来朝乐和身上蹭："他大叔，在家哪有那些野味儿尝啊！山鸡煨板栗，排骨煨豆腐，有你快活得忘了家的。来吧，包你满意。说，你要胖的、瘦的、城里的？文点儿的？野劲足点儿的……你咋不开口？你说呀！进去，站一溜十几个让你挑也成！……"

"我……不不不……"乐和吓得真有点屁滚尿流的样子了。

"哈哈哈……没用的乡下人。"女人开心地笑着，把裹成高脚粽子式的浑身肉笑得跳舞。然后狠狠朝他唾口痰，骂着转身去迎接新的猎物。

乐和没敢站在那儿太久，怕再撞上一位真的把他给拖进去，剥了皮抽了筋。他转过身来，见这边一溜是棚店，里面有出售旅游品的，有卖日用品的，最多的是吃食品的摊。乐和看看那些吃的东西，简直不能入口，沾满了灰尘，连地里刨出的山芋也比它干净得多，而且有的已经走油，有的完全是一副老鼠嘴边剩食的面目……每走过一个摊点，都有好心的人在提醒他，告诉他这地方的那种特殊规矩。他因为有了先前那个老妇的告诫，便多了一个心眼，同时也明白那老妇也许并不是真的为他着想而说那番话的，说不定，她玩的是"生意经"。想到这里，乐和便考虑自己身上那几块钱的解决方案。身上到底有多少钱？他是一清二楚的。就是五元钱。五元钱，是他从队里的工分结算上得来的十七元钱中剩下的最后部分。十七元钱是怎么开支的呢？几乎就没有任何含糊。买张长途汽车票，花了他十二元钱。就这么，简单。五元钱怎么开支？也挺简单的：汽车进城已是晚上六点多，要是晚点，还得更迟。找个旅馆先住一夜。睡通铺，最便宜的也得两元吧。这几块煎饼能抗到明天吗？不行，得吃上一顿好饭。一菜一汤，花上两元。再买包香烟，带嘴子的，一元正好！香烟不能少的。去报社能见着当年的那些人吗？有一两个见着就不错了，好好聊聊，没有酒，抽支烟，来话啊！见了那些领导，掏这烟，也不寒碜的！谁能日日都抽这种好烟？从前那位赵契也不过恒大就了不起了，那烟被老人家"金口"许过，于是就有名气。从烟丝上看，远不如这云南的……你看，这么安排的事，能打乱吗？

乐和在这空场子上开始来回地走动着。

空场子上耍猴的，卖狗皮膏的，卖山药材的，敲铜锣卖梨膏糖的，占了一角空地，各展技艺，各显神通，各尽巧妙，各抒己才，活脱脱是副大杂烩。猴子穿的衣裳上挂着像章，卖山药材的举着小红本儿。那卖狗皮膏的更好，一圈文路武步下来便赤裸上身，说当年某元帅筋骨跌伤，用的就是他狗皮膏。不信，有字据为证。至于某领袖用他的膏药的事也属常事。领袖也是人，不是神！可领袖相信的东西一定不会是坏的，老百姓对此深信无疑！

乐和不想看这种蹩脚的骗局，可他又不想马上回车去，那老妇的话是印在他脑子里了，他相信会有人来敲诈他的，坐车上让人上来骗，不如在下面多待一会儿，想个万全良策。想着，想着，他对自己这种多年没有出现的踱步习惯一旦重新出现，便有许多的惊讶。他站在那儿别扭地想着这种冒出来的奇突事。想不出什么根根垴垴，自然也忘了他刚才这种举动的情绪支配因素。他这个人，历经磨难不失魂魄，关键似乎正是他有一种自约的理智和能力，一如他对秋蒲的事。他望着竹篱笆上那支瘦瘦的牵牛花在风中摇着，又回头看看那几张在墙上的"画"，笑了，心里道：可不可将这两者说成是一荤一素，皆成情趣？有什么不可的呢。世间人与人的志趣都是不同的，从前的他是说不上有志趣的，而今的他却又能说得出自己到底为什么能这么摇身一转而就有了那些在名人雅士们圈子里才能提的所谓志趣呢？比方说，那墙上的是"画"？还是这弱不禁风的篱上牵牛是"味"呢？他也说不清的。他想，其实这世上的许多事都是说不清道不明的。想透这一点，他开始对自己的这种表情，表现出了一种言不由衷的情绪，慢慢地散淡地将那种情绪分布在自己的行为中。

他开始注意别人在摊前的买卖，在一个专卖紫砂品的长摊前，他想花几角钱来表示他也买过这地方的东西。有人在做买卖，那似乎是大买卖，自然就无暇顾及他的一把五角钱的茶壶的买卖了。他看他们的这笔买卖。有件被买主看中的东西，摊主说不卖！买主问他为什么不卖？摊主说不出硬邦邦的名堂，只回出句凶狠狠的话来："不卖就是不卖！滚一边去！"像是在郑屠户的肉店里，由他摆布着！买主的头也不是好剃的，不示弱地说："你说了价，我就要！只要你说得出价，我就要得进。"也是个甩大款的。

有好热闹，自然就有"取暖"的，帮着"添柴"的，围着"纵火"的，甚至端凳的，打旗吹喇叭的，立时周围就围上几圈人。

吆喝的，起哄的，插虾的，还有趁着把水搅混浊了想逮大鱼的。热烘烘一锅粥地硬在太阳底下活蒸活闷。忽然有人尖叫起来，听着是个女腔。有人叹道说是好戏又有了，就见有人哭着冲出来。果然是个女的，村姑模样，俊秀的脸蛋被愠怒和泪水、汗水还有说不清来路的色彩抹得走了形。一边遮着身子，一边回着别人的话，说是被人拧痛了奶子。几个闲手泼皮又围上她去，起哄，挑新鲜。又是一摊的热闹换了地方轰起来。

那边的戏还在照样唱着，买卖两边耍的越来越麻木，围看人中就有被挑起火来的，也上前去凑份子，现场炒板栗——看货买卖。有人低语，这和炒股票一样炒古董？可这破紫砂壶还不是古董嘛！一只破紫砂壶就这样从无价被哄出到有价来。这些人都发了疯？可他们一个个神志清爽得很，倒叫说他们神志不清爽者先问起自己的神志来了！出到八千，还在抬。空场子上停的车越来越多。车有五花八门的型号和样式，坐汽车的自然也就三教九流各色人等齐备，竟也有那种钱多了就差在摩天大厦上当纸屑一样朝下撒的人物，到这里来一甩痛快潇洒！当场一言九鼎：

"哥们儿，咱信你的眼力。你说这上面的名字？不假，我听说过。他制作的壶，每把在香港市场都是百万港币！怎么样？我拿一把。凑个整数！一万。多一分不要你的，少一文，咱也不拿走！"

"行！"

成交。

乐和想上前去看看，没法挤上去。挤上了。卖主朝他看看。买主也朝他看看。两者给他的眼色都不同，乐和一读便读到夏天的炽热严冬的寒怵。买主问他挤上来看什么？他说，他想看看这千金一壶。买主问，你懂？乐和点点头，他到底真懂多少？没有人猜得到。在江湖上，不显山不显水的高手，信手可以揽几位。卖主一听他这话，便把眼睛加了几级西北风的寒意横了他。他一见这眼光，心里就战栗，就让他想到前几天。前几天，他还在这样的眼光下战栗栗地握着锄把给队长家的山芋地锄草，给队长家的牛凑料，送公家的粮食去给队长家喂私人的母猪。在队长家门口，他听到一种怪音而不敢声张，从那紧闭的门缝里传出奸男淫女的浪笑……

他像从队长家门口倒退着悄悄离去一样，退着走了出来。当他从这混浊的地方来到没有喧嚣的空地上，深深吸口气，浑身一阵筋骨舒松后，他蓦然发现自己刚才的行动极为欠妥，顿时好一阵后悔。罢了，没那能耐，何必去惹那麻烦！正在他无有穷技可展的时候。远处有个声音喊他。他朝那喊的地方看去，见一光头老汉醉佛般半卧半坐在篱笆边，面对空场，一对睡眼半睁半闭。面前地上摊一纸，纸上是何内容，乐和离得太远看不见，他想，无非是募捐之类的事吧！乐和想讨饭的向叫花子募捐，实在是找错了地方。他不想去理睬，见那眼，对着刚才喧嚣的闹区闭着一半，对着乐和这边却是半开，一副不屑理睬世事的表情……那已经失去本来样子和色彩的袈裟，除了从济公那儿借来偷来，似乎没有新的来路！这样子使乐和想到那些非凡的高僧步入尘世后的高深莫测和玄奥。在过去的几十年中，他乐和是与这些人无缘的。难道自己真如释迦牟尼，吃尽人间苦，有了苦尽甜来之事？不，他不相信这些东西。他看了一眼那位老僧，还是不能明白这个老僧在此有何干？老僧似乎又朝他招呼了一下。他迟疑了，用手指指自己，示意是叫我？

老僧那头不可见地点动了一下。

乐和走到老僧面前，老僧没有任何反应，他弯腰问：

"师父，是问我？有事？"

"老衲与你讨口水喝。"老僧没有睁眼，依旧那副表情。

乐和说好，转身就要去车上去取。

"且慢。施主可去那边摊上买一杯与老衲。"

"师父，我有从山上带来的纯净甜水。比那边的水要干净多了。"

"老衲久染风尘，已经割舍不掉那污浊之水了，倒是你带的那些水太净了，老衲无有享用之福。如果施主无意，老衲也不勉强。"

乐和连连说："不，不，不！我去买。"

说着，乐和便跑过去买水。

水摊在饭店门口，一个小姑娘在看摊。见有人来买水，头也不抬："五角。"

"什么？一杯要五角？"

"没错。"她一只手把玻璃杯上的玻璃片盖取走，另一只手伸向乐和："五角钱，还是便宜你的。来吧，这地方，你开了口就得买！"

乐和无奈，只好掏出五角钱给她。当小姑娘接过钱以后，他还不放心地朝她掌心看看，问上一句："是五角？"

"没有错。要是你错了，叫花子也会张贴寻物启事。"

乐和不解地问："寻物启事？他们也有东西少掉？"

"身上的虱子呀！"

"你！……"

小姑娘把头一抬，两眼瞪着他："想干啥？"

乐和没想到这小姑娘也如此伶牙俐齿。无奈，只好端着茶杯走开。将茶递到老僧面前，轻语道："师父，茶水来了。"

老僧并不开眼，只是道："四周地火太烈，土地亦曾向我讨口水喝，你先给他喝吧！"

"土地？是土地爷，他的水怎么送去？"

"烦施主顺老衲身边洒了就是。"

这？我花五角钱买来的水就这么洒掉？老和尚可是头脑发热了！哪来的土地爷要喝水的话，莫非想套我几个钱！他想不理睬。看看老僧那高深莫测的样子，念头没敢在脑子里留住！心想，也许这老和尚并不要喝水，是为我解脱，那就洒了吧。省得一会儿没事找事误了我的大事，想到这里他顺从老僧的安排，在他身子四周把那杯水徐徐洒了。"老衲口中焦渴难忍啊！"老僧说道。

乐和心想，这下苦了，看样子非要我白白扔掉一元钱不可。早知道如此，我就让那老妇赚去这钱，也少了许多的波折。没想到，这空场子上如此污浊得连出家人也难以入目！他朝那茶水摊走去时，猛然间看到小姑娘用一种嘲弄的眼光在看他。倒使他产生一种怀疑，会不会是他们联合起来算计我？他又想，他们为什么要算计我，我有什么能让他们算计到的呢……他站下来，转身看看那老僧。老僧好像并不在这尘世之中，只是干渴令他有些神不守舍。乐和见状，心里多少又有些不忍。且不管，把吃晚饭的钱省下吧。吃碗面条才一角几分。有的是老僧喝的水了。想到这里，他便干脆买了两杯水，递给老僧。

老僧接过一杯，把那睁着的眼睛上的眼皮用手朝下抹了抹。然后，把杯子放到自己眼皮底下眯了眯。扬手便泼了，嘴里说道："不净！"又接过那一杯，又是如此一番，依旧也泼了。又作原状，嘴里道："还烦施主去买杯水与老衲。"

乐和想说什么，见老僧这样子，晓得说也白说，只是去找到那小姑娘说："刚才两杯水不干净，你重给倒两杯。"

小姑娘依旧是老姿态，把手一伸："拿钱来！"

"钱？我刚才给了。"

小姑娘把眼一瞪："刚才给了？不错。刚才你不是拿去两杯茶了吗？"

"不干净，没喝。"

"那水呢？"

"倒了。"

"你倒了。你喝了。谁知道呀！你想来这地方冒？没门！"

乐和想想，她说得也对，你说不干净，干嘛要倒了？只好掏钱再买。

"几杯？"

"一杯！"

"干脆你还是买两杯，省得又要来回跑。"

"我干嘛要这样！"乐和只买一杯。

老僧又是没有喝，把水依旧泼了，要乐和再去买。

乐和火了，冲老僧道："师父，你可知道我是谁？"

老僧摇摇头，干瘪的嘴唇上滑出几个字："老衲只认施主，普天下众生皆为施主。施主占凡尘之红席，与老衲无关，老衲无须知晓。"

"不错，你是不需要知道我。可我要让你知道我。我吃了几十年的苦，今日方有出头之日。路过此地，看你可怜，令我想起自己落魄时的光景，故而去买水与你喝。可你嫌水不净！你为何又不喝我从山里带来的好水？你这不是存心捉弄我吗？……我一年的劳动，才得几文！这五角一杯的水，可是我可以享用的？……"

"阿弥陀佛，施主背恃金山银堆，可在乎几杯水？"

"师父，你真会开这国际玩笑。我口袋里还有三元钱，我还要干什么？你知道吗？"

"施主前去投一好的去处。晚上一宿，一碗面条。那才多少钱？再说，施主前去之地乃光明富贵，怎会让你冷宿旅店，清汤面条？只是施主有好的前程，莫忘了老衲一句忠告。仕途之险，非施主可留之地，非福即祸……"

乐和顿时惊诧，两眼望着那睿智而充满主宰世界能量的大脑呆住了，好一阵子才悟过来，忙说："师父还请原谅，我这就去与你再买水来。"

老僧说话间已经起身，双掌合十："阿弥陀佛！施主请听老衲一言：十载落魄少知音，一日得意莫贪心；秋菊春桃时各有，志在胸中神常宁。"说罢，扬长而去。乐和追出几步，老僧疾步如飞，把他甩在后面。又一辆汽车进来，恰恰挡了乐和的路，等车过再追，老僧已无踪影。回到刚才老僧坐的地上，见那地上的纸还在那儿，赶紧过去拿了起来。细细一看，却是一篇文章。一气读下，似有所懂；细细再读，又觉未解其意。到底说的是何事呢？他一时未明。这时，那边的汽车已经在招呼大家上车，他只好把那纸放进口袋，朝车奔去。

乐和走过去，另外一个司机和三五个煞神般的汉子站立门首，看众人是否在此破费。轮着乐和，他即说与和尚买得四杯水的事。刚说开了个头，其中一位吼道："让他快上车，用不着屁话牢骚的穷摆。"乐和费解，他也顾不上许多了，上了车，回到原来座位上坐好。车开了。别人已在打瞌睡，乐和觉得无事，他便掏出那纸来看。这时他才发现这文章可以左右读。先从左读，恍惚在读他自己家中的历史。平心而言，乐和根本就不记得自己是什么出身，父母是谁，连什么模样也不知道的。打懂事起，他只认得一个亲人，那就是带他大把他当自己亲生儿子的奶娘。别的一切都是未知。这纸上说的，就有一种奇怪，像把他慢慢引到一个地方，那儿便是他的出生地，那儿便有着他过去的悲欢离合，以及种种的往事……奇怪的是，当他再读第二遍时，刚才的那些感觉便全部没有了。不但没有，而且产生了与刚才完全相反的认读。你说奇还是不奇？他干脆放下不再读了。

车进城时已经万家灯火，在环城路上转了一圈，再驶入市内大道，到了长途汽车站下车，天完全黑了。他想，机关早已下班，应当先找个地方住下来。他走到出口处，无意间看到一个人举的牌子上写着他那个大名。大大的名字，倒也工整，使他能把它与"文化大革命"时给他挂的牌子完全区别开来读。他走到那牌子面前，迟疑了一下。对方是个小伙子，眼睛还在看着出口处的里面，倒是小伙子身边的一个姑娘开了口："同志，您是乐老师？"

听到说话，小伙子转过身来，连连说："啊！正是，正是他。"说着就把手伸了过来。乐和觉得奇怪，握着他的手，说：

"我并不认识你，也没有见过你呀？"

"我是市委办公室的，我见过你。那次随沈书记下乡调查，在你们那个乡政府里，你不是针对农村大包干说了一番很有见地的话吗，一位在场的老头儿带头鼓起了掌，是吗？他就是沈书记……"

乐和想了很久，没有想起来。

姑娘说："小陆，你见到谁都这么没时间没地点地乱侃！沈书记他们还在等着乐老师去吃饭呐！"

"喔，真对不起。走吧！好在前面几步就是我们机关。吃饭就安排在我们机关小食堂，也是几步路，休息的地方也安排好了，从机关那边的门出去。一会儿会有人送你去的。乐老师，东西让我替你来拿。"

乐和攥紧了手中的包，他实在有些尴尬，那种乡下人用的破包能去玷污了他们年轻人高贵的手吗？他连连说："一只空包，没有东西，还是让我自己拿着好！"俩人见他这么说，也不勉强。客人总算接到了，任务圆满完成，他们本身已经很开心了，一路就差唱歌跳舞。不觉到了市委机关，站在大门口时，乐和除了那种恍惚的隔世之感以外，更多的是一种如愿以偿，甚至他都想喊出口来，喊什么，他没有多想。他只有那种要喊的渴望和迫切！却被这种庄严肃穆的气氛镇住了。他明白，这不是在村上的场头边，被队长斥责后无处发泄不满，可以在村头或是场头上大叫大喊。这是统辖五十七个县四个省辖市的地委行政公署。这地方的权力有多大？乐和别的不知道，但他知道过去历史上的这种行情，皇帝在台上时，这个衙门虽比不上总督府的一品官，可也不比巡抚府那鸟二品小多少！梁武帝起家时也不就是从持节刺史开始的吗？这持节刺史就是清皇朝的巡抚府，也就相当于这地委机关。那个南北朝割据，一个持节刺史，也就同今天这地区行政公署的统治范围差不多！竟可戏出一个朝代，可见人的能耐实在是不好尺码斗量的。再说上一句，小点的省不也就是这么大的地盘？民国时候，就有人以省为界，割而自治当一方诸侯王。当然，他们都没有萧衍那种能耐，能在春秋簿上留得一笔。如今权力归人民，不可以说那种没轻重的话！乐和摇了摇头，也把那些混浊的念头赶出脑外，两眼朝里看，但见里面黑夜当中虽看不清什么，却也隐约透出一番耐看的风景。他也不急想着看出什么名堂来，紧着步子随两人朝前走。走到一堆假山后面，拐出一片灯火，看到了灯光四射的一个大厅。那门关着，呼作小陆的上前推开。迈进屋时，乐和突然想到一个细节，进门以后一定有领导在，而且这个呼作小陆的也说了是沈书记在等着见他。见了领导，当然要握手。他想，我这握了几十年锄把的手上还有牛粪猪屎臭吗？想着，他赶紧从口袋里掏出什么来把手拭擦一番。就在这时，那姑娘已经进去，门还敞着，慌乱中拭擦干净手，顺势扔了手中的东西，快步随进。让众人走过，小陆尾后，门无声地自动地关上。乐和的眼前出现他几十年中所没有出现过的天上琼阁般的景致。随着一阵细如深夜渠水走秧时的声音，在一道紫色帏幕后面走过几个人，其中走在头里的那位慈眉善眼方脸者好眼熟。乐和想起来了，他就是那次在乡政府开座谈会的人，没想到他是这么一位大官！慌忙上前。倒是对方先伸出手来："老乐同志，还认得我吗？"

"当然认得……"乐和却不知道后面该说什么话了。

旁边一位忙提醒道："沈书记一直关心着你的问题，他已经调任省里任省委副书记和常务副省长。本来今天就要去报到，为了等你，他推迟了。"

乐和闻此言好一阵激动，我与这位沈书记素不相识，何功何德有劳他老人家如此费心烦神，倒叫我无以报答终身为憾了。

"中国已经进入了一个以经济建设为中心的新的时代，当好伯乐，是我们这一代人应有的责任。责无旁贷嘛！对不对？老乐同志！走，今天他们几位和我这几位共事多年的同事说要为我送行，我说好，从前我反对做这些事。今天就破个例子！来个借花献佛，一边为我送行，一边也是为你接风！好不好啊！……"

乐和连连说："不敢当，不敢当！我是什么人，能受用沈书记的接风酒，你们不是在……"他想说"戏弄"两字，但到嘴边还是变成了，"让我在做梦吧！"

沈书记笑了起来："我也不专门为你的，你怕什么呢？走吧，肚子还真有点饿了。"他挽着乐和的膀子一起步入了那个布置典雅豪华的餐厅。这是专门为这一桌人备的，乐和一眼就看出来了。他一直想不透的是：沈书记与他毫无关系，为什么要备这桌酒给他这个倒霉蛋洗尘？

一桌的人，乐和是谁也不认得，沈书记亲自一一介绍，不知为什么他只是记住了一个人，那便是报社的总编。事后多年，他也一直没有悟过来，渐渐地，他也就把这事儿给忘了。桌上的菜非常丰盛，那自然是不必说。乐和恍惚间见过，又清醒地感觉这是平生从未有过的事。他有些受宠若惊，处处显得格外地小心谨慎。他越是这样，那沈书记就越发格外地要用公用筷不停地夹给他。他面前那只碟子里，永远是"高山不削峰"！他也糊里糊涂，一顿饭就这么结了。沈书记又邀他到另外一个地方坐坐，喝茶，吃水果。茶是绝顶好茶。乐和看着茶就想起了一个人，他问沈书记："有个叫赵契的人，您听说过吗？"

正点着中华烟的沈书记见问，便眯起眼睛看着他，许久没有声音，烟点好了，他吸了一口后，缓缓地吐出，然后问道："你还记他的仇？"

"不！那不是他的责任，是我自己不好。我只是忽然想到了他，因为……"乐和说着马上把话在嘴巴门口截住，我的妈呀，能说他曾经是我的情敌的话吗？不觉间，背上便有一阵冷汗沁出。

"他早已去世了。你的一些情况，有关部门向我做了专题汇报。我见过你，对你有印象。在纠正你的右派问题上，我自然是有发言权的……你是老同志，又是从省级机关下去的。照政策你可以回省里，这你知道。你那时，这里是省府机关所在地。说正确点，地址就是那边的广肇馆。不知为什么，省府迁走后那地方一直没有单位再愿意去。你在那儿待过，你能说出这到底是什么原因吗？……"他缓了一口气，又说道，"当然，那不是我们今天要说的话题。我等你，一来想看看你，直接知道你的安排，也让我放心。其次，有些事我还是想当面征求一下你本人的意见。你今天是一个人先来的？家什么时候搬呢，要不要机关行政处派车过去，还是那边直接把你全家送过来？"

"我没有成家。"乐和说。

"哦？……"随着沈书记一声轻轻的带着拖音的应声，屋里出现了冷场。

沈书记沉默许久，轻轻叹道："你独自一个人这么多年苦过来，不易啊！那是需要多么大的毅力，又要有多么坚定的信念啊！那些过去了的灾难，使我们失去了相当一批杰出的建设人才。这种悲剧在我们这一代也许可以避免或者不至于重现，但是谁也不能保证千秋万代不重演。说到我们的优越性，我看首先要做到这上面的优越，才能无愧于历史！才能真正做到在任何场合，脸不红，心不跳，声调平缓自然有听众。你说是不是？……这似乎也不是我们今天的话题。好了，说点现实的。你在乡下这么多年，没有见着合适的？有自己相中了没捅开的也可以，说出来，让办公室明天去人帮你做做工作，把她调来。一个农家女子能进城工作总是高兴的，不会有什么困难，办公室的同志也愿意做这些事。他们做过的，最近这类事还是蛮多的。话说回来，吃了那么多年苦，受了那么多年委屈，来这点小小的特殊还是不为过的……"

乐和说："我确实没有成家。那日子不堪回首，怎敢再害了别人？"

又是一阵冷场。

"说的也是，在那种境况下，一个人没牵没挂好打发。现在你有什么打算？工作安排方面的，生活方面的都可以对我说说，你想到什么就说什么，我们随便说。我主要是想听听你的意见，好在他们对你的工作安排上尽量考虑到你的个人志愿。没什么？听从组织安排？还是当年的那种作风，现在不多见啦！……我去省里，你也一起去，好不好？"

去省里？

乐和心里一震，能忘掉生活中的一切事，还就是难以忘却那些已逝岁月中的心酸。如果他当年不是赵契身边的工作人员，他能认识那个美若仙女的打字员，能有那段艳事而后有那悲愤的"霸王别姬"？不，那一定是不会的。他想着，又用手拍着膝盖纠正自己头脑里思路上的混乱。虽说扯不上"霸王别姬"那么严重，可这是"伴君如伴虎"给自己带来的灾难，一点不假。

沈书记见他没言语，于是说："不去也可以，就留在机关里。反正你是老同志了，带带年轻人，让他们有个好的长进，也是很重要的。今天在座的有好几位局级领导，你要是愿意到下面局里去也可以，明天你自己给办公室去说说，他们会考虑的。不过，从内心里讲，我是非常希望你和我一起去省里的……"说着，沈书记站了起来，说："你冷静地考虑一下，不要急于下结论，这是大事。你可以好好考虑考虑再做决定不迟。今天也不早了，你一路上坐车也很累的，先休息吧！"他朝外高声说了一声，随即有个姑娘进来。沈书记便让她带乐和去休息。

那休息的地方在一家宾馆，不用出院门，拐两个弯就到了。什么也用不着带，好像事先给他备着一个房间似的。带他来的姑娘说："明天早上，你自己到餐厅用餐。如果有人问，你就说你的房间号码……"

"要我付钱吗？"乐和打断她的话问。

姑娘嫣然一笑，露出一排洁白好看的牙齿，说："不用！一切都不用你自己付钱的。有些局级干部调来几年了，一直住在这里。分给他房子，他也不把家搬来，就住这儿。你隔壁的就是报社的总编。你是来接沈书记位置的吧？"

"什么？不！——"

"哦！对不起。我不该问。"

"那你问了，为什么会问这种话？你能告诉我吗……"

"别人调来，沈书记从来不请他们吃饭的。沈书记调省里一直没有走，就是等你的。我们问过他，他说在等一个从乡下来的人。你说，你不接他的班，是干什么的呢？谁能有那么大的面子享用沈书记的请客，还让他不去省里在专门等？"

乐和想想也有道理。但他不得不实事求是地对姑娘说这完全是一种巧合或某种不该有的误会。尽管他做了解释，姑娘还是半信半疑地离去。用不着她们相信的，乐和心里道，这些女孩子在领导身边时间待长了，很会鉴貌辨色呐！送走了姑娘，他把门一关，自己在屋子里转转看看，好坏自不必说，他想，什么也别考虑，先洗个澡。放水洗澡那一套程序他还是能从几十年前的记忆中钓上来的，他只是在浴缸前站一会儿，就能非常熟练地打开冷热水龙头，然后躺在席梦思床上看电视，等着水放好后进去痛痛快快地洗。

这时候的乐和倒是想起了路上那位老僧的话，还有那几句谶语般的诗句。他笑了，沈书记找他谈话时怎么没想到？是那老僧早已用法术事先潜入了我的灵魂，还是我当时就有一种本能去抵御？唉！谁说得清呢？要是随沈书记去省里，那是福？还是祸？塞翁失马，焉知祸福。说不定去了以后是一片锦绣前程也未必……

外面有人敲门时，他已经洗好了澡。

来人是住隔壁的那位报社总编，因为同桌吃过饭，大家就不必多客套再来什么天气晴朗晚饭吃得好不好之类的寒暄了。坐下后，乐和倒了杯水给他，想给烟，这才想起自己在路上设计好的计划竟无一能落实，此刻再去买烟，显然不现实的事，他只好说自己不抽烟没烟敬客人。

"我也不大抽烟的。"客人说着自己在沙发上坐下。这位总编也是刚从外地调来不久，这里的地委机关报刚刚复刊。他说话的全部内容都是关于乐和肯不肯去报社工作的话题。乐和见他说得非常坦诚心里就有去的意向。总编见状连忙说："在市委那一头，你的去留主要还是听听你的意见。所以，关于你到我们报社的话，你就不必提了。由我来说妥当些。"

"说得也是。"乐和对他的建议表现出了由衷的感激，不由自主地把刚才沈书记说的想法也和盘托了出来，"你真是及时雨，要不，我还真没有办法对付沈书记呢……"说这话时，他竟然一点也没有注意到对方的情绪。他忽视了，他并不知晓中国人关于后任对付前职的种种事，他在山沟沟里这么多年算是白费了，连中国人的最有名的"窝里斗"战术都没有研习，你看糟不糟啊。他甚至忘掉了当年吃的苦头的原因，更忘了"见人莫吐真情话，好言嘴边留半截"这类古训。这位总编虽然也是在沈书记任上调来的，可他来时绝没有享受到乐和这样的礼遇。他今天能有与乐和同桌吃饭，是因为他也是为沈书记升迁送行者之一，从而也使他违心地也成为为乐和接风者之一。为沈书记升迁他是心甘情愿的。为乐和他不情愿，尤其是在大家知道了乐和的真实身份后，大有被戏弄的感觉。沈书记走了，他们还在这里，他们得马上去适应新来的书记。新书记是绝对不会因为沈书记喜欢什么他也喜欢什么的，甚至可能是位完全与沈书记唱反调的角色，历史的经验值得注意。"要研究新情况，要解决新问题"的最好办法是把这个前任的倒霉蛋宠儿设法一棍子打入地狱，用"花拳""花棒"打得他晕头转向，打了他还要叫他心里挺感激你。这位老总不愧是在官场上久薰久灼久泡久煨的，别人还没想到的事，他总是提前一步已经先做了。为大家少一个官场竞争对手也不是不对，更有可能的是斩了沈书记这位省官派遣在此的"特务"。主动把他弄到自己的手下工作，沈书记面前也好交代啊！要是他真有心，说不定就认为我是办了一件好事，改日省报少位老总，也把我调了去用用，省报衙门大，多一个老总不成问题嘛！省府就没有吃饭不干事的闲荡角色？而对于新来的书记，他这样做正是不显山不露水，有水平的领导一眼就能识出他的高超之处。如此未雨绸缪的事，从乡下来的乐和怎么能识出呢？他还在实实在在地把这位老总当一个大恩人对待。

第二天早上开始，乐和再也没有见到沈书记，直到十几年后他退休离开报社都没有再见到那位给他终生难忘的礼遇的慈眉善眼者。这天上午，乐和到市委办公室去，一位女同志告诉他，对于他的去向已经定下，是报社来说的，如果不同意，可以去市人事局更改，同意，也就在那儿转办手续。在市人事局，手续办得很顺利。他拿着人事局的介绍信来到报社，在门口报了那位总编的姓名，门口的同志打电话上去，回说让乐和直接到人秘科报到，他正在开会，没有时间接待。那话乐和读来便有另一层意思，使他想到胡二呆爷的一句顺口溜：羊牵到你的圈里，随你怎么折腾那都是你的事了，外人不会多管那闲事的。一时间，他有些酸楚，想退回去不上楼。退回去？还能去哪个局还是留机关。这时，他才真正意识到自己被害苦了。没有去省里完全是失策……

人秘科的同志告诉乐和，报社还没有宿舍，报纸刚刚才复刊，条件很差，不能安排宿舍。事到如今，乐和也只好说，没有关系的，只要有个睡觉的地方就行了。那同志说，就只能让你睡在办公室，每天晚上你打个地铺，早上再拆了。乐和说，也好。接着，就领他去出版科。交接仪式就像在集市上牵活口，那人把他像件东西一样交代给了一位嘴边没胡子的小青年，还叮嘱出了一句不要忘了或不要掉了之类的话来。乐和能说什么？强比此刻还在乡下吧，这一比，可是翻天覆地了，他的心里也寻找到了平衡。那小青年在电话里忙着开心，一时好像还顾不到他。他便说在这里走走。小青年好像点了点头。乐和随便地开始在单位里到处走动一番。这幢借来的楼房对于乐和是完全陌生的，五层上下跑下来竟没有一位他当年的同事，更谈不上有位熟人，问及一些他还记得的人的姓名，别人听了都觉得好笑，看人家看着自己的样子，就像看着一个精神失常的人。真叫他有些悲凉。他相信，那些人不会都去见了马克思，也没有在"文革"中听说有报社的人集体自杀的消息出来。也许是今天不巧，没遇到。他相信，当年的那些同事中是有些热爱新闻事业的人，报社复刊了，他们理当第一个来报到才是啊！后来的事实证明，老报人只有他来了，别人再也不想过那提心吊胆的日子。谁能说共产党哪天不再搞运动？运动一来，报社首当其冲！你见到几任中宣部长、人民日报社长有好下场的？何况一个小小的地委机关报。报虽不大，吃起苦头来，说不定还是一流的！是啊，也许我真的选择错了这最后的一步……他除了叹惜外，还能有什么呢？

因为他是老报人了，第一天上班便开始正常负责出报的夜班值班。乐和对于这个工作是既新鲜又感到陌生，他整整一下午带个晚上都是神经高度集中，深夜两点报纸开始上机印刷，他才顾及自己睡觉的事。也实在是太累了，他顾不得把几张办公桌拼在一起，被褥完全整好，铺到上面睡，而在地上展开被褥便睡了下去。是秋蒲和乡亲们整的新棉絮被暖和，还是他实在太累得没了招架，头一合枕便进入了梦乡。

他清醒地记得，那一定是梦。可他却无法明白自己为什么要做这种梦，这种与自己的生活完全没有关系的梦。

他又遇到了那位老僧，是他在那个门外见到他的。不，是自己追上他的。他一把扯住了老僧。老僧无语，只是把他带到一条路上，说："那边车已经开走了，你就顺这路朝前走吧，比那边车还能先到。"他听从了老僧的指点，顺着一条大路走下去，也不知走了多少路，天完全黑下来了。这时候，他看见有一座庙宇，里面传出悠悠钟磬声，佛香的气息飘散在宁静的旷野里。他也走得有些饥肠辘辘，口舌干燥，想寻个地方找些水喝或充饥食品，便走进庙里。见大堂上正做着晚课，不忍去干扰，自寻去处暂歇。见绿树丛中有一斋室，门开着，室内兰香馨馨，窗明几净，临窗案桌正卷放一长经，朱笔悬架，似正研读。乐和在门口张望，不见主人，心想主人大概也在做晚课，这倒如何是好？正在进退犹豫之际，一阵佛香飘过，佛珠捻动之声带来一老者声音："施主何不屋里坐？"乐和抬眼见来人正是那位老僧，不觉好笑，这大千世界想来也是极小的天地，何以两人不断相逢？老僧身上的袈裟早已换去，容光焕发更显佛家精神。他给乐和让了座，自己在上面盘坐，合十唱喏道："施主，有何吩咐，请讲。"乐和说："这一路太累了，天色又晚，前方尚不知有无住店。都怪我自己不好，不误车就已经到了……"老僧说："这不妨，施主可先在我寺内住下。明早再走不迟！既已如此，何在乎这一宿。今晚月色正好，老衲欲与施主在院内共赏明月，赋词作画，同寻雅趣，一消倦意，施主以为如何？"乐和勉强应道："师父有此雅趣甚好，只是我腹饥口渴，困乏疲倦，无有心情寻那乐趣。若勉力应酬，不能使师父兴致极致，岂不拂了师父一番美意？"老僧连连说道："不妨，不妨。还请施主尽兴为好。"说着，喊一小僧进来，备下几只小碟，碟中菜肴虽是素品，件件却都非凡品，可口清香，那米饭更是乐和未曾识过，两小碗下肚，饥饿全无，精神大爽，神志也格外清醒敏捷。抬眼看那窗外，月色罩庭院，清气袅袅，阵阵不知名的花香飘过来，令人神情怡怡。老僧见他这般神情，便邀他一起步出，来到庭院之中。这院中虽没有小桥流水，假山秀构，却遍地异花奇草，断垣残壁，古刹清音倒也别有一番景象。老僧领他来到一座草亭，亭内早已有避风灯高挂四角，把周围辉如白日。两人就席而坐，草台上已有一壶两盅，老僧举壶，香茗软落小盅。乐和看着，就想出一句颇有古意的诗："温袖承金莲"。但他马上意识到这是一种淫意，与如此好的环境完全不合拍。怎么会有那种念头的呢，他开始在内心里谴责自己起来。老僧望着他，低语唤道："施主凡心不灭，有些枝蔓也是在情理之中的事，不必如此作践自己。凡人能自律，便已是入道成仙的先兆，但非人人要入空门做那不食人间烟火物的角色。人能自觉，明白为人之道，分辨善恶，尽其职责，并为之刻意尽心，便可不枉人生之来去。施主来日长短，全在这道理之中。"乐和听他这么一说。心里想，他说的倒是有几分道理，这么多年，我能平平安安过来，自己能守住方寸也是主要的！于是他说道："多谢师父教诲，在下想问一事，不知当问不当问？"老僧说："你是想问问你往后的路上是否还有从前那种灾难？"乐和闻之惊诧，心里道，此人非凡，我脑子里想着什么，他也知道？不由地点了点头。老僧摇摇头说："天道不以人为道，人者，天地一生物，芸芸众生。顺天而运，是为皇道；逆天而行，以为悖道。人以皇道苟生，皇以天意幸存。人主，主人，皆为天道之奴仆，无有次序。为人主者，恣纵随意必为生灵降灾，天下必定无太平。为人臣者，纵有回天之力也枉然难挽。为人臣者，守天道，尽人职，当可为人主。只是，此与施主无缘。施主前去，倒也可得一快乐世界。只因施主前世孽缘未尽，此生必定烦恼频增，好在施主能自律……

天机不可泄漏，还请施主自己把持。"乐和想，真是奇了，说来我与这老僧还是有缘的，他说的这番话中，有许多事不都是我自己小心而避开灾难的吗？那烂头队长的次次使坏，纵有乡亲们帮忙，他们真的能帮上什么大忙？小事说说可以，大事面前自己保命还不及啊！……"施主请用茶！"老僧一声呼唤，叫乐和不敢乱想了，他应了一声，便去拿那盅来，举之唇边，异香如双龙穿体，茶未喝，精神已大爽，赶紧喝一口，全身畅然。"施主以为此茶如何？"老僧问道。乐和连连点头说好。说了好，乐和便想问他一事："师父是世外之人，看我们这个你争我夺的世界，实在觉得有些好笑？不过，我不明白。我为什么命那么苦？他赵契却是那么好……"老僧捋着下巴，久久不语，然后站起来，在亭内踱步，徐徐说道："人与人不可比！施主不可有此念。"他复而坐下，举壶三盅下肚，然后说道："施主，老衲要说一事与你听。"接着，他便说起来。

这位出家人说的是朝前推去一百二十年的一桩事。吴地一姓金考生进京赶考，那时进京还是水路，要经过瓜洲古渡，那是个是非之地，当年李甲与杜十娘的一场纠葛，后人又能知其实情多少？过瓜洲古渡时，金生自己小心，倒也没有惹出什么是非来，一路北上，金生所乘之船很快到了古泗洲地面，因风浪阻途，船便暂时停泊下来，待北风稍弱再行。金生原只一人坐船，每日与书打交道，本已非常枯燥烦闷，见船停下，就上岸去闲玩耍。当他回船时，忽然发现紧挨着他船的船上，有一美貌绝伦之女子，他借夕阳把她细看，看得如痴如呆。那女子虽是船姑，却没有丝毫的腼腆，也把眼光朝他大胆地推来摇去。你道为什么？原来，这位船姑也从不信命运的安排，早想攀一可靠如意郎君，摆脱这船家狭窄天地。见有金生这么年轻的翩翩少年用异常眼光看自己，知道会有些故事，岂肯轻易放过。她也知道这只船是从太湖那边过来赴京赶考的。施主有所不知，那时赴京赶考的船只都有特殊的标记。一看就明白，那些窑主有些良心的便不放妓来坑害国家的栋梁。船姑不是妓，当然不会是存心做那伤天害理的事。是夜无话。第二天早上起来，金生也不去岸上闲逛，只把书拿了在船头上看。书童见公子如此用功，便也放心上岸去电报局与家主拍电报报告一路情况。这边船主上岸采办东西。那边船家也上岸，只留船姑一人在船上。金生暗自高兴。见周围无人时便用话逗船姑。船姑虽早有意在心，则不作急急正面回答，用软软的话语有一句没一句地在题边上转着闲搭，好似一鸡毛撩得他的心痒痒的，早把在家时对父母应下的话抛到九霄云外去了。这金生色胆包天，过了船去与船姑挑逗。船姑问他，可肯娶了她回去。他随口应她一句："小生何才何德能娶如此美若天仙的娘子回家？就怕小姐说说的，闲着事戏小生罢。若是真情，小生愿此刻与小姐共对苍穹，同拜天地，就此缔结美缘……"

没想到这随口的应话却埋下了一个不小的伏笔。当下，郎才女貌，干柴烈火，一番儿女私情的放纵自是不必多言。一连几天，两人厮鬓磨踵幽会亦不必细叙。几天以后，航道畅通，金生的船起航。船姑隔船含泪相送，金生却未有一丝的表示，甚至未与船姑父母打个招呼。于他，这露水情缘权当是他在途中玩了一回妓，把船姑的一片真情当作儿戏。船姑却以为金生前日许愿全是真的，还在痴痴盼着他考后来接她一起回家，也不去多计较他分手时的冷淡。可见世上多少负心郎君吞没良知陷害良女而逍遥法外。金生到京应考的事可以不说。揭榜前夕，远在吴地的金父忽做一梦，说金生本当中探花，只因戏言一女子，被除名。醒来甚觉蹊跷。不日，金生回来。说是未中。金父说，早已知道。儿子诧然，未曾有人回家报信，怎说早已知晓？金父愤愤言，只因你途中没了良知！金生见父说这话，不敢隐情，只好一一托出。金父说，事已如此，还有什么多说的，你还不快快去把那姑娘找回来，那可是你的前程所系，如若找不回来，孩子，你这满肚子的文章可就全要烂在里面了。听了父亲的话，金生便去寻找那姑娘，没想到，姑娘没有找到。皇帝也下了台，金生再也没有做探花的机会了。他从此去了深山寺庙出了家。

　　说到这里，老僧不再言语。乐和问："师父，为何无语？"老僧道："施主可知其中苦情？"乐和费解，这老僧何出此言？他忽然想起昨日在途中停车地方，老僧曾有一纸留下，他记得自己在车上也似乎读了。那上面说的莫非就是这件事？好像不对呀！不，也许是自己记错了，只看了一次，而且也是糊里糊涂的。看他不是坏人，说这道那还不都是为我好……于是，他连忙点点头说，师父是在教诲我。老僧高兴道，你的悟性十分好，老衲说与你听，不只是要你能明白其中的道理，更希望你能比一般人更有作为……说着，老僧起身说："你随我来看一件东西。"他把乐和带到原先的静室，取出两函书来，交与乐和："这就是那位金生所留之物，在此已经很久，埋在深山无人知晓，不如让施主带出去，传世作一警世恒言，也不负金生来世之愿啊！"乐和接过，打开，见是一部以世态人情为经纬的闲话杂书，说的正是一满腹抱负的文人因一时之误而入歧途，前程全失的故事。说的与老僧所言有所不同的是，此书中是说外邦列强辱我中华，政客贪官置国家民族大业于脑后，民不聊生，国无宁日之屈辱朝代事。作者悲愤激扬，非亲历者，绝无此切肤铭骨之笔。乐和合上书，长叹一声："最怕历史重演的也许不是当政者、为官者，而是那些头脑清醒的人！这些人又正是为官者、为政者所不喜难容者……"老僧合掌道："阿弥陀佛！……施主可以去了。"乐和一听急了："师父，这夜深时分，你让我去何处安身！"老僧举手，只见他手中有一金铃在摇，响声大作，慌得乐和抱起那两函书就逃……

"丁零零……丁零零……"

乐和惊醒，揉眼一看，自己竟是抱着一只枕头睡在地上。他这才知道刚才那些全都是南柯一梦，不过，他甚觉奇怪，怎么又是那位老僧呢？难道是日有所思，夜有所梦的原因吗？似乎对，似乎又不对？他说不清。

也来不及让他想出个头绪，那阵真正搅醒他好梦的上班铃声还在响个不停。随着铃声，门口已经站着许多人在看着他，议论着：

"太不像话了，人家好歹也是老同志了，来上班就让人家睡地铺？"

"他们这一辈的人，就是太好说话。"

"那个小姑娘跟他总编什么关系？人还没有来就先给空着房子等，老同志却在这里睡地铺，真是先长的眉毛不如后长的胡子。这里还有没有公平？"

"公平？他们本来就不在一条起跑线上，那是如花似玉的姑娘，早上八九点钟的太阳，后面的前程远着哩。这位是什么？过剩的物资，回收利用已属抬举，能与那新生事物相提并论？"

"也是一家之言！"

乐和并不想去说谁的不是，说了也是等于零，只一点他明白，他只是怨自己睡得太沉，连连对大家说好话："真对不起大家，影响你们的工作了。我以后一定会注意的，请你们不要再说了，传出去要影响团结！再说，困难总是临时的，又不是总编手上有房子不给我住的。你们说是不是？……"

众人见他这么说，当然也不好再说什么了。大家便纷纷散去！

乐和渐渐地适应了这儿的工作。后来有了宿舍，虽是与工厂的工人们合一个房间，就这样他也满足了，省了他每天早上起来拆铺，晚上摊铺。平时大部分时间都在办公室里，那宿舍只是睡睡觉的，并不派什么用场，好坏全然是无所谓。平日里他也没有什么亲朋好友往来。倒是节假日一个人静心无事时，便会想起那个奇怪的梦来。那梦境一现，他就想能有机会再与那老僧相会一次，不知为何，从那次以后他只是能想到，却无法再进入梦去与老僧相会。这一点，他倒是真觉得有些遗憾。遗憾的时候，他就想，要是自己也有老僧那样睿智的大脑该有多好？先把自己未来的事应验应验，看看自己有没有金生那样的艳遇，看看会不会真的还有什么倒霉事轮上，看看有没有寻吕尚的周文王忽然迷了路，把他给寻了去做一任政务院总理，不，那官不做，太累！自己怕也没那能耐；那……是不是就看看什么时候得大病，什么时候死，最好预演一下，看看自己死是个什么样子，都有些谁来送行，谁主持开追悼会，谁会掉眼泪，谁先去我的枕下、席下寻东西？想着想着，他就笑了，他想起村上那个胡二呆爷有回拿上村来的算命瞎子寻开心，问他知不知道自己何时会死，怎么个死法，是上吊还是看不见路跌到河里淹死？瞎子说，凡能给别人算命指点迷津的，自己的命都不把持在自己的手上。这话也对，要不，后人就说诸葛亮傻的话了呢？随着岁月慢慢流过，别的都渐渐淡去了。奇怪的是，老僧留的那张纸和梦中金生那两函书倒是越来越在他的脑海里反复出现，他就独自思索这其中的不可见的"玄妙"，每次的思索，似乎总能比前一次更多出一层新的认知意义，那是什么呢？他想细细地表述清楚，却又觉得一时什么也说不清楚。这时他就有些后悔，自己怎么会把那纸扔掉的呢？是天意吗？

再后来，就有一老一少两个女人闯入了他的生活之中，那便是我们一开始说到的，他乐和交了桃花运的原委。打那以后，乐和的生活再也不是刚回到报社那时的平平淡淡流淌了，而是一番前所未有的酸甜苦辛。金生那两函书的内容没有披露，众人倒是先见读了他乐和的"书"！好事者不说乐和的什么故事，只说一句话：

乐和走了桃花运。

怎么走得的？

他不说，只把一本厚书掷你面前：

你自己看——

第一章　她和他和她

1

注定一辈子不能出大名的乐和，在他生活的这个城市里，却还是有了不小的名气。名气不小的原因是因为他是报社的。报社记者，吃喝带拿总是少不了的。这个职业，在"民以食为天"的人们心目中自然是个好的行当。偏偏乐和与此无缘。他是编辑，而且还是夜班值班的编辑。报社从事采编的人员都被称之为记者，编辑也能外出采访。但具体地分起工来，还是有一定区别的。记者主外，编辑主内。在他生活的城市里，自从省府迁走以后，这座城市里便只有他们这张地委机关报，而他好歹也吃了几十年新闻饭，尤其是重返新闻战线后，他的作用越发显示出来，在他那个夜班编辑手上，各种渠道来的稿件都要最后由他手里正式出去，他就像个农夫似的，每天"耕作"他面前的那块"地"，至于种什么，他用不着操心的，有总编们把着关。春天耕地，夏天栽秧，秋天收稻，冬天挖河，都是雷打不动的节目。乐和喝过酒后常常说些不知轻重的话，他说，报社要是没有总编，我照样能把报纸糊得好好的，让它们早上准时送到读者手中。他这话说的不在那种好机会上，倒是把他在五十五岁那年有个"能力好的不限年龄也能提"的机会硬给泡掉了。好在他是个知足的人，不计较名利，埋头认真"种地"。许多单位领导不认识他，但搞宣传的都认识他，晓得他手中虽没有定头条的权，却也有那种放二条三条或报屁股的小权。这权虽小，也很重要！笔杆子们在年底总结时，可以说上一句："我单位'改革机制那个做法上了地委机关报的一版二条！'这还小吗？"至于埋掉批评熟人或撕碎要关系户命的稿子，让它们被冲厕所的水带进永远没有人知晓的化粪池里的事，更是举手之劳。如此死不留灰，灭不留痕的帮忙事，你感恩戴德还来不及啊！

乐和的名就是这样来的。

他走在大街上时，常常会被人突然热烈地拉住："啊！是您？乐老师……"于是，一场明显是多余的交谈足足浪费了他的许多时间。好在时间对于他来说并不宝贵。他有的是时间，他没有舞会要赶，更没有酒宴要陪，而且也没有家务。舞会酒宴，如今与权力相媾。无权者自然落得清闲。可谁会没有家务？尤其是他这样年龄的人。说来你就知道了，他没有家务是因为从右派改正回城后并没有和人正式结过婚。他现在和他三十年前的一位恋人生活在一起。说实在的，在外人眼里那也不过是一种"人老了，做个伴"的消磨时光，无法追究出更深的意思。但乐和似乎不这样看，他并不像别的男人那样好把自己的思想情绪向知己透露，他对谁都把那一层"面纱"遮得严严，外人根本无法窥视内中的丝毫动静……有人说，老乐年轻时在农村有个相好的胖姑娘。还说是胖姑娘爱上他的，大抵是说与他在山上承包植树，共同住了半个月的山洞，后来那个胖姑娘挺着大肚皮找到大队书记，要他同意让她和乐和结婚。支书没有动摇阶级立场，那时的乐和是个极右分子！再后来的事，就没有多少人说得清楚了。但乐和从来自己没有说过这类事。

乐和最难忘的是，有一次在大街上见到一个长得很丑的女人，她竟要与他当众来个西式的拥抱。据说，这是她们单位的总经理兼董事长和她本人的两种意见的结合。因为她写的那篇新闻救了单位的政治危机。而她又得知乐和虽与女人同居却没有正式结婚，完全属于"非法"，她正好还没有最后的归宿。如果乐和那次能在大街上和她来点现代派的什么，又正好被藏在旁边角落里不用闪光灯的相机照下来，再后面的事……据她说可以宣布自己不再受隔壁那对中年夫妇的气！她也可以有与本市女市民叉腰当街骂人家男人阳痿的资格（据考证，没有结婚的该市女市民中是不能有此行为的，一旦拜过天地，她就可以而且必须学会用本地的一种"妇女语言"，比方说她不满意一个男人对她的说话，她便要这样对他回礼："日你妈妈的大穷娘娘的馊奶子没裤子兜的东西，你咋不翘辫子去沙！我看你死都不晓得找哪个门走的小讨债鬼，想到老娘肚皮上来撒野，也不看看时辰看看你撒得起那货不！……"尽管她是不满十八岁的刚过门几个月的小媳妇，但她必须这样说话，以显示她的新的身份，告诉对方不可再造次，她有主的！一位从事民俗学的专家说这是一种文明度很高的俚语。真正的粗话，你还是听不懂的，而且目前还没有恰当适合的文字来表述！因此说这是一个极有研究价值的空门学科，急待有人去挖掘。从他说话的口气上看，这门学科搞好了可以拿诺贝尔奖。属于那个奖的哪个门类，他只是用笑回答了我，以致使我至今无法用精确的语言或文字向你说出来。于是我只好说当地的习俗是门深奥的大学问）。

乐和没有同那丑女人拥抱接吻，他不会那么做。后来他想到那一刻没有那么做完全不是因为自己有事先的预感或者说是临场的发挥，他还没有那么好的反应。那一刻的效果应该完全归功于一条癞皮狗，那条在该市绝迹几十年的浑身是臭气和垢污的癞皮狗怎么会突然重新出现的，而且抢在那女子先一步正面朝他扑来，实在是不能理解。他本能地一闪。再回头找那条狗，它却没有了踪影……

乐和到现在都一直以为这是一种我们不可见的力量的原因，就像那个老僧和那些奇怪的梦一样。直到后来发生那件震动历史的事件，大家才相信乐和的话多少有些道理。

在乐和快要退休的时候，组织上就不再让他"种"那块"地"了。他也就清闲了，真正地清闲了。再也没有街上被人拦住的事，更不用提那送吻之类的艳事啦！有时候，那些昔日对他特别垂爱的人们来了，他远远看见后就赶紧迎着他们早早地站起来恭候。可是，人家在快到他面前的时候还没有看见他，没有看见他，当然就只能看到别人，那些现在正在耕作的"农夫"！起先，他有些费解，以为人家的视力不好或别的眼疾之类的毛病所影响。后来他才知道，并非没有看到他，而是人家也有人家的难处，有限的感情完全是用有限的物质来支撑的，只能"专款专用"！单位领导没有开支两份感情的物质让他们来，他们能自作主张随随便便去和乐和搭腔吗？就像那些打狗队的人，没有人下指示，他们敢去打贵夫人乳沟里偎着的小小的可爱之极的哈巴狗？有的时候，就是领导指示了，也不是那么好办的。就比方说吧，如今市面上流行一个顺口溜，你听：

"老虎不能打，野兽要保护；蚊子太多打不尽，改拍苍蝇；注意！歇在老虎头上的苍蝇不能拍。"

具体办事的人也难啊！如今，将在外，军令不受这一条不灵啦！

好在乐和是个随遇而安的人，知道人家的难处，也不去过分为难人家。他有他的大事要做。他的大事就是积极做好退休后的精神准备！听说许多人，没有退休前精神旺盛，一旦退休回家没有事做，憋慌了，没几天，各种病也来了。原先满打满算可以活到百岁的，结果是，花甲刚到就为国家节省开支了！这可不是闹着玩的，提前四十年，不说花费，光粮食就是六千公斤啊！十二亩水浇地整整一年的收成，还要风调雨顺，没有枝枝蔓蔓虫病害的打扰！当然，国家那么大，何在乎你做这贡献？我们有九百六十万平方公里土地上的大量可耕地，并不在乎你吃掉十二亩地上那一年的收成。民国有年发蝗灾，中原四省颗粒无收，老百姓也没有绝种，中原也没有易姓，蒋委员长还是照样在新生活运动中天天早上散步！再说，我们地大物博，人家英国一个农民可养活七十张嘴；我们一个农民连他自己才三人都不济。这又有什么关系呢？市长早就说了，你们老同志为国家做了许多工作，现在仍然要再为国家做事，这个事就是好好发挥余热，好好休息！健康长寿！可许多老同志就是没有这个福。乐和想，我不会的。乐和知道自己退下去以后还有个大事要做的。

这是什么大事呢？

2

乐和今天下班回家早了一些。早的原因是单位里的办公室主任对他说，你今天退休了。说着就把桌上一个绒布面子的本子丢给他说，这是你的光荣退休证，你要是不想坐公交车或骑自行车回家，单位可以拿车子送你回去。在我的记忆中，你老乐还没有向我要过小车子，今天例外！让你享受一下。请你抱歉些，车子没有好的了，那辆超豪华车，你是晓得的，老总的专车，除了他的夫人和那个小丽（是他的秘书？舞伴？谁也说不准的。乐和听着笑笑，他连那个小丽人是什么模样都不知道的），再也没有别人坐过。我看你良好的气节已经保持至今，犯不着临了还去沾这个腥。

乐和点点头。

办公室主任又问他，你说，你说，你说话呀！你要不要我们派车送你回去？你说一句！我手上还有那辆昨天因为刹车不灵而被强迫报废的旧上海轿。你要坐，还可以凑合。反正你家就在本市，没有人会发现我们开报废车上街的。你要不想坐，以后就没有机会坐了。明天他们来拿车牌！

乐和问他，我明天就不要来上班了？

办公室主任突然发现点头比讲话好，于是，也就朝乐和点点头。

乐和问，就这样可以走了？

办公室主任点点头。

乐和又问，退休后还给评职称吗？

办公室主任摇摇头。

乐和点点头，他说，是啊！难怪人家说这年头的高级职称一角钱买十一个。

办公室主任连忙点头。

乐和问，这个月的超编稿酬还有没有？

办公室主任摇摇头。

"奖金呢？"他急了，那笔开支可是他用于个人小自由的，从来不用上缴。

办公室主任还是摇摇头。

乐和愤恨地站起来，两眼有火，脸赤烧。

办公室主任看着他，诧异极了。

乐和又心静如水了。

他离开了办公室主任，在自己服役了几十年的办公室里转了几圈，坐在自己那张桌上默默地静想了一会儿。抬头见大家都在忙，想说的话也就都压在肚皮里了，拉开抽屉看看有没有什么东西能带走的。

连一封女人寄给他幽会，或者要他请客喝咖啡的信都没有。此刻想想，他才真正感到有些沮丧。那只精巧的烟斗，他拿起又放下了。他不吸烟，拿它回去也没有用。家里那个女人好整洁，不必带什么去惹她不高兴。

他看到那边那个刚刚从自己手上"毕业"不久的小姑娘望着他，他就走过去悄悄对她说："一会儿告诉他们，我先走了。"

姑娘满怀别一种情绪朝他点了点头。

乐和还想说点什么，却一时找不到合适的话题。没有话题，他也就不想多开口了。就这样，他离开单位，步行走回家。

乐和的家在这座城市的东部。那儿有座可以被吉尼斯世界纪录大全收进去的广场。那个广场比世界上最大的天安门广场当然要小一些，但它也有自己可以上吉尼斯世界纪录大全的地方，那就是它除了面积大以外的又一大特点是中心有座人工大花园，茂林、修竹、喷泉、小溪，构成了这座城市中心花园的独特风格。乐和每天早上在这儿的外围空地上和那些老人们一起跑步、练拳、运气、发功！晚饭后与那个女人或她的女儿一起在花木丛中散步……他好多次坐在喷泉边的水池台上静静地想着自己一些独特的想法。想得有些激动时就忘掉了周围的一切，甚至对那女人主动的亲热都没有丝毫的兴致，惹得那女人说他不能再到那广场中心的花园里去，那儿有花魁女变的鬼在迷他。此刻，他走到这里，想起往日里种种那些好笑的话题不禁哑然失笑，有什么花魁女能迷上我？要真有，年轻时不来迷，人老了没用了，却来迷？天晓得你们这些女人动不动就朝这方面想！他想，这绿树红花催人奋发啊！我每来到这里一趟，我就想到我这碌碌无为的一生，日后有何面目去见我的父母！我这来世一趟，能给这为我担忧分愁的朋友们留下点什么呢？……今天该是实施的时候了。乐和这个人的特点就是与众不同，他决定办事的时候是不会有什么大的响声的。所以也难怪他那个同居的女人会对他说出那种不理解的话来。

现在，他在广场花园里慢慢地踱步，迎面的修竹使他进入洞庭神女婆娑起舞的幻境，苍劲的松柏树林使他看到自己将从事的事业的历史价值，美妙的喷泉令他神往那个滋润而丰饶的岁月……直到华灯初上，乐和才踱步朝家走去。

用乐和的话来说，他这么多年一直自觉或不自觉地被包围在那个巨大的计划之中，以致使他忘记了这一巨大计划到底是怎么产生的事。但他只要进入这个广场，他只要一步入如今他居住的区域，许许多多的事物都能触发他有那个念头！现在，他上了坡，坡的东边是一排排的住宅大楼，不用数，整整齐齐二十二幢。走过这一片住宅区，便是一片树木林立的幽静地带，拐过这中间的一条小径，就能看到那边的几幢楼房。其中有一幢就是乐和现在居住的家，产权与他无份，他是这家母女俩的"客人"。他这个客人也住的时间够长了。乐和算了算，大概也快十年了吧！

为什么要住到这里来呢？

话说起来，还真有些长哩！有一次乐和在市里开会遇上了现在这个女人，她当然又是他三十年前的旧恋人，两人见了面少不了是要说些别后的旧题陈话，说着说着，就互换了通讯地址。再后来，她带着女儿来找他。在他的印象中，那时的娜娜比现在好看许多，一对大眼睛很有神，也很专注的。他以为她是想把女儿嫁给他，让女儿来偿还当年的那场不幸，这样的事也不是没有人干过。后来，他发现他误会了。她用女儿只是作诱饵，她为的是她自己。在这种情况下，他也顾不上许多了，饥不择食，寒不挑衣，他以自己的行动解释这个颠扑不破的真理。他或许当时更清楚骑在马上找马要比徒步找马省力又快的道理！有这些念头，还完全是一种偶然性。这个偶然性是在一次她母女俩请他到她们家度周末而诱发的，从开始到实施就只有一个晚上的时间。再后来，他也就疲乏了，一点也没有那种骑在马上再去找马的念头了，这个女人给予他的几乎只有应付，没有主动的出击。发展到后来，似乎不是女人用女儿作诱饵，而是那女儿借船过河，别有所图。所图什么呢？乐和已经没有精力再去细究了，好在他，老马易安厩，他想他大概真是一匹老马了。

据乐和后来留下来的日记上说，他和这个女人有那层意思的想法是从他走进这个地方开始的，而并非是她和她那个叫娜娜的女儿的缘故。他记得很清楚的是，当她们母女俩兴高采烈地像狩猎归来的猎人一样把他当战利品朝家"运"时，他的脸上是没有多少色彩的。他还在怨恨她三十年前一头钻进人家被窝的事，尽管后来在两人兴奋时她做了解释，说是父亲强迫的。而她还是爱他的，她曾悄悄来到他的窗下敲窗，想把自己的处女留在他的身边，或者带走他留给她的"种子"。那年月的人都看《钢铁是怎样炼成的》，上面有这种类似的情节，大家就学着，以说明自己的立场。现在的乐和想，那时的人怎么就在关键时刻犯傻呢？他是听到敲窗声的，他就是没有开窗。他干嘛不开窗？开了窗让她进来，干了那事儿再让她走有什么不好？……他也看过保尔·柯察金那段，他怎么就莫名其妙地学了呢？现在想想，真正的大傻瓜蛋一个。如今的年轻人莫说"过手不穷"，不到他（她）手，还想着法子弄来过过瘾呢！你若不信，去问问，如今哪来那么多的"第三者"，还有"第三者协会"！他有这个念头，却还没有生全时就被这女人看出了："你也想老来俏俏时髦？你说，你从哪里学来了吃一看二瞟着三的本事？告诉你，有了碗里想锅里的，没几个有好下场！"他听到这话就像闻到树林里老虎发雌威，赶紧俯首称臣，免得口角讨平安！不过，乐和始终承认他对于这个女人再也没有专情。他总是有一种预感，感觉到这地方有什么力量在左右着他！这力量不是来自她母女俩。而是？

这个力量来自哪里呢？

3

乐和想起了不久前的事。

娜娜那天休息在家，她母亲因为在单位里是个重要角色，有些与外单位有瓜葛纠缠的事似乎非要她出面才能解决，所以她也就时常有些出差任务，这次去的地方虽然不远，但也要一个星期才能回来。她不在家时，乐和每天晚饭后的散步改由娜娜相陪。娜娜是个很有才气的姑娘，读大学时就出了一本诗集。那时，这位小才女的身后整整排着一个营以上人数的追求呵！她长得聪明又漂亮，自然是吸引小伙子们的本钱。只是有一点乐和不能明白，到底是什么原因使这位年过二十八岁的姑娘仍没有人真正把她娶回家做老婆？是谁的原因？

他想借今天这个散步的机会了解到姑娘心中的秘密，以及她同那个她曾称之为知己的小伙子之间的外人不详知的故事……

"我们上那边散步吧！"娜娜说。

乐和当然高兴，他就想再去看看那边的景致。

两人走过去。不知为什么，每走到这里，乐和总觉得这儿的一切对他来说，都有些似曾相识。这种感觉并非今天才有，而是第一次踏上这地方就有的。他在娜娜陪他来之前自己从来没有特意来过，并非没有时间，实际上他是想先从记忆中寻找出一个初步的答案，来解释这种真实印象与幻觉之间的现象存在。但他始终没有找到。当娜娜陪着他在树荫道上慢慢踱步，越来越接近那幢洋楼时，他的记忆一下子打开了。他有些颤抖，他几乎就不能迈步了！

娜娜立刻扶住他："叔，你怎么啦？"这时的娜娜还是称他"叔"的！

"我们回去吧！"

"你不舒服？"

乐和点点头。

躺在客厅的沙发上，乐和的情绪久久不能平静。

这种异常，使得娜娜一直怀疑是他想对她有所表示而难以启齿所造成。她在客厅里来回不停地踱步，不断地用眼睛看着他，用一种微笑掺和其中，表示着自己的疑问和情绪，希望他能看到她的这种表现，激发一种情绪和力量把心里的东西喷出来。在她这个年龄的姑娘，对于有可能来到的爱情都不会再是太轻率的，她甚至这样想，就算你爱我一回，我为你生个孩子，这也值得！……

乐和却迟迟没有那种信号发出来。

他的这种表情，很使娜娜失望而又不甘心，甚至使娜娜恨不得扑上去，来个一切主动……

"男人啊！上帝造你们的时候怎么就给了你们比女人还脆弱的性格，比兔子还小的胆量……"娜娜用那愤愤的眼光看着他。她心里愤愤道，难道我是tomboy？难道我的身上有 tab？她没有把这种情绪流露出来。流露出来也没有用，乐和根本就没有看她一眼，真的，根本就没有看她一眼。她的所有努力和表现都白费了。

"你坐下，我有话问你！"乐和终于开口了。

娜娜舒口气，这一刻终于来了，我已经失去了许多次这样的好机会，这一次我是决不会再让它与我擦肩而过了。她想。

娜娜坐到了乐和的身边，她坐得很近、很近，有一种暗示的坐法，即省去了一种程序前面的"过门"或者序之类的……

"我有话问你。你坐在那边的沙发上去！"乐和把她支开，让她坐在他的对面的沙发上。她有些不满！你不是我母亲的丈夫，你是个未婚的人，我有权可以对你表示我的想法。这话要出口时，在舌尖上打个转转停住了。因为娜娜看到乐和一点也没有那种意思，这一切完全是她的"一厢情愿"。她只好坐下来，把两只手放在膝盖上，一副聆听长辈教诲的虔诚模样。

"那个洋楼，你进去过吗？"

"嗯！——"

"常去？"

"不！"

"现在是干什么用的？"

"不很清楚。从前是个很重要的机关，好像是省政府，后来又改为行政大区局的领导住地。搞不大清爽。我有个同学的爸爸在里面工作过。现在？你是问这房子还是那个单位？是说我同学的爸爸？你好像对他很熟悉的，没错！我多次从你和我妈妈的嘴里知道，他与你有多大的仇恨？他已经死了，死了好多年了。就在他们那个机关还没有从这洋楼里搬出来时就死了。……你说他的女儿？她是我大学时的同学。你明白，她是他正室的，我说的正室是区别于他的不公开的情妇，这没什么，早已是公开的秘密了。他在工作上是个能人，生活作风上也很能干。他那个女儿，如今在太平洋那边一个叫'大家拿'的地方。她嫁过人，生个女孩后就和男人分了手。如今的情况我不清楚……怎么，你是对她感兴趣还是？你要记住。我妈妈说过好多次，你不肯与她去正式登记可能是另有所图。她并不清楚你所图的是什么，我猜……不，我还是不说出来的好……"

"娜娜，叔问你正经事。你不要这样漫不经心。我这样年龄的人对你们说的那些事不感兴趣！"

"你对什么有兴趣，我怎么能知道的。我又不是你肚里的蛔虫。你肚里的蛔虫也早就有人做了，轮不上我们的。"娜娜有意怄气道。她十分费解的是：你同我妈妈同床共枕这么多年，却不去扯证，这到底是为什么？你这样做，能叫我妈心里平静吗？换了谁都一样。哼！你别高兴太早，她一旦拿出当年对付赵契的手段，你可就要吃不了兜着走啦！我劝你还是趁早对着向你频频递消息的，别再倦于理睬，过了这河没那店的事谁都会遇上的。瞧你这稳劲！老姜辣、白毛狐刁，古人的话没半句错边了的。这回，我横了心，且看你怎么对付？我就不信你那话，什么这年龄那年龄的……

"好了。娜娜，你别岔七岔八的。你说，那楼进门是有个铜浇铸的地板网？那上面的镂花是莲花座和山水。"

娜娜想了想，惊讶地看着他，许久才点点头说道：

"你自己去过，还要明知故问！"

"我没有去过。真的没有去过！我问你，实在是因为我的记忆中好像是去过这个地方的。却又一点也想不起来是什么时候去过的，你多少也听你妈说过，叔这一辈子同厄运有着生生死死难分离的缘分！哪还有上那种地方去的资格啊。所以我在想，是不是梦里见到过也不一定的。有人说，人在梦里见到过的东西是一种预言，只要记住了就一定会到的。我那次到你们家，远远看了它一眼就有一种感觉。那是难以用语言来说清楚的感觉！我就觉得这一切非常奇怪，真的，我觉得有一种说不清楚的奇怪的东西在左右着我，我也说不清楚那是什么……"

娜娜突然有种好奇怪的感觉在心里流过，她想抓住，却没有能抓住。她相信这种感觉的作用……娜娜看着乐和，却看不出他的可怕。比方说他突然会变成一只吃掉她的野兽。或者先奸她再把她身上的肉一块块地割下来煮了吃的怪人！她只看到他的可怜，那种完完全全需要女人的怜悯和爱来滋润的可怜，她眼中的乐和是棵在大风中快要支撑不住被折断的弱树！她得赶快去帮他一把，给他温暖，给他解渴的水、充饥的乳汁、挺立的信念、生存的力量，使他能站起来，能告诉她关于他的一切一切的秘密……她站起来，要向他走过去。

年轻的娜娜完全能不把心事摆到脸上，乐和当然无以知晓。

他看到她站起来，只是说：

"你坐下。你说，那屋里还有一块铜网的垫板是放在楼上阳台上的？……为什么要放在那儿呢？那块上面的镂花是蓬莱仙境，边上还是山水，说是和大门口那块成联幅的……"他说着摇摇头，自言自语道，"也不知对不对。真不能明白其中的奥妙和道理！"

"你说的这些我都没有见过。只是听我那位同学说过，听说它们都是被嵌在木头里的。现在都没有了，有人说是被造反派们挖出来偷回家去了。我那位同学告诉我时，还给我看过长卷的图，是专门为这屋子绘制的……听你这口气，你好像对它的过去很熟悉，不像是梦中见到过，你一定知道这洋楼里有很多的宝啊！"

乐和不高兴地说："才问了你一点点事情，就说我很熟悉？我可不想去找什么宝。我说过，我这人一辈子同厄运有着生生死死难分离的缘分，发财寻宝的事总是与我无缘的。娜娜，我问你，这楼上你总是去过的吧？上楼的楼梯都是楠木的，对不对？踏脚的铜条上也有花纹。什么花纹，我倒是记不清了。"

"我没有见过踏脚的铜条。只看见这楼梯踏脚与人家的不同，每一级上都有条沟。你这一说，我想起来了，大概那沟就是嵌铜条的，铜条又准是在造反时被人撬掉了！在楼梯拐弯处的扶手上有个黑木的雕像，现在好像也还在的。就是它的头已经被削去，只留半爿脸面了。脸面没有削干净，可能想砸碎它的，后来不知为什么没有砸掉！雕得非常好，精致极了！……"

"是的，那是一座根据希腊神话中的爱神雕的。是意大利著名雕刻大师让菲特中年时期的代表作。听说价值连城！现在还在？……"乐和又是叹息地苦笑着说，"那些造反的人中大概真的没有多少懂行识货的。要不然，怎么只要铜的垫板而不要让菲特的无价之宝？娜娜，三楼天花板上的吊灯还在吗？"

"好像还在的。"娜娜来了兴趣，问乐和说，"你的梦中或者是记忆中是否还记得在楼上的一个书橱后面有个暗道？那暗道一直没有被人破坏过，开的机关就在写字桌上。只要把桌子边上的那根木条用劲一撬，里面的机关就会让书橱自己动起来。出现暗道的门。那过程就像电影上描写的一模一样。那个地道很深，一直通到江边上。这个机关是我同学的爸爸在一次抹桌子时偶然发现的。"文革"中都没有被人发现。我同学的爸爸说他发现时没有办法下去，在暗道里走几步就窒息得难过，灯也点不亮，大概是里面没有氧气。她爸爸后来派人进去找到了通江边的出口处，已经被堵死了，是从外面出口处堵的，大概没有人认为那个外形山洞一样的出口里会有什么名堂就堵上了。听说那里面好可怕的，还有死人！像是在里面没有办法出来被活活闷死在里面的。样子好难看。有人还穿着将军服哩！我同学的爸爸说他后来喊人进去整理出许多有价值的东西。包括国民政府的重要文件，还有过去的旧省政府的东西。听说，光文件资料就搬出了几卡车。可惜那时我太幼稚，要是那一刻随便拿点什么，现在还不发大财呀！真是的，那时候的我怎么那么笨的呢……"

乐和说："对钱财还是表现得笨一点好。……过去，这个城市是国民党的省政府，离南京很近。许多重要的军事设施都在这里。你听说那里面有牢房吗？"

"没有！只听说有几个女人的尸体在里面还没有烂掉。说她们生前长得不丑，是专门给那个死掉的将军享受的。可能是里面缺氧，要不然，死了那么多年还像睡着了一样？你问这些干嘛？要是你现在没有去过。那你过去一定去过！世上不会有像你说的那种怪事的。你能说给我听听吗？"

乐和长叹道："我何尝不想把那一切说出来呢？我的确是认为我去过那地方。说内心话，我第一次到你们家时一点也没有那种介入你们生活的准备，真的一点也没有。可我到了这地方，我就没有自己的主张了。我总是觉得那幢洋楼对我有一种神秘的诱惑力。是什么，我也说不清！"

"连模糊的东西也没有？"

"我就觉得我在那洋楼里生活过，我还记得楼梯道的墙壁上一共有六个壁灯，壁灯下有六只铜的花瓶，那是用来插花的。我还给它们插过花，记不清是奶妈还是爸爸妈妈抱着我给它插的。那六个壁灯造型都不同。花瓶也是……"

"你怎么会住在那里面？听说，那里曾经是蒋介石住过的地方。后来是最高特务机关的秘密据点。你，你怎么会呢？……你是不是生病了？"

"娜娜。我很相信我的感觉！这一点，你母亲最有发言权！……我明白了。我可能是小时候随着我的父母住在那里过。那地方最初是革命党人的一个活动据点，广肇馆！是不是？那时候一定没有地道。地道是后来人修的！从那儿通到江边是很远的，要穿过京几岭……"

娜娜点点头："我同学的爸爸也这样说过。"

"哦！我还一直没有问你，他叫什么名字。"

"他早死了。你怎么认识他？他在台上显赫一时那会儿，你还在山沟沟里没有出来呢。妈说你是从山沟沟里出来的农家小子，你就没有到过县城。你说你在那洋楼里住过。谁信？……你刚才说的那些没什么了不起的。'文革'那会儿，谁都可以进去看看的。说不定你就是那时候拉着板车进城找活干时去看过的！不过……"她把搁久的坐姿变换了一下，用手托起好看的下巴："我相信我妈说的话。我妈说你从前就是叫人难以琢磨。也许就是让人猜不着深浅，她才那么迷恋上你。真的，你说你那时是干什么的？在机关里打杂。一个打杂的竟可以勾引一个长得非常漂亮的打字员姑娘，没点特殊的手段能行吗？……他叫赵契。契约的契。你认识他？"

乐和笑了："怎么不认识？如果不是他，当年你妈就是我的，你就会是我亲生的女儿。唉！真正是世界太小。"

娜娜睁大了眼睛，不敢相信地问："这是真的？你过去叫什么名字。"

"就这名字。"

娜娜的热情突然又冷下来："她爸爸没有提到过你。你说的事有些对的，妈妈和他的关系非同一般！我爸爸死了以后，多亏他的照顾，否则，我们母女俩很难在这座城市里生活下去……"

乐和的脸上掠过淡淡的没有变化的微笑。他多么想告诉娜娜过去的岁月里曾经发生过的一切，可他这么多年来始终没有那个勇气。这是因为他对娜娜还有那种他自己还未曾意识到的什么在阻隔。是吗？他问自己。不！他绝不允许自己有那非分之念……这个娜娜，和她母亲当年的个性没两样。当年，她母亲是知道赵契有老婆的。她当时已经答应和他结婚了，那天晚上她来敲窗时他没有开窗是有原因的。因为他下午看到赵契把她喊去整整一下午闭门没有让她出来，机关里许多人在说闲话。他能熟视无睹吗？他找她的父亲问原因，老家伙竟然说他愿意把女儿送进谁的被窝，完全是他的权利，外人无权干涉……再后来，他就顶了一顶右派帽子被赶到乡下去了。听说她结婚的消息，乐和没有惊讶。他惊讶的是，她的丈夫竟不是赵契，而是机关后面那个花圃里的瘸脚残左臂的花匠！一个漂亮的打字员找个种花的，年龄又比她大十几岁，这已属不正常现象，再加上长得又老又丑且残疾。谁还能不明白其中的故事？现在想起来，娜娜能常常在赵契的办公桌前转转，是没有原因吗？她为什么要住在这里？也是没有原因吗？……"可惜的是，我住到这里来是与他们那种勾当完全风马牛不相及的。我为什么呢？我自己能说得很清楚吗……好了！不要再说下去了，岁月会让我清楚这一切的。"他在心里说。

"叫人感到奇怪的是，妈妈在'文革'后期十分憎恨赵副省长。弄得我不敢在妈妈面前说到他家去玩。当然，那时候他们家早就搬出这个洋楼了。我同学小时候和我很要好。我比她小一个月。长大以后，她对我不好了。是有人说我们长得很像，还说我们俩是亲姐妹。这话传到她妈妈耳朵里以后，她就不再理我了。听人说我是赵副省长和我妈妈生的。可我妈不承认的！我妈硬说我的爸爸是花匠。不知为什么，上次我妈要我在履历表上把赵副省长填成我的生父！唉……现在，我算是明白了一些你们那一代人生活中的艰辛和不幸了。我知道，这没有办法，都是时代给你们带来的局限啊！弹指一挥几十年过去了，如今，死的死了，老的老了。你们这些留下来的都可以说上一句，相视一笑泯恩仇！如今安度晚年吧！……我说的对吗？说实在的，你一点也不像要退休的人。在我的心目中，你永远很年轻的。你有学者的风度，你有大家的气魄，你学识又是那么的渊博，我周围的任何人都没法和你比的。你想吧！我妈妈是个多么难处而又好挑剔的人，她竟对你百依百顺。你没有那么多的长处，能镇住她吗？可惜现在的年轻男子个个都像先天不足！……"

"你迟迟不找对象成家就因为这？"

娜娜妩媚地一笑："难道不可以？"说罢，她朝乐和秋波频送："我相信我的能耐，我能等的……"

"噢？他是谁呀！没想到你还这样保密。"

"什么他啊你的，你问他是谁？告诉你，近在眼前，远在天边。"

闻此言，乐和脸生红潮，无语可对。

乐和无语，实在是对娜娜这话早有所觉，然而，他对娜娜还是觉得陌生的。这个陌生到底发生在哪里？叫他细说还是说不出来的！他也不想去细想或细说，他觉得没有这个必要……

第二章　他不该看的日记

4

　　乐和在一个偶然的机会，从客厅里拾到了一本笔记本，打开一看，里面用黑色圆珠笔工工整整写着满满一本日记。随手翻翻这本充满着情爱的，用日记形式写的文字，主人的真情实感跃然纸上。但从笔迹上看，又不像是娜娜的。

　　是谁的呢？

　　乐和想：人常说，少女的世界是个极神圣而又神秘的世界，只有厄洛斯的箭可以射开。娜娜那少女的世界是谁射开的呢？虽说从这本日记上大概能多少看出些东西。难道这就是娜娜的那个世界？

　　不像！

　　难道是乐和常常想到的那个小伙子的心迹？

　　似乎也不像！

　　难道是她妈妈说的与娜娜刚认识谈得投机，两人就在海滨浴场钻一个更衣室的那个男子？

　　没有人能说得清楚。

　　何必要追究是谁写的呢？那有什么实际的意义呢？乐和想，好在这也不很长，看看再做计较。

　　笔记本装帧十分考究，有着属于娜娜最喜欢的那种软而坚挺质地的封皮。封皮的底色浅绿，中间连过脊背是一幅窄长的风景画，那画非常美，金黄色的沙丘起伏有韵，三分之二处恰到好处地有条细细的小河淌过，从不知名的地方来，到没人知晓的地方去，越过脊背就仿佛越过了国界或地球的洲界，雅致的画面带着一种只能感觉的情绪一直伸向很远很远的地方，似乎人的灵魂最深暗的区域所在。照亮那儿的一切……当他阅读这些与众不同的日记时，便连同那个人的灵魂所展示的世界一同随之而行了。

扉页上有首诗：

> 城上斜阳画角哀，
> 沈园非复旧池台；
> 伤心桥下春波绿，
> 曾是惊鸿照影来。

乐和知道，这是宋代大诗人陆游的《沈园》诗，写在这里是什么意思呢？

6 月 10 日

夕阳西下，小提琴的音乐把夕阳割得一摊的碎片，浪一冲，漫漫涌涌直铺到岸底去。岸是无边的舌头，舔尽悲欢离合，又悠悠吐出绵长的愁思相恨。岸是石壁，挖出座临江寺，鼻似的嗅闻人间俗风。佛钟跳在夕阳的碎片上，弹出五线谱流泪的音符，颤得这江轮意乱情迷，一船的灵魂悠悠地离了，去夕阳的江面上莫名其妙地跳舞。所有的生命，连那水草和江鸥都在这夕阳中慢慢溶进岸的墨绿粗线。唯有这摇摆的江轮靠汽笛壮胆，与一线墨绿的岸若游若离，恰似在死神门槛上拉拉扯扯互不让步的恩爱夫妻。

江岸那墨绿的粗线在小提琴的悠扬声中颤抖跳跃起来，把绿色缆绳般的江堤抛到半空中，勾下夕阳半爿粉脸在水中咀嚼撕咬。水也带着生命向岸去，饱吸生命之液的岸竟不再伟岸，在水中沉下去，让江水漫过头去。于是，我不再看到岸，我看到的只是江水涌入暮色，奔向一个不能知晓的地方……我想，那儿的太阳一旦没有这般的厮搏，一定不会再有勃然生气，这是我从爱情中体验到的最实际的收获。

小提琴的音乐还在畅响，它要一直畅响，将这江轮醉入两岸猿声啼不住的巴山夹峡中喘息才肯松口气，我想。

长江在这里到底是什么走向，没有人能说明白。只看到落日不时在右舷方痛苦地挣扎着，微笑越来越羸弱，而那墨绿色的江岸却粗大得像发福的胖夫人穿上曳地裙，挽着丈夫在夕阳下的街头散步，夕阳照出她瘦小如柴丈夫的渺小，渐渐消失在膨体起来的裙风中。

6月11日

我从床上跳起来，冲到甲板上，我惧怕这黑夜的来临，我惧怕太阳总有一天不再升起。我的这种惧怕并不是来自外界的某种力量的影响，而是来自我童年或者母腹之中便具有的恐惧。这种恐惧一直影响着我，使我的身躯发育受到牵制，使我的视力在看待外部事物时不能正确地把握好比例。我经常发现驰去的轿车忽然倒退着向我辗来，街边接吻过的小伙子脸上流着鲜血，树枝穿过泥土而树根却迎着太阳傲然怒放。夜里的梦总是能在早晨翻几个身后依旧清晰得细微末梢丝毫不差。

现在，我就是被这梦惊跳起来的，梦告诉我此刻江轮将我载去的那地方，是个错误。这个错误使我在没有赎还清对于一个女人的情感债务时，又添上一个。"前方到站是丰都……"广播里的女中音完全应验了梦。梦中，我到过鬼城丰都，在这里，"尊重妇女协会"（"爱妻联合会"、"妻管炎协会"、"免讨气研究会"的世界性权威机构）针对鲁迅先生笔下"一妻两夫，死后要剖成两半"的血淋淋事实，开辟了"一夫两妻或一妻两夫，死后也都要剖为两半，一妻或一夫各执一半为妥"专殿。在此殿上，竟有许多我一向崇敬的人被夹在木板中间让小鬼拉锯。

一判官对我厉声喝道："尔不思正途，欲学乎？……"

我诺诺而退，毛骨悚然，两腿发软，倒在台阶下不能起立……

我扑在船舷上，我想拉住这溯水而上的江轮。

我想那梦中的一切都是假的。

干吗是假的呢？这湿透的衬衣，这惨白的脸，站立着还在摇晃的两腿……楚王云梦泽，汉帝长阳宫，那都是被唐皇李世民羡慕的美事，而我此去的是美事还是遗恨？

梦说明了什么？

6月12日

船舱里在放映闭路电视，江风吹散了暑气，并不宽敞的放映室里拥满了散舱的旅客，偶尔也有三等舱的挤在里面凑热闹。这里却几乎看不到那希如珍宝的穿戴得考究了不能再考究的二等舱贵宾。我走进去，刚迈过了门，沉闷的被完全改变了质地的舱内空气令人窒息，我赶紧退了出来。在船尾的甲板上，一位女性依着栏杆眺望黑夜中的江面。我们交谈了几句，竟觉得很有话题可以投机……

"这每一盏航标，每一盏指挥的灯都是一个灵魂的化身。"她说。

我看她的眼睛幽暗幽暗的，透着寒气。

我点点头："并不是所有的灵魂都能做到这样的。"

她的头动了一下，大概是赞同吧。我想。

果然，她说话了："芸芸众生是很少有人去想做那角色的。想去做那角色的人总有与众不同之处。这不同之处导致了他人生轨迹的与众不同，放着娇妻不爱，有着温馨的家不恋，舒宜而别人想都不敢想的工作却被自动放弃……怪人。这种人想的是什么？我没法理解……我更不能理解世俗能叫一个清高的灵魂蒸煮得俗不可耐……人们说，大自然里有各种各样问题的最佳答案。我就来了，我想寻找答案，我就是寻找这个答案才来的。还没有寻到而先撞上这灯的灵魂，这灵魂的灯！……"

一个是寻找人生的答案。另一个又是干什么的？这两个灵魂从各自不相熟知的地方跑出来。在这里将会发生什么事？

"呜！——"

江轮的汽笛响了。在漆黑的夜里很神秘，宛如中古时期教堂里神秘的钟声，悠悠地摇摆着江面上那些航标灯。灵魂的灯在摇摆中似乎没有动摇信念。

不知为何，丰都没有靠，有几个下船客被一艘船接下去了。想去码头上见识一下鬼城馄饨摊上那只辨识冥钞的水碗，因为船不靠岸，大为扫兴。

……

她邀我到她的舱里稍坐，原来她就住在我的房间背后。我看到她对面铺上是空的，洁白的床单上一朵花似的怒放着那把手提琴，我恍惚看到那悠悠的琴声如诉如泣一直流泻到舱外面的甲板上，流入那万古千年不变性格的江水中……

6月14日

"巴水急如箭，巴船去若飞；十月三千里，郎行几岁归？"

我吟李白诗，船行逆流上。川江行船，艰难如蚂蚁推磐石，看下水之舟犹如脱弓狡兔，此时想太白诗境不觉别有情趣。

"岑夫子，丹丘生……"不知何时，她吟着我心中的诗仙的诗句站到我的身边。

我站在船前的甲板上，这里一片漆黑。她那张白脸膛和敞得很开的胸口、脖子像宽衣的衣架，我说。

"你更像一套黑色的晚礼服。"她回得并不笨。

"是吗？"

我的语调有些变态，我不知道她察觉了没有。迎着江风，我昂首喝一口。转身吐给了早早蒙上天鹅绒帷幕的会议室。她的脚还是被什么碰了一下，发出细小的声响。夜在这时只有迎面而来的江风和森森然的峡谷猿声，偶尔飘过的灯光都淹没在江轮与黑夜的一鸣一默的契合之中。我靠在栏杆上，突然有那种靠在一种坚实物体上的感觉，有了力量，不再惧怕黑夜了。这夜也变得美丽温柔起来，江风的燥热中有着柔美的歌声。那不是江涛舔岸的低吟，也不是风摇山柏的欢愉，那是一个极低极低，极富有情感的嗓音在为远方的爱人唱歌。歌声铺开的厚实坚固的土地使我倍觉温馨甜醉：

> 长路奉献给远方
> 玫瑰奉献给爱情
> 我拿什么奉献给你
> 我的爱人……
> ……我拿什么奉献给你
> 我不停地问
> 我不停地找
> 不停地想……

在心灵的世界里，空间已不再是距离，每一颗悠游的自在的心随着歌声无限延伸……我的心跳过了甲板，跳过了江轮驰出的距离，重新回到启程的古城码头。

……

"你在想什么？"她忽然问，歌声在此之前消失。

"在想告别过的妻子，我并不爱她，是我想的理由。在想没有见过面的爱人，我爱她爱了十几年却还不相识……"我的坦率连我自己都惊愕不已，我怎么会对一个陌生旅途中的陌生旅伴说出这样的话？话出口，我竟觉得胸口舒了股长长的顺畅的气，浑身轻松无比。

没有回音，只有江水拍岸之声在黑夜里聒噪。

没有回音，只有江水抚摸船体发出欢快的鸣叫，这鸣叫一直钻进活的灵魂和静止山体的深处。

"唉！——"

轻轻的一声叹息，静止的山体颤抖着推出汹涌的浪，拍打的江轮像在暗示我对她"趁火打劫"。虽然我并不明白她有什么能让我打劫的？

"一个人就是一个世界，没法知道你和我……"她轻轻地哼唱了一句，调侃地说："我想，你说这些话是为了让我注意你，最终达到一个目的。"

"什么目的？"我的心，虚虚地一阵战栗。

"寂寞不再在这个旅途中与我们相伴。或者说，和我这个陌生女子来段艳情，这很正常。因为，寂寞会使人那样想和那样做的……"

我惊讶她的坦率话语宛如挑开裹在她身上那长袍的尖刀一样刻薄，我心里赞同了她那话里的真实内涵。这世上的哪个男子又何尝不是这样想的？连李莲英那样的人不也是难排旅途寂寞而枝生艳曲的吗？但我不能不承认，男人是不愿意这样太干脆的，他们懂得，过分容易得到的一定不是好东西。况且，我还是孔孟之徒嘛！

"你不该这样想的。"我对她说。

她换了个位置，把身子斜侧对着我："都是活人，为什么不会呢？男人都有那种坏毛病，想叫世上所有的漂亮女人属于他，你笑了？你不是这样的。那你不是雄性动物。雄性动物都有那种本能或天性，猴子的群体婚姻形式就是人类男性的参照系数。没什么羞耻的，这不是你们要这样做，是你们的本性所决定的。有这种念头的人可以靠理智把这念头移走。移不走的，或者就是缺少在这世上征服别人称雄的本钱，或者就是返祖退化物……"

"这……能这样说吗？"

"爱情给我的回报，或者说是收获也可以。"她淡淡地说着，说话极轻。

我想起了白天的一个镜头，那位从杭州来的旅客把服务员换床单丢弃的塑料袋收去，一个个充上气扎了口扔到江中看它在江涛上滚翻，看它漂出去能多远。说是越远越吉祥。可惜有一个卡在船舷外的铁缝里了，没人能去救它，它在江风的施虐下痛苦地嘶鸣，现在它大概还在嘶鸣……

女人又是怎样的习性？那些男女之间的恩恩怨怨难道责任全在男人？研究女人世界的人为什么总是强调女权而不来听听我面前这位女人的高论？她，算哪种类型的人呢？——我揣摸着，像在幽暗的黑洞里探寻着连自己也不明白的宝藏。我想，她出口不逊，一定是个奇女子，一定有着非同一般的经历。如果我去问她什么，她会对我敞开胸怀吗？

"对于女子来说，她的对立世界是山也是水，是爱也是恨……"

"只有爱得深才有恨。没有爱便无所谓恨。爱深的恨透了，便会有悟彻，便会有超脱……年轻时。我说的年轻时，只是相对我的现在而言。你会笑我用这个词？我那时对你们这个世界的认识确实太幼稚。所以才有那种狂爱深沉得要埋葬自己的激情。现在，倒是一种解脱、顿悟了。我？你问我多大？我当然不老，才二十七岁。算是清醒得早的不幸中的幸运者……"她沉默片刻。风把她的柔发摇得小儿手似的在空中乱舞，时时拨撩着我的脸颊，痒痒地撩起沉湖泛物般的空虚和迷惘。

"我与你不同，你坐这船有前去的目的地。我没有，我踩着一块西瓜皮，溜到哪儿算哪儿。没有清高的童男在等我，也没有煮熟入口即化的俗士在期待我。我想看看这世界是否像我经历过的那样，所有的一切以不同的面目出现而本质却一样——扔在茅坑边的竹竿裹了层鸡毛，于是就灿烂辉煌得叫狡猾的狐狸上当受骗。"她拂着飘乱的头发，轻松地自我卸甲："何必要这样认真，有轻松干嘛不轻松。走，我请你喝咖啡……"

6月15日

这个咖啡厅是省电还是有意这样？暗得叫人看不到周围的一切，她却是轻车熟路，鱼入水那么敏捷地把我引到角落里，我们先是对视而坐，头顶头，一缕灯光就让我看到神秘和纱羽后面的她。我想到傍晚看江岸，那很美的淡淡暮色不知是夕阳的余晖还是早升的月光，把风也揉得很甜。江岸的树木，一片由淡绿向墨绿滑去的生命，滑动的速度显示生命制造者的权力却无法剥夺已经成熟的生命的自由意识。成熟的生命充满着七情六欲而矫作的媚态远远披上了纱羽。我无法揭去岸边生命之绿的面纱，我能揭去眼前她的面纱吗？姑娘！不！她已经不是姑娘，是女人。是个在爱河里九次沉没九次起浮的女人。不用揭，她会自己钻出来，被爱欲蒸得躁动的蛹不用你去帮助，它会变成蛾子咬破茧皮冲出来寻找爱的荣耀和辉煌。"仰望今夜星空，你我心心相印，柔情蜜蜜，你我永远相爱……"昏暗的什么地方流过明澈的爱流，浇在一块块方桌的中间。一只奶液的杯底裂了，冰镇的奶液和着爱流朝四下溢去。是船体的倾斜还是某种神的兆示，她没法坐在我的对面，而与我同凳相偎，我很快感觉到了她的无可锢裹的胴体喷出的炽热，半边身子出汗了，血流快了。我轻轻地哼着：

"为了你的荣誉，我将力战群雄，仿佛威武骑士，急步飞驰至前……"

我趁其不备，扑在她的肩上。她没有避让，只是温柔地看着我，我发现她那眼睛里有着一种特殊的光，我想那是爱的荣耀而点燃的光！那光让我想到江岸上的一盏灯。那灯此刻会在我们后面多远的地方呢？白天的时候，她先看到它，还指给我看。可我寻了许久才发现。令人费解的是，她比我近视得更深三百度，没戴眼镜却能看到？是什么水平！她从我的脸色眼神上看到我的疑窦。她一笑："女人有些特殊的功能，是你不能理解的。我对航灯有特殊的感觉。它就是你们男人，白天是人，晚上是鬼，鬼才有火，叫鬼火！……你们男人自己看不到的啊！是不是？"她说这话是咬着牙的，一点也不是俏皮，当然更不是源于《魔鬼词典》。她说完了又哈哈大笑，那笑声和语言只能属于她自己的那本词典。她从旋体的裙裤口袋里掏出那副完全属于我的西德眼镜，抛给我："戴上好好看看我。"

"怎么到你手上的？"我十分惊讶。

我不想去接，我知道金子对虎子曾有过拾花的一场戏。一个男人是无法在心爱的女人面前摆出尊严的。我还是伸手去接了，天晓得我是不是爱上了她。我大概就没有再去想那位——我此行要去会的另一个女人，至于家中的"妻"，如果船不回头，我大概也不会再想到她的。

那神秘的眼睛几乎能被画家们形容成扑朔迷离，我总是在她的眼睛上照出两只兔子傍偟走，谁能辨我雌雄的场景。此时我明白，那眼镜无论怎么到她手中，总是一种缘分，一种媒介。

咖啡厅里的音乐突然变了调，悠悠的编钟声从江面上荡过来，跳出一串柔美的古曲：

> 寒枝带雨开后妍，
> 晚节凌霜赏末迟；
> 冰花密复疑无艳，
> 胭脂兼凋更有香。
> ……

"我想上厕所。"她说。

我说："我们能谈点什么呢？最好有个话题。"

她显得有些惊讶。

这时我发现她那并不美的脸一沉下来就露出悲剧的痕迹，像退潮的海滩。她发现我对她这种表情的不满，又开始笑起来，温顺地表示同意。话题是两人世界，不含政治，纯属科研范畴，但有一种条件反射：她老往厕所跑，我老是在背诵着一首诗中的几句："女人的肌肤是这样圣洁，竟使人不能不信，当热情如火的时候，紧抱着的美就是上帝！"

我差点儿对她喊出声来：

"你别老往那里跑，让我抱你一抱吧。"

这话我最终没有喊出口。可我的理智告诉我，要这样做！

她还是看出来了。

"男人最可爱的时候是晚上。"她用卫生纸擦着手，也擦着抹口红的娇唇。她用眼睛把这句话印在桌上，印在那碟子里的蛋糕上……

我贪婪地几下就把那蛋糕吞下了肚，也把她那高论咽了下去。几个饱嗝后，我冒出一句石破天惊的话：女人最可爱的是失去心爱的人的爱！

这话有分量，如芒如刺，她脸上的血一下从什么地方泄掉了，变得苍白可怕。这大概是她的本来面貌了，我倏然发现她身上的文化素质、教养和令我喜爱的气质都不知哪儿去了，那脸上有着可怕的经线与可怖的纬线交织而成的阴影。那阴影让我看到下毒的女间谍，出卖宋江的惜婆，阴杀亲父的坏妻子，等等。我吓得双手蒙脸要叫起来。幸好，我的神志还很清楚，耳边的歌声和音乐也告诉我这是在咖啡厅里。

"我知道我的形象不佳，属于那种危险型。"她倒是先有自知之明。

"是真的。他也这么说过我的……"她又说道。她开始对我诉说她对自己丈夫的怨恨，说自己曾经把厨房的窗户钉死，打开煤气炉让丈夫回来时就划根火柴……"是危险的嘛！可我气不过啊。没有成功，当然是没有成功的事。要是成功了，我还能在这里吗？主要是我没有实施这一计划的决心，但一个女人有这样的念头就已经是很可怕的了……我的许多朋友都这么说我。"

可贵的是她自己能如此坦诚，真难为她了。我还能说什么呢？

夜色越来越深浓。

甲板上的空气开始凉爽，我们端了椅子坐到船首的甲板上。旁边还有些人在聊天，而她却旁若无人地把椅子倚在我旁边，我们像初恋的情人一样相偎着，倾听江轮碾碎逆流的欢快，感受着山峡中喷射出来的夹着江水的痛快淋漓的爽风。我想，这注入大海的母体流液孕育着万物，也孕育着罪孽和凶恶啊！我不知道我此刻心中产生的这种念头是善良美好的情感还是罪孽。她感觉到了我的异常的变化，温柔地抚着我的脖子和胸膛，一直慢慢抚摸下去……突然，她又站起来，默默地无言地离我而去。我尾随着，走进舱去。突然，门在我面前关上，我抬头一看，赫然两个大字："厕所"。我沮丧极了，又不敢在过道上多停留，匆匆回了房间，没有开灯，倒在床上躺着。

我的情绪坏透了。

6 月 16 日

一声汽笛划破了黎明前的沉夜。我走到外面，已经有些人在川流不息地忙碌。我来到二等舱前部的会议室里。这里的落地窗已经全部打开，临窗的一排沙发上端坐着一溜的白发和修顶无发的脑袋带来的臃肿或衰老的躯体，他们对着窗外凝固了的江面似乎在练气功，要驱散那牛乳般的雾……一个台湾旅游者与年轻漂亮的服务员眉来眼去，那服务员没两个回合就被另一个高挑个儿、脸蛋净白如瓷玉的服务员支走，后来者与这位台湾旅游者语言交流的工具是象棋。我退了出来，绕到甲板上。她就依在那儿，见了我，挪了挪位置，身子不动，眼睛盯着外面。原来，船已靠了岸。

"昨夜后来上哪儿去了？"她问。

我无以言对。

昨夜我倒在床上后确实听到门外有脚步，间或还有一两声叹息。我也听到前后房间的那个隔板下的气洞网上有异常响声。我曾想到是她，但我不敢相信。我那一刻的脑子里不知怎么想到了家中的她那句常常吊在嘴边的话："轻易给予你的，也会轻易飞掉；轻易能给你的，也会轻易给别人。"

"不说话？……我原以为你是个大胆的贼呢！鼓上蚤时迁，三盗九龙杯的窦尔敦，见花就采的洋西门庆斯坦达尔夫。却原来还是应了天下第一大淫书《金瓶梅》上的歪诗，你想听那诗？好，我吟给你听：宿尽闲花万万千，不如归去伴妻眠。虽然枕上无情趣，睡到天明不要钱。……"

"你哪能这样说话？……你说，你刚才说的那个斯坦达尔夫是谁，我怎么没有听说过呀？"

"一个外国风流男人。他自己写过一本书，说他同三百多个各种肤色的女人发生过性关系，他说每个女人都有不同的韵味。我相信他说的话。你们男人见了漂亮的女人就像狼见了肥羔。到了手，玩过了，分手就拜拜。世上多有痴情女，难救一个负心汉……你大概可以例外。是的，我以为你会用什么法子叫我就范。我的房间里就我一人……"

"你这样想？"

"都是大活人，为什么不会呢？男人都有这种坏毛病，有时也并不是他们自己想这样做的。我前面说过，人的本能有时就是动物的本能……"

"你真这样看待男人？"

"不，是情爱的回报。"

空气有些凝固。

江轮也被焊在这凝固的空气里了。

原来是船到了岸……

她欢快地挽我的手臂："我们下船去走走。"

"船靠岸多久？"

"听说要好几个小时，大雾锁江没法前进。"

"那好吧！"

上了驳船，我们看到了高悬在码头上空的"万县夜市"几个字，登攀那几百级台阶还是很有趣的。在码头上，那江城的马路绕圈似的或高或低，直到后来上重庆才真正体味这种马路的乐趣。一位卖桃的把三斤桃说成七斤，偏偏那秤还真在七斤的准星上挨着。要不是我从她的眼色中看出蹊跷，会白白多给掉好几块钱，商店里的秤使这位卖桃者出了丑。可我始终未解个中奥秘。倒是她挺在行地吐出一句真言来："生活里什么都有，你能都识透？……"

我想，她大概不会上当受骗的。即使那个能把某省妇联主任拐去卖了的贩子碰上她，也得俯首称臣。

一位卖花的小姑娘拦住了我们，一根棉线串着几十朵洁白的茉莉花。好一根花的项链啊！她欣喜若狂，忙从花篮里捡一根戴在脖子上，对我吩咐："给我们照张相吧。"

也许，我就永远记住了这帧照片，因为它冲出来后确实很美。我还记得我在那张照片背后写了"临风吹淡香，照水见清影"之句。不知道这照片是否还在她的身边，还是一怒之下，她把它焚了……我永远记住的只有那花环上的微笑，而后来我又记住了卖桃人秤上的准星，那准星是在她的眼中的，那眸子里的一点亮色。

6月17日

上船以后，我们说好了各自回自己的房间盥洗后一起到贵宾餐厅用饭。我通知厨师做了几只好菜，年轻的厨师又让服务部搞来一瓶正宗的法国香巴尼省出产的香槟酒。望着丰盛的午餐，代表着高贵华丽气派的高脚玻璃杯，没有打开的餐巾纸，那瓶身价昂贵的香槟酒，我的脑海里涌现出那年在钱塘江边观潮，地主曾在海盐镇（现在叫盐官镇）最繁华的街上那家豪华酒家设宴款待，我何曾知道会因此而在陈阁老府第得艳遇？罗汉松下的卿卿我我被一阵夜来香的细雨搅得黏稠难稀，尔后又过多水分地导致海神庙、钦赐碑前的海誓山盟消逝在西湖的桨声中！……我望着这瓶价值两百美元的香槟酒，开始思考那是不是我行轨不正的开始？二十九岁未婚的我并不敢说这话。那时我曾面对上帝（我任教的大学讲坛正是从前主教大人的讲经台），我也曾面对着众多的学生大声讲过，一个人的堕落最先是意识。那个可怕念头闪现的一瞬间，这一切都成了琼台楼阁，一位淑女出现了。那位胖胖的身高不足一米五的非我不嫁的女学生当堂站起来，提问说夏娃如果知道园当中那棵树上的果子吃下肚的后果而偏偏要吃，这该怎么解释《圣经》。于是，学生们知道了她潜在的用心，背后喊她夏娃，喊我亚当。越传越广，也就带来了现代文明使夏娃与亚当分开的悲剧……现在，我是想重温那段难以忘怀的有趣故事，还是想陈阁老府第艳遇的再现？……满桌的佳肴散发着诱人的香味，胜却世间一切花朵的芬芳。人在饥饿时大概是没有那种对异性的欲望的，而我却好像除外，也许我还没有到那种真正饥饿的程度。我从这弥漫的香欲中看到一种微笑，这微笑是在茉莉花环洁白光芒中跳出来的，它可以压下饥饿和一切杂念，去实现那人所具有的另一种奢望。

我相信她说的一切，她讲那么多丈夫粗鲁的故事是说明她的女人柔嫩的皮下脂膏全被丈夫的拳脚消耗掉了？一丝不挂在无人光顾的天井里淋一场雨会叫她的心中产生怎样的邪念？她偏说她能原谅他，她还是爱着他，因为结婚五年没有一子半女是她作为女人的内疚，尽管妇科检查说她没有任何问题，而她还是"确信"自己有责任，且不可推卸。这到底是为什么呢？……我并不相信她说的她那衣裳下的胴体是"丑不堪目"，她沉默很久，说她的确很瘦，男人总是希望女人丰满一点，只要一点就好的。我不能明白这话是属于哪一类的启示录。我忽然心疼起这两百美元的香槟酒会白白糟蹋了……

那个茉莉花环的微笑总是与香槟酒交相辉映，我想赶走那微笑，却没有办法。杂乱纷叠的噪音压掉了大雾，船开始起航，似乎来自遥远维也纳森林里的美妙音乐从杂乱纷叠的噪音间穿刺而过，布满这闹中的一隅静处，我很长时间才辨出是斯特劳斯的圆舞曲。

我起身去找她，我不明白她为什么不来一起吃饭？

船前的甲板上非常静，昂首的船朝着入云的山峦冲撞，不时冲撞出一条道来，航线非常曲折，水流异常喘急，高耸入云的山峦披挂着一身绿色的风衣，江风不能拂动，呐喊不能旷远，都被压在这闷罐般的山谷中，小提琴的奏鸣却异乎寻常地欢快，从《诗篇交响曲》到《婚礼》……

我站在她的身边，保持着一定的距离。我等待她拉完一支曲去共同享用那瓶香槟酒。我看到她身后的二等舱会议室里站着或坐着许多人，都沉醉在她的琴声里。我想，如果她拉一曲《葬礼》，你们会痛哭流涕？我真傻，我怎么就不知道她为什么会拉这曲的呢？从她的神态上看，她根本没有在意这些忠实的听众，也许有无都不一定知道。这对于她又有什么关系，她需要的是一种完全的"自我"，她已经沉醉进去了。

终于有琴声停下的时候。

她看到了我。

"我等你一起进餐。"我说。

她像没那回事地回我："我不想去。"

"人总是要吃饭的呀！"

"那你自己去吃吧！"

"我们不是说好了的吗？"

"我想不起来了。请你走开，我不希望我的情绪因为你在这儿而被破坏！"

琴体又被嵌在她那好看的下巴上，流水般的音乐从那手的颤动中泻下来。

我愤愤离去，发誓不再理睬这个古怪的女人。

6月18日

那桌菜后来怎么处理，我一点也记不起来了，也没有人来问过我。大概是因为我已经付过钱，不然，一定会有人来问的。我这样想，直到下船，我都不会见到服务员把那瓶没启口的香槟酒送还我。我记得我当时的情绪坏到了极点，倒在床上生闷气，猛猛地抽那些价钱很高却让人吸得直呛的外国烟，抽一半就拧灭了，又猛猛地喝茶，茶倒是很好，浓浓的。过了好久，我的情绪才慢慢稳定下来，重新拿起一本书翻起来。书中布莱克的诗使我至今难忘：

一粒沙子可看世界
一朵野花可看天堂

你的手中紧紧地握着无限

而一小时之中则抓住永恒

从泉水的潺潺声

或对树枝轻轻的沙沙声

从展开的叶子在太阳神歇息时

合拢的雏菊

或阴凉的灌木或树木

她灌输于我的

比自然中一切美的事物

所能灌输给其他更贤明的人为多

……

不知为什么，我当时特别注意到书眉上几行蝇头小楷，小的如书中注释的字，很难辨别。我还是把它辨认了出来："城外土馒头，馅草在城里，一人吃一个，莫嫌没滋味。"哈哈！好一个道家的悟性，写在这里是什么用意呢？我百思不解其意。也真是，想清静，无端的烦恼又生一起。唉！江村路，水墨图，不知名的野花无数，好自在。可怜了我，付残潮落江流去，省却满怀惆怅许多事，没有递，一切依旧。

我想起"越来越远"的那个女人，我也想起那越来越近的却是缥缈无定的幻想之中的另一个女人。她们给予我的一个是痛苦，一个是希望，在这两者之间偏偏又插入了不尽的烦恼。我干嘛要烦恼呢？我可以不去理睬她嘛！是的，我可以不去理睬她。我在心里下着一次又一次的决心……我想着那痛苦，我想着那希望，我便有更多的不尽的烦恼，不尽的无聊和空虚，便想着用什么来为自己解脱或者狠狠刺上一刀，痛快的流血总比压抑的不能喷发的痛苦强得多，男人是靠畅快的宣泄平衡心理的。我抓住了床沿，床沿的木板在我的掌中发出痛苦的呻吟，这呻吟遥远而细碎，给我心中一阵阵战栗的跳跃，我翻身合卧在床上，用双手抓紧床沿，两只脚趾顶紧了床尾的帮板，头顶住了隔板，开始用屁股上下地掀动，整个床开始发着一种狂欢，那声响把我带进一种极美的境地，在这里我看到的群山不再披挂一身绿衣而冷眼向洋，一如勃发青春的少年，把浑身的精气泻入山谷，喷向大江。那江水漫天而过，把荒漠变成良田，把沙丘灌出五谷，使没有花鸟光顾的地方变成百鸟齐鸣的奏乐场，无人区开始逐鹿中原。大江的水并没有因为沿途的泼洒而减少，反而更浩荡，冲开那铁壁铜铸的山崖，泻入无边的大海。那大海疯狂地扭着雍容的腹肚，兴奋地叫喊："来吧！为我这孕育万物的子宫增加强壮的精血，献出你的青春、你的智慧，我会给你永恒……"

在这种狂颠般的躁动中，我看到一个少女向我走来，她是从潺潺流水的石块上跳过来的，流水的两岸是黄杨树，是柏树，纵横的葡萄藤下还留有绿色的凉棚和修剪整齐的绿茵地，虞美人在微风中婀娜多姿，鲜艳活泼的雏菊喜欢在草丛间开放，和在沙沙的树枝响声中混合成令人心旷神怡的流水畅想曲。而我此刻更想着她，我越发觉得她是这无数花中间最美的一朵：体态之婀娜仿佛是花茎，风摇百姿舞；乳房和面容的微笑、乌发的飘逸，宛若花萼的怒放，百媚恋情生。有时我看她像柔软的迎春藤，肌肤就是满枝花朵的芬芳；有时我看她又像劲健地摇摆着的小树，肢腿的动作就是力与美的喷发；那腰臀的柔凹正将腹部舒展，像爱神厄洛斯射出的无形之箭的良弓。当她快到我面前时，我更感到她的细美的上身在宽泛的臀部上像花瓶，一只轮廓精美的花瓶，或是蕴藏着未来生命的壶！我展开双臂迎接她，我唱起了一首能使各种肤色的人都陶醉入痴的歌：

> 女人的肌肉，理想的泥土，奇迹呀，
> 崇高的精神渗入那
> 不能用语言形容的天神塑造的泥土中，
> 这些泥土，心灵地包裹的布里闪耀，
> 这些泥土，留着神圣的雕塑家的手印，
> 招来吻与感情的这些庄严的泥土。
> 女人的肌肤是这样的圣洁，
> 因为爱情是胜利者，把灵魂推向神秘的床边，
> 竟使人不知道情欲是不是就是思想。
> 女人的肌肤是这样圣洁，
> 竟使人不能不信，
> 当情热如火的时候，
> 紧抱着的美就是上帝！

她突然站住了，面对我的歌声而垂下脸去。当她抬起脸时，双手紧紧地蒙着那个我心中的美丽漂亮的脸。她跪下来，喃喃地诉说着什么。我听不清楚，但那肯定是她心里发出的，急切切的，隆隆的，好像一面闷沉的老鼓在邈远的

山洞深处响着，又好像埋藏多年而待喷的地下惊雷。它带着幽幽的怨恨，带着一种叫人无法抗违的力量，直冲我的胸脯，要穿刺过去，要进入我的灵魂……我停住了歌唱，我扑过去抱住她的双臂。我扳开她的手，我注视那张脸。啊！我心中的维纳斯，我的貂蝉虞姬、西施昭君到哪里去了？……她刚才还是如花似月。她刚才还是那么年轻貌美、容光焕发、洁白动人。而现在，竟衰老得不堪入目，她跪踞着，移动布满皱纹的绝望的眼光，在干瘪了两乳的胸脯上，在满布着可怕的皱纹的肚子上，在那满布犹如枯藤般筋节的臂腿上，她在痛惜并欲追回年轻的过早逝去的美貌，她在发着战栗、动摇，她想甩掉稀疏而污秽的长发，她在告诉我什么……"

我厌恶地松开手，我推开她。然而，她站了起来，用她丑得精到的形象扑到我的怀中："你难道只需要春三月的鲜花？你难道只需要娇美稚嫩的少女？你难道只知道爱欲的放纵？你、你应当明白！我有过你说的那些。你贪婪的那些，我都有过的啊！是的，你应当相信，那些是每个女人都有过的，而今我留下了这些追求欢乐剩下的松弛无力的肌肤包着的骷髅，你不要怕，我是想告诉你，你迟早也有这一天的……"

我挣扎着推开她："你是谁？"

"我是你想抛弃的那位。我是你苦思冥想要去追求的那一位。我是你这次旅途中遇到的那一位……"

"你到底是谁？"

"我是女人！你难道没有看出？"

"你！……"我惊出一身大汗，浑身无力地瘫软在床上。我醒了，我并不知道我是什么时候睡着了，又是什么时候进入那可怕的梦中的。想着那梦中的一切，甚是可怕。

我在随手带的本子上写上了不知谁的诗句："枯藤老树昏鸦""断肠人在天涯"之句。当然，我也想：秦汉风月，唐宋华章，谱不尽文人的诗骚情长，以致有今日的末流才子在此乱涂几章，叫世人笑掉满嘴利牙咬不动甲骨文，吃不了陈婆家麻辣豆腐，白喊是个人！

6 月 19 日

那件事来得太突然了，我怎么也想不到会在分手的前半个小时发生这种事。

这是我整整近十个小时不理睬她以后发生的。我去洗澡时她呆呆地站在过道上，那只脸盆里放着我昨天给她用的香皂，这条船上没有女士专用的高级香皂，而她带的是男士用的，我正好用的是法国进口蒙妮娜，标准的女士用皂。她看到了，谑而不虐的几句话使我心甘情愿与她对换了，我当时真想提醒她一句，那肥皂中可能有性刺激素，我还是没有说，这块肥皂我只用它洗过一次脸，并没有反应，如何说哩！她的那块男士皂我没有要，还是还给了她："免得你先生在检查行李时发现少了他的心爱之物。"

她的脸顿时红得十分可爱。

现在，她把求援的目光张着我。

我从她的肩上滑落下眼光，三个浴室均被这个船上的女服务员们占着，而且还有一大群挤在门口等候，见到她，谁也不大声说话，只是悄悄地议论，有的只是用眼神表示着什么。看样子，莫说她想马上洗澡，就连我也办不到。我耸耸肩笑着："讲什么是好？"

"教坊传学十三部，唯以杂剧为正色。"她应了一句。

我当然明白这是嘲谑船上的服务质量，我轻轻甩甩头回她："古道西风瘦马，断肠人在天涯。"

她向我靠来，不高兴地说："没有主次了吗？"

"你说咋办？"我故意问。

她发现我在捉弄她，朝我挑挑眉梢，使个眼神似乎在向我挑战。我佯装不知地走开，走到通甲板的门口，迎面来了政委老杨，我上船是交通部的小恽和省长秘书陪同来的，交代给了这位老杨。要不，坐二等舱和坐火车软席一样，没人打通关节，就算你有派司也不比扔到水里好多少！

"洗澡啊！"老杨笑眯眯地问。

我鼓鼓嘴。

老杨明白了什么，把脚尖踮踮，眼睛横在我的肩上朝前看看，喊道：

"谁让你们到这里的？统统回船员浴室去！……"

几堆粉裙顿作云裳游，浴室门口只留下她。

政委过来，把三个浴室的门敲得要振落下来："快洗了出来，不像话。"

里面没有了放水声，一个尖尖的嗓音道："想进来？"

政委听出了那是谁，喝道："黄玲燕，你别老脸皮厚。快洗了出来，我找你有话要说的。"

里面没了声音，开始放水，哗哗的水像体内抑不住的冲动在四下横流……

政委走后不久，最先出来的正是那个"老脸皮厚"的女服务员黄玲燕，浴后娇容异常妩媚，很能叫人动情。谁知她的娇容从润发中完全闪出来后，竟与我们鼻翕扇扇："哼！——"走开了。

她才不问这些呢，高兴地朝我挤眉弄眼，然后轻盈优雅地步入蒸汽弥漫的浴室，忽而又退了出来，恐惧地朝我说："我怕！"

我走进去，看了看，除了满是蒸汽没有别的东西，那只喷头高高地从天花板上垂下来……天花板上吸满了砂矿颗粒，这大概不使水蒸气凝聚。我检查了水龙头和盥洗盆，一切很好。正欲退出去，她却拉住我说："你看那扇窗子，不好啊！会不会有人跑进来呀！"

"不会吧。你要不放心，我就在外面守着。"我说。

"这门好像也扣不牢的。"

我看了看，说："你实在不放心，我在外面看着就好啦！"

"我怕！——"

"那！——"

"把灯关掉。我在那边洗，你在这儿守着门口，比你在外面好，我放心。好了好了，就这样吧！上船来，我是第几次洗澡？你会忘掉那天的事吗？……"

我不相信那窗会有人爬进来。我也没法明白在这满是从人身上冲刷下来的污水垢物堆中能有干那事的兴趣。她这样要求我留在里面，我能怎么办？姑且听她的，自己稳住自己是最要紧的……

灯后来还是开了，是她喊我开的，说是要寻找掉在脚下水洼里的蒙妮娜。我看到她根本就不是掉了蒙妮娜，一副媚笑冲我绽着。发罩下的她那副娇容，使我想到电视广告里的"二合一"洗发护发素。那个飘逸迷人的女郎，她与她竟是那么的神似酷合啊！

"帮我擦擦背！"她说着，"你也脱了洗洗吧！看你身上全湿了。要是……穿了裤头也行。"

我麻利地卸净外装，为她抹肥皂。肌肤有一种神秘的温馨和诱力。那身体是瘦瘦的，没有女人肌肤的柔软。除了女人的特征显得很潇洒外，便是一个病孩的没有肌肉的绵软无力的柔弱躯体。我摸抚着一根根清晰的肋骨，一种怜悯，一种伤感从心底涌起，我相信了她说的那些个种种的故事。看来她是经受不起那种使人过多承受的幸运，男人和女人也有势均力敌的衡论之说。"他把那些调教得很能使的。"她说了一句，便扑在我的怀里，我紧紧地抱着她，抚擦着她瘦弱的脊背，心里在念："……女人的肌肤是这样圣洁，竟使人不能不信，当情热如火的时候，紧抱着的美就是上帝！"

她在我的身体的某个部位抹着肥皂，见我久久没有反应，抬起头来吻我："怎么？你不像别的男人！"

"是吗？"

"你很有自制力。"

大海是无形的，无可比拟的，简单极了。我们却在距离它的地方站住，我们知道那些，不必要那么匆匆忙忙。

她来到我的房间里，不是半夜，是旅客们都在借着夕阳观赏两岸景致的时候。她大胆进来，毫无顾忌。我则以热烈的拥抱来欢迎她。她没有吻我，也不允许我吻她。她说，吻是很有讲究的，表现出她最伟大的奉献，现在还不是时候。我想她说的大概是徐志摩的那套理论吧。这位短命的伟大诗人倒是真说过："真理，比宝石还光亮；信任，比珍珠还纯洁；——宇宙间最光亮最纯洁的信任——我认为全存在于一个女人的亲吻里。"我还是很纳闷，我想问她刚才在浴室里是什么含义的吻。我没有问。我不想这么赤裸地揭示她的疤痕，我相信她很快就会主动吻我的。她的身躯经不住一个男人的全部爱和热烈拥抱，她在我的怀里尖叫起来："啊！……你太用劲了，要把我的肋骨压断的。"我也相信了，我听说过一个男人太爱一个女人时会把她紧紧抱得胸骨全碎……

她无动于衷，一切听我摆布。白兔扑出窝，红菱褪壳来，全不是她自己。她也要求我身无掩物，她说："有衣裳遮掩的便是嫖客！"后来我在重庆宾馆的候客大厅沙发上捡到一本香港出的杂志，上面说，妓女中有自己卸装与别人卸装的分别，凡妓女均自己麻利为好，图时间快好再抢一家；而包妓则可以慢慢把时间磨掉，故定要情人或嫖客动手，当然也是显示自己比妓女高一档的情人身份。其实，这些形式能算什么？女人若细到如此便让人看出她的奸诡。在当时，我对她实在是以真诚的爱所相赠的。我相信人的年龄虽无以改变，爱情却不因为人到中年而变得淡漠、迟钝、呆板，缺乏浪漫。相反，中年人的爱情脱胚于年轻时期的浪漫，带上了久经人世沧桑的冷静和理智，少有的冲动使爱情的浓烈在色彩缺乏了的绚丽之中，更富有生活的真谛。有人说中年人的爱情最接近生活原色，是保持年轻的罗曼蒂克与老成的生活真谛相融的如日中天的生命精血勃发的山洪……

我不知道她体味到了没有，而我所感受到的正是我憎恨而离开的那个女人所翻版的一切，冷漠、无动于衷，甚至连双手的拥抱也令我失望……

"请你原谅，我不能……我不能那样做。我有荣誉、名声，我有丈夫……"她说着哭了起来，在我的怀里扭动着，忽而，我感到前所未有的冲动，我仿佛在大海的深处，几千米的深处沉睡了几千年，有一种力量冲融开包裹着我的巨大无形的透明的壳，直注我的灵魂，唤起对阳光的追求和渴望。我苏醒了，感受到第一缕阳光的暖意，通体由大海压力萎缩的渺小在阳光中膨胀发达。渐渐地，那种宣泄的快感又一次占据了我，而我发现她正称职地担当那种角色。

我不想吻她，这理由十分清楚。

6月20日

当两人结合以后，双方的那些并不是丑恶，而是光荣。她这么说。我记得她忘了说出一句话，指南针为什么只指一个南，而不东西南北都乱来。这是我问她的，我只是在心里问的，没有问出口。她的行为使我感觉不到厌恶，反而是一种爽身洁体的愉悦。她愿意这样做，我干吗反对？

她的喉口蠕动了一阵子，咽下了那么多叫我恶心的东西。此刻她如果真的吻我，我绝不会肯的。幸好，她只是看了我一眼就从桌上抓起那包进口的口香糖，掰出一块，扔进嘴里嚼起来。

我望着她的举止，感到惊讶，我明白自己眼前是位少妇，一位没有生育过的小媳妇。可我总在幻觉上把她看作另一个什么……

是什么呢？

没有属于人类创造的音乐来自于她？

服务员的敲门，送来了特别快而来到的傍晚，这时我才知道分手时间到了。

我有些惘然。她异常愉快。她用女人得到满足以后的那种情绪表示不能以小提琴的琴声来分手是一种遗憾，也许世上许多的遗憾正是一种美的完整体现。我相信她说的是很有道理的。

这一分手如果是永远不再见，大概那就是人生的一件快事。

到这里，日记似乎还没有写完。

倒是有一种很像娜娜的笔迹在上面涂了一些文字，字写得很有些才女的秀气。乐和仔细看来却是她为这日记续的文字：

6月20日她突然想到要小便，此时外面走道上都是人，她这样子怎么去上厕所？再说浑身如从水中淋过，即便穿上衣裳也是马上要湿透的。我看她那样子便问怎么啦！她嘴里说不出，只是用手指指自己的大腿根。我并不明白，以为要擦拭，便把那枕头毛巾拿过来替她拭擦。她越擦越是情绪不对，好不容易把嘴中咽尽了，说出要小便的话。我看看没有痰盂，怎么办？她用眼睛看看那两只暖水瓶。我不明白什么意思。但还是拿了一只过来给她。她看看，又提着晃晃。说拿那只空的。我见那只也有水，便把两只合了，空出一只，拿过来。她把壶口对着自己的生殖器，发出欢畅的声响。我真是惊呆了。事罢，她把壶盖上，让我递到原地。噢！好沉，快有一壶哩！她说一会儿到会议室去换一只来就行了。她说得轻轻巧巧。我看她是这方面的老手！我又想，不那样，还能怎样？学别人的样，把枕头让她尿？她的尿要是长了，一只枕头不够怎么办？再说那枕头还不是木棉的，更不是海绵的，硬邦邦一点也不吸水……"

再往下看，乐和见最后还是娜娜的笔迹。她这样写着："戏该结束了。可是人生舞台上那长剧什么时候才是一个尽头啊！我是'她'？还是'我'？说实在的，我非常喜欢这中间的'她'，可惜我没有她那种才华！更欠少她的那种手段！否则我早就把他给弄到手了。到手又能怎么样？……"

"这孩子怎么能这样续人家的东西？这不是戏弄人家吗。这日记写得并不坏的呀！……"乐和想，看得出来，娜娜是赞同这两个人的事的，说不定是她的经历？是她妈妈的吗？那倒不可能。却也难说，就算真是的，也没人写出来。就算写出来了也不会落到女儿的手上，母女总是有别的。"她要把谁弄到手呢？凭她的姿色和身材，加上她的工作、才华，什么样的男人不倒在她的石榴裙下呢？怪事！"

乐和合上这本日记时，墙上的时钟已经针指零点。

第三章　他想写一部有几代人思想的书

5

女人正在家中忙着晚饭，见乐和回来，只是把头从厨房里伸出来和他打了个招呼，也没说什么，只叫他把冰箱里的冰糖西红柿拿出来吃。他从冰箱里端出那东西，吃了几块，又把盖子盖好，放在沙发的茶几上。自己斜靠在沙发上休息。女人走过来说："你再吃点，我多弄了些的。"

"让娜娜吃吧。她喜欢吃！"

"有的。我留了一些给她。老乐，你身子不舒适？"女人在他身边坐下来，用一种忏悔的情绪缓缓地说，"有件事，我一直想对你说的，总是没有机会说。我知道你一直怨恨我当年那种做法。但现在说说，又有什么办法，谁又能回到那个当年去呢？那也是不可能的。后悔药总是事后服的。人年轻时谁能事事都晓理呢？总有悟不出，拨不明的时候。人上了岁数，有了经历，吃亏长了教训，这才能真正明了事理，才真正晓得后悔药是万万吃不得的。可人要是都能在年轻时早一步晓得世事的险恶，人情的炎凉，或者对别人的提醒认真地听进去，好好悟出点东西，也许会好点。但人年轻时总是觉得自己是天下第一明理人，谁的话都不会轻易听进去的，反而还要说你是误了他的好事！这不仅仅是在说我，其实也是说你。你那时不也是这样吗？要能听人劝，你能吃那么大的苦头？是不是！最近，我总有一种感觉，觉得让你走进我的家是一种错误！……"

"是吗？"乐和不明白她此刻说这话到底有什么用意，把两只眼睛紧紧地盯着她看，想从她的神情中看出点什么，比方说她说这些话时的某种敏感的心理流露。他失望了，他没有能从她的脸上看出子丑寅卯或蛛丝马迹来。他开始有些沮丧。忽然，他想起谁说过的：女人到了不惑之年便只有两种选择：慈爱或老道。告诉他这种认识的人还有注解，说"慈爱"，就是完全的女性柔美在成熟之后的表现，属于那种天性中纯朴而不被世俗奸污过的；这种女性大多在大家闺秀中产生，从知识女性中旁出，由误入尘世的善者中滤出。而"老道"则从"三教九流"中嫡出，这一点勿用多解释。他想，与自己在一起生活的这女人应该属于哪一种？他却没有办法辨识了。他觉得自己太无能了，想到这一点，他开始对自己的那个伟大的计划产生了顾虑。他要思考……

"我想喝茶。"乐和说。

女人站起来："哟！你不说，我倒要忘了。今天他们去买茶叶，搞了不少好茶叶。我拿了一点放在办公室里，顺便带了点回家让你尝尝。"说着，她就去拿了过来。乐和一看是好茶，毛茸茸的放在掌心怪好看，一团茶中竟没有一根青条，全是小小的粒子，惊喜道："这茶是……"

"好不好啊？"女人给他洗着茶杯，她晓得他从前虽然是个勤杂工，却很爱整洁，喝茶也是很考究，常时不时地流出旧文人的清高。他说那是他小时候在一家中药店里养出来的习惯。这一点，她信。她把茶杯洗净，过来先倒点水，再放茶叶，边放边说：

"说是五百元一斤哩！"

"喝了会成仙。美国花旗参才多少钱一斤？"

"你不是常常说，喝的就是那种情绪吗？你还说，从前看我给你泡茶是一种美妙的艺术享受。这种感觉，现在还有吗？"她把茶杯递给他时，顺便也妩爱地递过去一个笑。弄得乐和有些不自在："多大的人了，也不看看自己的岁数……"这话他没有说出口。他不能拂了人家一片好意。

他接过茶喝了一小口，然后问：

"说了半天，我还不明白！你让我进你家门是个错误，到底错在哪里呢？"

"算了，我今天不想说了。"

"你怎么还是从前的那种毛病啊！该说的就说，为啥说半句留半句，想说又不说？你这不是对我见外了吗？你是把我当东西，想要的时候就拿来，不要的时候就送走吗？……"乐和有些不高兴地从自己的口袋里掏出那份退休证，在手里晃给她看："你要是不让我进这个家，我只好再回到集体宿舍去。可有一点我要说明，自从到了你这儿，集体宿舍里那个属于我的铺位也早让给了别人。现在，恐怕连集体宿舍也轮不上我住了。离开你家，我只好去露宿街头，或者回从前的乡下去……"

听这话，女人倒有些伤心起来，抹着眼睛说：

"我什么时候说不让你进门了？什么时候把你当东西了？我从来也没有这么说过。从前没有说过，今天更不会说的。你说，你还说你不会气人。你会不会气人？这种话不是气人是什么？你从前是这样的脾气吗。我都忍了不说，还不是怕伤你的自尊心吗？说穿了，其实也没有别的，我对你是了解的，我也不怕你对我变心，我有法子对付你。我只是担心娜娜，死丫头从来都把我当外人看的。你说她一转眼就三十了。女人过了三十岁还没有婆家，怎么办？你没有进我家门时，她谈了一个蛮好的，谈了有好几年了，时断时续，什么原因，我也搞不清。你来后没有多少辰光她就和人家彻底断掉了。昨天在大街上看到人家两口子好相配的呵！听说他们的小孩都上学了……"

"你见了？同人家说了什么。"

"我好意思说话？隔了街看看吧。"

"那是哪马对哪厩的事。"乐和不高兴地说。

"总是事啊！你说该怎么办？"

我说？乐和想，你们这母女俩的事，我还是不开口为好。他把眼光放在茶杯里，水中的茶叶犹如碧波芙蓉轻舒肢，叫人看得很惬意，他看着看着就忘了那些耳边的话。女人过来摇摇他的肩说：

"你到底想把她当女儿还是别有所图……你说，你那葫芦里装的是什么，我也实在没法弄得清爽的。看你一点也勿急的样子，我就觉得你心里有鬼！"

"我着急？你着急？皇帝不急，却急煞太监。你说你怪我怪得有道理吗？你说这种话，也不怕心亏？"乐和抓起茶杯准备喝水。

"我经常不在家。你们两人在家，她对你又那么崇拜。我不放心！要是真有个什么事出来。我怎么办？"女人说着把身子朝一边扭去，"你现在退休了，能整天在家，我更是心吊着没有个放稳的地方。"

"如此说来，我还是走为好！"乐和把茶杯朝茶几上一放，起身要走。女人一把拉住他："这就是当年处处会保护我的乐和大哥？还没有叫你去为我送命，这两句话就把你吓跑了。"

"你叫我走了，我能不走？"

"你不晓得我这个人是刀子嘴，豆腐心？说走就走，一点也想不到我对你的好处了？"

"想那些也没什么用的。说句不好听的话，要不是你。我当年能吃那苦头吗？好了，过去的事我也不想，说了也没有什么意思的。"

"本来就不该说的，亏你还是男子汉大丈夫！气量也只有芥子那么大，和女人一般见识……"

"从前的你也早就没有了。我说过，我到你这里来是因为我老了，没地方去。到你这里休息的，我不想给别人再添什么累赘！当然更不希望给自己增加什么精神压力或精神负担什么的……"他重重地叹口气，"一辈子就这样恍恍惚惚地过去了，现在想起来也实在可惜。过去的青春追是追不回来了，过去没有做的事，我想好好做一做……"

"啊！你真想对我女儿下那个手？你难道不知道自己是多大的年纪吗？"

"对你女儿下手？"乐和费解地看着她，想了想，说道：

"不错。对我来说，她的确是非常重要的，没有她，我就没有办法！因为我一个人是无论如何做不起来那种事的……"

"一个人当然做得勿爽快惬意的！"女人听了火冒三丈，扬手要打乐和，"因为……因为什么？因为她是小姑娘吗？我看你老糊涂透了。嘴里口口声声说自己到这里来，是老了没地方去。又说什么我是你的老恋人，在我这里可靠，度晚年幸福。原来你是另有所图……"女人说着哭着，哭成一团，最后倒在沙发上……

乐和见状，慌了手脚，语无伦次地一把把她拖起来："你们这些女人，就只会动辄摔醋罐子。你也不看看我是什么样的人？我今天正式退休了。我想把当年没有做成的那梦再拾起来……"

"你不就是当年没有得到我吗？我送给你去，你不要。现在你却在口口声声要做得当年那梦！你、你、你你你……"

"你呀你！你还记得有人说过的话吗？不错，是我用那个作者的文章时加上去的，加得好，我喜欢。你听我背给你听：'人人都知道爱情和结婚是必然相连的，有爱情就会发展到结婚。可它们又是互相各自为政的，对对爱情不会都有结婚的结果；桩桩婚姻未必都是爱情所致。人生的恋爱只有一次，此外都是散步。婚前的爱常常是游戏，如儿童；婚后的爱应当是散步，如老人，不可走得太远。……'"

"逢场作戏！你说得最多。"女人喘喘地说道。接着又说，但说话的口气明显软下来了：

"我的女儿更不能让你去游戏、散步！就是真的也不行。你给我保证！"

"对谁保证都可以，我从没有任何念头。包括游戏和散步。"

"那你……"

"我是说我知道娜娜的写作水平，想让她帮我的忙，完成我久有的夙愿。你别急，让我说完好不好。以前我只是想，有那么一个打算，现在我真正退休下来，我就想把我过去头脑里那些胡思乱想的东西统统变成一种思考，变成一个完整的让别人面质人生有点借鉴作用的一本书啊！巴尔扎克说，小说被认为是一个民族的秘史。写一部民族的秘史恐怕不是我能做得到的，到现在为止也还没有人说巴尔扎克的《人间喜剧》是法国民族秘史。把小说当作一种思想的教科书或者是一种思想的记录，或者是人生参考书，这倒是我想试一试的。"

女人抬袖子一抹泪水，懵懵地问：

"你也想写书？我怎么记不得你从前有过那种伟大的想法。唉！多亏我没有想到。也许你那时说是说过，我没有朝心里听进去，要不，我真的入痴入迷跟上你，这辈子苦海无边游不到岸，还要坑害了孩子的前途。"她坐将起来，认认真真看着乐和：

"你真的是说你退休后就在家写书？你说的倒是蛮对的。娜娜整天就做的作家梦！她也正好是图书馆的人，帮你找资料没有问题。不过，那样子我更不放心了。这丫头疯疯癫癫的，要是她主动迷上了你，你们男人家的神经又常常晕乎乎的。出了什么事，我该怎么办？你说，你说你会不会呀！你能不能控制住自己呀？"

"我能控制的。你该放心了吧！"乐和不高兴地咕噜道，"我跟你说正经事，你却在岔七岔八的。我问你，当年和你说过那么多的话，你真的全忘了？"

"怎么能呢？谁晓得你要问当年的哪句话。是吃小馄饨和人家吵架，还是人家追你被我赶跑？"

乐和没好气地说："那个洋楼里的事啊！"

"洋楼，哪个洋楼的事？"

"就是我说给你听的，洋楼里发生的故事。"

恍惚从梦中醒来，女人被鞭子抽打似的浑身痛苦地抽搐起来。终于，她记起了当年，想到了他曾经不止一次说过的话题。内容却怎么也记不清楚了，那时的她完全是浸在爱情的晨雾和少女昏眩的紫环中，她只记得自己完全不可能是那种可怜而又可怕的做人妻生儿育女的苦命。她是高傲伟大的公主，连情人都是副省级，丈夫还要说吗？那时的他，的确很有点前途不可低估的势头。她想起了赵契说过的一句话。他说党内有人说乐和的父亲是党代会最初几次的代表，他查过，可能性很大，但只是可能性。目前有争议的就是要在最初的国民党党代会上找到他的名字，而乐和本不姓乐，姓什么？又得查核……她还能记起什么？那座洋楼的故事！是的，这是他们在一起时常说的话题。现在，她怎么也无法回忆起当年曾把洋楼和乐和要写书的事情连在一起过。她对乐和说：

"我倒是想起了人家说的一句话。那是三十年前说你的……"

"你终于想起了过去的事？"乐和问。

"也不知道是好是坏。是他说的。对了，就是在那座洋楼里说的。不，是在楼前的草坪地上。从前，那儿有个插太阳伞的铁圈。还有摆藤椅的地方。他常常在那儿躺着，或者坐在藤椅上和党外人士交谈。有一次，他和我谈到了你。他其实对你印象很好的。他说，人生在世有两种活法。一种活法是说，人图在世时能得到多少实惠。这中间也有两种方法，一种是通过他自己为人民服务而获得人民给予的，另一种则是削尖脑袋不惜手段靠钻营得到。他说你对这些都不看重。他就说你这种人是很可贵的，如今太少了。另一种活法是，在世不图名利富有，只为身后能给这世界留下什么！你可能属于后一种，但他说他那时还看不出你有这方面的准备。也许你那时的可悲就出在这方面……"

乐和摇摇头说："我也说不上。其实我要写这部书，还都是一种冥冥之中的力量所左右的……"他想到了那个老僧，想到了那个金生和两函书。是他们所左右我的？不像。乐和摇摇头，又说：

"到底为什么，我也说不清。我这个人生来就是活得不潇洒的。不能指望活着得到什么名利富贵和荣誉，这是你已经看到了的。身后，要说想留下什么，那是更不可能的！我就一直没有那种信心。就说我刚才说的要写部书的事吧，我总觉得我没有那种能耐把这本书写出来，或者说写出来后连发表都成问题，真还能流传下去？那恐怕是做梦的事。我让娜娜帮我也是有道理的，一种预感使我觉得最后的完成还真的要落在娜娜手上。……"

女人高兴地扳住他的肩头，充满温馨地说：

"你这么说话，我就信了。这种好事，我举双手赞成！从今天起，你就在家专心致志写你的这部大书吧！写什么内容呢？……你不想先说？也好的，到时候让我惊喜一下。算我没有看错人！"

乐和舒缓一口气说："有你这态度，我心里就踏实多了。年轻时我写过一些东西，怕带在身边出事，一直都放在人家那儿。没多少重的，是一些笔记和散乱的文字东西。我想拿来先整理一下，理出个头绪才立提纲……"

"在哪里？要不要车。"

"不用，明天我自己去取就行了。在老宋家！"

"好。从今往后，我就等着了！"

女人突发青春，在乐和脸上吻了一记。

6

乐和取回那包材料后，便把自己关在房里一个多星期，总算搞出了一份有头有尾的长篇小说的写作提纲。他毕竟这几年从事文字工作没离手，又有他那金陵大学文学院高才生的底子，提纲搞得还真叫娜娜惊叹不已！娜娜赞道：

"这简直就可以发表！你听这一段：'人生就是苦难，人生的意义在于战胜苦难，为他人创造光明。'妈，你听了没有？他写得对不对呀！"

正在忙家务的女人闻之当然乐不可支，连连说："知道啦！你也别急猴似的，让你叔写出来也不迟啊！反正在家里你是第一读者嘛！"

"在这世界上，我们都是第一读者。也是作者之一……"

女人和乐和高兴地附和她："当然是，当然是。没错的！"

晚上和女人躺在床上，又谈起了这事儿，乐和说："这是正儿八经的回忆录。娜娜建议我用它的历史框架，改成小说。她说回忆录不好，太拘泥真人真事了，展不开，而且还要准备打官司！她说，如果作为小说来弄，还要再加一条爱情线，说一个少女第一次看到他以后便暗暗爱上了他，却阴错阳差，直到三十年后才让她有机会真正表白……"

"这是不是暗指？……"女人忧心忡忡地问。

"那是小说，你又想挂钩了？"

女人叹口气，把手从他的小腹部挪开："在这上面，娜娜是行家，她说好，就依她吧！作小说写也好，真晓得的人就当真的信。不信的人就当小说看。"

一夜无话。

第二天，乐和便开始动手写他的长篇小说。进度还算可以，第一天就足足写了有六千字。一旦进入那个角色，乐和便有一种在冥冥之中与那形象模糊的父亲对话的事。他开始体验着父亲那一代人对理想和主义的执着。他开始问自己：父亲他们的选择到底对不对？用现在一些人的眼光来衡量，父亲那辈人的选择可能是一个人类的悲剧。而当时，谁也不会相信这是一种错误。细想也是，什么事大概都摆脱不了当局者迷的。而我们站到了历史给予我们的新视角上，当然就会有更清醒的认识了。话再说回来，这不也是吃后悔药？不！如果这样看，那就肯定错了。况且，我们谁能说我们现在的认识就是百分之百的正确？如果没有孙先生领导的资产阶级革命对几千年封建主义打头阵，后来者将面临的是什么？站在巨人的肩上指手画脚的事，谁都会做！真正的经历者才能体验出创业维艰的内涵……乐和一旦有了这样的认知，他手中的笔便挥洒得格外顺畅。只管铺纸来，哗哗沙沙流水而去，无以抵挡……

到晚上一家人坐在电视机前看完新闻联播后，娜娜拿来她已经改动过的稿读给大家听。娜娜天生有一口好嗓音，读起来有点像中央电视台的新闻播音员李瑞英的柔中有脆的音响效果，你听：

> 江山的变迁大致都有它们自己掌握的规律。这种规律总是以给人类的文明和进步带来推动力的。何应钦站在他那座公寓前的小山顶上，望着远处的大江，近处的树林，以及那根本就看不见的遥远的城市，眉宇间深深地嵌起了一道沟。那沟在迷蒙的秋雾中平静地躺着，不拨动便使人无法看见主人那深藏于内心的一切！
>
> 风起了，近处的树在动。远处传来大江涛声的低喘之声。
>
> ……
>
> 何应钦看看身边，没有人。离他不远处的警卫正目视着那条唯一对外的通道。他轻轻地不可见地低叹道："画句号的时候终于到了！……若干年以后，人们还会想到在某天的傍晚，一位忧国忧民的人在这里有过短暂的思索吗？……大江东去，浪淘尽千古风流人物！历史，不可逆转啊……"
>
> ……

"写得好！没想到这么多年的磨难倒把你的文思给磨得老道起来了。娜娜，你是最有发言权的。你说你叔这开头开得如何？……"女人一副情绪高涨的激动，拍拍乐和说，"要有西方人那种文采妙绝的句子。叫那些被铜臭熏得昏天黑地的出版商们见了不肯丢！到辰光，就是好价钱……"

娜娜一听她后面的话就不满："什么话到了你嘴里就多了层铜臭气。这书才开头，万里长征刚走第一步，你能说好了吗？"

"别这么呛呛的。你妈说的也不是没有道理的。不过，我对于出不出版实在不抱多少指望。只是想把它写好就行了。"乐和说道。

女人点点头，说：

"也对，我们不要在这里多说那些废话。娜娜，你往下念吧！下面总该有情节了吧！我就是喜欢看情节好的小说。"

"躲在卫生间里看琼瑶小说，一看半天，连班都忘了上。……"娜娜没好气地挖苦着母亲说："那就是好情节。"

女人笑盈盈道:"人家写得好嘛!我们单位许多女同志都在上班时蹲厕所,有的一蹲,蹲上半天把自己蹲得爬不起来了。别人去一看,她身上掉下一本琼瑶!你说,那劲儿让人感不感动?你的书要写到这么个份儿上也就可以了……"

对于她母女俩的对话和争论,乐和是从来没有兴趣去参与的。他在一边静静地闭目养神,想着书中往后的情节发展……

7

女人出差去了外地一个多月。

娜娜每天回来做饭给乐和吃。这年龄的姑娘没有了十八岁少女的那种肆无忌惮的外露,更多的是增加了内在的涵养。对于自己欲望的东西,并不急求。只是在怡水静风之下寻求十拿九稳的把握才出击。乐和忙着自己的写作,并不关心别的,倒也乖乖儿一个似的顺从她的照料,满足娜娜作为女人的某种快乐。娜娜在这样的状态下,似乎更有信心了,不再愁她那计划实现不了。她有什么计划呢?那是谁也不晓得的。她是个怪女子,在单位和大家的关系都不错,可要是说和谁特别好,却没有。因此,谁也不知道她的心里有个什么样的计划?她也不愿意向任何人透露,她把自己的思想包得严严实实,风丝儿不透一缕,别人便也不好多说。她自有自己的主张,架炮跳马,撑象支士,该走哪步棋,该挪哪步车,她心中稳着哩!

闲下来,她便把乐和写好的章节拿进自己的房间,逐字逐句进行推敲……从那些纸张墨迹间弥漫开的气息浓烈地熏蒸着姑娘的心境,使她的心中越发对这个被她称之为"叔"的人升腾起久已有之的情意,为了不打乱乐和的创作进程,也为了她久已有之的计划不泡汤,她努力地克制着自己。依旧像过去一样,在晚饭后陪乐和散步,这一工作,她似乎做得更富有意义了。他们已经极少到广场中心的花园去了,那儿对他们两人来说都已失去利用的价值。如今,他们去得最多的是那幢洋楼的周围。令娜娜惊讶的是,乐和每回都只是在远处看它一眼,而不想进去看看,甚至提都没提。娜娜注意到他这种表情的时候,更注意到那洋楼外的围墙门锁着。上面挂着的一把铁锁已经锈得看不见它出厂时刷上去的油漆颜色了。令娜娜不能理解的是,那洋楼外的围墙里却住着一个看洋楼的老人,那有什么值得看的呢?

娜娜知道,这洋楼对于乐和绝非一般意义上的建筑。它可能也完全应该是个难以估算的精神和物质财富。然而,它对于她来说,就好像那把长满铁锈的锁，而且是把只有一个人知道密码的密码锁！稍不注意，她就有可能会失去那个密码拥有者。所以，她得处处小心……

渐渐地，乐和的面前堆起了几块砖那么厚的手稿。

这天下午，照例又是乐和一个人在家中写他的那部长篇小说。

写着写着，他进入了一个极佳的创作状态，竟激动得情不自禁地站立起来，捧着手稿朗朗有声地读起来：

"我们都是黄埔的学生，我们都肩负着历史的使命！中华民族到了需要我们做出一代人血与肉躯奉献的时刻。我们应当不计前嫌，我们应当不论政见，我们应当不慎旧念……"

林稚陶笑着打断他的话，用她那好听的渔阳腔说："秦末、汉末，英雄四起，为推翻共同的敌人，大家都能紧紧抱在一起。当革命到了快胜利的时候，你能说好朋友们之间还是那么团结一致，不兵戈相见？到那时，有人为权力而分道扬镳，有人为心爱的女人而误入歧途，更有人为金钱而出卖灵魂……种种的可能都会有的。时代已经不再是封建王朝，其暴露的效果更比项刘、曹孙刘之类厉害百倍。你说，中国只有走共和。可国人以为只有皇帝才是中国最大的家长，你总统、委员长、主席不也是最大的家长？与皇帝佬有什么区别？是不是就少了不在全国选美，搞后宫三千粉黛无颜色？……"

曹家之愤愤道："林小姐此话差矣！皇帝和总统在本质上就是不同。走共和就是要让国人来参加国家大事的管理……"

林稚陶一向对曹公子没有多少好感，见他说话如此呛人，不由得粉唇变色，嗔怒道："共和好不好，现在说还太早。你不要忘记还有个共产主义在与你比较。我敢断言，要不了多久，大家就会各奔前程。那时候，谁都会有壮士一去不回头的悲壮！可历史却在嘲弄着善良天真的人们……"

"咚咚咚……"

猛烈的敲门声打断了乐和的自我陶醉。

乐和以为是娜娜回来了，不高兴地把手稿放下，嘀咕着走过去开门，嘴里说：

"多大的人了，还像个娃娃。我要是有心脏病，还不被你这一敲给吓死过去吗？……"他走到客厅，抬头看墙上的钟，长短两针正划了个好看的十五度，他想，才三点一刻，你怎么就回来了？是钟停了，还是你从班上溜回来。且不管它，去开门。乐和这人一向慎重，在报社里拿到总编批了字要开后门的稿件，都不是立即就上，而是要再去当面问问总编才放心。他说这是从别人的教训中得来的经验之谈，从前有人就因为见总编批了字而盲目将稿子上了版面，结果被查出来是恶毒攻击我们社会主义和执政党的反动内容稿件，总编根本就没有看过，那字是有人照样子画上去的。结果，结果还能怎样？坏人没有查到，根本就没有这么个作者。编辑却被抓进牢里，总编调到出版社当社长，官升二级。你说那当编辑的冤枉不冤枉？这一刻，他走到门口先把眼睛朝猫儿眼的小洞里一贴，然后窥看一番，见外面并非是娜娜。他是谁？这人好像脸熟。

"你找谁呀？"乐和问。

"就找你！快开门。"外面的人道。

乐和听这口气好像挺熟的，可我不认识他嘛。

"你是谁？我怎么不认识你呀！"乐和说。

"你小子守着一老一少两个女人，快活得骨头都散了板，哪里还记得我们这些穷朋友？在破亭子里避雨，漂亮女人赐给我们每人一个耳光的事也忘了？……你还想不起来是谁吗？真是狗脑袋安错了地方！开门……"

乐和好容易从大脑的深处找到了那个不知猴年马月就忘掉的事。是有个漂亮的女人因为躲雨而跑到他们已经占有的破亭子里，偏偏那个破亭千疮百孔，只有一角不漏水，且已经给他俩占领了。她没有办法，只好站在大雨中挨淋。乐和心慈，说是让她来挤挤吧。谁知同伴说："想她做老婆，我就让你。"乐和说："人家愿意我也不敢！"谁知那女人听到了，上来竟说：

"你是阳痿了，还是假男人？没用的东西，堂堂的男人连想漂亮女人的话都不敢说，叫你去打仗准是先做逃兵后当叛徒，然后是不齿于人类的狗屎堆。"

说着就给他俩一人一个耳光。打得他俩莫名其妙，落汤而跑！

乐和开了门，朝对方说道：

"你到哪里去了，我怎么一直没有见过你？"

"我是常常在报纸上见到你的。为你荣幸！你住的地方好大啊！……"

"你找我有事吗？你是怎么找到我的？"

"你不知道我，我可知道你。别这么刨根寻底的，我就住在你们家大楼那边的楼里。你们从西边路上来，我们从东边路上来，中间隔着两幢楼的围墙。当然就看不见了。我可以从后窗上看到你在阳台上和一个年轻的女人或是个老女人调情！别见怪，我们工人可比不了你这大知识分子啊！能抽烟吗？"他说着自己在沙发上坐下来，掏出烟，想抽，看看没有烟缸，停住了。

乐和拿张娜娜扔掉没用的硬纸卡片放在他面前："烟灰就弹在这上面吧！"

乐和给客人倒了杯茶。

"我找你有事。"客人说着就把乐和拉着朝厨房跑。在乐和家厨房小窗上可以看到窗外对面的大楼顶。他指着对面楼顶说：

"你看到了吗？那儿正在造铁塔！你知道是怎么造的吗？你看清楚了没有。你知道他们要造多高啊！"客人激动万分地说道，"我周得山就是要问这事的！我自己问，也要你去问！"

"要我问？你这是什么意思。"

"不急，我说给你听。"客人重新回到客厅，大家坐下来。客人又猛猛地抽了半支烟，喝了两大口茶，情绪似乎有些平静下来。他对乐和说道：

"那个铁塔，听说要造五十米高。铁塔造这么高应该造在地上，可他们却造在一幢二十年前的旧大楼上。又不是和整个大楼连成一块做基础，只是安在一个小屋子顶上，就是你刚才看到的那个通楼顶的小房子。那东西能做基础，承住几十吨重的铁塔吗？再说，这旧楼又不是钢筋水泥框架的，是砖混的，连防震都防不了几级的，还能加上这么重的东西，寻开心也不是这样寻的呀！……你问我管它干嘛？你不晓得它倒下来要砸得你家这幢大楼体无完肤血肉横飞的吗？你说，在居民密集区造这样的铁塔，行不行？"

"他们事先总会考虑到这些问题的吧！"

"胡说，我了解过了。他们谁也没有考虑，压根儿就没有想到群众的利益。根本就没有人管！我先来找你问问。你要是愿意了解的话，我就找人来向你反映。你是报社的人，管管也是应该的！为民请命的海瑞被罢官以后，真的就没有人敢为老百姓说话了吗？真的就是靠那些官老爷睁着眼睛说瞎话地汇报汇报，越到上面越听不到真话吗？"

乐和说："我正忙着……"

对方打断他的话问：

"忙什么？我们都到你那报社去过了，人家说你已经退休了。退休在家就是享清福的，还忙什么？"

"我正在把多年想写一直没有时间写的一部书稿写掉！"

"嗨！那是什么事？这是什么事！什么事总有个轻重缓急的。你抽点时间把这事弄好，让他们把铁塔撤掉或者加固，给我们每家补钱……不过，这钱不能拿的。拿了钱，丢了命，只有傻瓜才做那种事。"

第四章　事不关己的最好办法

8

晚上娜娜回来，乐和便把下午的事告诉了她。

娜娜一边换鞋一边更衣，听着他说未作置否，只是点点头，她正要忙着去做晚饭，"一会儿再说，好不好？"她朝厨房去的时候，对他说。

乐和斜靠在沙发上，见她这么说，也只好暂时作罢。其实他只是想有个人同他说说这事，好使他心中有个底，自己能拿出个决断来。娜娜要忙晚饭，还有谁能解他的围？没有了，他只好在沙发上闷闷地躺着……

晚饭后，娜娜陪他散步。出门时，谁也没有说去哪个地方。娜娜不问，乐和也未说，两人就这么走着。直到向"目标"去的方向时，娜娜迈出了与平时不同方位的第一步。乐和心里明白，是朝铁塔去的，他虽然没有去过，但他下午是向周得山问清了方向的。

洋楼和铁塔虽在一个地方，却是要从两条不同的道上去。所以平时乐和与娜娜或与女人散步，是根本走不到那儿的，他们只是在两者的外围转转而已。当他们今天要去时，是要问清楚的，因为两者虽在一个区域却是不同方位的位置。所以得专门绕另一条道走一段路。两人找了好一阵子，又走了几步冤枉路，这才找到那个铁塔。远远地看着它，无法靠近。那铁塔造得果然如周得山所说有些危险。娜娜几乎没有多想，便问他："你真想问吗？"

乐和对她这么长时间一直没有正面对这件事反应有些纳闷，此刻突然听她问，倒有些激动，连忙说道：

"娜娜，你知道吗？那个姓周的来找我要我过问这事。我好激动啊！真没想到的，他们竟然还没有忘记我，还把我当个记者看的。人民没有忘记你，你能先忘掉你自己的职责？就是嘛！记者，既然是记者，那就永远都是记者，退休，那只能说明你的工作改变了。可你记者的神圣天职没有办法改变。你说是不是！……"

娜娜笑道："你说的当然对。一个有正义感的记者，多年的记者生涯把他的灵魂铸塑成了特殊性质的。只要他的生命不止，肉体不灭，任何外界的力量都是不能变改他的初衷的。"她看看他，问："我说的对不对？"

"当然是这样的。"

娜娜好像有所指地说下去：

"米里有沙粒，记者的队伍和一切别的队伍一样，鱼龙混杂，泥沙齐聚。但也不能说这中间就没有像你这样优秀的人物了。不，我没有贬低你的意思。一丝一毫也没有，请你不要误解！我觉得那记者的行当好做，又难做。好做的是，凭一片纸证件可以到处吃喝骗诈。这样的人现在不少。外国？那也许更多。难做的是，先要有个好的灵魂。谁要想获得好灵魂，就必须像但丁说的那样，先入地狱，解决好前世所犯有的淫媒、诱奸、贪污、谄媚、伪善、偷盗、买卖圣职、挑拨离间、阴谋诡计、重利盘剥等等重罪灵魂的处刑，并经过火雨烧灼、烫沙煎熬。然后进入炼狱山上分别洗净傲慢、嫉妒、愤怒、怠惰、贪财、贪食、贪色等七种人类难以抵挡的罪孽。最后才能真正进入新的境界。这谁能做得到？人世间能有那种机会的也只有你这样的人。所以也才有你刚才说的，人退休了，记者的职责没有退休的话。你说，一个当过警察的人，一旦退休就对眼皮底下的犯罪现象不闻不问？除非他当年就是个坏警察！我的比喻对不对？记者这种职业也是这样的，他应该对社会有着比一般人更为强烈的责任感。只有这样，他们才能是个好记者。一个从肉体到灵魂都愿意为人民鼓与呼的记者！这种记者，现在不多了。真的不多了！"

"你年纪不大，为什么这样老成？早熟？"

"能怪我吗？这个时代就是个早熟的时代。怎么？我刚才说的不对？"

"对！非常对。不但对，而且也非常精彩。那当然是只有你这位女才子才能口若悬河，一泻千里，滔滔不绝。你说，除你以外，谁能在几句话里如此尖锐、敏捷地概括出精辟独到见地的。你知道吗？从前我就是到他们厂里去调查一个事情的回头路上和他一起躲雨的。他还记得我。我都不敢相信，那是好多年前的事嘛！我一直在怀疑我能不能作为一个记者再去为人民的利益真正地鼓与呼？……"

"你是记者，记者的天职就是为人民鼓与呼的。记者没有老的时候！我觉得你去了解一下也是好的。真的，我真的喜欢你去当记者为人民说话办事！

我看到你站在记者的立场上那个严肃的样子，很叫人佩服尊敬的。下班回来你对我说了以后，我就一直在想这件事的。我知道我自己，说实话，我虽然还年轻，但却已不可改变地沾染上了世俗。要想改变是不可能的了。所以我很佩服你，也非常希望自己能永远做你的好帮手……"她说这话时，有意识在语调上做了一点情感方面的微妙"修饰"，目的当然是非常清楚的。她想，你乐和该明白。

偏偏乐和没有察觉出来，思路和情绪完全浸在周得山说的事中。他说：

"你支持我去采访？这本书可又要搁下来了。"

娜娜无奈地在心中叹了一句："一只不知何时才能开窍的大呆鹅！"接着他的话说道："也不会搁去多少天的。接触实际，多少也可以增加你写这本书的一些当代参与意识，我想，只有好处没有坏处！"

"不知你妈回来后会怎么想？"

"你从前不是这样的嘛！"

乐和笑了：

"好吧！就照你说的去做。"

睡觉前，乐和拟订了一个采访计划。根据这个计划，他将从明天起着手采访铁塔的来龙去脉。他当然明白，记者的采访，实质就是调查，只是用词不同而已。

第二天早上，乐和正要出门时。周得山来了，他还带了几个人，说是让这些人来给乐和提供情况。乐和不便推拒，只得让他们进门。

他们一进门，乐和便问周得山有没有别的地方可以去举行座谈。

周得山看看客厅，费解地问："这里不行？你们家也有人上夜班。"

"没有。"乐和摇摇头。

"那就在这里好了，又不会耽误你多少时间的。"

"在这个家中……其实我就是要出去调查你们说的铁塔的事。"乐和想说这实际上不是他的家，要是大家在这里弄脏了什么或损坏了什么，女人们回来准会嘀咕不停的。此话他当然不便说出口，好在有人看出了乐和的为难情绪，提议到附近的他的家中去。

周得山爽快地手一挥："那就开路！"

这家人家住在大铁塔正南边大楼的顶层，与铁塔相距只有二十来米的空间。如果铁塔在正北风猛烈摇撼下倒塌，准会将上半截压塌他家，一家人罹难是毫无疑问的。更为可怕的是他们家那位年迈的老太就住在北面的房间里，大窗子外面的空间全部被铁塔占领，老太从早上一睁眼就看铁塔，一直看到太阳落山黑幕光临，梦也是铁塔。精神状况整天处在铁塔要倒的恐怖之中！一见有人来，老太就唠唠叨叨说这铁塔是要倒的，一定要倒的。因为她的梦中都是做的不倒！梦是反的……

老太的话，说得大家心情越发沉重。

有人说了件事，说有家公司想到赚钱，开发了"在我们城市上空看看我们居住的地方"的旅游项目。没有多久，有关部门以市民提出飞机噪声过大上书人大，让其停业。据说理由是飞机经过地段的噪音高出允许极限的十分贝！人的承受能力连高出规定十分贝的噪音都不能接受。这铁塔对人心理的长期压力将是多大？能比那高出极限的十分贝的危害小？

听这话，乐和想，有什么办法让有关部门知道铁塔对人的心理承受压力呢？用什么办法让有关部门过问呢？

"你找市政府？"有人问乐和。

乐和点点头："看来只有找他们了。你们还有什么意见呢？收集起来一并交给我，我去向市政府汇报。"

周得山说："你别急。多着哩！你慢慢记着，大家一个一个地说……"

乐和说，好吧！你们就开始。

说话间，他就掏出了采访本，拧开笔帽作记录。

一小时以后，乐和到了市府机关大院。

这座占地面积十分可观的大院里，到处都是鸟语花香。一幢幢办公大楼矗立在太湖石、泉水、绿树丛中，方方正正，有角有棱，像人一样有鼻有眼端端庄庄好模好样。远远见去，恰似翩翩少年站在那百花园中，花得人俊气，花更俏；人得花相衬，人更俊。每棵树都被修剪得漂漂亮亮，有的像馒头，有的像云伞。那草坪也修得很好看，有图案的色彩相间，像地毯一样，在那上面还有一些盛开的鲜花。风一吹就有阵阵的香气拂动在空间，嗅一口，直达腠理，五脏通舒、六腑顺畅。乐和想道，从前怎么都没有仔细欣赏呢？在这样地方工作的人，还能有什么烦恼和不愉快的事来干扰？不会有的。要是有，出来散散步也就消掉了。他们也用不着担心会有什么飞机或炸弹从天上掉在头顶上。当然更不用怕会有铁塔在他们的头顶上倒下！用不着担心，是的，什么都用不着担心的！乐和边走边这么想着，不觉走进了一座有橡木地板的大楼，在二楼的楼口看到一块楼层分布图上写着政府各部门的位置。他走上二楼，就看到玻璃隔墙后面有两个年轻的女人有说有笑好开心的。看出来，她们的话题很有感染力，那放浪的笑声几乎把贴着郁金香墙纸的墙壁都饱和得鼓胀了起来！乐和想，她们这么好的兴致，一定是个好的兆头。他走进去的时候，年轻一点的朝他瞟眼看，那表情好像有滋有味的。他也看了她，却是淡淡的没有反应过来的木讷相，等反应过来已经迟了。后来，他发现这女人长相比娜娜老气而且皮肤粗糙，笑的样子也很难看，他便对自己那木讷的反应也有些坦然了……

"你哪里的？来干什么。"她的口吻和她的表情一样令人不愉快。

乐和想，要是我一开始对她回个脉脉含情的笑，或许她会对我有另外一种态度的，可惜迟了，这种事还就没办法补救。此刻求人之际，不如忍着，以好言相陪，能求得到事前的后悔总是福。于是，他告诉她来意，并把记者证给她看。她大概还在记恨，不屑一顾地嘀咕：本地报社，有什么神气的？连眼皮都不抬问：

"你有什么事，说吧！"

"我正在采访西山区建铁塔的事，想跟你们了解一些情况。"

"铁塔？什么铁塔？"

乐和知道，他必须把情况用最简洁的表达形式告诉她，尽管那等于石炭水刷在荣国府前那对石狮子嘴上——白刷（说），可她把着这一关，她小鬼不让道，你插翅难飞过！唉，没办法。他只好捡些基本的材料告诉她。她听了以后，朝另一个女人笑着问："你说，人家单位里造那么大的铁塔能不经过有关部门批准吗？他说会倒。还没有建好就说会倒？这世上什么样的人都人，竟也有这样的记者！"

"杞人忧天！你这是杞人忧天，有损于党报记者的光辉形象。"另一个女人对乐和说。

"我想问一问，市里有没有什么文件规定说建铁塔要批文或不要批文的？"乐和问，"我是想看一看！"

两个女人对视一眼，同时摇头：

"我们不清楚，你得去问城市建设委员会。"

乐和还想说什么，可人家已经不再理他。那就去城市建设委员会吧！

城市建设委员会里一位和蔼的老同志接待了乐和，一副非常谦恭的表情自称是主任，亲自给他泡茶，告诉乐和：

"我知道你，你是大手笔啦！你那些登在报上的文章，我是每篇必看的。有一篇叫……《谦虚的价格》。对了，就是这一篇的……"

"那是过去的，很早很早以前的文章了。没想到你还记得？"

乐和真有些感动不已。

"嗳！好文章流传千古嘛。怎么能忘记啊！你在那篇文章里说了一个靠专门迎合上司而升官的人，那人有个儿子因为小时候生病有点口吃。来了客人时，他陪着父亲见客总是不开口。知府以为这孩子谦和，于是便荐他为乡贤、贡生，谁知竟是一路绿灯直到举人都顺畅得不得了。后来，这个年轻人到了京城，宰相问他话，他还是十句没有一句回词！宰相心里想，这人老实、谦和、可靠，让他做我的接班人一定不会坏我的大事！于是，在这个私欲十足的宰相极力推荐下，他继承老宰相的位置，当上了新宰相。可是，他到底成不了气候。皇帝问他什么话，他都说不出，皇帝一气之下要革他的职。满朝文武一想，他下去了，换上一个从前那种坏宰相，大家还怎么搞钱朝腰包里藏啊！于是满朝文武一起下跪求皇帝留下他。说他的好话只有两个字：'谦逊'。……你说，你那文章指的还不明白？好皇帝当朝的时代，为官的三年没有政绩就要卷铺盖回家种地。而我们的官场上有多少人是抱了个铁饭碗整日碌碌无为却平安无事的呢？从这个意义上说，你那文章谁看了能忘？又怎么能说你那文章是过时？……说吧。你今天来有什么事要我们办的，我绝不会像你文章说的那人一样谦虚得没有回话也不动手干的。"

乐和想，有你这话，事情就好办了。于是，他把情况一说。

对方顿时激动得站起来说：

"这种事一定要抓！要追究。……城市建设中有没有规定说建铁塔要报批？我来问一下。"他拿起电话要了另一个办公室："小孙，你要一下。"

有个年轻人在他手上的电话还没有搁好的时候就进了门。

"我市有没有规定，说修建铁塔要报批？"他问。

年轻人想了想："没有！"

"好了。你去吧！"

年轻人走了。他坐下来，长叹一口气道：

"如此说来，我们要办还有些难度。但我们可以根据你反映的情况，向市委报告，让市委指示市府责成有关部门去过问。我的想法，到时候还是我们来过问，那样，收取一定的经费，用于改造。当然，取之于民，用之于民。我们不会用那些钱来发奖金搞职工福利的……"

接着，他眉头一皱，双手相互搓磨着，似乎在做一件自己并不愿意做的事，缓缓说道："在现在这种体制下，我们这个委员会到底能不能管其他局？我也说不清楚。就拿你说的这件事来说吧！与此有关联的单位有：市政管理局、规划局、勘测局、气象局、水文局、抗灾总指挥部（它还是部委级），至于涉及下面的单位就更多了……你是否先去跑一跑我说的上述局，听听他们的意见，也看看他们有些什么动向，然后，我们再来商量对策，拿出个具体的意见。到时候，我陪你一道面见市里一把手，当场甩我这老面子逼他签字，马上发文！你看好不好？说实在的，我这里也可以派人陪你去，或者可以派个车子给你。但是，我不能让他们看出来，我和你串通一气整别人！我要避这个嫌……好，你能理解就好了，谢谢你！再次感谢你的真诚和合作。"

乐和几乎是倒退着出门的，因为人家太真诚热情，执意要亲自送他出楼，他怎么敢领受这份热情？

乐和来到市政管理局。局长不在，办公室主任听完他的情况介绍后说：

"这事该管！如果有红头文件，我都用不着局长点头就可以派人去把那铁塔拆掉！告诉你，我们局长的态度和我一样。"

"我还是见见局长吧！"乐和说。

办公室主任有些不高兴了，那脸色就摆下来了，不耐烦道：

"不是告诉你了吗，局长不在局里！你不相信我。你要愿意等，也好的，你就在这里等吧。他大概可以在明后天回来……"

乐和见他这么说，只好告辞。

在市规划局，办公室一个小姑娘见了他就说：

"局长说今天下午任何人不见。"

"有重要事也不见？"

"是的。"说完，她就开始坐在那儿抹眼泪。

乐和看她那样子真有些纳闷，他退出去在走廊上转转，见各个办公室里都没有人。心里好生奇怪：人都上哪里去了呢？正在费解之时，忽然听到有人声，乐和循声找过去，那声音是从走廊的另一头发出的。那是一个挂着会客室牌子的地方。从发出的声音听出，像是有许多人在吵闹。他走过去，推推门，推不开。他用手敲敲。好一阵子才有人来开了门，他走进去，见屋里有许多人，对他的到来并不关注，一个个都把眼睛看着里面的那个门。乐和也把头伸过去看，那个门关着，什么也看不到，可以推测，那里面大概是个更高级的会客室，仿佛几十架喷气机同一地点同一时间起动的轰鸣从那里传出来，震得整个大楼都像地震一般……

"出了什么事？"乐和悄悄问旁边人。

人家没有看他，一副幸灾乐祸的腔调说："还有谁？赫局长的那位妒妇，说赫局长在局里专门找女的睡觉，如今又勾搭上了办公室刚来不久的小姑娘。这回好，动员她的三个媳妇一起来。四只母狗对付一块肉骨头。我看不把他撕碎才怪哩！咱们这里真是好戏连台啊！多亏了那位'好心人'，我们敬爱的二把手。有人叫他副统帅。"

"副统帅？什么意思……"乐和问。

对方看他一眼，笑道："有什么意思？你说能有什么意思。"

"你们怎么不去劝架？"乐和看看大家，问道。

"他自己对二把手说不让去劝。二把手说正好！其实，二把手就是早想看这出戏了！一把手不出丑，他永远当二把手！……这小衙门，要油水没油水，要名声没名声，我不知道他们在这里天天出谋划策地整那可怜的书呆子干什么？真是池浅王八多，庙小妖风大。你看，你看。那个脸上故作表情的就是罪魁祸首。奇怪的是，全局每次考察局长的民意测验，赫局长总是全票，而他们有的常常半数都不到，真叫他们要活活气死的……"

"啊！——"里面发出尖叫。

外面的人朝门口拥，有人说："要出人命了！……"

"他不让我们进，要我守住门的。"

"他要被她们整死！你也当不了一把手。"说话的人把门口人拉开，群起众拥把门给撞开了……

后面的戏，乐和是没有时间看了。他一看手表已经是快十一点了，得赶紧办自己的事。勘测局的办公室就在这幢大楼的另一个楼上。乐和在这个局里得到的答复非常干脆："照道理说，所有重要的市建实施都应该而且必须通过我们的勘测。但他们在旧大楼上造铁塔，占了空中的优势。偏偏我们只对地面勘测，对空中的勘测不是我们的事！"

"那应该属于谁？"

"大概是气象局吧！"

"这么说，这件事跟你们毫无关系？"乐和问。

"话不能这么讲。关系还是很大的，那个大楼作为铁塔的基础就非常需要勘测检查，看其能不能达到负载条件。当然，人家自己有这方面的人才，不需要我们。但是，按照分工。我是说按照国家的明确职业分工，这事应当由我们搞……如今全都乱套了！谁都可以搞。半年前，南河区的下党乡上党村河流坝上的桥要重建。这应当是我们去进行勘测地质情况的，大概是因为有费用要负担，他们自己找了一些人搞。上个月一场大雨把桥给冲垮了。上面来一查说是土质可能有问题，让我们去勘察。你看，这勘察的费用要是用在前面，会出问题吗？……我当然不是说那铁塔等到倒塌后，再去勘察。我不是这意思！我是说，现在没有上面的文件，我们不好办？至于你说他们的铁塔建得合不合理，这话，我不好说的。这话关系到我们与他们局之间的团结，是的，不利于团结的话最好不要说。上级来问？那就不一样了。你说的上级是谁？市领导是不会来问的。这样大的事，他们一定是要有人点头才敢做的。我这样想……"

出了勘测局，顺路过去就是水文局。乐和没有去，因为这与水文局没有丝毫的关系。他朝水利局跑了，水利局倒是提了个问题，西山区要这铁塔干什么的？是否搞卫星接收天线。如果是，就应该去找公安局或国家安全局。

乐和一看吃饭时间还早，可以再跑一家，他便拨电话给娜娜，告诉她自己可能要稍迟几分钟回家。接电话的人说娜娜已经回家了，说着，那人又问他是谁，乐和正想说，对方却笑了起来说，你不说是谁我们也知道的，你啊你，真有福气的……乐和知道她们后面没好话说的，便推说没有工夫与她们闲聊，赶紧挂了电话就朝公安局跑。接待乐和的是位副局长，他说，你找我们就对了，国家安全局目前还没有管到城市上空的事，该他们忙的事已经够他们忙的了。这位副局长从抽屉里拿了份文件出来，对乐和说：

"我们早就对这种乱竖铁塔的做法有反感，严重干扰我们正常的电波传讯。我们多次要求上面管管。电信局、供电局却说我们是狗捉老鼠，多管了闲事还正好暴露你们公安系统人浮于事，没事找事，唯恐天下不乱！为此我们专门写了篇文章给你们报社，呼吁社会支持我们。良好的社会秩序要靠大家来创造的，不单单是我们公安一家子的事。你说是不是？你们报社应该赶快把我们那篇文章登出来。什么？你问我们对这件事的态度。我们当然是全力以赴支持你们调查！……"

"能说具体一点吗？"乐和道。

"还要说吗？空中的电波频率多了相互间的干扰就必然增多。我们新办的BP台本来是供我们内部用的，经批准允许在控制范围内有对象地对外开放。说白了，就是参与市场竞争。多他们一个铁塔就是多了一家BP台，自然我们就少了客户，少客户就少了经济收入，这是连带关系的制约。过去的BP台只允许电信局做是不对的。现在千家万户都可以搞BP台也是不对的。什么事都应该有个度，过了就不行。用毛老人家的话来说，'矫枉必须过正'。依我们的看法，一个城市里就只能允许电信与公安可以搞……"

"他们就是搞这个的吗？"

"你说，不搞电台要竖那么高的铁塔干什么？"

乐和想，这话也对的。但是……

回到家中，娜娜正在做饭。见他回来，就问情况。乐和便把上午跑的情况说了一下。娜娜听了哈哈大笑道：

"你这根本就不是去问铁塔的事，而是体察民情搞创作素材的。你看，你这一圈奔波的收获除了可以作为小说素材以外，还能有什么作用？哪个单位是对你说了真话的，给了你如实的答复？……"

乐和静下来一想，果然如此。唉！这该怎么办？

忽然，他闻到了油焦味。"快，锅里油冒烟了！"乐和喊着奔过去，说："你去歇着，我来炒个肉糜茄菇给你吃吃……"

娜娜没有让他："你烧的菜不是淡而无味就是咸得不能进嘴。我看你还是躺在沙发上想你的采访去吧！……你想吧，这油在锅里，炉子没情面可谅的。而大家在机关里上班，一杯茶，一张报纸可以消磨上半天。奖金不少一文，夏有冷饮费，冬有取暖钱，那是什么日子？太太平平拿的是旱涝保收钱，你要去多管闲事，你想想那后果吧，保不定敲了奖金还要影响朝上去的仕途。多不划算？这年头就是这种行情，拎勿清就要吃苦头！这铁塔倒与不倒和他们没有丝毫关系，与自己没有关系的事是越少越好啊！所以我说他们有的是消磨你时间的精神。可你的时间宝贵得很，经不起的……"

"那你说怎么办？"

"我也想不出什么好办法来的。社会这样，你我能有什么妙法？大家都一个劲向钱看，也许要比坐在办公室里一杯茶、一支烟、一张报白白消磨时光要好吧！不过，我听那些历史学家说，出现现在这样的现象，也绝不是什么好兆头。他们说，社会已经到了与历史上某个时代惊人相似的地步，为政者看不到，光你们着急是没有用的，前朝之覆，当代之鉴！就看为政当官者，看得到看不到了。看到是百姓之福，看不到是百姓之灾……"

乐和并不感觉娜娜的话是警世恒言，但也觉得她说的可能太言重了些。他想劝说她几句，可一时也没有什么适合的话来说服她。他觉得有些疲倦，便倒在沙发上闭目养起神来……

9

乐和在西山区政府受到的接待使他终生难忘，也真正使他对于他那虽生活了几十年却并不深知的社会有了一个更清醒的认识，尤其是对西山区政府那位区长。

好不容易在一个非常难找的地方找到了这个区政府。给他的第一个印象，他便以为是走进了一家建筑工地的棚屋，看到墙上的区政府分工表和区长的那张脸，他这才相信这是西山区的政府衙门，坐七品官的地方。想到这里，他的心顿时沉下去了，在市府机关里，哪儿找不到几间像样的办公用房，或是一张多余的沙发或完全是八成新的木椅？这种破烂的办公条件，怎么能坐得住一位县团级的区长？

一听说乐和是来调查铁塔的事，那位区长从吱吱嘎嘎摇摇欲坠的破木椅上站起来，用非常抱歉的口吻，不好意思地说：

"记者同志，我连请你坐的地方都没有，更不要说一张好椅子了，今天真正是要委屈你，要是你早一点通知我们……"

乐和一把握住伸过来的区长的手："没想到你们办公的条件这样差！"

"是啊！整个市有五个区，上面拨给别的区的钱和我们一样，人家却能有大楼和豪华气派的五缸奥迪。你知道吗？奥迪五缸的，可是真正的豪华车！……我们的钱都到什么地方去了？唉！一言难尽啊……"

正说着，有人过来对着区长耳朵悄悄问给客人招待什么？区长明白了，从口袋里掏了半天才拿出十元钱，吩咐说："去买包好烟！……"区长抬眼见乐和看到他们的动作了，歉意道，"对不起，我自己抽的歹烟不好意思敬你，去另买……"

"我不抽烟。"乐和说，他的心里酸酸的很不好受。

区长的手停住了，看看他，说："真不抽？不要客气。要是真的不抽，我就不买。说实话，这烟还要我私人请的。人家都有活络的，就我们没有。我们区办公经费里没有这开支，不是小气，是没那必要。是人民的钱，一分一厘都是要用在刀刃上的！招待客人的费用还是老规矩，用卖掉旧报纸或是笔杆子们的新闻报道稿费。人家报社记者看不上我们这个穷区，来也不来，上稿就更难了。上个月小李在深圳发了两篇稿子，稿费还可以。已经提前招待了省报的贾记者……小赵，去买一两好的碧螺春。大凡不抽烟的，对茶都有特别的嗜好，乐记者也不例外，他一定对茶很有讲究的。"

人家有这话，自己不能再拂他的好意。他说他自己掏的钱，谁知道啊！要是娜娜在，她准会这样说。乐和想。

区长开始介绍情况。

这个区的基础很差，地处的条件又不利于办商业，搞的几个工厂都因为承包而一年不如一年！来承包的都是市里省里有所谓路子的人，上面写了条子荐着他们来承包，区委书记见上面信任的人，便不问三七二十一地点了头。能不让他干？说是大家竞争，那是表面的文章，做给人看的！这种文章如今是越做越精神……区长重重叹口大气，说道：

"我当了十八年区长，没上也没下。我的区里比别人好的一点是，没有一个犯罪分子是从我们区里出去的。到目前为止，我们区的居民中还没有发生过恶性刑事犯罪案件，也没有出现虐待老人或虐待妇女儿童的，更没有群众到市政府去为区里不解决他们的困难而上访的。只要是我们区的孩子，上学就业都是我们区干部放在第一位的大事，在这方面，我们区几乎没有待业青年。有几个想上学而家中实在无力负担的，区里来负担。上大学读研究生，甚至出国以后在国外有了困难，我们都照常关心到。我相信我们区将来的前途是不可估量的。目前的困难是多些……其他成绩没有什么。公安局常来开现场会，同志们看了群众的居住条件，再看我们区领导的，他们就明白了。为官一任，造福一方。能做到的有几人？从古到今都不多！多的是贪官污吏，哪朝哪代都不可避免，多少而已。我们怎么办？上次中央领导走这里过，来看我，当年我们一起在大学里搞青运嘛！看我这里不像样，让上面拨了点款。我没有拿那钱盖办公大楼，先去盖了两幢宿舍楼，让区里的基层同志和困难居民住上。这事儿还弄得我写检查，他妈的！老子不图什么，只想我死后有人说我是个好官！连清官都不想……"

乐和问他铁塔的事。他笑着久不作回答，用两只老辣的眼睛看着乐和。那脸上的表情几乎就是一幅险山沼淖图，还有一团拨不动的迷雾飘荡在上空。叫你辨不清路在哪里，陷阱又在哪里？

一阵无言的清冷在屋里聚集。

买茶叶的同志回来了。区长接过茶叶，然后从抽屉里拿出一只青瓷茶杯让人去洗："小心，别碰坏了。"

对方张着好看的小嘴唇回他："给从前的总书记喝过茶的杯子，谁敢碰坏？"

乐和一听，肃然起敬，觉得这礼太大了，他一时不知该怎么办。

茶杯洗来后，区长先在里面用开水盥洗一番，然后倒掉，再倒入水。放在桌上后便去打开茶叶。一股清香弥漫在屋里。"好茶！"区长说了一声便用手撮了一点放在杯里。停了一会儿再添进水，然后双手递给乐和，说：

"除了那位总书记外，你是第二个使用这茶杯的人。应当说，您是我们尊敬的客人……"

乐和想，他不说我也知道这其中的分量了。

"我们想办个好的能赚点钱的行当，所以就选择了办 BP 台。经过我们的市场调查，目前公安、驻军、邮电、防汛都有自己的传呼电台。而政府机关这样一个庞大的分散的机器，通信却是十分地落后。关键时刻找个人都很难找到！真正改变机关职能，更好地适应改革开放的需要，就不完全是放在口头上的事，要有实际的行动。实际行动是什么？我认为就是全心全意为基层服务。人家外国的市长自己开轿车外出处理事务，中国的市长、区长、县长怎么处理事务？大多数人不会开车子。他到什么地方去了，机关里有个急事也一时难找到他们……当然，我们的 BP 台主要是为企业和机关服务的，收费标准是最低的……"

乐和问："要有单位批准吗？"

"要谁批？没听说要谁批准的话！要说批，公安局局长是我的老战友，给他打过招呼，他没敢说不让我不干。谅他这小子也没那胆，当年太原那场恶战，不是我几次出入死人堆，他坟上的青草已经快几十个春秋了，哪还有他小子如今的快活。没关系，那是我们之间的事，你别写上去就行。市府秘书长更支持，他早就说要给市领导们每人配 BP 机。他说，最要紧的是小车司机！他们不好找。如果安汽车电话，一台就是十几万。付不起的！"

乐和想，这事还真有他的理儿。他问："为什么安在那儿？"

区长吃惊地睁大眼睛看着他，好像是说，怎么，安在什么地方还要请风水先生看看是不是扎在龙头还是逆了龙鳞？被乐和读来便是："乾上龙尾地，最宜造土地庙！"乐和不满那种情绪，他不开口，且看这位区长什么回词。

区长的眼光中早先的那种锐气，正被人用刀一寸一寸地削去……

"唉！……"区长终于长长地叹口气，站起来看看周围，又到隔壁看了看，然后回过来，又顺手在身后把门关上。区长点了一支烟，面对霉斑如画的墙壁，低头站在那儿默默地抽着烟，一动不动，那支烟上的灰长长的直直地悬空横着。乐和看到区长的嘴和烟几乎就没有摆动和分离，全部燃烧完毕和尼古丁吸净的程序是在一个真空时间里完成的，或者说是在一个宇宙时间的一节读秒分中完成的。这叫乐和吃惊这位区长吸烟的功夫之深！烟灰终于掉下去了，区长也从沉闷的痛苦中苏醒过来了，转脸看着乐和。乐和突然发现他的脸色非常不好，他明白了，自己刚才那句话是真真的触到了一个人的，心灵深处……

"从你一进来，我就有那种感觉。一切都逃不过了！是的，再瞒下去也没有用了。所以，我决定告诉你全部的经过……"他抓起茶杯，大口地吞下茶水，抬手一抹嘴，慢慢说起来。

10

我还有两年就退了，在任上做了一些工作，也得罪了许多人。有些人只看到自己生活得有个欢劲，他们嘴上说想着百姓，心里却压根儿没有一星点百姓的份儿。在大会小会上说我把一个好端端的区政府搞得像破棚子，要我立下军令状，任期内改变面貌。什么改变面貌？不就是盖幢大楼让上面来看了好看吗，要做那文章还不容易？上面是拨过一笔造办公大楼的款。这款是造办公大楼还是解决居民中的困难户改善住房，区里开了几天会。我们区里已经没有特困户，这在全省还是第一家。我反复考虑后在区政府工作会议上提出利用这笔款子办个能赚钱的事，等赚了大钱后我们可以再利用这一笔钱办成两三件事。这样，既解决办公用房又解决一部分居民的住房改善，一举两得，何乐而不为。这就是我们现在在说的 BP 机台的事！区政府决议同意，让老李去办这事儿。我们原先的打算是在后面院子里竖的，准备自己造。别看这铁塔，还挺有讲究的。一般的厂家还就是造不好，五十米高不允许有偏差多少公分的。老李打听到北方有家专门生产铁塔的厂，还是个大厂。经过几次联系，我们同意了那个方案，按对方提出的一百六十万，搞个最现代化的铁塔！合同也搞好了。派了三个同志去直接开票提货。为了慎重起见，我们把那份三联的汇单分开每人一联，到时候三联一合，签字才有用。为了保险，特意请老李留了笔迹在家中，电传过去放在那边的银行备着案。没想到，他们会在路上遭劫？三个人在那边的大街上被人齐齐儿地劫住，身上搜得净净的。那张三联单就给搜了去！等他们在当地公安局报了案再打电报回来，这边再找人去银行交涉，已经迟了。一百六十万全部都被划走。你说这事叫人急不急？派人去追，立即出发，半个月，还算是紧的。把钱的去处和踪影逮住了，那钱已经从那个城市到了北京并且划到了一个叫"王百军"名字的人名下，一百六十万变成了六十万。还有的也不知去了哪里。怎么办？银行马上冻结！……后来就找回了这么多钱。案子到现在还没有破！听说是我们三个人出发时露了馅，有人向那边通了线。还有人认为那个厂里有贼线。听说，在他们的买主中已经不是一起这种事了！唉……不管怎么说，我们已经损失大头。剩下来的该怎么办？还办不办？请示市里。市里同意继续办！我们就向那个厂买了三十米的铁塔。三十米的只能装在楼顶上，原说装在我们这个楼顶上，没有被通过。区委反对，说是不安全！又没有地方去，就这样拖着，一拖拖了半年多。铁塔要不是有木箱的包装，怕是早就锈得没用了！如果再不上，你说会怎么样？本来就只有电信局一家有 BP 台的，那时上，对我们绝对有利。现在已经上了那么多家，若是再拖下去，客户就要没有了。而且人家都已经上最近的中文直接显示台了，比我们更高级！……上次区政府会议上，我做主移到那幢大楼顶上的。就在我住的宿舍顶上！你们说怕倒下来压死人，我就不怕？我拿我全家的性命做了抵押！

那也不容易啊！一开始没有人敢搞基础设计。后来又是没有人签字！唉！……中国人办事实在太难了。

那幢大楼是解放前的基础。"大跃进"那年，这里的人把铁窗、铁栅、铁梯什么的统统拿去大炼了钢铁，成了一堆废墟。后来就在那基础上重建了现在的这幢大楼。我向当时的设计人员了解过了，说是基础还是相当好的，那时候造大楼的基础是非同小可的，比现在牢固上千倍！请你放心，不会倒的。真的，要是会倒，我敢住在那下面吗？

11

"听他这么一说，还真有些道理。难道是铁塔周围的人在杞人忧天不成？"乐和想。他再一次抬眼环顾四周，这简陋的办公条件，这简朴的生活难道也是假的？不可能。人有志，必有所图；有所图者必有所露！这位区长透露给我的除了那股子对人民的高度责任感和强烈的事业心，还有什么？像他这样年龄的人，完全可以坐在一边动动嘴，或者是趁没有离退之际借公之名到处去走走玩玩，威尼斯、巴黎、华盛顿、斯德哥尔摩也不见得就多他一个游客，国家的银根再紧，难道就少他出国旅游的那一点吗？再退一步，他还可以抓住现有的权力和机会把子女和以后的后路弄好……他什么事不好去做？偏偏要找这最惹是生非的事来烦恼自己？乐和明显地感到自己的感情和思维方法都被纳入区长为他设下的思路，他连自己也不知道这到底是对还是错？他问：

"根据群众的反映，你们这座铁塔的基础有些问题？"

区长看着他的脸，已经从乐和的脸上看到了他内心的活动，斩钉截铁道：

"不会吧！听施工的同志回来说，他一刻都没有离开过现场！看得很紧的。你别看这座铁塔是安在那小房顶上，力量可是压在整幢大楼上的。我们在小房顶上面加宽了基础，将原有的立柱钢筋和屋顶大梁连了起来，连焊的时候，我们的人都在现场，道道关节把关仔细检查。考虑到安全性，又加了两根立柱。据说我们的铁塔抗风力是十二级以上！有关材料，我可以让他们给你找来……"

"气象局就在那铁塔旁边，你们的铁塔比他们的还要高。这会影响他们的气象预测……"乐和说出这个问题时，突然感觉到非常内疚，从他此刻的心理上说，他已经不该再提什么问题来难为这位两鬓斑白，岁月绞尽满头乌润并扫荡一空的老同志了。那种职业的坏毛病却使他还要做出这样或那样的愚蠢行为，当然，他说出这个问题时，脸部的表情是足以让对方谅解他的莽撞的……

出乎乐和的意外，这个问题使区长非常警觉。他看着乐和，直把乐和看得心猿意马体无完肤时，他才问：

"是他们这样对你说的？那他们一定还说了些什么……"

乐和心里一惊，你为什么是这样的表情？……他转而一想，是啊！你那铁塔建在一座几乎可以报废的大楼顶上。谁敢拍胸脯说没有问题？

"他们要是这样损我，那就太没有意思了。老乐同志，气象局方面的意见是局长亲口对你说的还是？不是？我说是嘛！我事先给几位局长都打了招呼，他们得给我这个面子的！……"

"这么说，你也知道你们的铁塔对气象部门的正常工作是有影响的？"

"话不能这样说。要说我们的铁塔影响了他们的工作，无非是说他们一统的空间被我们瓜分掉了一块。这完全是两码事呀！我们使用的是五百六十千兆的，与他们频率不同，有什么关系。天空那么大，谁能说就是一家包下来用的？不过，有人要特别损你，你能没有让他们找的把柄？就好比这世上没有一个能经得起总结的人一样！万事万物也都是这个道理。老乐同志，你说呢？"

乐和点点头，又问道："你们造好了有什么单位来检验？"

"检验？我还从来没有听说要谁来检验铁塔的。怎么检验？铁塔，人家出厂就有质量保证书的。再叫人来验收，那不是变着法子花钱吗？现在钱都紧呀！你说，那要多少钱！是不是全市的铁塔造好了以后都要经过检验的？有哪个单位来主持检验呢？……我看这事儿你应该说说话的……"

"怎么说话？"

"还不简单，没有检验的必要！要是对我们的铁塔检验，我们付不起检验费和会议招待费，还有礼品。不要我们出钱，他来好了。不！还是不能……"

"不要你们钱又为什么不要？"

"那不明摆着是来挑刺的吗？我刚才说过了的，谁能经得起总结？哪样工程也经不住挑刺的。国际金奖也不是十全十美的……"

这时，有人推门对他说："区长，电话。"

他去接电话。

乐和这时更惊讶了，一个区长的办公室里竟没有电话？

乐和站起来走到区长的办公桌前，那块玻璃台板下的右上角压着一张已经变黄的类似座右铭之类的东西。

乐和念起来：

药方：

　　好肚肠一条，慈悲心一片，温柔半两，道理三分，信行要紧，中直一块，孝顺十分，老实一个，阴鸷全无，方便不拘多少。

用法：

此药放宽心锅内炒，不要焦，不要燥，去火性三分，于平等盆内研碎，三思为末。每日三服，不拘时候，用和气汤送下。果能依此服之，无病不疾。

禁忌：

切忌言清行浊，利己损人，暗中箭，肚中毒，笑里刀，两头蛇，平地起风波。以上七件速戒之。

佛家偈语：

此方绝妙含天机，不用卢师扁鹊医；普劝善男并信女，急需对治莫狐疑。

这又让乐和惊讶，一个区长的办公桌上有这种东西？

忽然间，乐和有一种感觉，他似乎在冥冥之中意识到眼前这位区长并不是完全可以从谈吐或工作上认识的一个人。他甚至可以简单地认为，眼前这个区长可能已经被生活弄得具有两副面孔甚至多副面孔了。

脚步声来了。

乐和赶紧回到原来的位置上。

区长一脸的歉意，进门就说："对不起，我马上要出去，到南城路，没有办法再陪你了。我们这些人就是这种苦命！老乐同志，你看，还有什么要汇报的？是让办公室主任继续接待还是我们改日再聊？"没等乐和反应过来就又说，"聊也聊得差不多了吧！"

这是逐客令，乐和不好再坐下去了，只好告辞。出了区长办公室门，道过告辞后，乐和想上厕所，问卫生间在哪儿？区长指了指。乐和去卫生间的路上，他想到那还没有喝尽味的茶叶犹觉可惜。他走进卫生间，钻进大便间里对着坐便器发泄他的情绪。忽然有人议论着进来，话题正是关于他的采访。乐和忙竖起耳朵听：

"区长把记者打发走了？"

"再狡猾的狐狸也斗不过好猎手。你说，一个地方记者，能掀几寸浪？咱们区长什么大世面没见过，能被他们吓住。"

"我看那铁塔是有些问题，要不，能有那么多的人在指责我们吗？"

"别怕！这世界有多高？"

"你这话？"

"区长总比咱高吧！天塌下来先砸了他……"

后面的话被两股汹涌水流发出的欢腾淹没了……

12

晚饭后，周得山来了，一进门就对乐和喊道：

"三缺一，走！"

在里屋的娜娜听到了，追到门口，绷着脸问：

"什么三缺一，我们家的人不去干那事儿。我就知道你们没好事，跑了一天也不累，还去抄麻将……"

乐和看看周得山，眼睛鼻子一起说话，可有你的了，你这下好！叫我怎么下台呀！

周得山眼珠子一转，打个哈哈道："姑娘，我们不是抄麻将。想喊老乐过去一边打牌一边谈谈情况……大家想到你们家来，又怕打搅您小姐……"

"你们来好了。让他出去不成！"娜娜的话没有商量。

乐和笑着伸伸舌头，摊摊手。

周得山见状却大声说："那好，我去喊啦！"

"去喊！我给你们备着开水。"娜娜回道。

出门的周得山偷偷朝乐和伸伸舌头，扮个鬼脸。乐和笑笑，他明白周得山肚里的鬼，没理睬。

没多久，来了一群周围邻居。许多人几乎都是第一次来，一嘴一脸的新鲜感。平时大家都感觉这家的人有些神秘，想揭开他们的面纱看看。所以，周得山说是乐和想听听大家对铁塔的意见，很快就来了。看到屋子中央摆好的牌桌，"乖乖，她还跟爷们来真格的。"周得山连连咋舌，走过去，见桌子正中已经放好两副叠在一起的牌，崭新未动过，像出浴的娇娘子正期待如意郎君……四周的小几上的点心和茶杯也已经备好。这些人哪天见过这种场面，进了屋，见这屋子里的整洁、气派，马上就把那些油腔滑调的情绪给镇了下去。像一群野马到了厩前，没了那份骚扰的情绪。

"请坐呀！都是邻居，没什么客套的嘛！……用不着换鞋，用不着换鞋的。这地是瓷面砖，没关系的。"娜娜俨然是女主人，那副招待人的热情很使周得山费解。周得山没那么多的臭讲究，见主人家这样说，便朝里走，第一个在桌前坐下。后面的人见他的样子也都一个个过去坐下来，倒把乐和挤得没有了位置。

乐和说："我就不上桌了，看歪头比上阵有意思。"

"你是主人，哪能不让你上。岂不是喧宾夺主？"客人中一位说。

"嗨！都是街坊，说那客套有啥用？玩吧！你们先玩……"说着，乐和又把大家一个个按下坐好，吩咐娜娜："给大家上茶。抽烟的就自己抽，家中没人抽烟，事先没有来得及准备……"

娜娜给大家倒茶，边倒边说：

"周叔来说得太迟，早说了，我就去买了……"

牌局一开始，话题也扯开了。周得山问乐和一天跑下来的情况，乐和一一说，没等他说完，有人把手一挥打断道："窝囊！"

乐和看看大家没有了话说。

屋里一阵冷静。

乐和说："要是现在真的再去找城市建设委员会那个主任，那主任一定会把这事上报市委领导的，那样子，西山区怎么办？"

众人被他这样一提，开了话匣子，你一句我一言，七嘴八舌道，能因为他那骗人的理由就不顾百姓的死活？

周得山笑道："只有你们这些书呆子才会信他那套鬼话。告诉你，他打的是一流高手的'太极拳'！把你蒙了，你还信以为真。这就叫世事练达，不谙其道，即被其惑……"

"是吗？"乐和似乎不太相信周得山这种分析。

周得山这一点拨，众人倒是如见真经，个个心明眼亮起来，连连说有道理。

"照你们的意见，我就不该再去找他了？"乐和说。

周得山点点头："我想是这样吧！你要不信我的，你去听他的奉承好了。"

乐和笑道："我又不是三岁的孩子，能被他骗的……"

"问题就在我们的这个社会上，骗不住三岁孩子的东西，常常能骗住知识非常丰富，见多识广的大人。你说怪还是不怪？"

乐和没了言语，屋里又冷下来。

许久，卖盐水鹅的小顾说：

"还是赵老爷子好，跑到老干部局去找他们说上几句话，管用，今天中午，他家小保姆就到处说马上要搬家了。要是他能为大家讲讲话，兴许市委书记还能听他的。他不讲话却先跑掉了，你说，你说他当初参加革命的勇气和解放全人类的责任感上哪儿去了？"

周得山一摆手："嗨！不要苛求人家老同志！他都不在台上了，不是当年的赵专员了。他心中有数，说了没用的事，何必去说？"

"照你这么说，咱们大家都是说了没用，哪还要说什么？"当工人的小庞说。

鲁莽生把一张牌打出：

"出牌！一边打牌一边说话……我上午去了房地产开发公司，我去要现货的房子！买上一套。人家说下月给，我在算计，这台风会不会马上来，要是在我搬新家前来了，铁塔倒下，可就遭殃了……"

小顾问："你住的房子不是刚买一年吗？"

鲁莽生摇摇头："十个月带五天。没办法，它铁塔不搬家，我们认它狠。我们让它，钱留了有什么用！干脆乱花掉。买了房子比玩妓女染病，插个第三者闹得翻天覆地好……"

满桌一片叹息。

"他妈的！老子没钱，老子也没有人给我房了搬家！可老子不甘心就这么被这铁塔塌下砸死！……"小庇发起工人阶级的威风，桌子一拍，问道：

"你们谁告诉我，它会怎么倒？"

周得山说："三百六十度的范围都是危险区，没什么哪里倒哪里不倒的问题让你多考虑。如果说有，也就是说在风力过大时，哪一边的基脚螺丝牢，就会向另一边倒！"

"是吗？……"小庇朝乐和问。

乐和想了想，点点头。

小庇把牌一甩，一种壮士一去不复还的气概，对众人说：

"既然到了这种地步，我也没有什么话好说了。为了我们大家的利益，为了让更多的人有个安宁的生活。这事让我来处理吧！我怎么办？你们不用问。有一件事托你们……"

大家见他这样严肃，知道他不是在说笑话。乐和忙说：

"小庇，你不要太冲动！事情还没到一点没办法挽救的那一步……"

娜娜却插上来，闪着她少有的兴奋激动："你以为还有什么办法吗？"

"是的，我知道没有办法了！我只是托你们把我的女儿带好。我生了个女儿，没有办法。我娘活着的时候对我说，人中长的女人生儿子的多，我没听！上山回来后，光棍一个还能挑女人？有人暖被子就不错了！狗啊猫的瞎逮了一个，没想到是只破鞋，人家的剩货。现在，我拜托各位，如果兄弟有三长两短。那女人不用你们费心，我的女儿，你们收留了就行了……"说着，他双手一抱拳，呼道：

"拜托了！"

说完，竟走了。

满屋无声。

许久，娜娜才说："唉！我怎么从前没有看出他有这股英雄气……"

没人接口。

依旧是一片沉闷在屋里。

"牌别打了……"周得山把牌一甩，"他妈的！你们能走的都走！让它倒下来砸死我们算了……"

乐和想说，不会倒的。这话他说不出口，谁能说铁塔不会倒？谁敢保证！谁又能说铁塔什么时候倒……唉！——"要是基础施工好，我看也不见得就真的会倒下来的。"他说道。

"都是一些农民工在糊鬼，你没去看过，若是看了就明白了！唉，现在的工程活，哪里不是糊？毛主席纪念堂的工程都敢糊！……"周得山愤愤地说。

娜娜从沙发上幽幽地飘过来惊人之语："我看你们没有抓到根子上的问题。你说，这中国的历史是什么历史？不就是农民的历史吗。一个农民当了皇帝，然后别的农民不服气时，把他推倒了，然后自己来当皇帝……"

"你在胡诌什么呀！"乐和想制止娜娜。

谁知娜娜并不听他的，干脆站起来说：

"你们不是说农民工没有把基础做好吗？他们为什么做不好？是骨子里的懒散吗？我看不像，压根儿就是没有那种责任心！为什么没有？那是一种情绪。我敢说他们中间就是有人有意偷工减料，想让铁塔倒下来。倒下来跟他们有什么关系？事实上他们是不管质量的，他们只管做活，倒下来的责任真正要查到他们头上去是不可能的。莫说查他们责任，那个时候，他们在什么地方，你都不知道的！倒下来砸烂了别的大楼，对于他们来说只是好事而不是坏事。因为他们又有活做了呀。他们有十亿人，这个村的农民不来做，那个村的农民能不能来做？……我前几天看了一本书，书上有个蹲过大牢的农村大队支书说的话（是指当年知识青年上山下乡）。他说，城里那些白白胖胖的妞养了干什么？不就是送下来给咱的吗？把她们都送到乡下来，那城里全是老头老太！要不了多久，那城里就是空巷旷街！没人的城是什么？阴曹地府！你说，那种城市还有什么前途，还有什么可恋的。为什么？……他的话，我很要听！世上只有万世不变的河流，没有千秋永业的城市！你不要与我争论，我说的是大的方面。你说黄河变成长江没有？长江变成珠江没有？庞贝、楼兰，还有在柏拉图《对话录》里提到的阿特兰提斯古城，都到什么地方去了？唐朝李白读番书，杨太师磨墨高力士脱靴的故事被如今的电视家抹去了，为什么？因为他们对世上有没有写番书的渤海国抱有怀疑。怀疑的根据是如今没有了这个城市！城市是人造的，当然可以没有！河流是大自然的杰作，应当永垂不朽。一座城市是一部分人造起来表示自己意志的外在物体，一种情绪的集中，一种文化默契的形式。它都代表着一些人而不代表整个人类的整体，尤其不代表农民！农民是最憎恨城市的，他们却又是最羡慕城市的。我前面提到的那个支书的话就是他们那种心理的代表？洪秀全进城干什么？李自成为什么会失败？可以说，在某种程度上就是一种仇视城市的反映！我读书时，书上有首诗，是这样写的：'昨日入城市，归来泪满巾；遍身罗绮者，不是养蚕人！'这是什么意思？发泄一种对生产物质和消费的不平等的情绪。这有什么不平等？你拿绸缎去换自己必需的东西，很正常。可你说遍身罗绮者，不是养蚕人。他当然不能和你一样养蚕，大家都养蚕，蚕多了别的少了，社会能平衡吗？社会当然有一种合理或相对合理的分工。可是，对这首诗的作者和解释的人却在咒骂城里人，挑起城市与农村的仇恨！这种情绪发展到最高潮，就是把千百万的城市学生统统赶到乡下去永远不回城！……"

"后来不是招工了吗？"周得山说。

"招工？农民进城！让农民的孩子也进来住住。"乐和说，"娜娜的话多少有些道理的。过去是有些人用农民的眼光看待世界！其实，城市是一种走向文明的象征。比方说养狗吧！农民养狗，是为了看门、狩猎，到了冬天好吃它的肉！城市人养狗就不要大，要永远小巧的。两者的出发点不同，一种是肉欲和实用，一种是精神需求！如果有人考虑到铁塔对周围居民精神上的压力或折磨的话，也许这铁塔是不会在这里造起来的……"

周得山拍掌道："老兄的话可是入木三分！当然，娜娜小姐的话更是精彩。看来，我们废话一场，还是回家等着铁塔把我们带进永无苦恼和烦躁的天国去吧！大家坐在这里就好像我们在世界末日的来临而痛苦……"

娜娜摇着头，用一种不紧不慢的声调说：

"我说好戏连台！好戏还没有开始呢。"

几个男人相视无语，谁都不清楚她说的什么，又似乎都明白她说的是什么！

13

客人们散尽后，乐和收拾残局。

乐和一点也没有发现娜娜今晚那些与众不同的情绪反应。他只顾忙着，连娜娜在盥洗间门口对他说了好几句话，他竟一句也没有听进去。恼得娜娜大声喊他。他惊讶地看着她，有些费解。

娜娜说是要去洗澡。

娜娜说这话时眼中呈出一种情绪，一种叫乐和不可回避的无可抵挡的东西在跳跃。偏偏乐和只顾忙着手上的活，没有去看娜娜，当然也就无以去体验娜娜那种"迫不及待"的渴望，当然也就更难说得上被娜娜那眼光诱惑着自投罗网了……若干年以后，有人说起乐和这件事时，只能用一种他这辈子对女人了解太少、缺乏深入的托词，因为只有这种话说起来不很吃力。

乐和抹着桌子，根本不抬头去看一看此刻娜娜那别有情韵的表情。要是他抬头看一眼此刻娜娜的表情，他一定会坠入情网，突发干渴难忍，而后迫不及待地上床缔结百年好事。偏偏乐和没有看娜娜，只是看看手表继续干着他的活说：

"时间不早了，你就明天洗吧！"

"我要今天洗嘛！……"娜娜拿出在母亲面前撒娇的姿态，过来缠乐和。乐和想，她妈妈不在家，我得小心伺候好这位娇小姐，千万别出什么岔。他压根儿没有敢朝别的地方想，实在被缠得没有办法了，只好说："我不回房间，坐在客厅的沙发上一边看电视，一边替你听着那热水器燃烧的响声，这样总该满意了吧。"

娜娜看他一本正经的样子，心里道，也好，先这么着，别太猴急了把他吓跑。得到乐和的身子，并不是她的最终要求，这一点她时时刻刻都不能忘记的。她对自己多年以来精心策划的大事，一旦临近成功的实现便会出现少有的恐惧和疑虑。后来她总结自己一直没有能把乐和"套"住的原因，便是归咎于"天意"，她是个决不肯承认自己胆怯和无能的女子。

娜娜洗澡时有意识地把门虚着。乐和没有动静。她几次想喊乐和给她擦背，她连自己也不明白是什么原因没有能把这种念头喊出口来。直到快洗好时，她都没有拿定主意是否要喊乐和进来给她擦背，因为这个乐和太正统了，她担心那样做会把乐和吓坏了反而得不偿失。洗好澡出来，她悄悄地站到乐和的背后，双手抚着他的肩，问：

"要是铁塔真的倒下了，先把我们家砸了。你说怎么办？"

"砸了还有怎么办的？"乐和拿开她的手，继续说，"傻姑娘，哪能呢？"

"你说我现在连个主都没有，死了不是太可惜了吗？再说，我们俩死了，留下妈妈，她会怎么样？看我们俩头脚相倒地躺在一块，夫妻不是夫妻……"她奔上来一头埋进乐和的怀里，撒着娇，"我怕，我怕！我真的怕啊！你让我……"

乐和当然明白她要干什么，心里像吊只桶似的七上八下，他真有些担心自己控制不住，干出对不起深深地爱着他的那女人的事来，他又担心这个姑娘会干出什么莽撞的事来，叫他下不了台。尽管他从看了那本不知属不属于娜娜的以日记形式写的"文章"后，多少窥探到她内心的一点秘密，他想到了自己和春在山洞里有的孩子要真的在世，如今也该有她这么大了。他有什么必要去破坏一个姑娘的美好前程，落下让女人说是"引狼入室"的话。

"不！娜娜。好娜娜，你到房间去，我坐在你的床头，看你睡觉。直到你睡着了我才离开好吗？……"

"我要你一直在我身边！"她拉着他的手，"你起来，到我房间去吧！"

乐和只好起身，关了电视，送她进房间。

"你知道吗？有一年，妈妈出差去了，家中只有你和我。那时我才二十岁，我的心里真害怕。你知道我怕什么吗？……"她挽着乐和的手臂，扬着那张被异常的情绪激动起来的脸看着他问道。

乐和摇摇头。

"你真的不知道吗？……"她笑起来，笑得很甜，"我就想你要是占有我，我该怎么办？不！我不是那种反抗式的。我很爱你！那时我就觉得你很有风度的，我那时想，你就是变成了老头儿也是很有风度的。满头白发，睿智敏锐的目光不是人人都能有的……我就想和我的母亲争夺你！我们为此打过架，你不会不知道的吧！……"娜娜看着他问。

乐和坦白地说："是的，为此你母亲没有少和我闹过。我们分过手，每次又都是她去把我找到，流着泪水硬把我请回来。我不明白，我这把老骨头真的值得你们爱吗？你们若是真的千金买马骨，也难为你们了……"

娜娜挽得他更紧了："她是为了我而去请你的。她懂得一头冲破重重围困的公羊能抵得上上万头雄狮！她在认识男人上面有这一点长处并且传给了我。我可以坦率地告诉你。在那个二十岁的姑娘自作多情而且荒唐幻想的一切得不到时，我赌气投入了一个外表潇洒的男人怀中。原以为他会像你爱我妈妈一样爱我。没想到他用各种方法玩够了我，然后就把我转手让给别人！我惩罚了他……后来，我就再也没有看上你以外的任何一个男人。不知为什么，看他们一眼都觉得脏了本小姐的眼睛。你一定会觉得我有过性生活却怎么能耐得住寂寞的。很简单，你们男人有那种自己解决的本领，我也能在夜深人静时自己解决……"

乐和突然觉得十分内疚，她说的那个小伙子，他应当能让他们再见一次面的。他没有能再与娜娜见面是他的过错！虽然没有人会这样说他，可他自己始终是这样认为的。如果娜娜再见他一次，知道了他的真情，那他在娜娜心中的形象还会褪色吗？还会丑陋吗？可惜，这一天永远不会再来了。关于他的一切，娜娜是不会再知道的了。他并不想让娜娜与他分享那种痛苦，然而他哪里知道，这小鸟依人一样可爱的姑娘内心世界竟如此痛苦，这种痛苦远不比那个人少啊！他情不由己地搂紧了她。她也把手从腰后抄过去抱住他。两人就这样一起走进房间去，她在脚跨进房门时对乐和说：

"我也知道，人与人之间的性爱应当是一种与生俱来的东西。并不因为没有自己爱的人就那么困着自己固守一种信条！我不是那种人。其实爱这东西很精一，没有自己爱的人就怎么也没有那种兴趣，没兴趣的事就等于受苦受累。当然，我说的不是你！我看得出来，你是爱我的，由于某种约束，某些顾虑，你不敢。比方说你能甩开我的妈妈和我结婚吗？你当然做不到。可现在，我没有要求你那样做！我只希望我想得到你给予的肉体的满足即可。难道你也不给吗？现在已经不再是那种中国人自己禁锢自己的时代了。那是一个什么样的时代？一个千百万人面临着的生存都没有从根本上解决好的时代，一个赌博一样的时代！现在好了，那个时代已经被我们画上了句号，永远不会再来了。现在或者将来，每个人都有自己的生存方式，你用不着为谁去考虑什么义务和责任，而只要有一种爱即世上最美好的，便可以满足了……"

"这怕做不到的。娜娜，即便明天铁塔倒下，世界到了末日，而你还是要有生活的勇气，你还是要为寻找到真正属于你的爱情而努力。人活着不单单是为自己，也要为别人多想想！我记得有个人说过，人生就是苦难，人生的意义在于战胜苦难，为他人创造光明。正因为过去或今天有许多人只想到自己，世界才有那么多的悲剧……大至民族、国家、人类，小至你我！你说你爱我，可我能不爱你？哪个男人不爱漂亮的姑娘，除非他不是男人！但是，爱与发生性关系是两码事。如果你和我有了孩子，你可以不顾别人，我能吗？你的母亲怎么办？你将来怎么办？一连串的问题都是我要考虑的。娜娜！我叫你孩子，你当然早已不是孩子了。你应当成熟！你别急。大人也有不成熟的地方，一个民族、一个国家都有不成熟需要逐步成熟的地方！娜娜，中国人有句俗语，床上的欢乐不能替代腹中之饥，好看的脸蛋出不了大米。这话里的哲学意味，我想你应当懂……"

娜娜并不理睬他说的那些话，疯狂地勾住他的脖子：

"不！我已经等了许多年了，我不能再等了！我说过，将来的一切，别人眼里的一切我都不管了……"

她突然问他，听过一首《吮着爱》的歌吗？

他摇摇头。

娜娜吻着他，轻轻地哼起来：

曾踏遍
刺脚的弯路
疲倦了
谁来倾诉
遇到，几多痴情
怎会不知道
但我深知总有一日
定会找得到更好

凭着爱
我信有出路
凭着爱
情怀不老
在这一刻跟你
终于可拥抱
就算始终失意倒运
人生已再没有苦恼

娜娜哼得有滋有味，情意绵绵。

乐和却十分痛苦。他望着娜娜想，人能没有多层次的思维吗？难道就是那事？现在我该怎么办！这个孩子有过性生活，她也有手淫的习惯，万一我和她上床后失去协调，那又会是怎样？岁月不饶人啊！让她把这种美好的东西，永远存在她的心中！爱情就是这样地冷酷无情，　且得到，价值都彻底地贬值！那时，谁对谁都可以采用扔抹桌布一样……不！让我的美好形象一直伴随她到老年吧！让我们大家在这种可望却不可得中燃烧着永远强烈的烈焰直到生命的终点……

眼下，我该怎么办？乐和想。

"咚咚咚！……"有人敲门。

第五章 往事如烟情难渔

14

"有人敲门。"乐和说着就想动手掰开娜娜缠在自己腰间的手。

"是吗？我怎么没有听到……"

娜娜朝他别怀情意地一笑，那一笑，百媚尽绽、千柔尽畅。弄得乐和不敢正视她，手中的动作顿时就没有了次序。

许久，他才避开娜娜的眼光，用耳朵听听门外，说：

"是有人啊！"

"有你的魂！"娜娜的脸当时就有些沉不住。

乐和确实听出有人在敲门，他顾不及看娜娜的脸色是好是歹，大声应道：

"我来开门了！"

那一刻，乐和的心里好不快乐：来得正是时候！

乐和对外面敲门声做出的积极反应，使娜娜非常恼火，但她不便就这样发作，那样做便会显得她这位受过大学教育的女子太没修养了。她搂住乐和的膀子没有松，依然娇媚地说着：

"这么晚了，会是谁来敲门？准是那个想当英雄的小庇，八成又以为要吃亏，想不干了。"

嘴里嘀咕着的娜娜，把手缠得更富有绵绵柔情。

乐和只好硬掰开她的手，朝门口走去。

"等一等嘛，着什么急啊！"娜娜恼了。

乐和在客厅道上停住了。

"笃笃笃！笃笃笃！……"敲门声又起。

这个敲门声，对屋里的两人来说，如同经历了一场凉雨瓢泼，全叫两人没了好脸面。公平地说，乐和连火星末儿也没有起，还是块湿柴，否则，被这一团火的娜娜猎猎烤炽，还不早就燃成了灰！娜娜呢，她和他生活在一起这么久，当然知道他的秉性。也晓得他是这么一块湿柴，要那么慢慢焐着，等干了就会起火的，她信这理，女人总有她们自己把握分寸的尺度。娜娜从她的母亲那儿得到的最好遗传就是这个，有把握地将新鲜的湿榆树疙瘩烤得内酥外脆不焦皮。

这就是本事！

娜娜明白，经她这回下功夫，这"湿柴"已有八成内透，没想到，却被这可恶的敲门声活活坏了我的好事，虽十分恼火，却又无可奈何。

她倚在房门框上，懒散地朝外瞟一眼，有气无力地说：

"开门吧！"

乐和去开门。

敲门声没有了。

"回来！"娜娜说，"一定是咱们耳朵有了毛病！谁来敲门了？谁也没有来，是我们自己心里盛着虚。不做偷鸡摸狗的事，鬼来敲门也不心虚。你这是干什么？"

乐和看看她："是吗？可我觉得有人在敲门的呀！"

"没人敲门！也许是一种力量在制止我们……"娜娜低声自语道。

乐和听她这话，赶紧说：

"说起来，迷信这东西也真怪，信则灵，不信则不灵，还真有那么点怪。迷信的人有时就好像有一种超人的力量在牵动着他，他们能用这种感觉控制住自己的言行，所谓'天地玄鸿，我佛在上'。大概就是他们说的那个力量吧。我们这些不信佛的人自己能悟出点什么，那可能就是一种左右人意志的东西在影响你。你悟不出，那说明你对佛不信。佛有时还会产生一种你能感觉到却看不到的力量来提醒你，让你知道道德的存在，让你知道善恶之事实际只是一念之差，而这一念之差人人都不可掉以轻心……"

"你还有完没完？我就不信真有什么天和神在控制我们芸芸众生。地球外面是大气层，你这位老编辑可不要糊涂了……"娜娜没好气地说着，她实在为自己追求多年即将得到，却又在一瞬间失去的机缘而万分恼火。乐和当然明白她为什么恼火！他不再说话，而是走到门口，听着外面的声音。

娜娜追过来："大惊小怪！没有声音你也想造出来吗？你不会自己在里面敲出声音而说是外面有人敲门吧！你说，我真的这么令你讨厌吗？……"

"别作声！……嘘！外面真的有人。"

娜娜走过去，把耳朵贴在门上，果真听到外面有响声。她脸顿时吓得惨白，紧紧抓住乐和的手，颤抖着问：

"会不会是坏人？现在农民进城找事做不好找，有的人就专门干偷鸡摸狗的坏事！会不会是我说了农民的坏话，他们听到了来报复？"

"怎么可能呢。你那种大路货话也不是你第一个想出来说的。你的那种观点，早就有人在报刊上写过大块文章了。你怕什么？再说，哪个农民会来听你们这些闲来无事的瞎说八道，他们忙钱还来不及呢。"

娜娜想想也对："那……会是谁呢？会不会是妈妈回来了。"

"她不是才来信说是要去青岛大连转一圈的吗？要真去转一圈，没个十天半月是回不来的。要是不去，倒也有可能是她回来了……"乐和说。

哗啦一阵子的钥匙响声后便是门被启动，一个声音先爆进屋来：

"都听到你们的话了，什么不可能！你们就只想不可能？你们希望我永远不回来？……"

"妈！是你？……你怎么说这话。"娜娜扑上去了……

一阵热闹以后，女人忙着盥洗、吃饭，然后用礼品把娜娜打发去了她自己的房间。女人急切地同乐和一起走进他们的房间，把一件礼物送给乐和。乐和见是只精巧的小首饰盒，笑道："没见过我们这号人戴金器的，太俗！"

"你没打开就晓得是什么？打开它！"

"唔！打开它。喔！——"

乐和打开见是只精巧的高档电子手表。款式非常好看，方方的，薄薄的，金光闪闪，便也真的有几分喜欢上了。仔细看，上面全是外文。其中"SEIKO"他认识，是牌子，译成中文叫"精工"。

"是最新款式。你看，只有两根针，如今寻朴返真又兴老式样啦！这只表，价值港币一千二百元。我在手表店里看到人家从香港沙头角买回来又不放心去店里问的，有发票哎！上面写着：香港沙头角中英街35号，电话6744238，没假啊！你还不信我这个人过目不忘的本领？"女人说着便要给他戴上，他伸过手去让女人给他戴，他问："你没去香港，怎么来的？"

"这是我在北京买的，付的人民币七百元。"女人给他在手腕上戴好，说：

"别看是上电池的。它永不磨损！……"

女人学着电视广告来个鹦鹉学舌打趣道：

"你的生命不止，它的磨损就不出现！"

弦外之音乐和明白，他赶紧在女人脖子上一吻：

"你也是的。"

"没错！"女人反过来热烈地吻他，吻了个够，然后警觉地问道：

"你们刚才在干什么的？怎么两人形影不离？你给我说实话，你这馋猫，是不是趁我不在家，换了新鲜口味！你别忙岔我的话，我先问的是你。我看出来，你的嘴里想说什么！说我女儿不好？女儿是我的女儿，当然是养种像种，不会错种。你别忘了，女儿是女人，女人就是女人！你是男人，男人不来兴趣，女人变成蛇缠你也没有用的。你说吧！你在家有没有……你不说？你不说我也知道的。我才出去一个月，你就熬不住。可见你那么多年没有女人管你，你制造了多少野种在这世界上……"

乐和那刚刚升腾起来的好情绪一下子全被扫净，在乳白色的柔光下，他突然发现这女人竟变得非常粗俗，完全看不到她当年的影子了，他有些沮丧起来。他觉得自己如今不是在一个美好的家庭中生活，活脱是在两只时时准备食用自己的母狼窝里！它们之所以有时对他彬彬有礼而没有急着吞食他，大概是等他长些膘，食用起来口感好些，他想。他这样想时，脸上就沉不住气地有些流露出来。女人看到他这样情绪时就有些惧怕，惧怕什么？她也说不清的。她每当出现这种情况，几乎都来不及细想就晕头转向不知所措了。她赶紧要把女儿喊来，因为她有过那次的经历。万一，他还是和那位一样，就这样而倒下再也爬不起来，给人家怎么说。娜娜在场，起码好说他不是在她肚皮上断气的，起码就少掉了那些猥琐传闻对自己的光顾！……乐和看她的样子也七不离八地知道她要干什么，赶紧说：

"别喊娜娜！……"

"你……"

"你要换个话题，我也许会好些的。"乐和说。

女人赶紧说："你原谅我吧！其实我是爱你才这样的。一个女人要是对一个男人爱狠了，杀掉他都完全有可能……"

"狼对羊说，我喜欢你才吃你的！"乐和没好气地回她，"你们母女俩都是一个腔调。你要好一些，女儿也不至于这样……"

"你总是这样刻薄地对待我们。我们都老了，能有多少时间在一起呀！……好吧，我给你把藤椅搬到阳台上去，你在那儿坐坐。我再去给你泡杯清茶，陪你换个话题聊聊。我还真没有一点睡意，在车上打过瞌睡了……"

乐和顺从了她的安排。

15

　　阳台外面很静，周围的大楼都静静地沉入睡梦中，偶尔有一两个窗口亮出灯光或者孩子的啼哭、大人的梦语。远处的广场上驰过悄似流星般滑出的车辆，无声无息，唯恐惊扰了情侣们的好梦……空气也显得清凉爽人，薄薄的夜雾中摇动着米兰的浓烈香气，扑在人身上，像烈酒一样迅速渗入人的皮下，经腠理达全身，五脏顺畅六腑舒和，使人如喝了冰镇咖啡似的浑身舒畅。

　　乐和站在阳台上，缓缓凝视那被夜的黑幕完全罩住的远处漏出的一线若迷若清的天际。他的思路也几乎就在那儿被引入另一种境地，他想起了很久很久的以前，他是站在什么地方有过这样的感受呢？好像都没有过，又似乎完全有过……哦！他想起来了，那是在一次挖河的工地上。那是挖的什么河呢？他渐渐想得更清晰了，那是挖的一条所谓的"战备河"。怎么叫战备河？当时的他，也是想不通的。反正叫他去开河，他就去。在河地上，他和许多的"坏分子"们住在一起，他们中间男男女女都有。有个女的最年轻，才二十不到，说是摔破伟大导师毛主席塑像被抓来的。大家住在一个草棚里，男男女女都窝在一起，大概因为是"敌人"，也就没有男女的区别了，也就是那时他才懂得了"敌人"是没有性别的"无产阶级的革命常识"的。那二十岁的姑娘大小便也和众人一样，掰开白白的屁股放在屋子中间的粪桶上晾着，连来了月经换纸也是公开亮相。有人说把粪桶放墙角去，说过以后，粪桶没移掉，提意见的先断了腿。门口有人看守，不得随便出入，出工的时间和工地上的别人都不同。人家出早工是天亮后。他们天不亮就要出去，去给河工挖出当天应该挑的土方的线条。这种事做得不能有丝毫的偏差，稍有一点点的偏差。一方就要揪你开斗批会。斗了你，另一方还要来斗你。先斗你的说你是有意陷害革命造反派，你让他们多挑了土方。后斗你的说你想拉拢腐蚀他们，幸亏被心明眼亮的无产阶级革命造反派察觉，使革命免遭无可挽回的巨大损失！结果，斗归斗，批归批，他们双方耽搁下来没有挑走的土方还得你来挑！晚上，他们收工了，双方界线的地方留下一堵墙。河地上称"鼻子"！他们这些五类分子就去挖这道每天都遍布河岗的"鼻子"。渐渐地，河工们知道有此甜头，故意留下大量的"鼻子"，故意找茬"斗批"。使他们常常一整夜都挑不完土方，人还没有喘上口气又接着第二天的活照样干下去。每天傍晚，那条平地上出现的河的轮廓都被一道道这样的"鼻子"隔开着……在晚出的月光中，他拖着疲惫的身子站在已经成形的河岸上看着这"河"，或者面对暂时没有"鼻子"的河，他想得很多很多！他对自己这种非人的待遇不但没有怨言，还觉得完全是应该的。是啊！比起人们传闻的"老大哥"对"敌人"的政策，比之从前那种"赶尽杀绝"，今天的命运可真是福啊！而当那个管他们的人当着众人的面把那位年轻姑娘拖出去强奸时，谁去制止了？为什么都没有敢制止和反抗？他亲耳听到那个姑娘求饶的哭泣，声声撕裂着他的灵魂，奇怪的是他却把这种灵魂的感受看成是一种"非无产阶级"的，要求自己能彻底地改变。不知为什么，他直到现在都没有能改变掉，姑娘临死前的呼叫至今仍不时地在耳边响着没有消退……那天晚上，他就站在外面。但那是泥土上，那是田野里，那是一个四周都弥漫着扼杀他这种人的气息的时代！用娜娜的话来说，那是一个赌博的时代，那是一个人人都拿生命做赌注却不知道自己到底有什么收获的时代！那时，他想到了娜娜今天说的这个词吗？不敢。也实实在在没有想到，也没有那种胆量去想。那会想到什么呢？……他想起来了，那一刻，他非常渴望有一天假，能好好睡上一觉。他有这个念头时，还赶紧"斗私批修"。是的！在当时，这个念头是断然不能有的，因为它是为自己的，一个不是无产阶级的人，能有什么资格和权利让这不属于无产阶级的躯体得到休息呢？那么，能想什么呢？只有大家赶紧加油把河开好，让修正主义复辟的危险彻底防止了，大家才能松口气！不！到那时也不能松劲！毛主席他老人家说，全世界还有三分之二的人没有解放！他们要去解放全世界的受苦人，他们多留点"鼻子"给我们改造思想有什么不好呢？劳筋骨、消皮脂、挫邪念、恶歹志、换思想、新精神！对这样的关怀，应该感激才对啊！绝不能有牢骚的，若有牢骚，那就绝不会是牢骚，而是阶级仇恨，因为你是无产阶级的专政对象。那个姑娘本来就是"反革命分子"，莫说强奸轮奸她，就是杀掉她也是对的，完完全全的革命行为，因为杀了她就可以少一个阶级敌人在世界上，这对无产阶级来说，是不是好事啊！可人家没有杀你，还在千方百计地挽救你。他们把阳具强行地刺入你的体内，是让无产阶级的革命力量进入你的肚子里，暂时有点痛又有什么关系呢？改造灵魂没有脱胎换骨行吗？你说，这难道还比脱胎换骨更叫你难受的？如此大好事你要感激！可她却不能理解，自绝于党和人民。这有什么办法呢？听说，想出这个点子的人是那队长（他后来一再声称是出于好的动机，他说，要是她能为无产阶级生下一子半女，她的罪行就会减弱许多的。他说这话是在前不久，由于乐和的这种自言自语而使一个好奇的人去深入调查了解，这才把当年的那个事件挖了出来。而这位队长此刻已经是一个乡管工业的副乡长了，正整理行装准备去中央党校，他知道他出来以后便能坐到县长的可以转动的沙发椅子上了，他一点也没有激动，据他说他是可以当国务院总理的人选，不知为什么没有轮上他……那个好奇的人的到来使他不去中央党校而去了"大墙"里，再后来，他就写信告诉他的妻子说他先走一步了，大家分析有可能他已经得到信息，阎罗国的总理刚好任期到，他去竞选。如果是这样，我在此向他表示祝贺），而且有许多人响应了，大家虽然干了一天活很疲劳，但为了能去挽救那个长得很漂亮的姑娘，都忘掉了劳累，一个个你争我夺，争先恐后，抢着去给那姑娘送"进她肚皮的无产阶级革命力量"……乐和现在才明白他当初为什么会一点也没有为姑娘悲哀的情绪。他甚至惊讶自己后来怎么每次走过那姑娘孑立在荒野里的坟前，那种凄凉也只是从心间一掠而过。而且还时时告诫自己千万不能有与无产阶级对立的那种情绪。姑娘的亲人都没有来收她的尸，许多人看着姑娘赤裸裸一丝不挂的尸体横陈在那儿，谁也没有说一句要替她穿一件衣服遮遮羞的话。他注意到人们看到她洁白如玉的裸体，眼睛贼亮，喉结咽动。他就想，眼睛亮什么呢？喉结有什么需要咽动的呢？好多年以后，他都不敢说出那种自己猜测的话！

"人真可怜！……"乐和轻轻地叹息。

乐和自己也不能明白，他叹息那姑娘受到的非人道的凌辱而悲哀，还是觉得那些眼睛贼亮、喉结咽动的人们的可悲。现在，他当然可以说心里话了。不，应该说他现在明白了，明白了在当时的种种以为正确的行为实质是非常可笑的！可自己并没有去谴责他们，谴责这种惨无人道的行径！却在深挖自己的灵魂，一心想合上那个时代的节拍！这种动机并不完全生于河地上，实际上在这个新的阳光沐浴的洋楼前，还是赵契执政时就有了的，不！也不完全是由赵契调教出来的，是乐和当勤杂工前时就铸好了的！……多可悲啊！那么短暂的历史却让人类历史真正为它深感耻辱亿万年。这不痛心吗？

乐和想到自己后来也恨过自己，恨的正是不明白自己为什么在那时候没有一点点心灵上的清醒！是自己太愚昧？还是自己太渺小了，以至丝毫没有像许多伟人一样，在那种时刻虽然自己不能讲，而心中的反抗却非常强烈！他想，要是照现在报纸和杂志上露脸的那些伟人们说的那样，只要他们当时稍稍出点力，那个人类的灾难几乎完全都可以不发生！

人可悲的就是事后的聪明。乐和想。

16

女人走过来。乐和看着她把那只泡好茶的茶杯放在宜兴陶瓷桌面上，这个动作使他浮想联翩……

　　女人没有说话，转身进屋去了。

　　乐和望着她的背影，心里说，这个背影应该消失在昏沉的夜色里的。是的，就是这样的夜色，那个季节好像比现在还早些时候。哦！对了，是春三月过后的又一个……清明后的半个月？不，莳梅天！他完全想了起来，就是一个莳梅天的无雨的傍晚。天热得像六月六，人的身上有着说不清的东西在皮肤里面爬，痒痒的，他想，那是小虫子。他问春。春是个胖姑娘，村上人都叫她小春。她是公社党委书记的女儿，又是烈士的孙女儿，高中毕业本来有去南京大学读研究天上星星的课。她没有去，打份报告说立志改变农村新面貌就回了村，在村上当大队妇女主任！上山种树的主意就是她想出来的。她说她爷爷当年在这里打日本鬼子的时候曾许诺说，等将来革命胜利后，他来山上种树绿化。现在革命胜利了，爷爷不在了，她要实现爷爷的遗愿，把荒山变绿洲！当时，也有许多热血青年跟着她上了山。那些青年主攻的方向并不是荒山变绿洲，而是那被一层布裹着的无比美丽漂亮的春姑娘的身子。乐和多次亲耳听到他们说，闻一闻就满足，要能再压上一压，让他死都甘心！乐和还听到他们商量了如何集体行动，大家都能轮流在那身子上压一压："有福同享、有难共赴"。他马上就联想到了在开河工地上的那个姑娘（那时，乐和没有把她当姑娘想，他记得清清楚楚的是想到了那个被"帮助"的女反革命分子……）的遭遇。他怎么也觉得春不是坏分子，更不是铁扇公主，春根本不需要他们贫下中农的力量钻进她的肚皮里去。但他不明白那些人为什么要这样对待春。所以，他就去问春。春听他说了以后，咬着嘴唇半天没开口，吓得他以为自己说错了什么招了祸，连忙要低头认罪！春拉住他的手说："老乐！你是个好人。我爸说你是个一直不走运的好人！我也相信的。我们相处这么一段日子，我看出来了。我不赞同我爸的是，我相信你的不走运不是一直，而是暂时的，以后你会走运的。他们虽然是贫下中农，可他们的思想深处还是毛主席批评的流寇主义！你学过毛主席的阶级分析了吗？他老人家说贫下中农最有战斗力，也说了最严重的问题是教育农民。如果放松了对他们的教育，他们就会是我爸常对我说的那种，我们这地方从前出现的打家劫舍的好汉，只做得一时的威风，却没有一辈子的长久，兔子尾巴长不了。被官府抓去不是杀头就是招安了当他们的奴才。他们就只有这种下场，我爸说，这主要是因为他们只贪图眼皮底下的一季一熟收成好坏，小家里的热乎劲头！遇到事儿不晓得多用脑子朝长远处想，撞到南山墙上碰得头破血流也不晓得清醒，掉了脑袋还弄不清楚是怎么掉的，还以为是父母给的时候没安好。这就是他们……嗨。我们为什么说这个呢？说说也没关系的。你说，他要想我做他的媳妇，他完全可以找我说嘛！他为什么不来说，却要那样想呢？还要约上几个人来轮流奸污我，那不是流氓吗？……你想，我会做有这种坏思想人的媳妇？杀了我也不干？……嗨！我们说这些干吗？……"

乐和现在还记得当时他们说着话就一起站到了山坡上，那景色好美啊！使他想到了一幅在他的记忆中恰如梦中见过的山水画。现在他晓得那是黄宾虹，一个在他和春站在山上看远景时就已经长眠在杭州西湖边上多年的老人的杰作。他那时并不晓得这个老人能把墨搞出"五笔七墨"之说，什么浓墨、泼墨、焦墨之类的花样。乐和只因这眼前的情景只有一种暗灰的色彩，因为天际恩赐阳光的缘故而使它有深浅之分，就使他联想到黄老先生的一幅山水画。他告诉春自己的想法。春看着他，没有说话。后来她说，你头脑里那些过去的记忆中，的确有许多非无产阶级的东西！她说了这话以后，轻轻地叹了一声说："你说的那些画，我都没有看到过。但是我想，那么受历史和人们普遍的喜爱，它总有它存在的价值吧！好了，今天我们不谈这些。我们赶紧要找个地方躲起来……"

"下山去吧！你可以回家。"乐和说。

"你真傻，我就此下山，那不就正好羊入虎口，落入他们的圈套？他们强奸、轮奸了我，然后再说是你们坏分子干的。他们非常坏，什么坏事、绝事都会干出来的。不能上他们的当。走，我发现一个山洞很可靠的。我们先躲过了今晚，到明天再说……"说着，她就拉上他朝山上走去。

……

乐和望着远处的灯火，那是汽车的灯，在夜空中像流星。流星从天空划过时，有多少美妙的话题留给人们遐想啊！他想起来的就是春的手上有一支小小的手电筒，她说是她高中时的同学毕业分手的纪念品。她说，他让她等他大学毕业后就来娶她。她接受了他的这话，回报他的是一个非常甜的吻。春在激动时告诉他，如果不是有同学闯进她的宿舍，她真的会让他睡了她的。她直到把肉体给乐和时还说自己是非常愿意让那个同学睡的，这话使乐和醋意大发，使春的配合总自我感觉少一节拍而担心他的开支过度，连连直叫，要他留住青山，莫把柴全砍光了……想到这些时，乐和就有些激动。他到现在都想不通他怎么在山洞里，又怎么会同春发生那种事的？是一种幻觉吧！要说幻觉，也有可能。不，那怎么会是幻觉？是千真万确的事实！春怎么会看上自己，他不敢相信。是的，这到底是怎么回事？

那个夜是暖的，两个人在山洞里怎么也没有睡意。他去拾了许多的柴来，在山洞的深处燃了堆篝火。火这东西也是奇妙的。乐和想，当时要是不生火。

春会叫他去摸摸她的胸口说是滚烫的会不会血从这儿流出来的傻话？……那时候，他的小资产阶级的情调还是很足的。她也一样，因为她说了，这地方没有别人，咱们就犯一次自由主义，放纵一回自己。就一回，出去以后再学毛选，狠狠斗私批修。她真的在他的面前当场脱了上衣，露着两个丰满的坚挺的乳房，要他去抚摸，要他去吮，还要他说上一些绝对是小资产阶级情调的话。那时他就非常害怕。他相信春一定是病了。因为他感觉到春的身体好烫好烫！可她嘴里不断地喊着，要他给她抚摸。说他的抚摸就是一块凉爽的冰，在她身上走过，好惬意啊！再后来，她就不满足这些了……

春那时醉迷迷地对他说："掏心里话说，那个小资产阶级情感还真有点像油炸臭豆腐，闻闻臭，吃起来好香呵！非常令人愉快的，真的非常令人愉快。叫人舍不得放掉的！……老乐，你说，是不是那东西因为太让人愉快了，会使人失去战斗力才那么有意地把它们说成魔鬼的？"是的，他想到了一幅画，画上的圣母玛利亚，她抱着一个孩子，那个孩子是谁的？是她生的吗，她怎么会生下来的？是男人的作用。是我和春这样的后果？是那些男人为了帮助那个女反革命一样？……圣母玛利亚抱着孩子，安详、美丽，充满着人世间所有最美好事物的精华！而我们呢？如果春真的肚皮里有个我的孩子，那会怎么样？……他问春。春开心地笑了！她笑得非常开心，她笑起来就是活脱脱的一位圣母玛利亚。他看着她那笑的样子，他想，她一定会生孩子的！她后来偎在乐和的怀里说："要是真的生个右派崽子，我高兴！我不相信我们的孩子就一定是右派崽子。就算是又有什么不好？你没有发现那些右派都是一身的正直，满肚皮的好文章吗？……"他听她这么说话，吓坏了，连连阻止她：春，你在说什么，你这样说话简直是疯了呀！他记得他当时非常害怕。他害怕有人听见，他相信那些想强奸轮奸春的人就在山洞外面什么地方守候着……

望着这夜的弥漫，乐和想，男人与女人之间，每个人的感受都不可能是完全一致的。比方说，这个女人就从来没有春说的那种体验。春对他说的体验是留给他一生的纪念。春说的是对的。从那以后，他再也没有过那种体验了。女人告诉他说，她和他一起干那种事就是一种她渴望得到他以后的满足，她还说那就像在市场上买东西时遇到竞争对手，她终于战胜了别人而把东西放到了自己的篮子里。她的笑也证实了这一点。春为什么就没有呢？春怎么会是那样说的呢？……

乐和坐到藤椅上，端起茶杯呷了一口，清新的甘甜一直慢慢滋润到他的身体的内部。他感觉自己就是被这股清新的感觉一直牵进那个遥远的记忆中去的。他完全都想起来了。春对他说，她非常高兴，她被他引到了一个没有任何敌视，没有任何仇杀的花好月美的湖边，她说他们就一起下湖去游泳。那湖水好美好柔啊！每一滴水都渗透到她的皮肤里面去，使她的身体里的每个器官都变得活跃非常。她说，人与人之间，男人与女人之间本来就应该存在着最和谐的情感，这种和谐的情感是创造世界上最美好事业的保证……唉！她轻轻地叹息……"不！你别下去，我要你，我要你一直在上面，一直到我们都变得白发苍苍……"他笑了，那时候他怎么一点也不怕呢？他怎么就相信了春的那些傻话呢？而且从那时开始就一直相信春说的是真的？……那不仅仅是春的理论打动了他的灵魂，是春的话复苏了他的灵魂！他相信春说的是真正的心灵深处发出来的声音。若干年以后，他才相信不仅仅是春会说这种话，而且人人都会说的。只是在那种时代，娜娜说的那个赌博的年代，这种声音被割断被封锁了。被一种美好的外壳包容着的东西压住了。那会是什么呢？他想了想就找到了一种象征。他说那是罂粟，美丽的花，有毒的种子！那个毒，将麻醉着整个民族……

"许多人并不知道那是有毒的罂粟花，却在为它大唱着赞歌！你难道忘了吗？有一篇收入课文里的文章上说一位英雄被敌人抓去，他的鲜血一滴一滴地流在草原上，那些掉在草原上的每一滴鲜血，都盛开出了鲜艳的红花。你知道那是什么红花吗？就是罂粟花啊！可谁去说那是外表美丽内容大毒的花？娜娜没有说错，那是大家都喝了罂粟浆的年代！……"乐和想，如果不是春的那个晚上，他会怎样呢？

在历史老人的面前，几乎就没有什么如果之类的话可言的。那么多的失误和悲剧演绎一曲曲千古恸唱，那么多的暴君愚帝动辄使亿万生灵涂炭竟一笑潇洒，这又能怎么说？谁可以逆历史潮流而动！谁可以将千秋奇冤一一申白于天下并不再发生呢？我们是凡人！可我们应该有自己的清醒。乐和想，我的清醒在什么时候呢？

乐和喝了一口水，他心里说，我的清醒就是来自春！

乐和此刻还想到了春告诉他的另一些话。他记得春告诉他说，她那次去破四旧烧旧书。一路的口号一路的革命，回头的路上见到刚才烧的残灰里还有几页没烧尽，心里就有一种异常的好奇，极想上去翻翻看看那些纸上到底说了些什么可怕的东西，惹得神州大地日无安宁夜无安寐？她见周围没人，就挑拣了一本藏在怀里回家翻看。虽然那上面有些文字很深奥，不大能看得懂，翻字典，胡猜乱想，还能辨出八九不离谱的意思，她就觉得那上面有些话说得还是有道理的。比方说，"大抵世所谓小人者，皆真小人；而所谓君子，则来必真君子也。"她就觉得这话与毛主席说的"有些人表面上说是革命的，其实骨子里还不知道是什么……"虽有不同，但深处的思想却很相似。

乐和的情绪几乎完全沉入了对往事的回忆。他记得非常清楚的是，那次的第二天天亮后是他先出山洞的。春不让他和她一起出去，她说被他们遇到了不好！他只好自己先走了。后来，他又到那个山洞里去过。她已经走了！她就没有从村上过，径自走了，上了什么地方，没人知道。他们那些人来找过他，问过他。他回说不知道！事实上他是知道的，他知道她直接回了家！可他不能说，他只能说不知道。那些人把他吊起来，就吊在那块大岩石后面的一棵树上，用山上淌下来的溪水浸过的藤条鞭抽他。他一点也不痛苦！他高兴，他大声地喊叫，那不是一种痛苦的喊叫，而是淋漓尽致发自肺腑的畅泻式的宣泄。宣泄他的兴奋和冲动！他此时此刻方才感受到春给他的爱，他才意识到昨晚的一切都是真的！他高喊着："你们打吧！你们狠狠地打，把我打死……"这发自他内心的话语，实际上不是他的真话。他想说的是："再猛地抽吧！我需要这种痛苦的刺激。让我在这种痛苦的刺激里回味那一场难得的私情……"

他清醒地感受到那鞭子的每一记都在他的心上引发着一股强烈的渴望。一种对春的至死深眷的感情，并由这种感情而生发的灵魂上的清醒："你们把我打死吧！我死得值得。我获得了春的爱！我明白了我比那个反革命姑娘更幸运，她连自己的死是无辜还是遭暴也许都没有搞清楚！而我搞清楚了，是的。我是真正地搞清楚了。我是幸福的……"

那些没有得到凤凰的人，那些没有吃到葡萄说葡萄酸的人，他们在对他的肉体的发泄之中，能清楚这些吗？

不能！

永远也不能！

17

"你在想什么？……"女人走过来问。

他看看她，慢慢地侧过身子，让她向阳台里面走去："我在想我的孩子。"

"你的孩子？"女人吃惊地站住，不解地问，"我怎么从来没有听你说过。跟谁生的。"

"你刚才不是说了吗？"

女人费解地问："是吗？我说了你和谁生了孩子的？我自己说的话能不记得了吗，你这个人就喜欢搞悬念！"

"你说，你出去一个月我就不安分了。你说了没有？"

"说了，我是说，我才出去一个月，你就熬不住。"

"后面还说什么？"

"说什么？说这么多年没有女人管你，不知道你采了多少路边花，制造了多少野种在这个世上……难道？你、你！你真的？……不，不会是真的！你可不是那种人呀！老乐你不会有那种可怕的事吧！"

"那就可怕？你就没有想到我在离开你到农村去以后会有人爱我？"

"那段情况我了解过。人家当我的面坐在公家的椅子上都说没有！至于小道消息，至于人背后的议论，那就难说了。皇帝背后还有人骂昏君，上不了桌面的话都不可以轻易相信的。我想的不大会有出入，你那刻吃苦受罪还来不及，哪能有罗曼蒂克呢！……"

"你就是这样才决定收留我的？"

"就算那样，又有错吗？"

"我当然不敢。"

"量你也没那胆！……好了，我也不与你争嘴了。我们都老了，到这个年龄的人还不都是做伴过光阴？天天在一起磕磕碰碰又是何苦来哉？"女人在一张椅子上坐下来，自个儿开着出差带回来的饮料，边喝边说：

"就算你真的有个孩子，我也不能说什么。反正我们也没有去领什么结婚证。你要是找到你的孩子，或者说那个女人还想着你，要你去，我也不阻挡你的。倒是我劝你一句，要是那女人还在乡下，改嫁了以后生了一大堆的孩子，如今又没有了丈夫，自己活不下去想要你去帮她，把你当作她的牛马。这种事，我还是劝你趁早刹车！那些年轻时的爱啊恋的，能值几文？说穿了都是一种可悲的游戏！谁认真了谁都不会有什么好果子吃的。我是为你好，说的肺腑之言！"

乐和点点头，轻轻叹道：

"其实我也只是一种幻想罢了……"

"你有毛病啊！你这样瞎说八道的想把我活活折磨死啊！你晓得心灵上的折磨是最残酷的呀！你到底怎么搞的，怎么老叫我替你担惊受怕的。"

乐和不开口了，他怎么说？他当然记得那次与春的"山洞之恋"几个月后，他在草塘里挖泥。草塘很深，外面的人只看到他的头在上面冒啊冒的。豆腐麻婆在水沟边喊他："老乐，老乐！乡邮电局的咬脐找了你好几天啦！……咬脐，咬脐！你这赤佬，听到没有？他在那边呢。我看到了！"

咬脐到了面前。

他见旁边没有人，就问道："是什么事？"

"一封信！"咬脐平平常常地说。

他却吓了一跳，他这个身份的人自己是不能直接从邮递员手上接过邮件的，这是乡里文化革命委员会的决定。有了邮件要先交给民兵营长过目，民兵营长若说这信不能让他看，他就永远也看不到了。此刻，他连忙看四周，见没有人注意他，便问："我的信不是都要给大队里先审查了，能让我看的才能给我吗？我可不能直接从你的手上拿信啊！被他们晓得了要给我加罪的……"

咬脐笑着说：

"没事的。这是书记的千金交办的，要我亲手交给你的。老乐，你可真交好运啊！春姑娘真看上了你？她的肚皮挺挺的，有人说她给了一个她爸不高兴的男人睡大的。会不会是你呀？我从她的眼神里看出，八成是你。没错！你把信藏好。不用怕，豆腐麻婆嘴子紧的，说不出去的……要我带回信吗？"

他当然想，可怎么带？

咬脐看出了他的为难，便说："后天我走你后窗下过。你把信放在后窗里面，千万不要让别人看到！"

他笑了，非常感激的一个笑。不知咬脐知不知道，他的笑还包含另一层意思，那就是让他想到了那个常常在自己头脑里出现的童年生活的影子。那里面就有一个地下工作者接头的镜头！这咬脐敢在无产阶级专政年代为一个右派分子搞情书传递。这太可怕了。若被发现了，不把他打成阶级异己，就一定会给他扣上一顶蜕化变节分子的帽子！不，不能害他。想到这儿，乐和追上去：

"咬脐。我晓得你是好人！我不能连累你……"

"嗨！没见过你这种男人。告诉你，我不怕！为什么？就因为我是为一个正正经经的男人想睡一个他心里相好的女人递消息。这又不是坏事！要说是坏事，这世界还怎么传下去？再说你只是想和一个自己喜欢的女人睡觉，她只想让一个自己欢喜的男人睡，没有那些男男女女搅七念三的事，你要怕什么！正正经经太阳底下的好事倒要怕，黑地暗地里的倒可以大张旗鼓。这世界还叫世界吗？要是你不想睡她，我就不递了……"

干吗说得这样粗野？他这话没有说出口。咬脐说得对！一个男人见了自己喜欢的女人不想和她睡上一觉，那算什么男人？他还能站立在这世界上，还能经受着人间的种种悲哀苦愁？

他记得他当时在咬脐面前非常激动，他真想把自己同春的事一五一十原原本本地全部告诉咬脐，说他和春睡觉事前一点也没准备，压根儿自己就不曾想到那上面去。事先能有什么关联？他敢对别人说自己早就看上了春的吗？他就是想也没有那个胆的！一个右派敢去想一个大队妇女主任，这不是阶级斗争新动向是什么？他看着咬脐，他是想问咬脐，是不是先让你看看这封信？

咬脐笑着，用他那个下棋赢了才有的笑对着他。乐和一读就读清楚了：

这种内容的信，世上还有谁比我看得多？我每天在家里都悄悄拆开几封过过瘾的，春写的不会比那些城里小姐用牛奶浇出来的指头写下的内容丰富！

乐和想，你说的对。

他就回去了，他把信藏在水缸底下。那时他很有力气，能挪开盛八担水的大水缸。他放好信后，又把水缸挪到原来的位置上，还磨了磨位置。他出门后，走在路上心里不放心这个没有门的破牛棚屋。想回去把那信拿出来重新放个地方！放什么地方呢？他望着四壁无遮的破屋，心里想，破屋漏雨，残壁透风，再也没有可以放那封装有春的心的信了。那就放在身上。乐和想到把那封信放在自己身上的打算，他就去拿信。刚走了几步，他就站住了。看看自己身上这件破裋子，能藏得住那么精贵的东西吗？人家姑娘可是把命搭上的呀！放在身上掉了或让他们那些狗孙们拿去怎么办呢？想了想，他还是走了。走到村口上，队长的前面站着民兵营长！见到民兵营长他心里就发毛。这民兵营长就是第一个想点子要占有春的，那次河地上给人家女反革命分子肚皮里送革命力量，他就因为是排在第三个，一直牢骚不满地说自己本应该第一个上的，轮上三，什么都馊粥烂酵没精巴了！他对男人和女人都喜欢用拳脚代替语言。他的口头表达能力不行，所以只能是用动作。"文革"中，这位民兵营长一直被结合到公社革委会班子，专事整"阶级敌人"。没过几年，他浑身是毒病送进医院。传闻说是红斑狼疮，又说是梅毒，还有人说是他作孽太多……乐和有一次听医生说（那是这位伟大的无产阶级革命造反派在二十八岁生日不足时活活被病魔折磨死后）民兵营长知道那个城里来的女知青身上有种要男人命的病，可她长得实在漂亮，不睡她，他就觉得自己不配做公社革委会副主任，甚至显示不出他的男人气概。女知青向他陈述利弊，他是越听越欲火中烧！当场在办公室里就褪了女知青裤子在椅子上干起来。女知青对他说个故事，说从前有个叫甄廷诏的人，是个国子监的监生，和家里的小妾春花在椅子上干，干到一半，快活得畅泻不止而死。民兵营长哈哈大笑说，你不用花言巧语地编故事来蒙我，你这是说的一本坏书上的。药房的二先生，那个自绝于人民的坏分子，从他房间里搜出来的旧书里有它，好像是说……女知青见他这么说也就一点不客气不同情他了，一次就把他弄倒了。乐和听了医生的话后就去找女知青。问她是否有这种事！女知青笑而不答，只用她浑身曲线毕露的美妙对乐和说一个字："干。"

干？干！干？！干……干。干？？……

乐和好久读不明白。

女知青问他，春是你的第一个女人？

他点头。

他接着又问，你说的第一个是什么概念？从前我不是右派的时候，我是有过一个心上人，后来被人抢走了。不过，我没有同她睡过觉。和女人睡觉，我就只有同春，照你的说法，算不算？

女知青说，孔夫子的鸟袋，皱皮子多，一句话就成的事，能磨出几缸子浆。她说着，把手一甩，我才不会给你这种男人睡哩！馊粥烂酵没精巴。

乐和说，你给民兵营长睡了一觉，就有了他的"语录"，真不简单！

女知青把手一摆，说春是我最最要好的朋友，她第一个见的男人是右派！她是最伟大的。她如今走了，她的男人应当属于我，归我来伺候。

乐和想到医生说的话，怕了，连连说，朋友妻，不可欺。你对不起春！

女知青大笑，那是你们男人的话。女人就是要对朋友夫负责！她不在了，我让你在我肚皮上快活，这是一样的，为的是不让他到她不喜欢的女人或者是她的仇家的被窝里去。女人与男人对待朋友的不同之处正在这里。你尽管放心，我不会把你送到民兵营长那儿去的。

你身上有那种毒！乐和说。说话间，乐和浑身筛糠似的发抖，我求求你，姑奶奶！你饶了我吧！我还要好好活下去改造好自己的灵魂为社会主义建设服务哩！

你不是为春活着的？可恶的男人。白白让春思想了一番！

乐和连忙说，是是是……不不不不，我就是想着春的，我等着改造好后同春结婚。君子一言，驷马难追！

女知青半信半疑地说，既然你对春还有眷恋，我就放你这一马！

现在乐和告诉女人时，用一种非常坦率的口吻说，那时候女知青抓住了他的男根，然后又扔掉了，没有一点笑容地头也不回，直朝民兵营长的坟墓方向而去。

女人笑着问他，那一刻的你怎么没有伟岸呢？

他说，男人不是你们，没有兴趣的事是强求不来的。

女人又问，你见了民兵营长为什么又是另一种情景？

乐和真正地不明白自己在把春那封信藏在水缸底下后就会遇到民兵营长，真是冤家路窄！民兵营长老远地朝他吼道：

"右派！你不在草塘挖塘泥，跑什么地方去搞反革命活动了？"

乐和大声地回答他："给一个女反革命送阶级感情去了！"他说了这话，连自己都奇怪，为什么心不跳得慌了？为什么声音坚挺而有力？

他这口气说出来的话，着实把民兵营长给镇住了。民兵营长的口吃和语诘开始发作起来，一点也没有办法完整地表示出自己心中对乐和的愤怒或是责备。他盛怒之下只能用行动了，但这时候民兵营长发现身边的那人用一种神秘兮兮的目光看着他，使他想到大家在集上看耍猴戏！这一想，他的动作一时就没有连贯性，也缺乏凝固一统的精神力量去进行雄武有力的指挥了。他晓得让自己的部下看自己做猴戏主角是一种什么样的滋味。

乐和回了这话以后就跳到草塘里，狠狠用劲去挖草塘泥了。上面后来发生了什么事，民兵营长和队长去干什么事了？他一点也不知道。他一直干到中午才歇下来回家。一到家中，他就从水缸底下拿出了那封信，用一根绳子绑在自己的裤裆里。他怕被人从身上查出来，就算在路上遇到民兵营长，乐和也不怕的。民兵营长是不会去查他的裤裆的。那儿的东西大家都一样，只有没那东西的人那儿，民兵营长才极有兴趣地认真检查……想到这个绝妙的办法，乐和像喝了半斤酒一样快活。乐和一路没有碰见什么人，大家都回家忙着填饱肚皮、发泄情欲，带着欲望的干渴去参加下午的革命大批判。乐和直奔村后高岗地的桑田，这是他上午整整用几个小时思考出来的好地方，在这儿读春的信没有人会来干扰他的，绿叶丛中听溪水汩汩，读起来更富有别致的情怀和精到的诗意。他钻进桑田后，就在一棵桑树上靠着背，开始拆信看……正看着，旁边传来声响，他侧耳听，是一男一女！在干什么呢？

"一切革命队伍里的同志都要互相关心，互相爱护，互相帮助……"

"你就这样？"

"我想和你做深入细致的政治思想工作……"

"就现在？你有准备吗。我可是难以做通的人啊！"

"不怕，再高的山我也肯登攀，再深的潭，我也敢下去！"

乐和想，他们干什么呢？做政治思想工作要做到桑田里来吗？他想看看是谁，但隔得太远看不清。想走过去又怕被他们发现，多听几句，听出些门道来了，男的好像是大队支书。女的是新来的大队妇女主任。她可是有丈夫的人啊！丈夫在上海一家大厂搞支左，是个军官。

"你就是会口头大批判，实际等于零！"

"你看，你看！这是口头革命派？它可是经过风雨、见过世面的。为了我们最终的革命追求，怎么样？开始吧！"男的那口气好像等不及地要干什么事情。

"急什么？形式问题没有讨论就直接进行？"

"我喜欢刺刀见红。"

"那可不能……"

"为什么？"

"好吧！小心些……"

"不做长期准备，怎么能……你、你、你要干什么……"

"啪！——"一个响亮的耳光声在桑田里炸响……

桑田里开始出现混乱。一个赤裸的肉体冲了过来，大概发现了乐和的存在，那肉体站住了："你……"两只惊慌失措的眼睛面对着乐和的出现，不知该怎么办！一双手在乱舞着，不知到底是掩乳房还是先遮下体要紧……后面追来的男人见到女的赤裸着站在乐和的面前，上前指着乐和骂道：

"你在这里干什么？"

他突然发现乐和手上的信，一把夺过去："谁的信？……"他一目十行看完后，大声笑起来，疯子似的抱着那赤裸的女人在地上转着：

"这下好了！我看他还有什么嘴来说我……"

那女的赶紧抢过那信，用眼睛乱扫一阵，狂舞起来：

"是春的？春的肚皮原来是这个右派搞大的。好啊！她要和这个右派结婚？你成全他们！让那个老东西一辈子痛苦着……"

他把女的狠狠扔在地上，就像扔一只冬瓜，也不管地上会不会有砖瓦片子把她的皮肉磕破。又是一把，从女的手上夺过信，对着乐和气势汹汹地问：

"是这样吗？你说，这事情是这样吗？不！我一定没有猜错！她肚皮里的野杂种不是你的。她写这样的信是要你帮她的忙，你说是不是？你说话呀！"

乐和的视力总是被一种力量强迫着拉向那堆跳动的肉体，勾动他的一种遐思。在那个山洞的夜里，他实在没有现在这样清晰地看着一个成熟的年轻女人的肉体。他不能不看她。他对自己在心里说着这样的体验。

"你发什么呆？你说话呀！春肚皮里的东西是不是你下的。你要告诉我说：我会对那个党委书记说春肚皮里的孽种，不是我乐和这个人下的！"

他嗫嚅着，连他自己也不知说了些什么。

那男人跳起来，抱起正揉着身上到处被磕碰发疼的女人，朝外冲去……

那两个赤裸的肉体，在乐和渐渐模糊的视野里变成了他和乡亲们司空见惯的村头巷尾乱闯乱奔之物……当他们完全消失以后，他突然才想起来：那封被他们抢去的信，他还没有看过！再追出去，已经不见他们的踪影……

18

"书呆子，你给我说说你的孩子的事呀！"女人过来说道，打断了他的思路。

他没有理她。他觉得自己那次实在太窝囊了！

"你不理我？"女人不高兴。

"你让我静一静好不好？"

"那我要先回房睡觉了。"

"你先去睡吧！"

"你这个人真有点怪。一个多月不见女人就一点都不想？你不想，我还想呢！有精神亲热的时候不亲热，那是傻瓜。我等着你，你什么时候想睡了就喊我一声，一起回屋去睡，一起上床有滋味……"

她说着坐下来，把手撑在桌上托着下巴眺望远处广场上的景致……

夜的凉气慢慢地在加重。

米兰的香味更浓烈了！

乐和的脑子里还是想着当年的那些事。

乐和记得自己和春有过那次事后，又到山上去过，但那已经是好多天以后了。他在山洞里找到一张字条，看得出来是春写的，那内容直到今天，他都能背出来。春好像在山上等了他好几天，一直没有见到他。她又没有进村去找他，大概是怕被那些人撞着，实在等不到他，她只好走了。也是缘分啊！他那几天为什么不到山上去呢？她在白天不能到村上来，半夜难道也不行吗？他住的村东头没人家有狗呀！……那是无缘！俗话说，有缘千里来相会，无缘碰面擦肩过！真是的，真是啊！怎么就不早点偷偷跑到山上去，在那山洞里再看看那些触景生情的东西呢？坐在那儿想想也是好的呀！他却没有，他是男人，好像男人在这方面都很粗心的。春会想到那个终生难忘的地方，而且享用终年！他却忘了。直到他的的确确知道自己和春的那晚造成了不可回避的事实：她怀了他的孩子！她要他去找她的爸爸说说自己的情况，以便能得到父亲的谅解而得到她。堂堂男子汉的他这一刻却一点也没有办法想了！她没有盼到他却盼到了大队支书。她私下求大队支书能让她和乐和结婚……这都是女人美好的幻曲。只有现实的铁锤才能敲醒她们……

春后来到底去了什么地方？

他一直不知道。

他想，如果春真的是那一回就怀上了，顺顺当当生下那个孩子，算来，现在也该有二十来岁了。那孩子是儿子还是女儿呢？他们此刻到底在哪里？是真的在人世间，还是早已不在人间了？春是不会死的，她绝不会死的。乐和明白春这个人。他想起那字条上的话，春告诉他自己在山洞里等了三天，没等到他，只好走了，她说她此去的地方是遥远的，她真正地想着他，见不着他就更觉得他是个好人，更要把这孩子好好生下来，哺育长大，莫让那些世俗的偏见害了孩子！她还在字条上写道：等到孩子长大的时候，世道一定会变的，会变好的！他看到那纸上有泪水的斑痕。他知道那一刻，春的心里是非常痛苦的，他好后悔，可那又有什么用？

唉！春啊春，此刻你在哪里？

他端起茶杯，猛猛地喝了口茶。抬眼见女人闭上了眼睛，便用手轻轻拍拍桌面问道："喂！你真的睡着了？"

"没有哇！醒着哩。听着你大老爷们的吩咐，准备给你沏茶。"

女人用一种不满的调子说话。

"你不要见怪。我是在想，要是春还在，那就一定说明我是有个孩子的。那孩子也一定会在人世间的……"女人打着哈欠，"是吗？我也是这样想的！什么？你说，那个跟你睡觉的女人叫春？这个名字倒是蛮有点意思的。我记得你们报上登过一副对联，叫'阳春布德泽，万物生光辉！'你是不是先看中那女人的名字才同她钻一个被窝的？那女人长得怎么样？能让你看上眼可不容易啊！……哈哈，你想的美。你忘了你那时是在什么地方？什么时候！要我说吗？落难公子还是受罪的囚犯，人嘴两层皮，还不随他们怎么形容？反正，一句不中听的话，你那时是饥不择食，寒不挑衣。天晓得那女人是只什么样的破鞋，怎么一搅就把你的魂给搅勾上了？还真的让你这么痴情地想着她多少年。我看她倒不会有这么好的记性能记住你三五口，说不定早把你给忘得一干二净了！你们大男人，痴起来也真的像戏里说的大呆鹅！……"

乐和听得不是味儿："你，你怎么这样说话。"

"你希望我怎么说？要我支持你去找你那个情人？那个在龌龊山洞的地上打滚性交而不知廉耻的女人？……"

"你这样说人家，真下贱！"

"未必是我下贱。女人本身就是高贵和下贱的融合体！做姑娘时，高贵得傲！结婚了就贱，贱在对于属于自己的爱情分分厘厘不放过，更不容许别人夺走。我很清楚我们之间的关系，用不着你常常给我上党课似的提醒！就这种关系，我也不能允许在我家中的男人像条种猪似的到处撒种！除非他不在我的家中，我管不着……别怪我这么刻薄，我说过了女人就这样，除非她不爱你！那个女人没有和你谈过心就急喘喘要你上她的身。你说，能是好人家的黄花闺女吗？做买卖的人都晓得急乎乎要抛出手的不会是真货，咬口松的货也不会地道到哪儿去，一句话，好货不贱卖。她一个姑娘家就这样把自己给了你，而且那一次就怀上了你的种。你这不是天方夜谭吧！……"

乐和愤怒地压着嗓子吼道：

"希望你说话留点余地。你的女儿的行为是你这话最好的注释……"

"你！……唉！好了，好了！你过了几十年单身生活。脾气古怪，我不计较你了。你别惹得我生气，弄得我血压升高好不好？休战，休战！……"

女人回屋去了。

19

乐和真正地生气了，他被女人这样的话惹怒了。他不相信春是她说的那样的女人！在那种时候，别人避他还来不及，而她却把少女的身子给了他。谁能做得到？你能做得到吗？……乐和抬眼看着远处，虽然那是什么都看不到的一团昏沉的夜色。乐和却清楚地记得自己能从那里看见很远很远地方的山和树林。那些光秃秃的山，如今都已绿荫一片了。那个他和春曾经藏身的地方，那时没有一块绿的草色，满是黄尘弥漫。现在却被埋在绿色的蔓藤之中了！不要说你早上从那山洞里出来，就是中午，也有一团弥漫的雾气罩着。乐和知道，那是瘴气！是从山洞前那个深深的山谷里升腾起来的。从前，这些都没有！更谈不到山上有泉水飞流直下三千尺！现在不同了，几百年前的泉眼和山溪都再现了。这能说不是当年植树的收获？别人都为之而高兴，春却不知在哪里？春，你到底在哪里呢！乐和此刻却格外地想念起她来了。他想到了那一刻在山洞里戏耍时的话语。他记得春说，山土可不像我们人，讲什么阶级。是树，不问它是松柏槐柳，还是桂榴橙李，不管谁把种子落在地上，它都像女人接受着男人给的种一样承着，给它养分和水，给它阳光和空气，让它长成大树！我们的人为什么要说你是敌人我是朋友？更叫人奇怪的是，说是朋友的人却最会在你的背后下刀！而你的敌人有时却还会在你需要别人帮助的时候给你一点温暖，我看不出来，那有哪一点是朋友挂在嘴边唠唠叨叨的"阶级腐蚀"！倒是让人觉得那也许才是人与人之间起码的实实在在的同情。难道不是吗？

乐和问她，你我这样是算同情还是……

她仰着脸，那张被篝火烤得赤红的脸上流出的全是少女心田里的秘密：

我不是那种喜欢猎奇的人，我喜欢通过我的心灵的感应和认真的观察来真正地认识一个人！你要说在现在的社会里完全不用阶级的眼光去看一个人，那又是完全不实际的。可我却往往发现，自己的观察与爸爸的教导、书本报纸上的宣传有着很大的差异。有时还可能完完全全是相反的！就拿你来说吧。他们说你不好，是个右派！右派就是反党的。谁是党？我爸爸说，谁反对他就是反对党。他是代表党。那么县委书记又是代表党。省委书记还有中央那么多的领导，他们都代表党！谁都知道中国只有一个共产党，有那么多的人都来代表党，岂不乱套？不！我们可以用下级服从上级，全党服从中央的原则来统一！这虽然是好，可要是在对待一个复杂的事件面前，需要有不同的意见经过讨论来产生正确的决议，往往是非常难的！这中间就有形式上还是真正通过辩论达到认识真理，获得真理的最终效果。而省委、地委、县委、公社党委的书记们都在场。你说，能有辩论？能有争论？能有真理……我为这事和爸爸争得面红耳赤。我相信有一天，这样包容着个人尊严意识的认识论一定会被社会和历史淘汰掉的！……

他望着她。他用眼睛告诉她，我想知道你为什么会对我这样！

这没有什么奇怪的事。我没有认为你是敌人！我却从心里喜欢你。这当然需要勇气的！我喜欢那种内向的人，那种性格的人有一个对外人用不透明物体隔绝的自我世界。在他的那个世界里天地是广阔的。有个和尚说：云中天地小，山间日月长。这话不是有矛盾吗？与我们平时的认识世界的观念似乎是完全悖逆的。但在他的视角里却是完全对的。你说，这云中的世界是什么？云是一团气，是无形的，又可以是有形的，它在我们周围无处不在！和尚说的"云中"，就是尘世！芸芸众生，你争我夺，天地还能有多大呢？而山中，这是指佛家的净土，那里广阔无比……

你怎么会有那样的视角？他在想。他是在读着她用眼睛向他敞开她心灵的那部书上的这些话的。这使他大为震动！

"你在看我？……"她问。

不！我在读你翻给我看的你的心灵的书！他说。

她嫣然一笑，看到了什么呢？我的心里只有一句话。

噢？

真的。

怎样的一句话？

"人谓之苦，我谓之乐。"

"这是什么意思？"

她抱住他的脖子，吻着他，甜甜蜜蜜地问："你说，我喜欢你是高兴还是不高兴的事？"

他当然明白，但他还是问她："你不是因为同情我的不幸才这样做的吧？"

她摇着头！她说，你用不着别人同情！你不需要同情！你是一个独立的人，你有你的人格和信仰！你在生产队的会上从来不发言，可你的眼光却使许多社员知道你心里要说的话！你内心的世界像山间日月那么长。所以，我就奔到你这神秘的山间来了。你不用笑，我说的神秘是不神秘的，只是对那些懦夫和不了解你的人而言的。可我涉足了你的世界，这对我来说不苦吗？精神的富有与物质贫困带来肉体的痛苦，就是那些超凡脱俗的人也尚不能心平境清，何况我一个俗人？

是的！她要躲开村上那帮无赖！她要说服父亲！她让用阶级眼光衡量一切的人都能顺眼……这能行吗？他那时就不大相信那成功的可能，后来就更不敢相信了！倒不是说他是个看破尘世的人。肉体凡胎，从那时代过来的人，谁有那种耐力？乐和知道自己是爱春的。他惊讶自己和她在一起就像在翻阅一部浸透人世的经书，使他想到金陵大学，想到江南那个小镇上的中药铺，想到郦老板。但他想得更多的是那么一个小小年纪的姑娘身上怎么会有那种东西呢？那都不是真的？都不是她说的和写给他的？而是他，自我意识中的体验吗？……有这样的体验，又有什么不对呢？我和眼前这个女人在一起怎么就没有那种和春在一起的感觉呢？难道是两个感情饥荒的人在一起而产生的精神上的暂时胜利？乐和这样想。他后来想，恐怕也只有这样的解释。

"你在想什么？"

有个声音跳进乐和的耳中。他向左右看，没有人。

"是我！我没有睡，你们的谈话我都听到了……"

"娜娜，你躺在阳台上偷听我们说话？"

"怎么能这样说话。我没有偷听，是你们的说话干扰了我的休息！我告诉你，今天你写的那几页，我都看过了。有个地方的引文好像不对，明天我上班后去古籍部替你查一查。那段引文应该是：'故为人君者，但当退小人之伪朋，用君子之真朋，则天下治矣。……治乱与兴亡之迹，为人君者、可以鉴矣。''人臣之罪，莫大于专权；国家之祸，莫烈于朋党'，这些话你说都是蔡元培先生说的，其实，我记得是北宋欧阳修的，他针对范仲淹的《庆历新政》夭折而写下的《朋党论》。这些话就在那篇著名的《朋党论》上，你不信？"

"对你说的话我可以怀疑，难道我还能怀疑你母亲给你的举世无双的过目不忘的本领吗？其实我在引用那些话时就想到由你来校正的事了……"

"我在你的心目中有这样高的地位，我真高兴。你话是真实的心迹流露，还是哄哄人的玩笑话呀？"

"哄你干什么？"

……

"老乐，你和谁在说话？"女人走了出来。她看看隔壁阳台，见女儿坐在那儿便问："今天天又不热，你不去睡觉在阳台上，就为偷听我们说话？没出息！快进屋去……"

"你干嘛要赶她走？"乐和说。

女人说：

"我睡不着，我是为她睡不着！你说，我们俩说她的事。她能听吗？你让她听。我可没有这样的思想准备！娜娜。你可不是小姑娘！要学会把握自己的……"

隔壁阳台上发出声音："好吧！我不听你们的悄悄话啦。我上床也有乐趣可以找到的。晚安！"

在她的身影里，响起阳台门重重关上的声音。

20

乐和看看女人。

女人也看看他。

"老乐，你那书写得怎么样啦？"

乐和想，没想到你睡不着就为这事情？他又想，你关心我书写得怎么样，这也不能说是坏事。他在椅子上扭了一下身子，摆好姿势对女人说：

"这几天，我停了下来。"

"停下来？红袖添香夜读书。是不是红袖的香气太重，薰得你魂醉魄迷写不下去了？"

"你少说那些下九流，没人当你哑巴。"

"我怎么了？我就知道你听不入耳，可你争口气给我看看，我不在家，你也能守着住自己，做个坐怀不乱的柳下惠。你呀你！连《金瓶梅》里的人都不如。你听人家怎么说？'其实水秀才原是坐怀不乱的，若哥请他来家，凭你许多丫头小厮，来来去去，你看水秀才乱么？再不乱的'……"

乐和听出了点儿什么，反驳道："你倒背如流是好，忘了人家说的，'其实'！你也要查查自己的后院，再过来看前门啊！……"

女人一下被他呛了个没回词："你、你、你真可恶！"

见女人生气，乐和又忙赔说不是。

女人马上又谅解了他："我晓得你是个好心肠的人。我就是对你的好心肠不放心啊！在外面是横竖心里都不踏实的。你给我说实话，我会原谅你的，过去的事只要过去了不再发生，一家人能平平安安过日子，我就放心了。家安宅宁，可比吃什么山珍海味都好啊！"

"其实也没什么。事情就是那边的铁塔……"

"铁塔？什么铁塔！"女人问，"跟你有什么关系？"

"我是记者呀！这样的大事，不说人家来找我，就是不找我，我也应该去采访的。"他又把情况大致说了一下。

女人不高兴地说："你以为你还是什么大记者啊！你的记者证呢？"

"你要它干什么？"

"你大概忘记你已经退休了。退休！你知道退休是什么概念？我的好老爷子，难怪你那么春心荡漾，在家中惹出许多叫人不可思议的事来！你还不知道你是多大的年龄？你还不知道退休意味着的是什么？……"

"我当然知道的！这还用得着你来提醒我？"

"好！用不着我来提醒。那我问你，你们单位在你退休的时候没有收回去记者证？要收回去？你没给。为什么？当时不在身上。你说，你自己说，你那记者证还能用吗？"

"我……"乐和突然想，这女人说得也很对呀！我给他们穷忙什么呢？大可不必的事啊！不对！她说的不对。记者退休，还有他的职业义务，他的公民权利。作为公民的权利来调查了解又有什么不可以？于是他说道：

"你说的并不完整。作为当了十几年记者编辑的我，能对眼前发生的事不闻不问吗？……"

"我就知道你没有能真正静下心来写你的长篇小说！你还在骚动不安。看起来你的年纪大了，可你的心却还是小年轻那么活络着，一点也没有衰！你说你这样，你能让我放心吗？……"

"简直胡扯！"

"胡扯？这话是你说出来的？人家常言道：女大不中留！更何况我的女儿还对你有那么点走火入魔的悬乎。你难道就不能……你说，你说，要是娜娜是你亲生的孩子，这么大的年龄也不为她着急？"

"要是我生的倒又好办了。就因为不是我的女儿，我能插上手吗？"

"你有去跑采访铁塔的精神和时间，就不能去找找你的那些过去的老同事，或者各种各样的人，托人家想想办法，给她拉个男人来！了却了我的心事！她有了主还会缠你吗？你要是真的对她没有坏脑筋，你就会赶快想想办法。只有那样，你才能静下心来真正动手写好你的那个长篇小说……"

"让娜娜协助我完成那个长篇小说，不也是你同意的吗？"

"那是有分寸的。这个分寸你把握好了吗？"

这番话倒也真正地让乐和陷入了思索。让你去给娜娜做媒？他从来没有干过这种事。再说，这是在大街上随便拉一个能成的吗？况且，这娜娜还有那么一点邪乎着自己的意思，这叫他怎么办呢？……

"你又是沉默！老用深沉来对付我，叫我怎么吃得消？从前，你可不是这样的呀！唉……人说世道会变。那变的什么？还不就是变的人！你看你，我怎么看都只是看到你从前那副皮囊没有变！别的全变啦。说话办事，连同我说说悄悄话都变得有几分的神秘，叫我捉摸不透！……你说上一句！要是你有那种心思，我也没有办法反对！我就马上出家远走不再回来，干干脆脆让你们快活算了。人家找起我来，你就和娜娜去报案说我失踪了……"女人抬袖抹起了眼角。

乐和看看女人，好不理解，仿佛是看着一团谜。

灰色的夜，女人在这中间就像用什么裹了，裹得又不是很紧，蓬蓬松松的，使女人在里面有鱼游凤鸣的自在，有舒腿展腹一泻娇柔的绝艳。她抹袖的样子也变得好看了许多，叫乐和想到了在洋楼前那片树林子里有一天的故事。从这个故事里，他延伸而发现娜娜身上那些固执的东西，实质上就是一种当年她的行为的翻版！那时的乐和年轻不年轻？那时的赵契老不老？赵契四十三岁和二十三岁的乐和争一个十八岁的姑娘却是年轻的乐和对年长的赵契俯首称臣！你说怪还是不怪，这到底又怪在哪里？若没有政治在权力上加盟，你说，这能不是千古之谜？谁都晓得那赵契还有一个长得有几分姿色而且丰韵不逊的年轻老婆！

现在，乐和想这些事，就等于从娜娜身上寻找自己当年失败的原因。当然，他现在最要紧的还是找到另一种东西：那就是当年赵契所做的事！可惜当年赵契对女人下诱饵时，女人已经没有母亲而只有喜欢手里握一只豁边酒盅的父亲。一个被酒精烧得肉鼻子一年四季都是红红的父亲。不完整的家庭缺少着长者女性的细心和一种来自女人的有力说教！酒鬼的父亲常常对着酒盅长叹自己无法用一种力量扑灭女儿升腾起来的邪恶……没有任何障碍，加之姑娘的任性，那赵契当然是要把流到嘴边的鼻涕吸一口的啦！这是很正常的事。世上有几人能拒绝送到嘴边的肉不张嘴的呢？除非那肉已经腐臭。乐和轻轻地叹息着，他能说什么呢？虽然他现在是在努力地抵挡着娜娜的诱惑，但他不能保证自己就可以完全地挡得住，而不去做那赵契第二。要是有一天他挡不住而做了赵契第二，那该怎么办？谁也不能保证他乐和的"革命"意志比老革命的赵契强多少啊！

乐和想，如果当年的赵契面对着的是，有个像今天娜娜的母亲那样的女人看管着女儿，他赵契还能成功吗？不会的，一定不会的。他"一定比今天的他还要坚决勇敢理直气壮地阻止姑娘的盲目"。他想，赵契应该是这样的！他是个老革命，有那种觉悟的。只是因为那个历史和客观的条件让赵契做出了无可奈何的选择。

是这样吗？他想问问女人。

他就把自己想的，问女人。

女人没有说话。

不是的？他问。

"过去的东西，就让他过去吧！再问，有什么意思呢？你这个人也真是的，总喜欢剜人家不愿意触碰的地方捅。在人家伤口上撒盐的本事，你是一绝，没人能胜过你的……"

"我想到了就问问的。你不想说就算了，何必动这肝火？"

"问你的正经事，你不当事！娜娜的事，你可以管却不管。"

"有适合的就给她找，这事我早就留心了，只是一时还没有合适的碰上。"乐和突然想到了他看过的那本在娜娜那儿的日记体文章，他想问问女人知道否？话到嘴边还是止住了。他想起那天的事，他看完后就悄悄"物归原主"了。没想到他在卫生间洗澡时，娜娜把门敲得要炸开，大声在外面直呼他的名字：

"乐和，你说，你偷看了我的这本日记了没有？"

女人惊恐万状地过来劝娜娜："好好好，你别生气。姑娘家不能多生气的，生气会变老的……"

"老了活该！"

"嗨！你这孩子。你干什么生这样大的气？"

"我的秘密全给他晓得了！我要问他……"

女人也对着卫生间的门没命地死敲："老乐，你说一句，看没看嘛！"

"看什么呀？"

"娜娜的日记！"

娜娜马上纠正："不是我的日记，是我放在沙发上的日记本……"

"哦！是娜娜放在沙发上的日记本。老乐，你说一句，到底看没有看？没看的，是吗？我相信你是不会看的，看那个干嘛……"

"有你这样说的？他看了也会说没看的！"

乐和明白，这回是真的触到了她的灵魂，要不，她不会这样发神经的。不，我当然不能告诉她我看过了。他大声回答说没有。

娜娜就问她母亲：

"你看了？没有。那是谁动的呢？我放在沙发上是这样放的呀！这是我看书的习惯，怎么一下子变了位置呢？不对！一定有人看过的……一定是他看过的。哎！我真傻。我这样大声嚷嚷，就算是他看的，他也不会承认的呀！"

乐和想，那场风波闹得时间不短啊。要是我现在说出什么来，这女人能不对娜娜说吗？好歹她们是母女俩，而我总是外人呀！乐和呀乐和，你千万不要把自己的身份给搞忘掉了呀！那么，关于那个小伙子的事该不该让她晓得我也是知道的？不能！不能让她知道我晓得。乐和，乐和！你不要忘掉你的身份……

"你在想什么？你也用不着管那么多，大致可以的就给她说上一个吧！有的事我会做的。"

乐和诧异道："如此说，你完全应该自己为她找！"

"是吗？"女人看看他。

他无法看清女人此刻的眼光中到底是什么含义。他想到了女人的父亲当年回他的话，不觉浑身战栗。

不！我的父亲不管我的事。他说我不是他生的，是我的母亲和别人生的！他还说，他就是因为恨我母亲看得紧，不然他在我十三岁那年就先睡了我！我母亲死了以后，他已经没有本事再睡我，我知道，他完全不行了，他酗酒也与这个有关。他活得很痛苦！他只能折磨我。干折磨！……女人陷入了痛苦的沉思，她说，如果我的那"父亲"能睡我，或许还是一种幸福。那人就不会再来占有我！我和花匠就能很正常地生活。我也许就可以和你一起生活。你这个从山沟沟里出来的小子，又从来没有见过女人，沉醉在幸福之中还来不及哩！哪会怀疑到我在你之前破不破身的事？我说的对不对？

也许是吧！你父亲为什么要你和花匠结婚？……

父亲？我已经告诉你了，他不管我的事！他只是酒醉后要我让他抚摸，问我和姓赵的干得快不快活……那时，我是很想你的，想你做我的保护神！没有办法实现这个愿望，大概是我常在他面前说你的好处。他嫉妒了，把你打成右派赶走，赶得远远的不再让你碍他的事。花匠是他替我找的，我的肚皮没有办法再瞒了。当时我要下乡去找你回来做我的保护神，赵契是一万个不答应！他说好不容易才把你打成极右，叫你永世不得翻身，他搂我睡得着觉没几天……

一颗流星从天际划过，给沉闷的夜空写出一条亮线。

乐和想问她，是不是也想学着当年赵契的做法，让一个陌生的男人来做娜娜用于挡人耳目的牌子。可我和娜娜没有那种事呀！

"我知道。我真的相信你！就是因为没有，所以才会有娜娜这种醉死痴活般对你的追求。女孩子处在这样的状态中，是把你当神和偶像的。一旦你的神和偶像的面具没有了，她就会离你而去！那时，你就会十分地痛苦。是的，我当然就是这样过来的。那时候，我爱你，那是真的爱，是想把自己的一切都和你结合为一个人的非常非常真诚的爱，把你当我的丈夫，和我的心肝的爱！而对赵契，他在我心目中只有一种神秘感，我从人人对他的敬畏中得到的更是想揭开他脸上那层面纱的神奇！在爱人与崇拜者之间，女孩子都是先倾向心中崇拜的偶像！就这么简单。就像你们男人对我们一样，当你们得到了我们的肉体，并且玩腻了的时候，你们难道不是像丢掉一件旧衣裳那样扔掉我们的吗？而女人却只要不是十分地伤透她的心，她还是留恋着你的，直至永远……"

"他为什么要给你找个丑男人？"

"很明显，他的神秘感已经在我面前消失了！可他想长期地占有我，那得想个办法。有个整天流口水的肮脏男人睡在自己身边，你说你是什么滋味？你就会永远想睡到一个干干净净的有风度和气派的地位高的男人身边去，尽管那是偷偷摸摸的，总比没有好啊！……"

"你是不是也想让娜娜那样？我可没有任何一样东西能和赵契相比！"

"我没有这样要求你。我只是告诉你，你如果能在娜娜面前失去她那种崇拜你的东西就好了……"

你是说，我干一件坏事？干什么坏事呢？像有的人那样为了想了解监狱里的生活而故意持刀杀人或做件触犯刑法的事？把娜娜绑起来，对她实施暴力？暴力什么呢，强奸吗？不需要暴力，她正等着呢！用刀把她的身上划破？下不了手！没见有人在维纳斯的身上留下过刀痕，病态的希特勒也没有这样做过，尽管他们愿意用少女的乳房和生殖器做工艺品！

"你说让我失去娜娜崇拜我的东西？那是什么东西呢？我怎么没有感觉出来或发现呢？跟你说句实话，我没有办法让娜娜看出我是个极其卑鄙的小人，而使我在她的心目中失去光芒四射的形象。因为我从来不知道我在她的心中有你说的那么高大，甚至有个可以用'光芒四射'来形容的……"乐和坦诚地说着，在黑暗中与她的目光相碰着：

"如果实在不行。我想，最好的办法只有一个，那就是让我离开这个家！"

女人跳起来："你玩够了我？"

"你小声一点好不好？你我存在你说的这种事吗？"

女人像泄气的皮球一样瘪了下去……

……

在床上，例行公事后。女人偎在乐和的臂弯里撒娇地低语道：

"我真的没有吸引你的地方了？"

"我什么时候说过这种话的？老了，在社会上都已是退休的人了，你说我还有什么可以逞能作威的？……"

"我怎么就看不出你老呢。你总是叫我不放心……"

"因为你是爱我的！因为你是女人！"乐和说。

"如果一个男人真的爱他所爱的女人，他是绝对不会再去喜欢别的女人的。一个正直的男人，如果知道自己已经得手的女人是真正爱自己的，也会收敛自己本来放纵的野性的……"

"是吗？"

"是的！"

乐和又告诉女人，书是要写的！那个铁塔的事也还是要问的。

女人说了一些什么话，他没有记住，几乎就没有听进去。因为他的脑子里忽然想到了捷克斯洛伐克诗人雅罗斯拉夫·塞费尔特（Jaroslav Seifert）的话：

　　　如果一个普通的人沉默，那也许是一种战术，但如果一个记者或作家沉默，那他就是在欺瞒。

他想，我虽然不是作家，可我是个有良知的记者；在某种程度上，我应该比作家们更能替人民说话，也更应该比作家们能说些！

21

娜娜睡不着。

没有人能理解娜娜的心。

她打开了收音机，里面正在播放一首歌，是娜娜喜欢的：

愁绪挥不去苦闷散不去
为何我心一片空虚
……

可是她今天却一点也没有兴趣听这首她平时最喜欢听的歌。

娜娜躺在床上，她睡不着。

今天母亲的突然回来意味着什么？对此，她思考得很多，她不认为母亲的早回单单是因为思家而放弃自己最热衷的游山玩水。她认为这是一种天意！个中注定她对于自己刻意追求的东西将有难以预料的艰辛。放弃吗？不！她的母亲没有把那种遗传传给她！她丝毫不相信自己会失败或不成功。因为她对天意这种妙而又玄的东西从来都不抱正眼……体内那股被挑起的欲火还在燃着，虽然她不是那种单纯追求情欲的女子，可也不能不为这种事而痛苦得失眠并使长夜煎熬难度！甚至迫使自己因此而去做她不想做却一旦进入角色就身不由己无法自控的那种事……她努力平静心境，压下那些来得不是时候的情欲。她想，是该好好考虑一下馆长向她建议合作搞《赛珍珠研究》的事呢，还是想一想乐和写好的那些章节，以及至今对于她来说还是谜的洋楼呢……奇怪的是，今天她对这些都没有兴趣！只有那团欲火在无有止境地燃烧着……她顺手把收音机关掉，拿起床前的书翻了翻，又扔下了。所有那些风靡一时的爱情小说，在阅历过爱情的酸甜苦辣真味而没有完全甘心失败的娜娜面前，都毫不遮饰地露出了幼稚的拙劣和嫩道。她愤愤地扔着书，嘴里骂着：

"这些狗屁作家，不是待在钱眼里看世界，就是闭门造车！抓住他们不知从哪里看来剽窃来的胡说八道理论，编织着可怕的梦幻。不是把好好人弄成精神病，就是把好端端的姑娘引上邪路。辜负了大家的一片真诚！亵渎神灵。可恶！可憎！可怕！多少天真无邪的少女就这样活活地被他们摧毁了美丽而纯洁的心灵！多少恶少趁机打着他们的漂亮伞骗去一个又一个少女的纯贞。现代人可以不计较处女膜，但能不计较感情与心灵的创伤吗？"

娜娜想，怎么没有人来反对他们呢？怎么能让他们任其自由地在这世上到处招摇撞骗的呢？竟然还真有那么多的少男少女如醉如痴地在疯狂！天晓得，这到底是怎么回事？……

说别人，我自己呢？当初不也是那么痴情痴迷地加入了"迷"的队伍而随波起涌，直到差点儿被这污浊的潮淹没，才醒过来？……可恨悟在后悔时！这是世人的通病啊！不，我还没有完全悟过来。我还在争取着成功，当然，这是用了乐和的成功，在他的名字后面添个"娜娜"，就这点，别人却想不到啊！如果他说的那些神奇的事是真的，那就有可能不仅仅是在他后面添个名的事了……

完全是这样的！娜娜肯定道。

想到这里，她的情绪渐渐有了好转。她再次打开了收音机，里面还在继续着刚才的歌唱：

> 我为何偏偏喜欢你
> 爱恋是负累相爱似受罪
> 心底如今满苦泪

她关掉了灯，睁大眼睛望着天花板上那一片空白，窗外朦胧的夜色涌进来，在那儿像屏幕似的幻现出已逝岁月里一幕幕的图画……

"不！我一点也不想再重见以前的那些影子了……"娜娜爬起来，她不想再让自己沉到那个痛苦的往事中去。她准备到阳台上去吹吹凉风，驱散头脑中那些古怪的杂念。刚想开门，手便停住了，他们还在阳台上吗？她站在窗前侧耳听听，似乎隔壁阳台上没有了他们的声音。她轻轻地推开阳台门，站到阳台上看看母亲房间那边的阳台上没有了人影，她这才默默朝远处的广场凝视，那无以平静的思路不知不觉地又一次陷入了往日那不堪思索的痛苦之中……

"今天是怎么啦？我不想再提从前的那些事。饶了我吧！不要让我再提起那些让我心碎的事吧！……可怜可怜一个弱女子吧！……"

她痛苦万状地从阳台上回到屋里，仰脸倒在床上，双手紧紧地抱住头摇着，来去地摇着，她要把她不愿意装在脑子里的东西统统地摇出去！令她不能容忍的是，越是摇得厉害，那些她不想要的东西就偏偏地扎了根似的在大脑里黏着，好像立了桩似的再也赶不走！她的头脑被摇得涨大起来，她觉得自己快要疯了：

"天哪！我该怎么办？我该怎么办？让我怎么办才好！……"

她冲出房间，扑向母亲的房门，她想求救于母亲。在她扑向母亲的房门时，她没有忘记里面有那位她心中一直大树似的巍峨挺立的男人。她不能看到自己在他的面前有任何一个有损形象的动作和行为，她扑在门上不知道自己该怎么办……

屋里有一阵轻喘的响声夹着说话声飘过来：

"明天，我就躲在家中认认真真写书……"

"此刻不要说那些话！你怎么老是三心二意的……"

……

娜娜想起了母亲出差一个多月才回来，一个"新婚不如久别"的词跳了出来，好像有什么点了她的某个敏感神经，她默默地从门上扬起身子，一声不响地走进了浴室。打开热水器，把自己置在适温的冲淋水线下……

房间里的歌声和着这热水器冲下来的水声在她丰满的肌肤上滑动，她看到、听到那些刺激人的词怎样跳着竖起来，钻进她的肌肤，使她产生前所未有的快感。但她很快感到了那种刺激的不足，她很有经验地开始她曾经做过的不知其数的那种事……

收音机里的歌声还在响着：

为何你一点都不记起

情义已失去恩爱都失去

我却为何偏偏喜欢你

第六章　情探

22

乐和不赞成女人对铁塔的那种观点，他心里不乐道，我能像你说的那样，把自己的眼光只放在眼皮下面三寸远的地方吗？你说不问铁塔的事，我就真的不去问？那怎么行呢！我在人家心目中还成什么样子？不！女人的话，有时是不能全听的。他趁着白天她们都不在家的时候，写出了一篇调查报告。然后又把周得山他们七嘴八舌的议论和意见编写成"群众来信"，两份材料一起送到了报社群工部，请同仁帮忙一边在报纸上发表，一边作《内参》送市委领导……

群工部的同仁告诉他，"群众来信"马上作《内参》报市委。见报的稿因稿挤要推迟。乐和说，迟一点不要紧，只要能发出来就行了。

又过了一个星期，到了星期五，报纸就把乐和写的关于铁塔的调查报告登了出来。还加了编者按。乐和退休后看不到他从前编的报纸了，这个消息还是周得山赶来告诉他的。

"有什么反应？"乐和关心的是效果。

"群众当然说铁塔竖的不对。但如今的事主要是看当官们的态度，小百姓造反不如大官们哈口气。你别老萎在家里，得去设法了解了解市里有什么意见……"周得山告诉他，小庇被抓了去。

乐和吃惊地叹息，连忙问是否是为锯铁塔基础的事。

周得山摇摇头，接着又点点头叹口气，说道："人心不古！"

乐和问："怎么不古？"

"一言难尽！"周得山摆摆手，连连说，现在不提这事儿，你说你下面打算干什么呢？要是登了报就算了事，那还有什么戏唱的。那些人会更猖狂，不买账的！你还是要去跑跑上面，上面一个令下来，保管小鬼们都吓得瑟瑟发抖……

乐和没有吭声，他许久才说了一句：我得在家务正业。我那部书稿要抓紧了，七岔八拉的说不定就会永远写不出来，那多遗憾啊！

周得山说，眼前的事要是没弄好，你能安心写下去？

也是！乐和点点头说。

他看看周得山又说，我想，人在这种危险的处境下工作，或许更加能激发自己的紧迫感，要赶时间把它完成，要不然，铁塔真的一倒，岂不是留下永远的遗恨了……

周得山见他这么说，心里虽有不满，却也没有办法，人各有志，你不是他的爹娘，没法叫人家听你的。就算你是他的爹娘，他已经是大人了，如今也不能左右他的意志！法治社会，人人都得讲法！他压着心中的不满，寒暄一阵后就走了。

乐和追出门，拉住周得山问：

"小庇到底犯了什么？要是真为大家的，我们可不能一点儿也不问呀！"

周得山见他逼得这么紧，只好对他说：

"你真想知道，我可以告诉你。可你听了又有什么用？"

"出于对他的关心啊！"

"那可是个古怪的事情，我劝你听了就听了，别再去多管闲事。那可不是铁塔的事，那事儿你若插手，可就进得去由你，出来就不由你啦！"

"有这么严重吗？"乐和见他绷了脸，心中便有些不乐：你小子一向喜欢虚张声势的，这一套别拿到我这儿来兜！

周得山叹口气道："我们是谁对谁，用得着那样吗？我这么说也是为你好，你们当记者的喜欢到处张扬。其实这不是什么好事。"

"那是什么事呀？你快说吧！"

"你晓得铁塔下住的是谁？"

乐和想了想说："我是没有去过，只是听西山区的区长说是他住在那里。"

周得山点点头说，没错！那你知道另一家住的是谁？

乐和说，我不是户籍警，哪知道那么详细？

"说的也是。"周得山告诉他，小庇是真的去锯那铁塔的。但他没有想到他发现了一个秘密。是什么秘密呢？说来你可能真的不信。就在他蹲在那儿锯铁塔的时候，下面那个小屋里有人在转移东西。什么东西？别急，听我慢慢道来。那家人家见区长关门睡觉后，就来翻动一只大的冬天用的烤火炉。小庇在上面倒头看得清清爽爽，他不明白，这深更半夜的跑到那上面折腾什么？一定不会是什么好事！果然，他就看到他们从那只烤火炉里拿出一只破烂的纸盒子，外面的伪装搞的真好，沾满了鸡屎，一只人家垫鸡窝的纸盒子，他们当宝贝给拾了来的。里面可是了不起啊！全是崭新的票子，还有许多的金首饰。小庇想，这还用得了说吗，不义之财，百分之百。他想到这里，也就生出了他不该有的那种歹念。他就跳下去，下面正在整理赃物的两个男女见从天上掉下来个人，魂都吓掉了。他们哪里会想到呢？男的战战栗栗问他想干什么？小庇说，咱明人不做暗事，要你这些钱！

男的说，你要多少？

小庇问，你这里一共有多少？

女的说，没数过。

男的说，你要多少，都可以拿去，但我有一点请求，以后我们在大街上见了，互不相识，好不好？

小庇乐了，心想，这本来就是黑道上人希望的事，那还用你说吗？他连忙点头说这完全可以办得到的。

那男女就让小庇拿了。小庇也不是那种贪心太狠的人，他大概拿走了一包钞票和几件首饰。如果就此大家没话说，这事也就算了结了。于是那男女说，本来就是外财，来得快去得快纯属正常。小庇说，在穷窝里穷怕了，有了这钱好好办点事也不枉了钱这东西的一番本意。人大概天生就有那种劣性。古人说，"记短则兼折其长，贬恶则并伐其善。"是一种社会难以彻底根除的恶瘤，于他们双方的身上都严重存在着。就说小庇回到家，好开心，他不再想去锯什么铁塔了，他也要学周莽生他们这些暴发户的样子，买套房子搬离这是非之地。他老婆见他半夜出去一趟回来特开心，知道是得了不义之财，女人也高兴。你说那女的有这种态度，能好到什么地方去？话当然是不能这么讲的。常言道，不是一家人不进一家门。那女的看了丈夫给她的首饰，高兴得当场就戴起来。没想到，在她戴一只钻戒时戴着戴着就哭了起来。小庇以为她太高兴了哭的，没想到她是越哭越凶，到后来简直没有办法控制了。小庇能说什么？劝了一阵子没用也就不想再劝了。这个时候，老婆却问他了："你从哪儿来的这些东西？"

小庇只好一一和盘托出。

老婆问："男的可是修顶头，大耳朵？女的精瘦，细长？他们家有一儿一女都是二十开外？……"

轮到小庇发怔了："你认识那家？"

"他们家可是那铁塔下的那楼里？不过，好像他们家早就搬走了，不住在那里了呀。有了新房子还霸着老地方，也是他们这号人常做的啦。"

"你认识那家？你说那家是做什么事的，钱多了不敢存银行，也不敢放在家里却放到一只报废的烤火炉里，怪不怪？"

老婆咬着牙愤愤地说：

"不怪！那家的男人是我们市的秘书长，市长的权都没有他大。我和他的儿子谈过对象，现在说给你听，我也不怕丢什么脸了。那时，他一开始还满意我，就把我弄去做他们下面公司的打字员……这只戒指，是我家祖传之物。被他们硬是抢了去的。……"

小庇这时似乎有些清醒了，他让老婆坐好，给她倒杯水，说："我就一直觉得奇怪，我一个山上下来的大老粗，怎么会被你看中？头回干的辰光，起先你还蛮会装蒜，我还没日到位，你就显了那急猴相，叫我心里横竖觉得不踏实。现在，我们是夫妻，你说给我听，我为你去报仇！……"

老婆忙拦住他说："报仇的事就不要去做了，你斗不过人家的。我心里明白，你也不是什么好货色，有了这点钱会找岔子把我蹬掉重新找个黄花闺女的，你是那号泥腿子的子孙，改不了那秉性的。所以我告诉你，只是要你记住那些就行！千万不要去找人家，你一棵脆脆的细枝，能抵得住人家树大根深的势力？……"

小庇问："那你就不该对我说，说了叫我心里不能平静。"

老婆说："说，我是要说的。他父子俩人强奸我，那老子老不中用，还要叫儿子带着他一起日我，我一个没有生过孩子的女子，能经得住吗？硬给弄出了病住医院。后来，我告了他们。再后来，他们不但没事，倒过来说我有精神病，还把我送进了精神病院！你说，你斗得过他们？……"

小庇一个男子汉，硬被老婆夹着泪水的愤怒控诉激怒了。他喊道：

"我连你都保护不了，我还叫什么男子汉啊！"

……

"小庇这个人好冲动的。"乐和颇有同情地说。他又问周得山："后来怎么说的？"

周得山说："还能有什么说法？他去单位找了人家，把人家臭骂了一顿。世上的事就是稀奇古怪，他骂了人家，人家当面笑嘻嘻没有怎么说，来人把他请到挂着'纪律检查委员会'牌子的地方去。他还真以为遇到了好人，就把事情全部抖了出来。人家问他，这事告没有告诉其他人，他说没有。那人说，没有就好。那人让他下午去。他哪知道人家是在用计？下午到了机关，人家就让他上了小轿车，说是去看现场，车开到这地方。到他们家去了。结果，你就大胆放开你的思维，让你丰富的想象插上翅膀都不可能想象到这后来发生的事……"

"到底厉害到什么程度？"

"说来你可能不敢相信的。"周得山说，"小庇进那人家，那人家没有人。只见沙发上正躺着个人在睡觉。送他来的人说，你在这里坐一会儿，他们就来的。说完，那些人便走了。小庇坐下没几分钟，忽然沙发上的人醒了，揉揉眼睛，见了他就把身上的毛巾一掀，露出个赤裸裸的光身子，朝外面大喊，说有人想强奸她。沙发上睡的是个年轻姑娘。据说是他们家的一位远房亲戚。那姑娘没喊几声，就不知从哪里冲出了许多人来，把小庇捉住了。据说，他们捉住小庇的时候，小庇的舌头已经有半截被姑娘咬掉了，从姑娘的下身查出了小庇的精液……现在小庇没有办法说话，只是干号！市法院要判小庇强奸、私闯民宅、杀人未遂罪，说是数罪并罚，要严惩枪毙，怕是马上就要执行的……"

乐和打断他的话说："你没有搞错吧？才几天呀！判得这么快。"

"他们害起人来，连法都不要的，还问时间？只有你这个大呆鹅才那么想。不过，你说的有时也是的，要是他们的人犯了罪，那可是大化小，小化了，明明是非杀头不可的罪，也要拖上半年八个月，让那犯人在牢里同个姑娘生下一子半女，传宗接代！或者保释出去，或者变得无罪。不过，这起案子没那么容易，原因是小庇的女人见他下午出去没有回来吃晚饭就晓得不好，立即跑掉了。那秘书长在这上面犯了个大错，没及时把女的也抓了。听说他犯的事太多，一时都没想到是哪个女子与他作对的……小庇女人不呆，第二天下午就跪在北京告御状了！才几天？怕是枪毙小庇的子弹还没领好。今天上午，市政法书记就被调走了。听说，法院院长就地被免职。好戏连场啊！……"

"外面怎么没有人说？".

"你在家里，谁会把这种事来告诉你？小庇的苦头要吃足了。唉！你说，你说吧！这不是天掉横祸吗？……"

乐和点头道："说的也是……世道怎么会这样的呢？那样的人，又怎么会爬到那样的地位上去的呀！唉，世事如棋，谁能说得清？"

"你想采访吗？"

乐和连连说："谢谢，这到底谁能胜谁能输，大字还没一撇。说真的吧，就算我想去采访，能让我采访吗？就说让我采访，稿子写出来，报社让不让登在其次，会不会以为我有意搞名堂，先找借口把我整个半死？好了，再会！……"

　　……

　　乐和回到家中，心境久久难以平静。好在他能在那个属于他的书房中重新坐下来，慢慢调整好自己的情绪。在这个小小的世界里，能使他排斥掉许多干扰和杂念渐渐地进入那个属于他独自拥有的世界。他拿起笔，能继续开始写他的那部长篇小说了。一旦思维和精力全部投入，他觉得写起来还是蛮得心应手的。不知不觉，一上午就写了十来页了。他停下笔，把当天写好的拿起来念道：

　　林雅陶躺在床上，怎么也睡不着。她总觉得自己是有先知先觉的。照她看来，如今有些听起来好的理论实际上是非常危险的，偏偏许多人只为了自己个人或小团体的利益，忽视着最重要的东西！甚至有人打着为民众的幌子，而实质是在窃取民族的利益为他们的小团体个人利益谋求对国家的统治。这些人一旦获得成功，中华民族便是又一次坠入灾难的深渊……她翻了个身，把身子侧过朝着窗，窗外的风一阵阵地吹过来，把她那些想了好久的东西又一次重新搬了出来！

　　你说世界大同。这有什么不好？大同的世界里是什么呢？博爱、自由、民主。

　　你说共产主义。这是谁都想的好去处！共产主义，全世界的人都平等，这谁不要？你大同的提倡者实质上不也是在叫大家朝共产主义去吗？你共产主义不也包容着"大同"吗？

　　人类最后一定要走到共产主义去的。那是一座大厦。人们可以从各个门走进去的。而这些门，可以是共产主义的，也可以是大同的，民主的，共和的……

　　我们在互相标榜自己的主义是世界上最美好完整无缺的人们，你们是否想过，最美好完整无缺是否正是一种缺陷呢？人需要互相间的取长补短才能完美，一种思想、一种主义难道不是更需要吗？有人说，你是因为处在长期的压抑状态，你把你的许许多多压抑者的观点和理论集中起来，你能不是一种遗憾的理论吗？

　　人类的一切偏激都是罪恶！然而，这种偏激并非人人都能看出的。因为它极容易被一种外表所遮掩。这个外表正是人们的轻信和缺少"对一切采取怀疑"的认真态度。有人说，这就好比有只老鼠趁着夜色钻进了你的屋里，钻进了你的被窝，正咬着你的脚趾，它吃掉了你的脚趾，吃掉了你的大腿，正在吃着你的肝胆肺腑。可你一点也没有发现，这是因为在老鼠的牙齿上有麻醉你使你兴奋得忘记危险的毒液。你知道吗？你不会知道，你在那种快活的兴奋和麻醉中享受着无穷的乐趣。而只有你到了死到临头时，你才明白：我经历了一场无可比拟的痛苦和危险，我告诉我的同伴。可同伴不会相信，他们说你是叛徒。他们说你是不坚定分子。林雅陶痛苦地问自己，这是人类的灾难吗？这种灾难为什么一定要经过一段漫长的你死我夺的血光剑影生灵涂炭的过程呢？难道这就是人类自称为先进的认识论？难道人类非要这样才行吗？这种人类自己无以超越的灾难，我们人类的哲学家们为什么不看到它的弊病，而在摇撼着那面杏旗疯狂鼓吹呢？

　　……

23

有人用钥匙在开门。

乐和放下写着的小说，向客厅走去……

进来的是女人。

乐和从女人进门的脸色上猜到，他要卷入这家庭的是是非非之中……

与别的家庭所不同的是，这个家庭里的风波在平静的表层下进行相互之间力量的暗中较量。

女人积极地为女儿寻找着男朋友，当然，她没有忘记时时让乐和知道这应该是他的事（乐和一直不明白她为什么要这样做，但他相信她这样做是有她的目的）。每当她认为有个希望时，她就要乐和去单位找女记者或年长的同事通过种种关系去打听，然后提出让娜娜与人家会面。麻烦的是，娜娜没有去成一次。不是半途有事走掉，就是"头突然疼得没法去"相面……

内中的奥妙，乐和多少了解。

乐和下决心不介入这母女俩的事，闭门完成那部自己心愿的书。女人喊他去为娜娜的事奔波，他就去，说一丈远，他决不多跑到一丈二尺处！

现在，又是什么小伙子被她看中？

女人把手中的提袋放在门里的凳上，一边脱着外衣一边问乐和：

"市外事办的人，你熟不熟悉？"

乐和想说不熟悉，没等他开口，女人却已经吩咐：

"你下午去一趟单位。去了你就知道了，你们有个记者姓刘。对不对？"

乐和点点头说：

"姓刘的记者有五位！不知你说的是哪一位？"

"你怎么这样笨！那脑壳里是不是装的人脑啊……"

"你说话怎么这样刻薄啊！"

"你没说，你是在故意气我？……我说了外事办。你说，我问你哪位姓刘的记者。那位当然就是跑外事口的记者，这么清爽明了的事，你还要装蒜，不是故意气我，是什么呀！"

"还没生那胆！谁敢整你，那可不是壮胆反抹老虎毛吗？雌威一发，我的小命还有吗？……你别这样瞪我呀！我时时刻刻都忘不了我的处境……"

"什么处境？"

"寄人篱下……"

女人打断他的话说："莫嫌我在你这个大编辑面前摆弄。你说你寄人篱下？是不是说你不能自立而依附于我？错啦！用词用错啦！我的大编辑，我这两个自己都保护不了自己的女人窝，能容得下你这样一位1945年前参加革命的老革命？你干脆就说你让我们沾光得了。告诉你，寄人篱下，不是这个意思。它是指写文章著述因袭他人。《南齐书·张融传》上说，'丈夫当删《诗》《书》，制礼乐，何至因循寄人篱下。'……"

对于女人的记忆，他历来是五体投地，而这引经据典的反驳，倒叫他一时没了回词。这如何是好？

女人见他好久没有反应，不满道："你又来深沉了。你这么一深沉，我可受不了。其实我还是刚刚看来的。我们那位局长出了个洋相，把'寄人篱下'硬要说成是'倚人墙下'，说秘书小贾错了，还煞有其事地说了她一通。幸亏老局长正好来了，便有了我给你的这个解释。我特意看了几遍把它记住，就是为了你。"

"是啊！有时我会忘记这个身份，好在你会不断地提醒我的，就像你刚才的提醒。我真的要好好感谢你啊！亲爱的，没想到你们那两位局长都是好角色。我想告诉你，我没有说错，或者说表述上没有出什么语病方面的毛病！我相信我的理解能力……"

"是吗？难道他们错了。"

女人被他这么一弄，没了回词。她把外套挂在门后，重新拎起提袋，朝厨房走去，说："好了，你们老爷子们在单位和社会上是练出了一副好嘴！服你。我不与你再来论什么'篱下''墙下'的了。你给我下午去找那个姓刘的记者，听说市外事办的那小伙子托她介绍朋友！那小伙子口才不怎么好，长得倒有几分帅相，瘦条条的。我看了蛮喜欢的，你下午去看看！……当然要你去的。你看中了就好给娜娜说嘛。你不看中，那人到我们家中怎么生活？你怎么搞的，连这也不懂？找媳妇先让婆婆喜欢，招女婿得让丈人满意，这是社会上的常理！要不这样做，往后，那女婿进了门和娜娜串一气整你，我夹在中间受夹板气，闹不顺时，把你撵走，那一刻叫你上哪儿去？莫说街坊四邻都要骂我，我自己心里也不好受呀……"

倒也难为她的一片真情。

"你这样对娜娜说的？"乐和问。

"我这么笨吗？我说让你给她找，就是要绝她的邪念！也要防着我们老了以后的事。这都是为了你好！你可千万不能学那李甲，负情于我。"

"哪个李甲？我怎么从来没有听你说过。是你的什么亲亲肉？他玩过你又把你给甩了的，是吗？"

"胡诌什么！是《杜十娘怒沉百宝箱》里的李甲。好了，别说废话了。我今天买着了一条好鳕鱼，你是没有见过，更没有尝过的。从前是要在他请外国人的宴上才有的。现在好，只要有钱，什么都可以买来享用的……"她从提袋里拿出那条有好几斤重的鳕鱼，夸着它的新鲜。

乐和过去用手摸摸："冰过的。"

"那自然是。要不，我们哪有那口福？"

乐和回到自己的房里，继续琢磨写好的那段，觉得有些过激，缺乏文采。于是他又撕掉了开始重新写。他想，那位出身民族资产阶级家庭的小姐林雅陶应当有他的影子！应当从她的身上出现一个对民族和国家前途充满责任感忧患意识极强的爱国知识分子的影子，有着他们为国家民族前途的曲折而不平凡追求的史实！……最后会怎么样？说她在 1949 年后留在大陆成为新中国的拥护者，但后来却又被打成了右派，在山沟里靠乡亲们而活下来，等到了改革的年代，引进外资？这与洋楼有什么关系呢？要通过这洋楼的近百年变迁说明人类的进步和觉醒是不可阻挡的，挫折也是在所难免的……

"笃笃笃……"有人敲门。

乐和扭头见女人双手全是鱼血，诧异道："手弄破了？"

女人摇摇头，她看看桌上，说："我问你，你下午找不找那个姓刘的记者去。刚才没听你说到，心里放不下！趁着人家还没有物色到别人的时候去碰碰，没准能成的哩！……老乐，下午去一趟吧！"

唉！真磨人。乐和只好答应。

女人得到满意的答复，高兴地回厨房去继续弄她的鱼去了。

娜娜回来只在厨房门口探了一下头，看到母亲在做饭便走开了。

"娜娜，来，你来尝尝妈做的汤。"

女人拉住女儿，不让她朝乐和的房间里跑。

女儿没有理睬："你做好了就行了。"她在乐和的房门口停了停。

乐和见到了她，没有喊她进去，只是随口说道："你下班了。"

"没劲！"她心里嘀咕着把想伸进去的腿退了出来，回自己的房里，朝床上仰面一躺，什么也不想，什么也不想再想……

但她今天不能什么也不想。她没躺多会儿，还是爬起来，来到乐和的房门口，把身子倚在门框上问："你听说了没有？"

"我没出门，能听到什么？"乐和见她站在哪儿，便招呼她进来在藤椅上坐下说话。娜娜把嘴鼓鼓厨房："少惹闲话。我坐了一上午，也想站站。你写的关于铁塔的报道惹出事来了……"

"是吗？你听谁说的。是好事还是坏事呢？"

"也说不上好坏。上午快下班的辰光，市外事办来人查找资料，他们没有说什么事。从他们要找的材料上看，全是关于洋楼的。一个高高个儿的年轻人私下朝我透了一句风，说是这洋楼的主人要来看房子了。铁塔的出现，怕是麻烦，影响统一战线和什么政策……"

乐和听了也有些高兴："这倒是个好消息，就不知道这消息准不准！"

"我认识那个市外事办的人，他还留了电话号码给我。大概想和我通通情况吧！如今的男人都有这种满天下乱撒情种的毛病，要是有人真被逮着，他们便狠狠敲一记，然后把你当隔日的青菜廉价推销给别人！我才不那么傻呢。本姑娘最看不惯他们的做法。说实话，我只有自己主动追求的才有可能！……"

"人家留电话号码给你，未必都有那种意思，工作上的联系也是正常和可能的嘛。过分的敏感不好，太迟钝当然也不好。现代社会的生活，什么都是快节奏的。我看你可以与那个小伙子见个面，别的不说，起码可以得到一些我要知道的消息，让我知道，他们的消息在某些程度上进入到什么状态……"

"你是为自己才让我去找人家的？"

"了解铁塔的事怎么能说是为我自己？"

娜娜发现自己说漏了嘴，笑着跑开了。

饭全部做好的时候，女人喊娜娜去弄桌子上饭，自己跑到乐和房里，顺手把门关上。乐和见她神秘兮兮地，问："又有什么新花样了？"

女人轻轻地抚着乐和的肩，千般的柔情注于掌股之下，说话甜蜜蜜地："老乐啊！你是前世修的什么好福气？你看你看，娜娜什么话都找你说，不找我这个做妈的说，你说怪不怪？……"

"那是因为你在做饭。要不，她一定是会找你去说的！"

女人想了想，点头道："我想也一定是这样的。她跟你说了什么事？可不可以对我说呢？要是属于你俩之间的事，或许不该让我知道……"

乐和突然觉得这个女人说话有些令人厌恶，把她的手拿开道：

"你大概希望我和娜娜有你不能知道的秘密？那么，你是高兴还是恨？你说。你说出来！……"

"你怎么这样说话？你想也不用想的！"

"是啊！做情夫总比做女婿有权些。"

"真恶毒！没见你们男人都这么赤裸裸地好表现自己……好了，好了。我也不晓得前世作了什么孽来的，修到老了还讨来你这么一个活宝让我受气！我不说了，我本来倒是蛮开心地想听听你和娜娜说了些什么话。有什么让我也高兴高兴的。想不到反而讨了一鼻子的没趣！算我自讨没趣……"说着，女人伤心地朝外走。乐和忽然也觉得自己刚才的话似乎过分了一些，站起来在女人走到门口时拦住了她，双手按着她的肩，在她的耳后脖子的三角区吻了吻，据说这是女人的敏感区，一般不是自己最亲近的人是不给吻的。吻了以后，女人便仰过脸来，闭着眼睛接受他的进一步爱抚。他没有给，他轻轻地用双手甜甜地拍拍她的脸，说：

"吃饭了！……刚才娜娜告诉我说她上午接待的客人就是市外事办的，人家还留了电话号码给她的。就说了这些，没有再说下去。看来，我下午的工作可以不去做了。只要让她主动打个电话给人家就成的事，何必还要我越俎代庖！没错，是她说的。你可以问她自己。"

女人开心的笑容又浮在脸上：

"倒还是有缘分的。就怕不是那个人，或者说人家不是那意思，完全是因为工作关系。就怕给她留电话号码的人说不定是个有妻室的，看她傻乎乎地单纯，又长得好看，这么大年龄还像没有男朋友的样子，想欺负她，想在她身上打坏脑筋。那可就糟了！"

"真是女人的见识！你说，坏人怎么总是来打你们母女俩的主意呢？真是天下本无事，庸人自扰之！"

"两口子真是亲热不够！开饭啦！你们是吃了饭有了力气亲热还是过会儿再开饭？你们隔门说悄悄话，本姑娘无所谓，可以耐心等待的。"门外响起娜娜尖刻的说话声，紧接着，门上便是她那四支指关节击鼓般的响声。

"来了！……"女人开了门，"死丫头，我同你叔说上几句话也不行？这么没大没小的！记住，以后不许这样说我和你叔，知道吗？让人家看了还以为我们家少了教养……"

娜娜道："晓得啦！"

乐和到饭厅一看，不由得拍掌道：

"真是丰盛啊！没错，要是你没有过日子这一手，怕是难笼住我的心呵！"

给大家放筷子的娜娜闻此言，诧然："你是图我妈的锅铲头啊！"

乐和笑道："不对吗？娜娜，你知道吗？一个人能让另一个人图着什么可是不容易的。你妈这一点就够我享用终年了！多了，浑身都是让人吸引的东西，反而不好啊！……"

"诡辩家！……"女人满脸得意。

娜娜看着俩人，不知是内心的赞同还是一种言不由衷："倒也是一种活法！"

桌上的菜都齐了，只是比平时多了两个菜。这个平时，是指女人在家时。女人在家时，无论多忙，只要不出差，她是一定要亲自执厨的。这对于她来说，就是一种诱惑乐和的力量！她知道乐和苦了一辈子，也几乎就是吃了一辈子的食堂，家庭的菜肴简直就是对他的迷魂汤！她知道这一点，也就在这上面把这个苦了一辈子的男人紧紧地逮住。此刻，她注视着乐和的眼光所到之处，用筷子点着碗说：

"雪菜在一般的人来说，只做肉丝炒的。我是用焖法做的，不加味精。那只炒菜芽，照你们食堂里大师傅的做法，火功到了炒的好吃！其实不对。我炒的看上去生的，里面却透了，营养好，把握的分寸在油上……"

她喋喋不休地说着，又朝乐和的碗里不停地夹菜："嫩卤鸡，做得好的就是正东路头上那一家。今天刚出锅的，被我碰上买了半只。娜娜！妈不在家，你怎么糊弄着的？让你叔像饿了一个多月似的吊起了筋！每天都做几个菜？中饭是要紧的，起码要三个菜的，两荤一素，另外加只汤。汤的配头，我是早就备好留在家中的。那包笋尖，这一个月就没有动。我在家做了你们却抢了吃。笋尖做菜是再简单不过的了……老乐，你也是知道怎么做的。"

乐和扒着饭，连连点头："是的！是的……"

女人看着娜娜："你这死丫头，就晓得挑食！要吃些肉的，人少吃了肉，浑身提不上劲的。娜娜，你也要学着做些拿手的菜，在男朋友面前亮一手出来，能镇住人家的。现代的人，虽说喜欢下馆子，实际上，还是恋着家庭锅灶的。这东西是一条无形的绳子，牵着男人们的心。老乐，古时有句诗是怎么说的……"

"什么诗？"

"我晓得还要来问你。好了，记不起来就不说了。实际上的意思是说，人就像老了的鸟雀一样，寻找自己的旧窠。老马恋旧厩。人也像动物，年轻时再多凶猛，四处闯荡，一旦老了就想归到自己的老窝去！女人能恋住男人的是什么？年轻时是身子，年老了呢？那就是家！记住，女人靠的是家。家是女人的本钱，女人的命根子！……"

娜娜不耐烦地敲敲碗边："吃饭说话影响消化。"

"也对。我不说了。"女人开始吃饭。

没吃上多久，女人说："娜娜，上午有个市外事办的人到你们单位去了？"

"是两人！两个男人。一个瘦高的年轻人，一个胖胖的中年人。妈，你还要问什么？"娜娜明显流露出不满。

"你怎么这样说话呢？那两人去干什么呢？"

"是为我们家前面那个铁塔的事。喔，也是关于洋楼的……"

女人来了兴趣："什么洋楼？"

"就是你从前住过的那个洋楼，现在被说成是一个多年在国外的华侨的私产。不可能？现在许多事都叫你不明白啊！听说那个华侨现在是个大富商，在和我们隔一个大洋的地方。马上要回来看这洋楼……"

女人打断女儿的话：

"这是绝对不可能的！那洋楼从前是广肇馆，是广东人建的，后来又是民国政府的官邸，怎么会是私人的？老乐你说，这世界是不是很奇妙了？"

"说不定是某个阔佬建了奉献给当年孙中山的革命党人的，后来又成了民国政府的官邸。现在人家想起来了，要收回，这都是有可能的事……"

女人点点头："说得也在理儿。娜娜，你别跟人家去争这个是非。你和那个瘦高的小伙子谈话了没有？"

"当然要说话的，干工作能不说话吗？我们不但说话，他还留了名片给我。"

女人高兴地看看乐和，音调也好听了许多：

"你对他的印象如何啊！"

"印象？什么印象，没什么印象的。"

娜娜看着乐和，眼里充满了狐疑。

娜娜趁母亲不在时，用筷子笃笃桌面，悄悄问乐和：

"你告诉我，到底是怎么回事。是不是又给我介绍了一个？"

乐和笑笑：

"男大当婚，女大当嫁。有什么不好的呢？"

"我的态度，你不知道？"

乐和点点头："那是不好的念头！"

"造就的江山，生来的个性。没法儿改。这是你说的话！那就是我。"

"也总得再试试嘛！说不定能碰上好的人呢？人怕的就是执偏！娜娜，你听我的话吗？要是听，你依我一次，同那小伙子见见面，聊聊。聊出点什么味儿来也是说不定的嘛！……"

"你真以为如今的年轻人中有那种人才？"

"也不多是华而不实的嘛！其实，有许多事并不是单凭我们坐在家里想象的。怎么可能在那么多的年轻人中就没有你看中的人物？我说个故事好不好？……"

娜娜把饭碗一推说：

"我吃好了，你吃完了再说不迟！"

女人从厨房过来：

"再喝点汤。这是我特意再添了点盐的，刚才的汤太淡。"

娜娜不吃，尖刻地说：

"不会是特意走开想听听我们说什么吧！"

"你这孩子，你怎么怀疑一切呀！妈是你的敌人？要这样做的吗？"女人朝乐和说，"你说句公平话，死丫头这种活折磨人的做法真真的惨无人道！"

娜娜见母亲用这种词，不觉笑起来："是吗？最好再用个'不共戴天'！"

"唉！女大不听娘，活活把人给折磨死了……"

乐和见两人说话有点要呛起来，忙从中调停道："娜娜，你让你妈把饭好好吃下去！你应该明白她的心意……"接着连哄带推把娜娜赶走了。他正想坐下来陪着女人，让她宽心顺畅地把饭吃完，女人却说道：

"用不着你坐在这里，去她那儿，跟她好好说说。刚才的话我都听了，说得很要听的。劝劝她，让她下午能和人家见见面！"

乐和笑着悄悄问："你放心了？"

"我看你这只馋猫！心馋嘴不争气，嘴上生了疮，舌尖上打着火泡……我知道你，你此刻还不敢有那野心的！去吧，让她转过脑筋来，我有重赏。"

乐和笑道："赏什么呀？可不可先告诉我！"

"不成，不成！……"

24

乐和给娜娜讲故事。他使着他的那套写小说的本领，把那个连他自己都不明白属不属于娜娜隐私的"日记文章"编成转弯抹角的说教故事说给娜娜听。

故事刚开了个头，就被娜娜挡了回来。

娜娜说："编故事，你还差得远哪！你说话，我要听！违心地听也是听。你真让我去和人家说那事儿？"

"你这姑娘，怎么这样傻？"

娜娜笑道："我知道，我知道怎么说话和观察人家。我是说，我对人家一点也不了解。不了解人家的底细是不能去说这事的。再说，要是人家真正地看上了我，我怎么对人家说自己的事？说自己不爱他，这话伤了人家心怎么办？……"

"船到桥洞自然直，车在山前能无路？我还是相信你在社交场上是有应变能力的。我和你妈也没有要你马上就嫁给人家去！我们只是希望你能多与人家接触接触，不要老把自己死死圈在孤独的小圈子里……"

娜娜伸了个懒腰，一副完全的无可奈何：

"好吧！我是完全看在你的面子上，我去试试。要是失败了，我可从今以后不再听你们的！说清楚了，从今以后不再听你们的，你们要听我的……"

乐和知道她要说什么，忙打断她的话：

"别什么事动辄就是把话说满！留有余地好些！"

"知道啦！你是毛主席的好学生。伟大领袖毛主席教导我们，在制订计划的时候，要留有充分的余地。对不对？……你笑什么？我又没有像"文化大革命"时那样穿旧军装，举红宝书，早请示、晚汇报，三鞠躬……"

"不要贫嘴！更不可在我们面前取笑我们。那是一种时代的弊病，历史已经给它下过结论了，还谈那些废活干什么？"

娜娜嘴不饶人地说："你们怕疼？可你们还是用那一套来对我们！不让我有自己个性的独立和发展……从表面上看，那场浩劫过去了，可没有从你们的思想和意识以及行为规则中彻底消灭。"

乐和听她这么说，不高兴地说："我们也是那场浩劫的受害者啊！"

"没说你们不是受害者。正是因为你们受害，你们无形中把他们的害吸收了，又在无形中慢慢散发出来！……"

"你能不能说具体些？……"

正在这时，有人来了，两人的对话中止。娜娜的话，却深深地印在了乐和的脑中，他开始琢磨这个"疯丫头有些神经兮兮"的话！

来人是周得山。

乐和请他到自己的房间里坐，然后给他找烟，又泡茶。女人见他用好茶，一把拦住，压着嗓子说道："什么好朋友，这茶是留给你自己喝的。给人家喝，他喝几口就走了，倒掉又可惜，不倒掉自己喝又不卫生。你说怎么办？去，拿那边的那个罐子的……"

"他要待好长时候的，你别那么吝啬。"说着就用好茶泡了一杯。

女人看了也无奈。

乐和把茶泡好端过来，周得山把正看着的乐和写的那个小说手稿放下，欠身去接茶杯，从玻璃杯的外面见到水中的茶尖尖都在一个个轻松地转动着膨胀着身子。周得山连声叫："这么好的茶啊！……"

"嘘！——你能不能小声点？"乐和低语道，"我给你泡这种好茶是特殊加例外，在她们家，客人是喝不到这种上好的好茶的。"

周得山接过茶，用鼻尖贪婪地嗅着茶的清香："好茶都给她们心尖尖上的宝贝疙瘩喝的？她们家一老一少两个女人，有几个心尖尖上的宝贝疙瘩？……你别说，让我猜猜。啊！只有一个。没错！哈哈，你真正地快活啊！……"

乐和坐下问："你今天来有什么好的消息告诉我？"

周得山喝口茶："唔！是好茶。"顺手拍拍那些手稿，说道：

"我先问你，你每天就在家写这破小说的吗？你觉得它很值得你写，是吗？可我怎么看都觉得它不耐看！没有意思。不信的话，你到外面去找一些人来问，现在这年头要你这么忧国忧民吗？大事有总书记、总理、部长们把着关，小事有我们这些穷百姓兜着。犯得着要你在这里搞这种破文章杞人忧天把天下说得昏天黑地，叫人晕头转向的吗？我们这些捏榔头的只会说实话，什么是实话？宁可看武打侠客书，看那些爱得你死去活来的鬼话言情，也不看你的这些东西！道理？说不出！只晓得现在不是读你这些道理的时代！这就是事实……你以为我们是真的粗得不通文理？你真要我说，我还是可以说出几句来的。李杜歌诗、韩柳华章，那可是清新明朗，经世之用的好文章。对不对？高昂进取之志，博大豪放之情，务实而不乏浪漫，激越而不失冷静！纵览历史有几人能项背……怎么样？我这些话还有点文绉绉的味道吧？"

乐和晓得周得山并非不通文墨，当年还写过小说、诗歌什么的，对社会学也颇有见地，一直因为没有亲朋好友或很硬的后台帮忙，所以连调到文化单位都没有可能。后来年龄大了也不想那些事了，但还是可以看出他的这个心事并没有死却！他说的话也并非不是代表一种潮流，从某种意义上说，他还真的完全出于好心而提醒他乐和的。这一点，乐和非常清楚。他从周得山的旁边拿起稿纸，说："我又不是不知道你底细的人！你说的话当然是对的。可我们总不能只顾眼前面忘了将来吧！我是留给将来的……"

周得山笑着连连摇头：

"只有你们这些知识分子搞这些傻瓜项目……"

说着，他看看门外，准备掏烟抽。被乐和用眼色制止：

"你说有什么事要告诉我的，快说吧！"

"不准抽烟。那不把我的烟虫给憋死了吗？……老乐，你说你对铁塔的事到底还问不问呢？我就为这事来的，你要不问，我就另托人了！要问，现在正是时候。"

"是不是报纸登了以后，市外事办的人在过问？"

周得山脸上的神气没有了，扫兴地说："你都知道了？你可真是秀才不出门，能知天下事啊！……你还知道什么？"

这时，女人过来。周得山立了起来，欲语不便地望着乐和："这……"

"这是我以前的朋友。他叫周得山，就住在那边。和我们家阳台可以对望的，他现在是一家中外合资企业的领导……"

乐和这么一介绍，把自己先要介绍女人身份的窘迫免了。女人一听说是合资企业的，马上肃然起敬，如今社会最吃香的单位啊，忙伸出手去：

"欢迎，欢迎！我家先生常提及的一位老板，没想到就是你！你请坐。"

女人这一说，周得山只好喊：

"是嫂子！我说我这兄弟这些年，怎么越来越会保养了，没想到是嫂子在精心照顾的……"

被他这一说，女人一脸红光灿烂，连连谦让：

"那都是他自己，他自己！周老板既然住在附近，可以常来玩啊！老乐，你陪周老板聊，我去和娜娜说说下午的事。"

乐和想点头，没料到周得山却说："你们家有事？我就不打搅了。"他看一下手表，"我也要在家等市外事办的人，说来找我了解情况！"

女人和乐和一起问："市外事办的？"

周得山诧异地问："怎么？你们熟悉。"

两人摇摇头。

周得山说："他们是为那铁塔来的。说是这铁塔危及一位大富翁华侨的故居房子，他们来了解以后，要叫铁塔搬家的。"

"这可不是小孩玩家家的事。说竖就竖，说搬就搬，多少钱？"女人说。

乐和说："那是国家的事，我们没必要管得那么多。下午他们来，能让他们到我家来吗？"

"当然可以！"

"那就这样说定了，我在家等着他们。"

周得山走后，乐和对女人说，那小伙子要是到我们家来，那不是更好吗？你去同娜娜说好了，让她下午一定不要去上班，在家等着。女人一想，这是个好主意，立即来到娜娜的房中。娜娜正在午睡，睡姿十分好看，女人站在门口，细细地望着女儿，她的心中便有许多的情感在奔涌着。她想到了那个早已不在人世的他，他潇洒的身影总是迷住痴情的她。有许多次，她都和他打翻了，她甚至跑到大街上去，站在雨中任凭雨的浇淋和冲刷，那时她想，只要有个男人把伞撑过来，她一定就此随他而去，当着这个陌生男人的面把身上的衣物脱干净，扔进火炉里烧掉属于他的一切，重新投入新的男人的怀中！开始新的生活。然而，命运却常常是这样让她痛苦。她整整淋了快一个小时，竟没有一个男人把伞撑过来，后来还是一位高个儿的女军人过来把她抱走……原来，所有的人都把她当作了精神病患者。天哪！这多么痛苦的事。她被送进精神病院，如果她不打电话给他，医院就要通知单位。那又将会是什么后果？毫无疑问，人人都会远远地离开她！

一辆上海牌轿车在那个雨几乎永远都不会停的夜晚，把她从精神病院接走了。她重新回到洋楼里，空旷的大厅里没有任何人，只有被淫雨浸透的风来去地摇着一个难以叫人熄灭的欲望……她突然发现自己是这样的可怜，这么大的天地竟没有她可以去的地方。她望着周围，她的心里只有一个念头，那就是一个温暖的胸部让她这瑟瑟颤抖的可怜小躯体得到一丝怜悯的爱意。如果再没有那温暖的男人胸脯，她也许就会死去的，那时，她就这么想着……

女人还想，要是在路上那个司机在车里睡她，她也是会让他睡的！她没有了什么贞操可守。她为谁守？那东西值几文？能挡得住这雨带来的寒意？能驱逐掉她心灵中的孤单？什么都不能。司机没有那种想法，他太年轻了，路上迎面而来的灯光把他没有长胡髭的上嘴唇照亮，好嫩啊！她心里难过极了，她就是主动，他都不会顺从的。她记得自己后来把这些古怪的念头说给赵契听了，他听着，听着，他的脸色铁青起来，半天才吐了一个词：

"没想到你真的很淫荡！"

"你不也一样？我还比你好，我没有情人！我的丈夫又被你手下的人用莫须有的罪名整死了。你好开心，回家有老婆，在这洋楼里还有我这个不知羞耻的女人，等着你的抚摸，等着你的发泄，等着再为你生个儿子？你告诉我，这回让我生儿子，你告诉我，你为我找了谁做那个戴绿帽子的丈夫，谁还愿意？……"

"啪！啪啪！……"她的脸上挨了重重的巴掌……

想起这些，女人就不由自主地要去摸脸，仿佛那耳光是刚才留下的。她悲呛地呼喊：我真的下作啊！乐和那么爱我，我却挣脱了他去投入一个有妇之夫的怀里，抱着可以做贵夫人的美梦去做什么幻想。一场"文革"的浩劫破灭了那些飞黄腾达的美梦，那的确是梦。即便没有"文革"，她也成不了贵夫人的！赵契曾许诺与老婆离婚的事，多少年了，何日能兑现的？做贵夫人的美梦没有丝毫希望，却同他生下这样的一个女儿，一个完完全全是两个狗男女淫荡发作时的毒瘤！她是他的罪孽的产物，我为什么不让乐和狠狠地惩治我的过去呢？

这是我爱他的最好的理由。

这是我对我过去欠下他的一个最好的补偿。

娜娜翻动着身子，仰面躺着，盖着的毯子落下去了，小小的胸衣已经把丰满的乳房推了出来。她看着，凭着成熟女性的眼光看那对乳房，太熟了，甚至开始要萎缩了，如果再没有爱的养分供给的话！那个露了不能再露的小三角裤衩更是让她娇美的身子一展无余。女人轻轻地叹道，这修长的腿，这丰腴的腹胸都和我当年一样啊！不仅仅是身材。她想，女儿的个性和执着更是胜过自己。女儿将她和赵契的优点和缺点都集中起来了。这个结合，在外表上全是他俩的长处：修长好看的大腿，匀称的身腰。可那张脸上，谁不说比她当年更媚艳照人，却又没有别的女子那种俗气和放荡。缺点呢，人们是不可以知道的。这大千的世界里有的是男人，为什么要追求一个母亲当年的情人呢？真是因为她欠下的账让女儿来还的孽缘吗？还是因为她也像自己一样有着一个可怕的"幻想"？奇怪的是，他乐和有什么能让娜娜幻想的？……是不是她在爱情上受过挫折，厌倦那些夸夸其谈的年轻人，转恋他的成熟？成熟，这是多么熟悉的字眼！哦，应当想起来了。当年自己不就是以这样的观点去说服父亲的吗？父亲打过她，可惜那不是打。他也打不动了！父亲是不会关心女儿的前途的。她不能不关心娜娜……她轻轻地摇摇头，心里想：如果我那次见不到乐和的话，我会和娜娜说吗？不说。娜娜会怂恿我去看他吗？那样一来，一切就都不是现在这样的了！可是，生活中的事就是这样充满着稀奇古怪啊！……不！我一定要让女儿幸福。不能和我一样！是的，我不允许她这样！我知道乐和也不会允许的。

她不忍叫醒熟睡中的女儿，匆匆在女儿的桌上写了个字条，要她下午在家。并告诉她，单位请假的事，她会替她去说的。她把条子压在那儿时看到一本叫作《大地》的长篇小说以及娜娜正在写着的文章的提纲。她心里一振，莫非娜娜想当作家而依赖乐和？当作家当然是好事，可她有必要花这么大的代价吗？是否另有我不知道的隐情呢？死丫头，就是把我这个做妈的当外人。唉！养种像种，老鼠下的种总有打洞的本领……她悄悄退了出来，顺手轻轻把门掩上。

客厅的沙发上坐着乐和，见她问："和娜娜说了？"

她点点头，轻轻说："你也去躺一会儿，一会儿人家来了，就休息不成了。"

第七章　演绎哪家"八卦"

25

几天以后的一个下午，乐和还是在写他的那部长篇小说。小说写得有些艰难，是一个痛苦时代的痛苦的情节，他几乎不能相信那一切都是真的，然而，他又必须写下去。一种力量在驱使着他手中的笔，艰涩而痛苦地写下去，为了将来不再有那样的事发生，他必须写下去……

外面有人敲门。

他缓缓地站起来，把自己从那笔下的硝烟弥漫的战场上，从那无数的倒下的躯体中间，将自己残剩的身躯拖拉起来，站立起来，呼吸着，使自己清醒过来，走出那可怕的历史和战争恐怖的场景，回到现实中。

乐和隔着门，从猫儿眼上看清了是那位来过家多次的市外事办的年轻人许可。开了门，让他进来。

许可进门后说："我不坐了，车在下面等着。领导上说让我来接你！"

"喊我去干什么呢？"

许可说："还是关于那个洋楼的事。昨天，正式来了一位老华侨，就是我们一直说的那位老华侨。领导上本来要领他到那洋楼看看的，铁塔没有搬，怕让他看到不大好办，所以还是改在宾馆见了。我猜想，领导这样做还是考虑到影响吧！关于铁塔的事，听说市委领导也曾在一份内参上签署过处理意见，到底是什么原因，怎么会石沉大海似的一直没有说法的呢？现在人家华侨上门来了，大家倒是真正忙起来了。说忙，还不都是忙了我们，市里的意见还是先让我们拿出个方案来……领导上说让你去见见那个老华侨，我问了娜娜和阿姨，她们说可以让你去见见。我是打电话给她们的……"

　　乐和听他最后那两句话，心里有些不快，没做任何表示，只是笑笑，心里道，你还没有进这个家门就这样会拍马屁？你已经看准了这个家中是两个女人统治的世界，是吗？小子，我劝你多观察观察，不忙急于下结论。你太嫩了！这个门内的世界是个非常复杂的世界，不比中东的风云差多少！你要用你那个眼光看这门内的世界，我相信你是要吃亏的！在这两个女人的面前，只有你表现出来的成熟才能赢得她们的欢心，她们才会"蓬门今始为君开！"。乐和始终没有在自己的脸上流露出心里的这种情绪。他已经过了那种容易表露情绪的年龄。他先让许可坐着，自己去房里换了一下衣裳，然后出来和许可一起出门。

　　车就停在大楼的楼洞前。此时大楼里的人家大都去上班了，小孩们也都去上学了，漂亮豪华的奔驰轿车孤零零停在那儿，一点也没有进了上海市区里弄街道引来的那种热闹。乐和看看它，一种莫名的感觉在心间流过，好在这种感觉没有在他体内蔓延，而是很快地平静了下来。许可打开车门后，乐和坐了进去。坐在这样的车子里，他总是恍惚觉得自己回到了许多许多年以前，一个幻想曲似的时代。那时，他也是坐在这样的车里，当然不会是这样相同的奔驰牌，那时只有美国的福特或是什么别的牌子，想不起来有没有日本的。他坐的也是这个司机旁边的位置，他几乎就不是坐着，而是站在座位上的。窗外的景致与现在除了多些高楼，别的就没有多少的变化，从这儿穿过去，然后到市区去……

　　"你在想什么？"发动后，许可问他。

　　乐和笑笑，答道：

　　"没有什么可想的。年纪大的人喜欢闭目养神，他们最知道怎样休息和珍惜时光，这是年纪和岁月教会他们的双重经验！你说是这样吗？我是说用你们年轻人的话来说。"

　　"我也说不清楚这些东西。可我总觉得年轻时如果不趁美好的时光玩玩，过了这年龄就没有了。当然，这也不完全是我的观点！平心而论，我是不赞成那种所谓'少年不努力，老大徒悲伤'的论调的。人来世一趟是非常艰难的，有人有抱负就让他有抱负去吧！不必要弄得人人都成圣贤……"

　　乐和听着，没有任何的反应。这些话他没少从别的年轻人那里听过。

　　"你在听吗？"

　　"当然听的！"

　　"你能告诉我，这种观点娜娜能接受吗？"

　　"你认为？"

　　"我不知道，我们才见过几次面。每次都是她听我说，我滔滔不绝，她一言不发。她好像没有自己的语言，噢！我是说，她好像没有发音的器官……"

"是吗？"乐和回过头来，看着许可说：

"小伙子，你为什么不早告诉我们？如此说来，你还一点都不了解娜娜。事实上，她是个很有口才的姑娘。她对你说话不介入，你知道这是为什么吗？"

许可摇摇头，有些费解地说：

"要是我能明白，还用问你吗？思想在她的脑子里，话在她的心里，别人没办法挖出来呀！你说我能有什么办法……其实，我还是很喜欢她的。她长得很漂亮，她的漂亮不同于我以前见过的姑娘，她有一种别人不能相比的气质。我可以掏心里话对你说，我真的爱上了她，但我又担心别的……我也说不清楚那是什么。你说，我现在是不是首先要想办法使她高兴起来呢？"他表现出一种痛苦，这种表现的姿态使乐和想到了失恋者需要得到的安慰。乐和却没有立即流露自己的倾向，只是听他继续说下去："她不高兴，也就是对我不感兴趣。不感兴趣，还怎么朝下面深入？我要送东西给她，她也拒绝。你说，这叫我怎么办？……"

乐和有些幸灾乐祸，想看这个年轻人的笑话。转而，他放弃了那种想法，开始抱有同情的心理看着他：年轻人，我可不知道该怎么帮你的忙。但有一点我明白，我什么鬼点子也没有，就是只有对人坦诚。这娘儿俩就像疯子一样要朝我心里钻，要摘我的心，我也不知该怎么办才好！你说我该怎么教你？当年，我像你这么年轻时也是没有经验的，当然不是你现在这种态度。我那时多么真诚痴情地爱着她，可她却像今天她的女儿一样追求着年长的男人，是不是一种怪病呢？多少年来，我一直没有琢磨出来。有一点我是明白的，可以现在告诉你的，那就是，年轻人你在她的面前说得太多了，言多必失，你使她感觉到你的轻浮和欠稳重！姑娘，尤其是娜娜这样的姑娘是需要成熟男性的。虽然她们并不知道成熟的真正含义。他们认为沉默寡言，外表故作深沉者就是一种成熟的起码表现！如果你和她在一起时，你一整天不说话，你也许比现在更有效果。不信，你可以试试！我敢保证她会喋喋不休地朝你跳动着那张漂亮的小嘴，甚至可以一整天地不停……可惜得很，这些话我是不能告诉你的。倒不是我自己也拿不定主意是否正确，关键还在于我实在不想这么快地把娜娜送到一个我还不了解的年轻人手上，我得对她的未来负责……

车穿过城市的主干道，驶入一条僻静的马路。许可不再说话。

他在想什么呢？

这又是乐和想知道的了。

许可当然不会告诉乐和的。

"小许,最近市里领导们有什么传闻?"乐和问。

许可看看他,回道:"没有啊!"

"听说一个秘书长……"

许可敏感地反应过来,连忙说:

"哦!你是说金秘书长?那全是外面人编造的,压根儿没有的事嘛。怎么,你坐在家里的人也听说了。人言可畏!人言可畏啊!……"

许可的话,让乐和闹糊了,是周得山的话可靠,还是他许可?

26

车驶过沧浪公园,沿湖行了一段路程,穿进一条全是粗大的古柳树摇弄出的绿荫道,并迅速飞入一个安徽牌坊式的大门里。车停了下来,戒备森严的警卫荷枪实弹排立栏前。许可向警卫出示自己的证件。警卫过来一一询问来人身份、公干,然后在确信可行之下才放行。又向前行驶几分钟,车在一幢大楼前停下。

许可说:"这是国宾馆。"

乐和看着这大楼外面的气度不凡,很实在地说:"我没来过。"

"一般人一辈子也没有机会到这里来见上一点世面的。"

"那个华侨就住在这里?"乐和问。

许可点点头,动着身子说:"我们下车。"

下车后,许可带着乐和一前一后走进大楼。一进门,迎面就是一个好气派的大厅。大厅边上有个壁墙把大厅一分为两。那壁上有假山流水的巨型盆景,十分好看。转过壁,地上便是地毯,一种相当高级的提花地毯。脚踩上去软软的,使乐和想到五月里鲜花盛开的呼伦贝尔大草原。壁后顺走势摆着两只壁架,那上面摆着许多的古玩珍品,每件都摆得恰到好处。穿过古玩壁架,又到了另一个地方,这是个临时性的会客场所。乐和刚走过来,就有人从沙发上欠身朝他打招呼,那人没有站起来,只是欠了欠身子而已。乐和一时不知道应该去握手呢,还是佯装不知?就在他犹豫之际,那人摆摆手,说:

"坐下吧!小许,让服务员给老乐来点茶。"

乐和就在离他不远处的一张沙发上坐下。坐好以后,他看看四周才发现沙发上都已坐满了人。这中间有许多人他是认识的,那个朝自己欠身的人他也想起来了,印象中,那人不过是市政府办公室综合科的小科员。乐和知道,可别小看他们，对外都是市长的秘书，在这城市里，还有谁能比他们更接近市领导的呢？你想办什么事，若不把他们伺候好了，你就别想做得起你那美梦……

那人开口了，他说话慢条斯理，一句一段，好像是在给古文段语加标点：

"老乐同志，我们请你来，是因为你了解那幢洋楼的情况。最近，你写的关于铁塔的《内参》和报道，都提到了洋楼，非常及时。请喝茶……当然，我们请你来，更为重要的，是请你配合政府，做一些工作，不知你愿意吗……"

对方用一种令人说不出是什么情绪的眼光看着他。

乐和并不满意这种官腔，但也没有办法。他似乎已经听出他们要自己干什么事了。他想，我这几十年都是为政府做工作的，我不会在退休后跟政府去唱对台戏。也没有什么对台戏好唱的，这也不是唱对台戏的地方和时代。问我愿意？我能不愿意！我不愿意，你能放我走吗？

"你在想什么，能告诉我吗？"对方说。

"我什么也没有想。我在听您的指示……"乐和回答。他的心里好不愉快，如今的年轻人真怪，也不知道他们的爹妈怎么把他们调教出来的，一个个盛气凌人自己感觉良好到极限！叫人家帮忙的事还要人家像奴才一样顺从着他们！把他们在领导和洋人面前的那种奴婢腔强加在我头上。

对方看了看周围人，清清嗓子，开始从一只公文包里拿出个小本本，打开，慢慢念道：

"关于接待华侨乔子白的有关决定……"

听着听着，乐和的思想却开了小差。他想知道这位乔子白老先生是谁？他怎么会是洋楼的主人？从记忆中怎么会一点也找不到这个线索？……他摇摇头，在肚里骂了自己一句，你那记忆？他妈的狗屎！

当宣读完了决定，大家都起来时，乐和还坐在那儿，许可过来喊他，他才明白是该他登台亮相进入角色了。至于那个决定上到底讲了些什么，他一点也没有听进去。他想，没关系的，这种事总不会是一个人干的。这时许可悄悄对他说：

"我刚才听市政府那位领导说，铁塔已经通知拆了！在目前还没有完全拆干净之前，是不能让那位华侨去的。"

乐和听许可喊那人领导，便问是什么领导。许可笑笑，说自己也不清楚。

乐和又问，铁塔什么时候拆？

许可说，马上就动手。

这么快？里面有什么文章！照现在的事情，都是有些名堂或者来头的事办起来才迅速的，没有点特殊的情况，那就说不准了！乐和笑着拍拍许可：

"小伙子，是不是一种规律了呀！"

许可笑笑："大概是吧！"

"乔子白到底是什么人？"乐和问。

许可想了想，压着嗓子说：

"这个人的来头很大，是从上面带了文定了调来的。据说他是国民党早期的元老之一，在广州举义以后就消失了，一直没有出现过，长期居住在东南亚的某个岛国。听上面说，他现在拥有这个岛国全部国有资产的三分之一。这次是到大陆来观光的，听说他要在我们这座城市里投资上万个亿建造一座新城！要让全世界的人都知道我们这座城市，让人们一提到我们这座城市就想到他建设的新城，一提到新城就想到我们这座城市！这是非常有诱惑力的事情，谁都不愿意丢掉！所以，市领导要求我们一定要接待好，不惜一切代价让乔老先生满意。"

"他多大年龄？"乐和想，广州举义，那是多少年前的事？

"介绍上说他已经九十八岁高龄了，看上去却像六十岁上下的样子。他还带了个女秘书来的，那女秘书姓韩，大家叫她韩女士。韩女士很漂亮，一口流利的京腔，只有二十几岁，她说她已经四十开外了。他们住在一起。服务员说，他们洗澡要两人一起洗，说是乔老先生一个人洗不动了。可服务员又说那老头儿心野得很，在服务员身上也打过主意……"

"照广州举义的时间算，他还要大些年龄才对。接待费用是谁出？他享受的好像是国宾级待遇。"

许可点点头："还不都是我们的，我们指望他来投资啊！"

"这个鱼饵下得太贵了。"乐和叹道。

有人在远处喊："你们在开什么小会？过来。"

乐和只好与许可一起走过去。

27

随着那位"领导"，大家来到一座花园式小院落内，一幢古色古香的建筑引得大家赞叹不已。

大家走进一个套间的会客室时，那位乔老先生已经和韩秘书一起站在门内侧恭迎大家了。每个人进来，乔老先生都先向对方合十欠腰，嘴里叽里咕噜地说着谁也听不懂的话。乐和知道这是用一种佛教的礼节接待，示意主人的真诚。那位韩女士却落落大方地同大家握着手，用她妖冶可餐的娇艳迎接大家，然后把每位客人引入座位。这一来，倒使这种本来十分严肃庄重又近乎死沉的气氛添进了几分生气和鲜活。大家鱼贯而入，接受着他们的施布。当乐和走到他的面前，那本来已经欠身下俯的头突然抬了起来，眼中射出一束恐怖的光芒，但只是一霎时，也只有乐和一人见到，别人谁也没有注意到。乐和感到震惊，这一刹那的眼光勾起他迷茫幻觉中的一线清醒，他迅速在记忆中搜索这种眼光有可能出现的时代。他很快找到了，那是来自遥远的记忆。这种眼光曾像刀一样深深刻在他的记忆中，在他完全懂事以后，他就一直在寻找着这种眼光，他甚至相信自己家庭中的悲剧以及个人命运的沉浮正与这种眼光有着密切的关系。这种眼光之所以深深地刻在他的脑海里抹不掉，那一定是来自他童年生活中的一部分！换句话说，这位乔老先生一定在自己童年生活的某个时期出现过！他想对乔老先生说出这种感觉，这时对方已经俯首唱喏着那个谁也听不懂的"经文"了。这时，韩女士来到了他的面前……

大家都坐定后，乔老先生朝韩女士使个没人注意到的眼色。韩女士走进内室并很快拿着一只包出来，从中掏出一只只日记本大小的东西，对大家说：

"乔先生知道中国人……"

乔老先生立即打断她的话说："应当说我们中国人！请你记住，我是中国人，你也是中国人。你是在自己的家里。"

"对不起，我还没有适应过来，请原谅。这是一种记事、报时的多功能微型电脑，非常适合各位。在香港市场上出售的每只达到三千港币，是我们公司生产的。这些，是乔先生的一点心意，每人一只，请笑纳！"

说完，她就把那东西发给大家，人手一只。有人拿了当场就摆弄，那东西真的会学鸡报晓似的打鸣。于是人人的脸上都有欢笑。尤其是那位先前给大家读接待决定的"领导"更是喜出望外，好像还有什么欲望没满足似的在他脸上显露着……

乐和一点也没有注意那小玩意儿，甚至根本就不相信那是价值三千港币的东西，给了他，他随手就放在一边了，直到走时都没有想起。他紧紧地盯着乔老先生，依旧在自己的记忆中搜索着这个可疑的人……

乔老先生已经觉察到乐和的眼光，他故意不朝乐和过来。然而，进入实质还是要乐和说话。

"领导"把乐和介绍给乔老先生："乔老先生，您最关心的关于故居的情况，这位乐和先生可以告诉你！老乐同志，你就对乔老先生说说吧……"

乐和问："不知乔老先生要知道哪方面的情况？"

"啊！关于我的祖上的故居的所有的一点一滴的故事，对于我来说都是一种幸福啊。我这次主要就是想来看看故居的，听说通那儿的道路正在扩建，那一段暂时不好通汽车，是吗？非常遗憾。你好像很面熟！你祖上是……"

"我是本地人。"乐和不想对他多说关于自己的话。

"本地人？你住在那洋楼里多久了。"

"你希望我住多久？"

乔老先生一时语塞。

"领导"马上插话：

"怎么能这样对客人说话！……对不起，乔老先生，他一直住在那里面。"

"造文化反的时候也住在里面？"韩女士插嘴道。

有人肯定。

"是吗？"乔老先生问。

乐和不作回答。

这时，乔老先生把"领导"喊过去耳语片刻。很快，那"领导"便找着一个借口把所有人带走了，只留下乐和。对乐和的交代是"有问必答，不能让乔老先生不满意，市里的重大投资就指望他了……"

屋里只剩下了乐和以及乔老先生和他的秘书。乔老先生也把秘书打发出去了。乔老先生从椅子上站起来，在屋里来回地踱步，并不着声，他时而站在那幅壁画前端详，时而站在墙角的盆景前默首无语。乐和一点也搞不清他在想什么？终于，他站到了屋子中央，对着乐和说：

"如果我站的地方是幅八卦图的话，你说，我的位置是在什么上面？"

乐和没有学过八卦，没有办法回答他。

"我可以说是在阳极，因为此时你的方向是西方。东为日升之处，西为日养之地。以北南相济，我的上方是南，伏羲演八卦，南为'天'，为'乾'之居，乾，健也。景风居南方。你处东向西，位于'火'，属'离'，当为兴。但阴阳两极迟迟难以与你成联，而与你相厮相守则为'地山泽'，火心每月与你擦肩而过；阴为水，过盛之水灭了你的精火！使你不能成大器……"

他停住话，两眼望着乐和，微笑着问：

"在下如若说得不对，还望先生不吝赐教。"

乐和想，我是遇上魔鬼了。这种东西叫我说，我能说出什么名堂？要我说？我说你是骗人。这话能说吗？说了，恼了你，你玩个魔术把我毁尸灭迹，怎么办？两个女人的伤心倒不可怕，可怕的是谁来完成那一大堆未竟的事？乐和连连说：

"你这是非常了不起的，我是个外行，说不上任何话。倒是先生说的一些话我有些想法。"

乔老先生两目生辉："噢？什么想法。"

"老先生要问我，您说的那个您的故居的事，我可以说说。刚才这玩意儿实在没法插上嘴了。"

"嗨！那是多会儿都好说的话题。倒是先生你，话题不多的。你不要瞒我，你没有住在那里面。你是曾经住过，但时间不长，你没懂事就远远离开了……你的面相就是这样告诉我的。那是很多年以前的事！"

乐和一想，神了，他看面相就能说出道道，不妨听他说说，就像刚才他说我整天在什么'地山泽'，我懂，他是说我整天被两个女人包围着。他看看对方，表示出非常虔诚的样子说：

"老先生能知过去，预言未来，不妨给我看看？"

"你不出百日，必有灭顶之灾！没有办法避免的。从你一进门，我就注意到了的，也一直想给你找到一个解脱的办法。还没有找到！好吧，我现在说说你的过去。你在三岁前是非常幸运的，父母双全。那时你们住在一幢非常豪华的楼房里，你们并不相信风水和神明。但你们没有力量来战胜神明为你们铺就的前程。在那幢房子里，有一幅八卦图，如果你们居坤而栖，也许你的父母能避免灾难。但他们没有那样做，只好年轻轻地把你丢下而去。后来住进去的人更是无知，虽说以他的大命相克，却也没有能斗过它……"

"你是谁？你到底是谁！"乐和站起来，激动地问。

乔老先生半闭眼睛说："年轻人不要激动。我说的对，你就听。说的不对，你就不听，或者反驳我……从你的面相上看出来的东西，可千万不能与你大脑中的什么事胡牵乱绞在一起，那样做会闹出笑话来的。你的两眉宽阔，鼻梁方正，但你的两颧太显阴重，这是说你天命之前一直是与磨难为伍，和不幸厮杀！多亏你的耳坠过长，眉宇鼻架相张，得以平安度过……啊！没想到你死到临头还有一段难割难断的艳运，命中注定你能成功尔后撒下她而去。她将为你留下一子！其子后福无穷，当是后话！……"

听他这一派胡言，乐和倒有些折服这个人了，他忽然问：

"依你说，我该怎么办？"

"随遇而安，莫作妄念。你已经这样做了，你这样做是不是从前有人曾指点过你？没人指点，你不会这样做的。"

乐和没吭声，他想不出是不是那位老僧的指点，似乎不像。他清楚地记得他几乎没有照老僧的话去特意安排自己的命运，而这过来的岁月又好像都有老僧的指拨和牵引，这到底是怎么回事？他也想不通，他也不想去多想。他问：

"住那幢房子的人是不是都不会有好结果？"

乔老先生沉默许久，点点头：

"是的！因为它是建在罗星龙背侧处。古人云：罗星者，阎罗城外城脚下，阎罗为地龙，有鬼为护拓。我想，你应当明白了！"

"照先生的说法，这是不祥之地。既是不祥之地，当初为何要择此造房？而且现在已是一个规模不小的住宅区了！"

"这正是先人的失误！"乔老先生坐下来，慢慢运过一阵气，然后朝乐和问："那楼的门口是三级石阶。每级都是八条。但每级中都有一块小的石条。尤其是最上一条，小的竟然放在正中，这是为何？你当然不知道。你说是那样吗？还有，如今那楠木的楼梯还在？对了，问你也没有用。你从那儿出去以后一直没有再进去过的。我想找个人来了解一下，想知道那里面的结构动没有动过？"

"现在和我生活在一起的两个女人，她们就知道。据她们不久前告诉我，那屋子里的结构没有人动过。都是很坚固的，后来也没有人住，也就没有人去动了。"

"让菲特的雕塑还在？"

"听说还在。"

"那是个价值连城的东西，没有人把它弄走？"

"没有。"

"如此说来，那场人类的灾难的确是一场无知者的冲动。他们的无知和冲动借助于他们生理的力量想毁灭文明，结果还是以自己的失败告终……"他压低声音问乐和，"你能告诉我为什么不让我去看吗？"

"这我就不太清楚了！这是接待你的那些人的事，我现在只是一位退休的人，他们只是让我告诉你关于您故居的事。"

"听说你曾是记者？你不久前在这个城市的报纸上写了一篇文章，是指责在我故居的楼顶上架设置铁塔的事。是真有其事的吗？"

"你怎么知道的？"

"我已经拿到了报纸。他们那些人骗我！"

"情况并非你说的那样。铁塔距你的故居还很远……"

"那为什么不让我看？"

"可能是在建路，路不通是常有可能的事。我想，乔老先生以后还会常来的。以后再去看也不迟。"

"嘿！你说的和他们也是一样的。看来，跟共产党打交道，只能这样了。我当然是要回来居住的！就住在那楼里。现在我这个年龄就什么都不忌讳啦！我和他们说了，这屋里的一切都不能动……"

乐和说："这你放心。他们不会乱动的！"

乔老先生伸直腰杆，说："他们动，我会知道的。"

"当然，现在科学发达。一个电话，一份传真，你就会来的。"

"不！我不靠那些。我只凭借我的气功的远距离感应！你知道气功吗？我说的气功是一种可以凭借天力的功力。当年诸葛亮借东风，就用的这种功。我在海外拜高手为师，整整琢磨了近七十年，始得真传！我发过几次功，搜索过我故居情况的信息电波，情况良好。所以我才回来看看……"

乐和还能说什么呢？

<h2 style="text-align:center">28</h2>

乐和出来时，"领导"和许可都没有走，他们问他："那老头儿都说了些什么话？他为什么让那漂亮的女人走开？""没有说什么。尽是胡扯！"乐和没好气地说。

"领导"用怀疑的眼光看着他，那眼睛里像有一架 X 光机把乐和上上下下，里里外外都透视了一遍，疑惑地问道：

"人家是很有身份的人，怎么会没事找事地胡扯？吃饱了饭没事做，大老远地跑这里来，就为了把你喊去胡扯？是骗鬼还是蒙人？是不是你和他说话的内容不愿意透露！我可告诉你哇，要是你泄了密，我们可就保护不了你了。"

乐和没好气地把乔子白说的话都重复了一遍。两人大为吃惊，尤其是"领导"简直有些不知所措了，朝许可问：

"能有这种事吗？能有这样无聊的人吗？不可能的事！绝对不可能的……"

许可说："你说他给我们的那礼品价值三千港币吗？"

"领导"点点头："那当然是不值的。外面来的人嘛，总是要把我们看得很蠢很笨的，这才显示他们是世上顶顶能干的。这也好嘛！我们以静待动，看他怎么表演。其实我们中国人是世上最最聪明的人。你说，'将计就计'这妙计，除了中国人还有谁能弄出来？不过，他到底想干什么呢？你们分析分析看，他总不至于没事找事地乱扔路费，白白来跑一趟吧！一定有目的的……"说着，他忽然眉眼大开，继续说道，"我倒是有一个好计。你们听着，除了你俩，不能再有别人知道。他是我们接来的，说他投资的话也传出去了。报纸电视也都出来的出来了，亮相的亮相了，我们怎么办？放空吗，不成！那怎么办？我有个好主意，不让他接近那房子。让他快快回去拿他牛吹得天花乱坠的投资来，来了投资，我们就不怕他了！钱丢在我们的土地上，他能把那些商店房子工厂再挖走吗？……对了，现在随他玩什么花样，我们静观其动，看他怎么表演吧！"

"就怕他胜你一着。"乐和忧愁道。

许可帮"领导"解脱："我们又不是神仙，什么事都料事如神地防着。再说，改革也应当允许犯错误的，只要出之公心！"

乐和听出名堂，连连点头。

"领导"问："老乐，你说这老头儿会不会和那秘书睡在一起？要真那样，那成什么体统啊，他已经快一百岁了。还有那种精神，真是神了……"

"我看他不超过八十岁。"乐和说。

"领导"捋着下巴不吭声，一会儿看看乐和，故作深沉地点点头：

"到底是老同志，顾忌的东西少，敢说！我就没有说过这种话。其实，北京的郎老在电话里说的情况也有些酒后飘逸的超脱。我们省里那位不在其位谋其政的领导却拿它当了个大事！我看玄……不过，话说回来，这也不一定是坏事。要不是他来，上面的拨款能那么顺当？老乐同志，现在的事，往往就是一件事有诸多因素搅和，谁也说不准它结果是对谁有利！所以有些话，我们还是放在肚皮里好。你说，对不对呀？"

乐和和许可都点点头。

"领导"问乐和道：

"他的年龄的话，你在他面前说了？没有说，那就好！这是外事纪律所不允许的。其实我也看出来了的，不好说罢了。"

接着，"领导"对许可吩咐道：

"把老乐送回家去。你到这里来吃晚饭，要开个会的！"

"会议可以请假吗？我想和老乐进城后，明天再来。"

"不行。晚饭也只是食堂用餐。老乐同志，真不好意思让你走，没有办法，这是外事纪律……"

乐和想，你摆什么呢，那外事就只有你懂？就你们在搞得神秘兮兮的叫外国人专门吃你的嫩豆腐，他这些话是不好说出口的，只能就势自己下坡：

"连用车送也免了吧，我出大门就可以坐招手车的。小许，你就留下忙你们的事吧！反正我也没有什么急事要处理的……"

"领导"马上顺水推舟道：

"那更不好意思了。许可，你送老乐到大门口。"

许可就是想单独与乐和说上几句话。

两人一起朝外走时，许可问："你觉得那个老头子是骗子？"

乐和感到奇怪，这么明显的事难道他们都看不出？他有些费解地说：

"你们不相信。"

许可说："也许我们对这种人见多了，有点麻木了。反而说不上什么感觉……我相信你的判断。虽说对你不了解，娜娜的话我信。她对你崇拜得五体投地啊！但我觉得你不应该在他的面前说这事儿。他们不但不会听的，说不定还会在领导们面前说你的坏话。你退休了，当然不用怕谁了。其实，你想想，他们也有他们的难处。话已经说了出去，如果纠正，他们的政治生命还要不要？……"

"这我知道，你放心，我不会对谁去说的。你告诉我，那个铁塔还会不会真的拆掉呢？照你们说的应该是已经在拆！"

"这我可以去问问。他那个人，非常怪的。你去打听什么，他就会以为你背了他想搞什么名堂……"

"既然这样，你就不要去多事。好了，你留步吧。别再送了！哦！明天是星期天，过来吃饭，我让娜娜动手做几只好菜……"

许可满脸的欢笑："我一定去的。"

乐和想了想，觉得还是要把小庇的事弄弄清楚，于是问道：

"许可，那金秘书长，到底是怎么回事？"

许可见周围没有人，轻轻叹口气道："得饶人处且饶人！有权在势要珍惜！古人的话不是死到临头听不进啊！你说的事是有那回事。刚才在车上我怎么好说？听说那女的到北京告御状被人家赶了出来，又遭人抢了钱财，走投无路要卧地铁，被一个年轻人救起。年轻人听了她的控诉，连夜把她带回家见了自己的父亲。原来，那个年轻人是个大人物的小公子，长年在部队工作，那股正义感还没有泯灭！这位大人物就是在职主管政法！你说，那女子可是交了好运？……"

乐和插话道："物极必反。"

许可点点头，继续说道：

"当晚，北京电话就到了省里，听说那电话一点也不含糊，没别的话说，是对是错以后再说，立刻中止案件审理，防止他们先杀人后上报，当晚就把主管政法的书记、法院院长弄掉，再慢慢理下面。这一着是真招。哎！绝了。金秘书长可是绝对没有想到的，凭他在市里三十多年树大根深，省里领导哪位见了他不是先向他打招呼的？老谋深算，竟还没有算得过一个被他们家凌辱得就差上吊的弱女子。可见世上的为人之道，还是要多听听老人言，免得吃了苦头还不晓得是怎么回事！"

"现在怎么样了？"

"真实情况？谁也不知道的。机关里好几天没有看到金秘书长啦！"

<h2 style="text-align:center">29</h2>

世上的事情，有时就有那么几分的巧合。当乐和站在国宾馆门口等过路招手车时，一辆轿车突然在他身边停下来。一个声音在他的耳边炸响：

"哈哈！真是踏破铁鞋无处寻，得来全不费工夫。老乐，你在国宾馆门口溜达什么呢？是想拦总理的车子还是想见总书记啊！"

乐和一看是西山区的那位区长，再看轿车，是辆旧伏尔加，虽说旧了些，外表看上去却还可以，便问道："你们怎么到这里来的？"

"就只允许你在这里等着见总书记，我们不好来沾沾光？"区长笑着，搂着乐和的肩，就把他朝车里送，"跟你逗着玩的，总书记也没有多少时间老跑我们这里的。走，我们见不着总书记，见着一位无冕之王也是十分荣幸的。"

"你们上哪儿去？"乐和问。

"上车你就知道啦！"

上了车，区长从前排人那儿接过烟，递一支给乐和。乐和摆摆手表示不抽。

"哦，我忘了。你是不抽烟的。"区长把烟重新扔给前面座位上的人，然后郑重其事地对乐和说：

"老乐，我们不是路过，是专门来找你的。找你不为别的，就为我们那座该死的铁塔。你别急，有些情况我都知道。我们非常感谢你那篇报道！说实在的，我们那个铁塔竖起来后的经济效益并不好。完全出乎我们原来的预料！我真不敢相信如今的人都好像不用脑子的，人说风就风，人说雨即雨！……我们这位小张就是负责吸收社会客户的，BP台开播后除了给市区的领导、秘书和方方面面的人物配置以外，剩下还有60%的就是对社会开放的。没想到，这玩意儿现在大概很吃香，谁都要尝一口。请你放心，在这个车上的都是我的人，我要是在这里说话再没有保证可言，那我这区长就没活路了！……你可以大胆放心。大家都信着你的。我接下去说吧！那位新上任的宣传部长，他一人就要了 20 只。送人去了。送给谁？给书记的老婆、儿子、女儿们，他倒是真正地会做人情。说个笑话给你听听。书记的大公子不要，嫌不够他父亲的'大哥大'气派，便要宣传部长给他搞个'大哥大'，宣传部长说，我一定办，你先把这只机收下。公子说，这好办，看你的面子收下。公子转手就把它给了一个毫不相干的人。这倒还好，总算机还有人用。许多的机主都是小孩，没有人呼他们。怎么办？上课时溜出来打电话喊别人呼他聊天。小学生的课堂上就有'嘟嘟嘟'声音，你说像话吗？……"

乐和问："你找我就为这事儿？"

区长拍拍他说：

"你别急！我的话还没有切入正题呢。……BP 台没有几天，弄得怨声载道。你那报道一出来，可是救了我们命！"

"此话怎讲？"

区长看看前面，指挥司机："朝左拐，上长江大酒家。"

"你这是要干什么？"

"我们今天一醉方休好不好？听说那地方和深圳差不多，有陪酒的。还有洋姐儿，陪你玩吧！钱由我们出。别怕，我们不让你出丑。说实话，现在这种状况，你说与不说，谁还能不知道吗？人家说，上那地方去的，没几个人可以干净着出来的……你这么大年纪了，那女人又不是你老婆。别说了，你的情况我都着人了解过了的。对你深表同情！你别发火，我也不是什么好人！我们都称不上堂堂正正的共产党人了。相比之下，在那些普普通通的人们中间或许还可以找到几位干净的。我说的难道不是现实中存在的？……"

乐和朝司机说："你停车。"

"别停！你这是什么意思？我们去长江大酒家吃饭，你可以不要陪酒女郎，也不去看脱衣舞，好不好。小张，听说他们那儿深夜零点以后的脱衣舞最精彩，是不是真的呀？"

那位车前的小张说："精彩是精彩，一般人看不到。要看，得事先悄悄和公安局的人弄好，有人带进去……"

"你去过？"司机说。

"那次你不也去的吗？"

"还是那次，没什么看的。那女人的两只奶太大太老了，干瘪瘪的像两只瓶子垂吊在胸前，腹部干瘪，金色的毛一直把整个腹部都压住了，我看她的小裤衩根本用不着穿。怎么？你不知道？那地方的脱衣舞是正宗的日本式。日本式和美国式不同。美国式只是把衣服一件一件脱光就为止了。日本式却在脱得不留小裤衩后还要在台上走动，故意到你面前摆动挑逗。如果有人上台去把她抱走也可以，外国人就敢在台上广众之下与她干起来。大家都看！……"

乐和不相信，问区长："你们不是在胡说吧！"

"一点也不胡说。公安部都来人抓过，可常常被他们事先得到风躲过了。不用怕，好在他们还在深夜的暗处，没有到光天化日的程度。不过，我告诉你，那地方的名声不好，一般人都不去那儿的。你要是不想去那儿，我们换个地方……"

"我哪儿也不去的。"

"这……老乐，你要知道。我们这是感谢你啊！我把你看成我们的救星啊，这次的小活动只有我们三人知道。他俩都是跟我多年的了，绝对的可靠！你放心。我们也不用给你什么钱之类的，在你的生活中，那些都是不必要的。只有已经失去的青春是最难偿还的，这种滋味只有经历过的人才能品味出来……"区长轻轻地叹息着，轻轻地把手放在乐和的膝盖上，语重心长道，"晚节没有什么价值啦！往后去，更没有人看重。就像我们回头看"文化大革命"，那里面的哪一幕不是可笑的愚昧的，非正常的？可当时谁说不对了？不好了？算了，别说那些。你实在不去，我们就不去。算我没有真正了解你……"

乐和心里道："你怎么能了解我？你们这些人想找我办事就办事，搞那些东西有什么用？人家宿妓，那是人家的爱好！人各有志。对于我来说，宿妓玩女人是一种丑陋！"他轻轻把区长的手从自己的膝上挪开说：

"你把我直接送回家。你要我办什么事？你们现在就吩咐，我能办的事，一定不推辞。可你要知道，我已经退休了，实际上许多事都不大可能办到了。小事还可以……"

区长笑着说："我们当然是小事。就是请你替我们再写一篇报道。"

"什么内容？"

"还有什么内容。就是那该死的铁塔！你与一篇报道，说我们在你的报道出来后——就是你那篇批评我们铁塔竖的位置不对的报道——我们立即召开了紧急会议讨论研究后决定，把铁塔拆掉……"

乐和想到在国宾馆里听到的似乎与他们这种说法有些出入，便问：

"是你们主动要拆掉那座铁塔还是上面要求你们拆的？"

"当然是我们的主动！竖是形势的需要，没错。拆，当然也是形势的需要，也没有错。"

"说的倒也真正符合中国的国情。"乐和思忖道，"这种报道，还用得着你来接我，让我上那种妓女窝去？你让人把材料送来给我就成了，或者来个电话也行的事，犯不着这么兴师动众。"他见区长有点发怔，又说道：

"我就住在那铁塔下，天天都愁着它要倒下来的……"

听了这话，区长看着他好半天不吭声。半天才吐出一句话：

"原来是这样？这么说，我也真是用不着那么兴师动众的。那我们明人不说暗话。你现在写的这篇报道一定要写成我们是主动拆的。理由有两条，一是因为在它的附近有一座属于历史文化遗址的洋楼。第二条理由嘛……"他想了想说道，"你就说你采访了我们，我们反映我们的铁塔竖起来以后，没有达到预期的效果，明明是赚钱的买卖，却成了赔本生意，这中间就说有相当一部分人来拿机当礼送人且连本金和月租什么都不缴，有的小学课堂里竟然也响起 BP 机呼叫声。要是举例，你就把那个倒霉的金秘书长摆上去。你看这样可以吗？"

"可以。你们拆除后怎么办？"

"这就不必要问了吧！也不是你这篇文章可以再交代的。"

乐和说："我必须知道。"

区长想了想，用一种极不情愿的语调说："市里已决定给我们钱，让我们在原来的地方盖一幢大楼。到时候，铁塔还可以竖在那上面去的。你的报道让我们先把那些吃我们白食的统统赶走再说……"

乐和笑了，说道："你们的主意不坏。市里能拿出那么多钱来吗？"

"拿不出也得拿。那个洋楼的主人是个大富翁。说是要在我们城市里投资上万个亿建设一个新城。你说，有这样的大鱼来，他们还在乎给我们建幢大楼？报告上去了。从报告到拿图纸，还包括设计，我们只用了三天时间！以前一份报告光运行就得半年，还没有走完三分之一的路程！……现在可是雷厉风行。今天上午，市委常委会上已经通过，刚才我和财政局的桂局长通过电话，他们已经派人去省里，那儿也只是一个形式。钱，早就准备好了的。"

乐和要不是亲耳听区长讲，他几乎真不敢相信这世上还有这样神速的办事效率哩。他向区长保证，这个报道马上写，力争明后天见报。

"那就太感谢你了。"区长说着，把嘴俯在乐和耳朵上低语道：

"长江大酒家，你想一个人去时就去，花掉一万带八千的，我给你报！"

乐和看看他，心想：你报？你那破烂的办公室，你那接待人的捉襟见肘，能付得起吗？他没有说出口，在有这个念头时，他忽然想，这位马上就要回家抱孙子的区长大人怎么会想到请他去那地方享受开"洋荤"的？是不是如今的"开放"风感染的？或者这里面又有什么新的文章？他把这些想法放在脑子里，他不愿意在自己没有思考成熟时轻率地把自己的想法抛出去。再说，他与这位区长和他区里竖的铁塔说到底又有多少瓜葛呢。

车到了水荫路口上，乐和喊车停下来，区长问他："你不回家？"

"从这边穿过两条巷子就是我家了。"

"反正我们车从广场过，把你送过去有什么不好？"

"我在这儿下车，顺便想办点小事。"

区长拗不过他，只好让他下车。在路边上，区长问他稿子什么时候写好？乐和想了想说，明天上午吧。区长说，明天上午我登门来取。乐和忙说，不好不好！这是不好的事，我把稿子给报社，你们直接到编辑部去看稿子好了。区长见他这么坚持，也不好说什么，便捻着那个胡髭刮得乌青的下巴，像思考着盟军登上巴尔干半岛似的把整个脸部的肉都沉坠下来，松弛得好像一只干瘪的面粉袋静止地挂在黄昏的夕阳中。两只大眼睛却望着另外一个什么地方……

乐和又不便在这样的状态下自己转身就走，他望着区长，等待他……

"嘟嘟！嘟嘟！——"

他们的车停的位置正好在主要的交通要口上，前后的车堵使下班的公交车和自行车人流像被拦着的水流一样在这里漫起来。

乐和想提醒区长，站在这里思考问题可能站错了地方，你的办公室没这么大。可他没有开口，还只是望着区长。

区长终于"醒"过来，他无可奈何地放下手，看看乐和，那眼光全是一种可怜相，声音也变得不值一击般的脆弱：

"难道你真的不能让我们事先看看？你这一生中没有好朋友？也不想结识几个知己？……罢了。有些事我不勉强你，我信你！你不黄我脸面就成。否则，我们西山区可真正要遭殃了！……"

"你是用那种手段来想我为你们说话的？花那代价，值得吗？"乐和说。

区长摇摇头，分辩说：

"有许多事是说不清的。我只要你照我说的那样去写出报道来，就一定能帮我们走出目前的困境。至于我们还要用什么手法，甚至你想象中我会去收头妓女充当高级公关小姐，那都是我在无奈之时会做得出来的事。我已经到这年龄和这地步了，个人已没有什么好想好求的了！一个处级的区长算什么？在北京的大机关里，抵一个办事员！"

"我觉得你的这些想法不对。你什么时候有空，我们好好聊聊。我很喜欢你的坦率。今天不行。再说，我们得分手了。路被我们阻得太厉害了……"

区长表现出一副无奈的苦笑："好吧！只能这样了……"

两人握手分别。

区长上车。

乐和招手告辞。

旁边一位过路人见状讪道：

"这不是十里长亭的相送，好快点走啦！"

另一位接腔："天下没有不散的宴席。搞得他妈的像滑铁卢桥上罗依玛拉似的想千秋垂芳名啊！"

乐和朝他们笑笑，现在的市民都是文化阶层了。开口就是《魂断蓝桥》，闭口便是《梁祝》！但他们脑子里真正想的是什么？是老婆孩子热饭菜！是小家庭日子加小自由。恐怕把这两位讪笑我们的人喊来问他什么国家大事，怕也是一问三不知的。但你问贝利是谁，他们会说上一大套的没有深浅的评论，把这位足球明星说得或者天花乱坠或者一无是处。对于中国申办奥林匹克运动会，他的热情只是在看他从会计那儿拿到的工资单中有没有扣掉这笔捐款。如果没有，他会高呼赞成并用当年他的父辈们在天安门广场接受毛泽东检阅时的干劲竭力嘶喊：

"奥林匹克万岁！"

望着那位说《魂断蓝桥》的年轻人，乐和发现他的自行车尾的书包架上夹着一本书，看那封皮，不用猜，那是丘吉尔的大作。看来这小伙子或许挺喜欢丘吉尔的，他真想喊住这位年轻人，同他聊一聊从作家的木椅上挪到镶金边的首相椅上的丘吉尔的有趣的逸事。小伙子却没有那种眼光和感觉，只是用那高傲的目光在他的失去青春活力的脸上尖刻地剜了一刀，蹬上车子，扬长而去……

乐和慢慢朝家的方向走。他的脑子里还是那个小伙子车尾上的丘吉尔。从我们比较熟悉的戴高乐、丘吉尔和那位拿破仑，还有华盛顿数起，他们哪一位在成为名人的道路上不是一种机遇呢？因为机遇而使许多人成为名扬全球式的人物，如果丘吉尔不在那场英荷战争中再次作为随军记者；如果他仅仅是随军记者而不介入战争的话；如果他在1899年12月12日夜晚趁荷军哨兵瞌睡时翻墙逃跑被发现；如果丘吉尔被荷军抓住时就像我们现在对俘虏一样把他身上的四块大巧克力和七十五英镑搜走，他能有力气登上迪拉果阿湾铁路上的一辆货车？如果有人发现面前的人就是布尔人出二十五英镑悬赏捉拿的丘吉尔，这位好心的给布尔人看煤矿的英国老乡还会保护他吗？再说，他给《晨邮报》写的那篇他从俘虏营逃跑的详细报道被收发无意扔进纸篓或被总编认为是虚构的"小说"，没有登上报纸的可能，他能成为英国人街头巷尾、咖啡馆和酒吧里民众议论的头号话题？从而振奋英国人对荷兰战争的士气？这样的经历能成为"战斗英雄"吗？也只有英国人想得出，而且还把他作为战斗英雄参加议员的竞选，天晓得世上的名人个个都是一部怎么样的传奇故事！然而，机遇也未必都是好东西。灾难的机遇可以使一对情侣在相会的瞬间各奔地狱或天堂！机遇也会使一个微不足道的小事酿成世界大战！乐和就想自己遇到的这个铁塔和那个叫乔子白的人，是一种怎样的机遇呢？

铁塔的出现，确确实实在许多人的生活中渗进了一种无形的"因子"，乐和很难明确地指出他们之间谁对谁错！"领导"和区长显然都是想把自己作为拆塔的主动者，这里面一定是有文章可做的。那是什么文章呢？那些当初对这个铁塔的竖起产生各种各样议论的人又会怎么说呢？真可以应了那位区长的话，竖是形势的需要，拆也是形势的需要，没有错！

这世界就不晓得有没有永远是错的东西！

乐和想。

"喂！老乐……"

有人喊他。

乐和循声望去："是你？"

第八章　远去的爱真远去了吗

30

周得山走过来，两人握了握手。

周得山说："你怎么走这里呢？"

"顺路的车过来，从这里回家也一样。"乐和说着与他同行，问他是否也是刚下班。周得山说我们下班比较早，工厂里中午只有半小时吃饭时间，不休息，所以下午很早就下班了。

"那你在这里干什么呀？"乐和见他手上又没有买菜的工具，散步似乎此刻也不是时候，况且与他的这身打扮也有些不符。

"等你啊！"周得山故作惊讶的神情调侃道，"不可以吗？"

乐和以为是真，点点说："当然可以。"想想又觉得不大可能，便问道：

"你怎么就知道我要路过这里？平时我极少走这边的。"

"啊哈！你这就不知道啦。现在神州处处风行特异功能，还有各种能熟知过去三百年，展望未来五千年；巨到地球毁灭，细至肉眼看不见的微观世界变化，都能预知的呀。这是一个真正叫'好极了'的各种人才辈出的时代。生活在这样的时代里，能预测到你走这儿过，然后回家同嫂子亲热，一幕幕清爽得很哪！相比之下，在此恭候的小小把戏又能算得了什么？"周得山嘻嘻哈哈真真假假地说着，更搅得乐和如坠五里云雾之中摸不着深浅……

看着乐和这种木呆样子，周得山笑得更厉害了：

"哈哈哈，我看你这可爱的呆相样子就特别开心哟！……"

说着，他拍拍乐和的膀子，摆个言归正传的样子道：

"看起来，跟你还真不好开玩笑的。我记得你从前可不是这样！是书读多了，还是那些无产阶级革命的文章看多了？告诉你吧，我也是刚刚从朋友家出来。我回家是必要走这条路，走别的路就要绕弯多跑几步。你倒是不应该走这条路，你可以走广场那边。看来，是你学到了什么特异功能，在这里等我的吧……"

"那倒不是，坐顺路车走这边过……"乐和看他一眼，继续说，"反正我都是要先到广场，然后进家门，随便哪条路都行！"

"条条大道通罗马。你说的不错！我本来想晚上到你家去的，说实话，尊夫人很叫人看不顺眼。"

乐和笑笑："你看不顺眼不要紧的，只要我能看顺眼就行了。她呀，刀子嘴，豆腐心。"

"是啊！你是快活赛神仙。天天在家吃小葱拌嫩豆腐，五香老豆腐干……"

"你看你，胡子一大把的人了，还是那么粗野，真不知你那合资企业的厂长是怎么当的。"乐和正了正脸道，"取笑我，对你有什么好处？"

"好好，不说笑话。"周得山抬手扬开手掌朝脸上一拍，顺势朝下一抹，也把那规矩给抹了出来，"好，不说那些，说正经事。不过，你说的倒也是对，青菜萝卜，各人所爱，强求是求不得的。我说老乐，许可把你喊了去，到底怎么样？"

乐和拍他一记，说："走吧！一路回家，我慢慢说于你听。"

两人一路朝家去，穿行在这条挤满了菜篮子和各种各样小食品贩子的窄街上。天出奇地闷热，没有一丝儿风。从人们身上大量喷吐蒸发出来的各种汗味和气息在拥挤的人群之间弥漫着，许多人一边抱怨一边却又使着浑身的解数硬朝里面挤蹭着……有个卖录音带的小店门口挂着两只高音喇叭，两个披着垂肩长发的男青年和一个剪着男人发型的姑娘，出色地运动着浑身露得不能再露的肌肤，随着喇叭里的歌声歇斯底里……

> 喇叭里的歌声并不差：
> 爱远去像是场暴风远去
> 消失匆匆叫心里不可考虑
> 错与对亦在甜梦中破碎
> 枯死的心凝住了没有泪
> OP：YA YA MUSIC

"这些年轻人的做法叫我很不理解。这种东西，早些年可是苏联克格勃研究出来专门腐蚀美国青年，制造垮掉的一代的。他们成功了，可也导致后院失火，让自己国家的青年一代垮掉了。改革开放，国门打开，也把这些东西弄进来……"

没等乐和说完，周得山打断他的话：

"你别老说看不惯。人家还看不惯你们呢。这么多年的封闭，人们是憋得太久了，活跃活跃也没什么不好的。你说，不让他们跳，让他们干什么？难道能再搞上山下乡？"

"那倒也不是……"

"你要晓得，他们这也是一种生活。你和那一老一少两个女人的生活世界里，能容纳他们吗？那种生活方式能代替他们的吗？都不能！你说是不是？每个人都有每个人自己的生活方式，是不是？就好像鱼是生活在水里，而羊却是生活在山上。海里的鲸到了湖里就会死的，沙漠里没有老虎只有羚羊，对不对？你说，这些买卖菜的人们，他们的生活内容是什么？你说，你看他们争吵什么呢？不过是少了几钱秤。十元钱一斤的鲜鱼，一两就是一元钱，几钱就是几角。为少几钱秤大打出手的，大有人在。搁你身上，你会不会呢？也许你想，值得吵吗？在家里给孩子吃一支花脸雪糕还要一元钱哪！那几角钱的少秤算得了什么呢？可人们不这么想。他认为他出钱买你的东西，依了你的价，你就得秤准量足。这是天经地义的事，老祖宗留下来的'信、义、诚'，做人的起码道理。而那些小贩，他们怎么想？他是绝不会有你那种想法的。鲜鱼本来就是在水里拿出来的，已经沾了水，他还想再掐点秤头赚点，做买卖人嘛，就那天性。你想，一个买主能掐下几角，十个买主就是几元，一百个买主呢？那就是几十元。马无夜草不肥，人没外财不富，这就是他们的道理。这一说，不就两边都有理了，那就要看他们的理争到最后谁是赢家了。偏偏这里又常常无所谓正义，你说为短斤少两扯得上正义与非正义、无产阶级与资产阶级、复辟与反复辟的大是大非原则问题吗？所以，悲剧就不断地发生……什么？市管会？你别指望他们，他们自己几乎就是不花钱到这儿来随便拿的，一天不多，十天许多，一个月的菜钱不就省下百几十元了，这是市管人员的肚皮账。你怨他们？他们的牢骚还特别多呢。我说个他们的顺口溜给你听听：'靠山吃山，看水塘吃王八，守着死人吃活人，没山没水，戴个袖章吃大街。'你听明白了没有？他们就是这些人中间的一员，可比起那号'一类人物公务员，吃喝嫖赌都报销'那又算得了什么？你说，这消费者、这管市场的、这买卖的，三者到了一起都各自想着自己的利益，丝毫没有一点忍让，你说，能不是一本好戏？"

"你这一说，倒使我想起一件事来了。上个月我们报纸的法制园地曾经登过一篇文章，就是说为少几钱秤惹了一场人命案。"

"就在这地方。就是那个鱼摊上，如今那个年轻的摊主，是你们报上登的那个被枪毙掉人的小舅子。你看他那样子，好像搭扣秤是天经地义！"

悲剧总是由自私点燃它的导火线。乐和想。他忽然想到了一个历史问题，一个被大家忽视的却是非常重要的问题。他想好好想一想，他觉得这地方倒是诱发他对这个问题深入思考的导线……

周得山拱拱他忽然说道：

"那边好像又有新闻了。努，就是那边。走，我们过去看看他们到底是怎么吵架骂街的。那个女人也真大胆，敢和他们顶啊！你说什么？那男人，我刚才不是说了嘛。就是刚才说的那个被枪毙的人的小舅子。都是这个城市里的。其实，这些人多数住在江边的破棚子里。从前他们连户口都没有，现在有的人还是没有户口，这也没有什么关系，并不影响他们发财。他们是完完全全靠共产党翻了身，如今改革年代，他们的发财机遇又是共产党送到他们家门口了。不知为什么，他们好像一点也不感激，总是寻事惹麻烦，搞得他们成了地方治安的又一隐患……"

两人说着，来到了一男一女吵架的地方。

这里已经围了许多人，大家都在看着他们吵，没有人上前劝架，偶尔有人给那女的帮上一两句腔。那摊主大概鉴于姐夫的教训而不敢轻举妄动，只是用他祖上遗传下来的骂街术朝四周喷射着唾沫……

女的用的是吴语，软软地非常好听，骂起人来的声音也像是在唱着一支《好一朵茉莉花》或是《美不美，太湖水》："侬自家说，侬少秤勿少秤？"

"你撑大狗眼看看，这条街上哪个不少几两秤？你为什么不找他们？你是不是就想欺负老子是不是！"

"侬少秤，勿找侬，找啥人？侬少了秤，呒啥关系格。侬道声歉，我伲也勿怪侬格。侬哪好格个样子骂人格？侬要是说勿少秤，你说出理由来沙？"

"放屁！老子没有你这种闲工夫在此陪你。你吃不起，就不要打肿了脸皮来充阔佬！阔佬是你这种人充的吗？狗婆子，你想叫老子给你上架吗？"

"上架？侬要上啥格架。"

"哈哈，不懂？老子告诉你，就是让你给老子睡觉！"

"侬侬侬侬……侬骂人？侬要晓得骂人是要吃耳光的。侬阿要勿要吃两只耳光呢？要勿要啊！侬说，侬阿要勿要吃耳光？侬响一声。"

"放屁！你让老子睡了，看老子会不会同意你来打我的耳光？"

"少秤，勿讲理！还要骂人，龌龊得听还听勿得。"

"嫌老子粗？细了你会快活吗……"

女的涨红了脸，说不出话来……

那摊主更得势了："老子靠你这臭婆娘那几厘秤，塞牙缝还不够哩！你还要找我麻烦，算你是遇上了我，好说话。要是换了我那姐夫，不把你那大腿根的肉玩腻了，再割下喂狗才怪！滚吧，你们这些王八蛋，也别都围在这里白看不花钱的戏，老子没必要请你们来捧场。"

围观的人群纷纷指责：

"太不像话了，少人家秤，还有理！"

"你这位阿姨，他少了你的秤，他还骂你，你就这样忍了？不能忍的！骂人是属于污蔑人，污蔑人就是属于侵犯人权，侵犯人权就是犯法啊！你可以告他的。叫他吃几年官司。"

"对，把市管会的人找来……"

"……"

那摊主把腰板子一挺，嗓门亮亮的喝道：

"谁去把那些狗日的喊来！我看他那狗日的，到底是站在你那边，还是听我的调遣？老子给你们这些王八蛋说清楚了。老子扣你们几钱秤就是喂他们的！喂条狗还能朝我摇摇尾巴，我就不信他连条狗都不如？除非他和你们一样都是只晓得张嘴吃饭的牲畜……"

有人问他："我们都是牲畜，你是什么？"

"我算什么？牛嘴边的草！咬你们血的蚊子，养肥自己再喂壁虎、甲鱼。你们把你们自己看得多高贵的？你看这女人，长得漂漂亮亮。压到男人身子下，是什么样子？在那些有权有势的人用权势作孽了她，她虽不情愿又只好背着自己男人让人家作孽，快活了还要哼哼哈哈。你说，你说上一句，她会怎么样？……别他妈的跟老子来穿得格格整整的说屁话！你在澡堂子里什么样，你以为老子不知道？你还有什么威风，有种的就到澡堂子里去抖！看你能抖出几丈的精巴，几个腰圆的雄壮！你们也许是瞧不起我。可你们得承认我说的是大实话！"

"这人嘴会说。"乐和道。

周得山一笑："棒槌子挂在城门上三年也会说话的。"

"他说的都是实话。要想叫他们不扣秤，先把那些管他们的人好好整治整治清爽。"旁边有人说道。

有人接腔："你这话是对，可你只看表面不看实质。就好比你家里有风吹进，你说把门关上，别让风把外面的灰带进来。你做得对不对？站你的个人立场上是对的，站大家的立场上看呢？风是天上来的，天上没有风，你家里才会完全没有风。灰是风带来的，如果没有让风刮走地上的灰，那风就会没有灰带着。你说是不是？有人到国外某个地市去考察，脚上穿的皮鞋半个月没有擦一擦，手摸上去，竟没有一丝灰尘。这为什么？道理很简单，人家环境治理得好！断风要先从天上断，治灰尘要从环境上找根本。用这原理来套你说的整治整治市管会的，你说应该先从哪里下手，才能从根本上有效果呢？"

先前那人连连赞同说，茅塞顿开，茅塞顿开！

这时，有个穿绸缎衬衫的人挤进来，朝那女的招呼：

"阿香，我叫你让阿姨来买菜，你硬要自己来。可好！这多丢脸。走吧！别再去惹他们了，少几钱秤才多少？有一元钱吗？就等于你掉了不就得了吗。免受气，免受气！走吧！"

那女的眼泪汪汪，泣道："侬还勿晓得，格拆白党骂起人来骨头眼眼里相都作痛格。勿好格样子走脱……"

"你说怎么办？他就这样子！就这说话腔，也不是真要骂你的。你喝过十几年墨水，人家没有喝过。不在一条起跑线上嘛！打死他也就这胎里出的次品胚子货，没治！算了算了。走吧！"

女的无奈，只好走。

那摊主一看这样子，好像灵魂受到谴责，马上弯腰从水中抓起一条活蹦乱跳的鲜鱼扔进女的手中那敞口的袋子："好说话的人，老子就是敬他三分！拿去，是我送你的，比你争那几钱够多的了……"

穿绸缎衬衫的男人立即反应过来："不要的！我们不要……"

"做啥事体勿要！他格钞票没捞捞，勿要白勿要。"

那摊主指着男的说："你这男人是个大丈夫，我敬你才给的。我不是给这臭女人的，你看得起我就拿走！"

"这是我的女人，你这么说话就不够朋友了！你要不要我告诉你怎么才算尊重人？"穿绸缎衬衫的男人说完，然后对女的说，"给他！"

女的不情愿地从袋子里捉了条鱼出来，扔在水池里。旁边有人看出来，捉出的一条比摊主丢进去的小多了。

摊主这回的脸，像被抽掉了血似的没有了声色。

大家看着那穿绸缎衬衫的男人搂着女的朝前走。

一辆轿车停在不远处，穿绸缎衬衫的男人和那女的走到轿车前，男的把女的搂抱进车里。

于是，围观的人中发出啧啧声："好气派啊，到底是坐小轿车的大款。他那个卖鱼的能跟人家比吗？也不先把自己的分量掂掂。"

"你看到他们走路上车的样子了吗？一准也是搅七念三来路不正的货。好好夫妻，哪家在大街上这样炫啊！正经的夫妻不会这样的。"

另一个说："如今新潮，作兴的。"

"啊呀！什么大款小款的。我认得他，是我们从前的街坊。七八年前靠卖盐水仔鹅发了家。他有老婆的。老婆是他瘪三时从另一个人手上拾来的，听说是打过几胎，又说是有一儿一女私生子。先前他没有嫌弃人家，那回子他自己一日三餐都没法混周全。后来发了，就嫌女人了，又把女人的那个私生女的肚皮搞大，如今就和那女儿在一块的。怎么又搞了一个苏州的？他这人呀，就不晓得满足，外面搭的几个女人都给他生了孩子。前一阵子电视里的什么法制节目上说的一妻多妾典型，就是指的他呀！"

好事者问："这女的是他的什么人？"

"新养的苏州百乐鸡（妓）啊！"

"喔！……"众人，恍然大悟。

乐和叹道："如今这些人活活糟蹋了一个好形势……"

"好！这就是丰富多彩的生活。你们看不惯？没什么要紧的，只要有人看习惯了就好！"周得山拱拱乐和，"你应该多看看我们这些普通老百姓的生活，别老去看电视里的。那是艺术加工！就好像一个农村的女人穿了洋人的衣裳，变成了洋婆子一样，是假的！只有我们来来回回的地方才有活鲜的真正的生活。我说你那小说就要上这里来找活的东西。你看那摊主，够味吧！你不在他的眼里，她不在他的眼里，管市场的更不在他的眼里，那个坐轿车来的大款，他一眼就看出来了，就服了人家。简单吗？挺简单。只有一个字能解释，那就是：'钱！'……"

乐和说："你对问题的看法还真有独到的见解，你的气质也不同于那些工人。说实话，让你在工厂里实在是一种浪费人才的做法。"

周得山乐了："你没听说？'年龄是个宝，文凭也重要，实绩做参考，后台最重要。'可惜你不能当人事局长，要不，我还真能有机会高升的哇。不过，在工厂没什么，许多大人物都在工厂待过的，那可是一个真正有意思的世界。邓小平落难还当钳工，你又不是不知道的。"

"我是说你，你身在工厂却关心着社会以及周围的一切。这是一般在工厂里的人能做到的吗？比方说你收集的那些民谣，多有社会意义。对了，你也是邓小平式的人物！总有机会复出的。"

"那倒不见得。如今的人，谁也比不上邓小平的，伟人与凡人总不在一条起跑线上，参照系数不同的。要说工厂，其实你不上工厂，当然不知道如今的工厂！工厂无大小，都是社会的缩影，一滴水能反映出太阳的光辉，一个工厂就是一个社会的样板……你还记得那首《革命小酒天天醉》的顺口溜吗？‘革命小酒天天醉，喝坏了党风喝坏了胃，喝得机关没经费，喝得夫妻分开睡。老婆告到纪委会，纪委书记很干脆：该喝不喝也不对，我也三天两头醉，家属天天掉眼泪。老婆告到人大常委会，人大主任笑哈哈：我管立法不管醉，此项开支已列入预算内。’工人们对这些顺口溜的流传是最来劲的！也说明他们对社会风气变坏是密切关注的。我们那位看大门的师傅竟也编了一曲，顺便也说给你听听。‘看别人走后门，别生气；自己没后门，别丧气；咱看大门也有财门！’你说这妙不妙？……"

乐和赞同地点点头，深深叹口气道：

"是啊！这正应了一个民谣的谶，上梁不正下梁歪，中梁不正倒下来！好了，我还没有需要收集这些民谣，一旦需要的时候，我会首先去请教你的，对不对？我们走吧！"

"听说你们家那位小姐的才学很是深的？我想就民谣问题专门向她请教。"周得山说，"我也想写点什么……"

"你工作那么忙，能有时间？找娜娜给你查点资料什么的是没有问题的。要说同她讨论什么问题，你得做好准备。别露馅，让她看出你的底！她可是厉害角色。你说民谣，她一会儿就会找到许多历史上的例子。比方说，北宋将亡时，汴京流传什么民谣。老百姓恨谁就会出现什么样的民谣，从前是不是叫民谣？我好像记得是呼作‘儿谣’的，而且不像现在这样露，都带有谜的色彩，有回味和猜想而不能一念就白。具体的，我也说不上多少。改日你来家同娜娜谈吧，我让她先到单位找些资料看看，做点准备。"

31

两人朝家的方向走去，边走边聊。

"你的为人我很清楚。同谁都是，酒逢知己千杯少，话不投机半句多。退休后来往的人还多不多？还有几个谈得来的在来往？"周得山问。

乐和说："要说谈得来的人，在家中就只有娜娜。她妈妈是我年轻时的恋人，我们各自分手背朝背向前跑步去转了一个大圈，现在还是回到一起来了，但在思想上和对一些问题的看法上，没有办法能统一起来。到这个年龄的女人，心目中就只有家和生活。你知道吗，女人一生中最富有浪漫情怀的时期是姑娘时，这一时期却也是她们一生中最有思想的时期。遗憾的是，人们几乎就没有重视并加以挖掘，只是注意着她们的美貌。她们一旦被家和生活磨去思想后，她们就是完完全全的家庭主妇了，有些人不同的是有个工作的外衣！女人如果能永远保持着青春的活力，她也许就会永远记住那种思想，永远保持着那种可贵！她们中的许多人将比男人们更富有统治世界的能量！可惜这种知识女性中的大多数人都是可悲的，她们很快就被爱情的甜言蜜语和平庸的婚姻所淹没……你和她们接触时，没有深入地体验到她们的这一个领域，所以体会当然不会深的。"

周得山说："那倒不见得。据我的观察，工厂里的女工大多数就是脑子里挂着丈夫、孩子、家。其实，这也没有什么不好的。一个人到这世上来一趟也不容易，好好生活当然是主题。我说老乐，你除了家中那两个女人外，外面谈得来真没有什么人了吗？女的也没有关系的。这大街上说说没有人会盯我们的梢听你的壁根，再去向那两个女人献殷勤，打小报告的！"

"怕谁听壁根？没有人来注意我们的，我们又不是什么重要人物。"乐和瞟一眼路边蹲着卖白兰花的姑娘，轻轻叹息一声，说道：

"外面谈得来的人，现在可以说只有你了。从前倒是有个谈得来的人，可惜他英年早逝！不晓得你认不认识他。"

"他是谁？"

"是谁已经不重要了。我一直记着他，是因为他曾有段时间在我们单位食堂带伙，我们常常在一张桌上吃饭。他不轻易开口。开口说出来的话都非常富有哲理。他对历史问题的见解是我接触的人当中最有独到见解，表达形式最精辟的，也是最独特的。比方说，他提出一个问题。问我为什么封建王朝在中国总是一朝一朝地更迭而没有能把中国的社会向更高层次推进？我当然答不了。他却能说出一大套的道理，当时说那些道理还有许多的禁忌啊！他相信我，对我坦诚相待，无虑无忌。而我，一个曾经被打成右派，几十年被歧视的人能在这人生的最后光阴中扮演一个丑角吗？当然不能。他也知道我不，所以我们的交谈就注定了它的非同凡响。于是那天，我们就着一小碟卤汁豆腐皮，两斤陈年老黄酒，慢慢地喝着。那是一个春上多雨季节的下午，雨是细细的，到处都是湿漉漉的。他的话也就有了许多的水的滋润、水的黏涩！但都和着陈年老黄酒全部注进我的心里。他说，中国的危机从古到今都是来自农民。农民因为灾年和负担不起苛政杂税，引爆了造反，这是一种典型的反抗！这种反抗到了危及朝廷之时，如果有知识分子在农民的造反队伍中，这种造反将由简单的为生存吃饭造反，一下子提高到面对旧王朝宣布取而代之的高度！朱元璋有了刘基，他听从了刘基的话就建立了明王朝。而李自成因为没有听李岩的话，便失去了建立王朝的机会。建立王朝后，他们首先要做的事就是把土地由旧王朝手中拿来重新分配。农民重新得到土地，新的土地主产生。这完全是一种旧形式上的重复，丝毫没有新的认识机制，也就根本谈不到将整个社会提高一个档次的高度。若干年之后，王朝内部一方面是如前朝。依靠官僚搭成从中央到地方的政府机构的骨架，由各级官僚指挥军队和带领办事人员（吏）执法掌权，从而形成巨大的官僚机构来维护封建王国的统一。王朝内部有时有的所谓变化，也不过是唐朝的督使，再也没有新的花样。而官僚主义却用鱼肉百姓的肥源腐烂了那个原本由他们自己精心搭架起来的骨架。另一方面由于靠君王的自我抑制式人治，国家机制得不到长期的政策保证，却受着一种'随心所欲'的摆布。国家机制的健康便从最初王朝建立时的状态慢慢走向前王朝毁灭的泥淖，前王朝腐败的恶果再次危及农民。前朝的危机以新的外表、不离其宗的核心出现。依旧是负担过重的农民再度起义……这就是中国的历史。虽说有些朝代不是农民当皇帝，那只是因为农民中的优秀者让位于能够成王者！……"

"你说得非常对。现在也未必是人人都明白这个道理。"周得山忽然问，"那天在你家，娜娜好像也是说的这种理论啊！是不是你……"

"娜娜的历史认识观并不落后，这当然与她过去认识一个人有关……"乐和本想说娜娜与他所相知的人是同一个人的事，但还是忍住了。他接着自己刚才的话题说下去：

"现在农民种一亩地要上缴的钱是地里收成的好几倍，这样下去，谁能保证不出事？有的基层领导简直就是土皇帝，甚至打死人也像平常事似的。不过，他后来说的话，我觉得是需要鉴别吸收的。他说，为什么我们会出现反反复复的封建主义怪圈？是因为没有资本主义。他这话，我倒是不一定赞成！但他说的西方使农民摆脱土地而走向工业，留下的农出形成大面积的集约经营，农场主式，这是值得我们深思的。封建社会的变法之所以无法成功，我觉得关键是他们没有冲破原有的思维定式。老周，他的话我觉得现在更值得我们深思！"

"我看你成了思想家了。"

"那倒不是。主要是我很赞赏他的观点，所以我们才谈得来，才能在许多问题上有一致的看法。一有机会当然就想多交换些各自的见解，我想这也是正常的。他后来就把话题扯到了明代的资本主义萌芽上。他认为那是一次历史的沉痛教训，明代资本主义萌芽没有促进中国历史的进程，而是加剧了明王朝更朝换代的演变。当时的要害实际上是将资本主义中最落后的东西，即个人主义私欲，首先膨胀了明正朝政权的裙带。全国上下经商风盛行！官思贿赂，民思黑钱！有权必腐，极权极腐。国家和民族的利益没有人关心。'武将不惜命，文官不爱钱'没有人再提了。这样的景况，国家怎么能好？努尔哈赤能成功，相当大的程度上就是借助了明王朝的腐败！清兵入关，留头不留发，留发不留头。其目的虽然有宗教原因，但也不能排斥努尔哈赤对明王朝贪官污吏现状和恶果的恐惧！有位历史学家说努尔哈赤是憎恨中国封建官僚主义的，可惜他是站在封建王朝的立场上反封建王朝，没有能跳出他那个历史悲剧的旧圈子。他也根本跳不出！中国的封建官僚主义有着根深蒂固的基础，直到今天，我们社会的主要弊病还是那个封建主义加官僚主义相结合的封建官僚主义在作怪。它是一种完全落后的意识，与国外的封建官僚和现代官僚都有着本质上的区别。因为中国的官僚主义者的文化与心理素质比较低，甚至愚昧落后。这就是中国官僚主义的封建特色。努尔哈赤是看出来了，可惜他只是感觉和察觉到，自己却没有能力解决。其中最重要的原因，还是上面说的，他没有办法站到全人类的高度去认识！缺乏整个人类高度的观照是有作为的封建皇帝没有尽职的最大的最遗憾的悲剧。那个悲剧没人总结，没人敢说。为什么？因为怕有人给他扣上借古人贬当朝的帽子！中国的社会体制在相当一个时期里是钳制政治，顶峰应该说是清王朝，得到发展的是民国时期。对人民用的是钳制政策，对自己用的是腐化享乐。罗素早就说过，对于一个社会组织来说，其存在的先决条件是其成成员对它的信任和支持。人民看到你的官员腐败而人民却没有思考的权利，这个政权怎能不垮？一种信仰，不仅仅是用来愚弄百姓，而是真正的一种团结上上下下左左右右里里外外人的思想旗帜！就是一座人们心中的塔。这才有希望，然而，塔总是有倒的可能的。我们的办法是要维持它不倒的时间，而不是说竖起来它就是永远不会倒的！世上没有永远不倒的塔，只有不断维修保护而使它不倒的塔！……"

周得山听得非常入神，高兴地说："没想到，那家伙的水平不低啊！别人怎么说我可以不管。我觉得他说得很实在的。"

乐和看看路边的行人，说："所以，我很佩服他的。他还说过一种理论，他说古往今来多少人对私有制大加讨伐，谁能说这些不是正义的呼声。然而在彻底铲除私有制建立起国家所有制后带来的竟是更大的悲剧。制度上的这种彻底决裂和全新超越破产了，富有成效的创新恰恰是以私有制的传统为框架、为出发点，以所得税、遗产税等制度削弱私有制带来的不平等。他说，这种新的认识就是对封建王朝更迭悲剧上的新见解！他说，由此而达到物质与精神两重的文明进化，才有可能实现那些理想家们为之终生奋斗的目标。这话非常实际，可惜在几年前没有人听，更没有人重视。以致使这样一个重要的民间理论家被不应有的病魔活活折磨死了，死的时候才二十八岁。虽然他有一位女友，他们也有过性生活。但还是分手了，如果他结了婚也许不会那么快地死去！……"

周得山突然想起了什么地问：

"你说的这个人是不是从前在一家机械厂的？"

乐和点点头。

"啊呀！那个人不是在市里作为自学成才典型作过报告的吗？我见过的，一头的黑发谢顶了。那人的才气真正是要不得的。后来好像被人批评了，不知为什么？再后来就没有再听说过……老乐啊！你能和这样的人做做朋友可是好事，一辈子受用不尽的！对自己的水平也是一个提高……"

乐和走路的步子明显慢了下来。他几次望着周得山的脸，想告诉他这个英年早逝的年轻人和自己有着一段非常不寻常的交往。如果他当时不建议搞那个座谈会，她会与他见面吗？他们不会见面。他和娜娜的友谊说不定就会一直保持下去……娜娜说是她赌气扑进那个年轻人的怀里的？是吗！那么，真是我的原因而使娜娜离开了他的？不！完全不是。是那场可怕的大辩论！把他推到了一种可怕的孤立地步。他哪里知道，在中国是不适合搞社会大辩论的，几千年养成的幕后往上递奏折的方法怎能一朝一夕就消失？……现在，在那个家中的人是真正的不晓得他的后来呢？还是故意编造了那个他已经结婚了的故事！乐和想起女人说的话，他想，也许娜娜真的是和另一个男人……想着，他又摇头笑了，这种事谁又能说得清啊！

乐和还是想起来了，再过几个月，又是他的忌日了，他想去看看他。

周得山并不知道乐和在想什么。

两人刚才说话说得很热烈的，现在突然默默无声地走着，周得山有些不习惯，不高兴地问：

"老乐，你和那女人散步也是说话说得很高兴的时候，会突然刹车沉默？"

乐和也意识到自己的失态了，看着他说：

"我有时一走神，会这样的。你不要见怪就行了。"

"我不见怪。我们多年不见面，现在，我真是觉得你有些变了。但本质没有变化。哎！我们去那边看看铁塔如何？"

"马上就拆掉了，还看什么呀！"

"那边看看，然后到我家来点陈年老黄酒，怎么样！没关系，那两个女人以为你在国宾馆里吃山珍海味哩！怎么也不会想到就在我家中的！"

乐和说："她们不让我在外面吃饭的。说是不卫生。哄她们是不行的，那个许可马上就会告诉她们的。去你家看看可以，吃饭就改日吧！"

走了一段路，乐和倒是想起了小庇，提出来去看看。

"他家中铁将军把门，看什么？女的在北京还没有回来，估计是怕杀人灭口，不能马上把她放回来。小孩？她和小庇在这里都有亲眷的，你替人家愁什么？有精神还是好好烦烦你那铁塔吧……"周得山说。

32

说着话，两人走到了通周得山家的那条马路上。突然，两人都同时站住了。大家不约而同地看到那个屋顶竖了铁塔的大楼底层，有人正在推倒临街两间大屋的墙壁。"他这是做什么？"乐和问。

周得山一眼看出来了，说：

"一准又是破墙开小店。你看，这临街的一边底层就只有这几家没有打通开店了。本来这条路是很背的，也很宁静。不知谁想出了个坏主意，在那边先是开了个订牛奶的小店。没几天，订牛奶的小店又成了小吃店。怪得很，这小吃店的生意还特别好。你说怪不怪呀？居委会看了眼热，就在这个围墙上拖了三间坡屋搞出租。这一间是做面食的，早上的生意特好。那两间是做衣裳的。小裁缝肚里有文墨，写了副对联在店里，那对联说，'裁天上云裳服，作人间锦绣衣'。你说他的气魄大不大？他们发了财，别人也都一个个的眼馋起来，个个争着学样。你看这一位，他把这屋的墙打开，可曾想到，这一来要威胁大楼的整体安全。天晓得是哪个马大哈同意他在这地方开店的？……走吧，我们过去看看。"

说着周得山招呼乐和一起走过去。

两人刚到近处，这店未开，主人已经先有，迎将出来，见是周得山，都是认识的。从他对周得山说话的表情来看，似乎还拘着些礼貌。大家闲盐淡茶东巷长西弄短地乱扯一阵后，主人的情调放肆了许多，对周得山没了尺寸，说：

"老周，我这店开了以后，你招呼你们厂里的人来。我一律八五折优惠！现在行合资。用那牌子吃国家的空，没有敢哼哈的。"

说着，就将中华烟直扔过来。

周得山接了，把左右耳上都夹满，见他还撒，便又把扔给乐和的那支接过：

"他不抽烟。正保护身子练长寿秘术，你想坑人家也不是这样的坑啊！老乐，我说的是不是？"

他笑嘻嘻地朝未来的店主开着玩笑。大家又漫天画瞎地扯了一阵子。主人这才正了正脸面问道：

"老周，你带这位同志来有什么事？是想敲两个还是募几文的？没关系，都是家门口的，只要你胳膊没朝外拐，怎么说都成！"

听话听音，乐和心里明白，这未来的店主不仅精明谙熟世故，也不是盏省油的灯。他连忙主动解释说："你别误会。我和老周是多年的朋友，来他家玩的！"

对方仍不理会，竟更放肆了，对周得山说：

"小子，你别蒙我。你家的哪个亲朋好友我不知道？他们谁长六指头谁是长嘴舌，我都一一数得过来。告诉你，我刚才看你过来的神色就不一般。不过，我给你说清爽了，为女儿就业开这店，我可是花下去好几万本钱了！开业要的所有证件是不缺一份……"

"嗨！看你这熊相。当年的那种气派都上哪儿去了？"

周得山说着话，手就上去拍他的背，他一千二百个放心发大财：

"人啊，还是穷好。穷人有大方。你看，这财还没有发却已经疑神疑鬼担惊受怕了。告诉你，不用怕！你要是想弄点广告为你的小店搞搞宣传，告诉你，你不用花那冤鬼钱，我这老兄给你来篇文章，分文不取，你老太爷的名声又亮响出去了，钱也省了，那是多好的好事？怎么样！……"

"嘿嘿，你是饱人难知饿汉饥，痴婆床头打草结。你要是也去经历一下这场想也不敢的'梦想成真'的过程。我看你，还没我这精神站在这里说话！"

看来，未来的店主还是不相信他们。

"你这鸟人，放着人走的路不走。要鬼来牵你，你就跟着跑了！没出息的东西只有你！你可以蒙天下人，难蒙住我。给你说白了，你说，你搞这些证件到底玩了多少名堂？"周得山有意刺他的痛处说话，说完后便直朝乐和挤眉弄眼。

"他妈的。从前胃口还好点，两条烟就能盖到一个章。这回说搞廉政，把办事规则上了墙，你去问，人家说墙上写着，你自己看。然后把报告朝抽屉里一摆，放那里慢慢等，两年？一年？两个月？两星期？还是明天？没准！他们也说不准。反正你得每天去跑一趟，一天不去，你的前面就多出许多张，全超你前面去了，你还没地方去说个理的。还只是一个章，你就得把腿跑粗肿了，腹肌练得能绷断铁丝！别的章就更不用提了，要多少颗？我是免了几颗，才十七颗！……"

乐和觉得有意思，问道："你开了后门？"

"可不，你看，你看。麻烦来了！我这回告诉了你，你再去给别人一说，往后我还怎么去找人家？还有我的好日子过吗？"

周得山说："我们随便聊聊的，谁去做那小人啊！"

"那倒不一定。前面李家的电话，有一个月他们全家都不在家，回来时却要他缴三千四百元电话费，他只是说了几句话。现在好，电话有等于没有。北京来的一个重要电话，说了一半，断掉了！问电话局，人家说，你去找人提意见啊！你还可以上法院告！他还幸亏没去提意见，只是嘀咕了几句！嘀咕也不成。是的。如今就这样。什么？告。告谁去？那电话局又不是哪个私人的，谁怕你告？吃的共产党饭，你跟电话局打官司，就等于同共产党打，他电话局派个人作为一项工作来对付你。你呢？你有那精力陪他耗吗……"

两人没了话语。你看我，我看你，大概都忘了来意。竖着耳朵听这位未来的店主发牢骚："你看电视上常有领导下来视察。我就弄不懂，他们下来，前呼后拥，谁给他们说真话？就是到普通百姓家，也是自己挑的？呸！下面那班人弄好了圈套给他们跳！假得很。什么都假得很啊！报纸上有人写文章说，越到上面越听不到真话。这话我信，要不是那个样子，刘少奇彭德怀还会死得那么惨？从前皇帝都晓得微服私访，现在的人怎么就光听下面那些人睁着眼睛说瞎话呢？难怪有顺口溜说，'坐着车子转，隔着玻璃看，中午吃顿饭，拍拍肩膀好好干。'好了，就算我发发牢骚吧。我放屁再臭，就算臭了一条街，也只是一条街，不会危及国家安全，你说是不是？我开这店，是不想有多少指望的。那个读书读不上进的女儿老大不小了，开个店，让她自己养活自己，能多赚点钱就做她日后的结婚嫁妆……"

乐和点点头："应当现实一些。人就那么一口气，说长长到九十八岁还能在床上拖着不去。说短短到今天不知明天是在家里还是在火化炉里。不过，你为女儿也不能想得太短！"

"你是说……"

乐和指指头上说："就在你的头顶上竖着这沉重的铁塔。你不是等于在一块大石头下放只鸡蛋吗？它可说不准什么时候啊，也许等不到你女儿把本钱赚回来，它就不高兴地来那么呼啦一下……"

"没这么快的事。再说，这几天就要拆了，我打听实了！你想蒙我，还差个档次。我租的这房子是一位老干部的，他有好几处住房，九个儿女平均过来，不算多占。他实惠，在台上时给每个儿女各弄了一套宽敞的住房。下台后，儿女们沾不到老子在台上时那种有权有势的光了。其他一些孩子还可以混着，老大受不了，他又不愿意受人家气，自己跑到南边去了。去那儿也是靠的老头子一个老战友，这些人不比我们，没靠山可是寸步难行，现在？当然好了，把全家都迁走了。这儿的铁塔一竖，老头儿赶紧搬到大儿子那套空房子里去住了。这是我向他租来的，当然要给租金的。不算贵，每月才一百二十元。我说的早，要是这两天再说，大家都知道铁塔要拆，五百元一个月都难说下来！他给公家房租多少，我不清楚，大概几元钱一个月吧！……你别眼红人家。那老头儿也真可怜了。现在要个车都不顺当，他告诉我，一个月的工资还不够给那些去世的人送花圈。他们那班人都到年龄啦！每个月都有好几个走的，他从前是副省级，现在能连个花圈都不送人家？……"

周得山打断他的话："我总觉得你办了一件蠢事。本来这楼上竖了个铁塔就够危险的，你在这墙上这样一搞，加速它的倒塌……"

对方大手一张，朗朗笑道：

"你晓得河边的蔑雀雀吗？它们就是生活在河边的芦苇丛中的。它们的窝用自己的羽毛编成非常精致的巢，用羽毛撕开的绳线把巢扣在芦苇上。我小时候就喜欢去江边芦苇丛中找蔑雀雀的窝，好找得很，只要看到上面有个好看的球，你把芦苇折断，那球就掉下来，蔑雀雀的蛋和小雀就抓到了。你说，它们为什么要把窝弄在芦苇上？就算我们不去捉它。风浪也要把它吞没的。而且芦苇是一年一枯荣！风浪不吞没它，秋天的风也把它的窝给毁掉。这为什么？你说说看！老周。"

"我从前怎么没有看出你有这么诡辩的才能？"周得山说。

对方朝乐和问：

"你说说看，这是诡辩吗？我说的是一种事实。老百姓生活的方式！你说，这铁塔拆与不拆，你我说了有什么用？我们是小百姓，小百姓就是只管自家门前雪，休问他人瓦上霜。蔑雀雀晓得危险吗？晓得。它的祖宗认为在芦苇丛中比在树林里好。可以减少许多的担忧，它们那么小，在树林里除了成为别的动物的食品外，自己生存的能量也太小。在水边，面对的敌人要比树林里面少得多，只要防止水兽就行！食物有的是。要生存就先适应环境，而不是环境适应你！它们的祖先就这样适应了环境，把它们的生育时间和生育能力都改变了……你别这样，你用这种眼光看我，我不舒服！……"

乐和说："老周，他说的很有道理。你应当让他说下去。"

"你说这话就是我的知音了。我在这楼下开店。我不知道铁塔要塌？我不知道我女儿的命危险？一把屎一把尿把个肉球蛋蛋出落成人见人贪的大姑娘，容易吗？唉！人该什么命就什么命，犟不了的事。我也没法真知道它哪天就会倒下来,哪天就拆了!我也不能等它拆了再来。前面我已经说过了,到那时,我也就租不起这房子了。它若倒下来,我还来干什么?我就在它没有拆时来,没有倒时赚钱。能赚多少就多少,而且要用种种手段比别的店更能吸引顾客。这样,就是它倒下来,只要人不死,那有什么不好?就算人死了,也没什么。如今的人,太多。留下那些自以为是伟人的人,让他们去称霸世界打天下,发狗屁宏论搞得世界昏天黑地。我们小百姓没有什么可以顾虑的,多几个与少几个,不见得就会满街是光棍,遍地都是没男人好嫁的丫头片子。小百姓就好比蚂蚁,多与少有什么关系?……"

"世上的事,要是拆穿了,都没有什么意思的。美国总统好当不好当?全世界都风光。可他要是看中了一个漂亮的姑娘,两人上了床。他就没好日子过。唐玄宗风流,可他也要面对'爱美人还是要江山'的选择!人活着都是这样,大有大的难处,小有小的快活。说不尽,道不明……"周得山感叹道。

乐和笑了起来:"老周,你怎么又从对立面跑到他一边去了?"

"是吗?哦……哈哈,哈哈哈。"

"哈哈哈!……这叫,天不遂人意!"那位未来的店主说。

乐和想想也是,自己不就是在这危塔下想逼迫自己加快那部长篇小说的进程,早日把悬系心间的结都吐出来的吗?这就是我们的生活,这就是我们面对生活的选择。舍此,我们还有什么更好的选择呢?乐和忽然想,怎么又回到了几天前的思维上来了呢?

在大家分手时,那位未来的店主悄悄问周得山:

"你这位朋友是不是那边楼里一老一少两个女人的?……"

"你才看出来啊?你这笨蛋!"周得山摆摆手示意他不要再说下去:

"别小看人家,他是有身份的!我是说他的学问,不是两三个省长可以抵的。你尊重人家些。"

"只要你们不是给我倒帮忙,我心里就踏实!"

"当然是。"周得山说。

33

乐和回到家中,女人正弄好了晚饭。

吃晚饭时,大家说起了那个乔子白。

女人把一块鸡肋骨啃得像饿狼嘴边掉下来的羊骨头,雪白雪白,她还舍不得扔掉，放在牙床上用劲咬开，吮着那骨头里的髓汁，一边问：

"你说那个乔子白？他会占卦？那一定会看手相、会相面。老乐，你怎么不让他给我和娜娜看看？"

"看你，快吮！那头的油都淌出来了。你还是那脾气，见风就是雨。人家是高级的外宾，真人不露相，不轻易给人看的……"

乐和说着，夹起一块土豆放在嘴里嚼着说：

"我总觉得这个乔子白很面熟的。"

娜娜说："妈，你别看这种人来头大，说不准就是假的，来骗钱的。"

"外国人研究《周易》比我们能干，据说已经到了炉火纯青的地步。老乐，你说是不是？你在报社，信息比我们掌握的多……"女人仍不放弃她的念头。

娜娜把嘴一噘，不满地打断母亲的话说：

"你已经说了那么肯定的话，还要叫别人给你捧场。就像从前'文革'中，毛主席说了话，林副统帅再举小红书说，'最高指示，一句顶一万句。'……"

女人笑着对乐和说：

"你看、你看，我自己生的女儿，就是这样处处同我作对来的。这是在家里，这是你叔。你叔就是你父亲！你这样说话，他不计较。换个人也这样吗？你到人家做了媳妇也这样？你、你叫我怎么放心让你出嫁！"

"哈哈，那不正好吗？我就是不想出嫁。"娜娜看看乐和，扒口饭在嘴里细细地嚼着，故意把小巧好看的上嘴唇噘得天真气忒浓的样子，说：

"妈，我要纠正你一个重要的常识错误啊！你不会有意见生气的吧。"

"什么错误？"

"你说他是我叔，你又说'你叔就是你父亲'。对不对？"

"不对？！不可以吗？他现在是你的继父！这总是事实吧，如今退休了，就在我们家和我生活到最后离开这个世界。你叫他爸，也是可以的。你不愿意叫。我也觉得有些不适宜。所以让你喊他叔。不对吗？"

"你犯了逻辑性错误啊！首先，他这个叔是一种社会学意义上的'叔'，就像小朋友们喊'解放军叔叔好！'一样，不是事实上的血缘关系上的叔！他和我的生父没有任何血缘上的连续性。我的身上没有他的任何遗传基因。……"

女人把手中的鸡骨头扔在桌上，吃惊地睁大眼睛看着乐和，然后又望着女儿，脸色惨白，嘴唇颤抖：

"你、你你要……你要干什么？娜娜，你是个家庭出身高贵的女孩子，你受过高等教育，你不是那些街头上的'职业妇女'，你不可以乱来的啊！什么事都要考虑到你的名声和家庭的荣誉。娜娜，你这小丫头的脑筋是哪根神经搭错了呀！真让人急煞了。老乐，她的这些怪念头跟你有关系吗？你不要说话，我想，没有你，她不会是这样的……"

娜娜把空碗一推，站起来说：

"与他无关。你别什么事都要把罪过扯到他的身上去。他不是你我的替罪羊。我也没有做出叫你急得跳楼上吊的事，我已经快三十岁了，我的生活我会自己处理安排的。你说你找那个乔子白来，看我的面相，他能看出什么？要是他看了以后说的与你的想法相反的话，你是听他的还是把他撵出门去？……"

说完，她跑到卫生间用湿毛巾抹了抹油嘴，穿过客厅时，头也不朝别人扭一下，径直回自己的房间。接着，房门"砰"地关上了。

女人伤感地对乐和说：

"我是前世作了什么孽？修来这么个宝贝女儿！老乐，你说说看，是不是她和那个小伙子闹翻了以后带来的后遗症？唉！人家说得一点也不错，女大不中留，到了这年龄不出嫁就会心理变态的。这不就是变态的表现吗？"

乐和说："你也不要这样说她。我总觉得你和娜娜之间的问题似乎少了些交流……这是我的感觉。有些东西，我不便这样说。许可来了没有？他没有来过。他会来的。他对我说要来的，看出来，小伙子对娜娜还是挺有好感的。"

"那她在给我们演什么戏呀？"女人有些费解了。

乐和吃惊道："怎么，她说他不来了？"

"说倒没说，但她已经明确地说自己不愿意同他来往了。"

"怎么可能呢？别急，我来问问……"

乐和吃好了饭，收拾桌上。

女人站起来说："你去阳台上走走，我来。"

"还去散步吗？"

"你问娜娜。最好叫她也一起去。"

"嗯！——"乐和应着就去轻轻敲娜娜的门，"笃笃笃……"

里面没有声响。

"娜娜，是我。"乐和轻声说道。

门开了。娜娜的脸色有些难看，她看着乐和，欲言又止。

"你不舒服？"

她摇摇头。

"下去走走，散散步？"

娜娜没有反应，只是把手从门上懒懒地垂下，当着乐和的面脱了衬衣，袒出她那丰腴的只留着乳罩的胸部，也不看他，顺手从门后取下件衣裳穿着，问他：

"我们俩去？"

"等你妈。"

娜娜就坐在沙发上仰面躺着，呆呆地望着天花板不作声，

乐和坐下去，问她："刚才还好好的，现在怎么了？"

"你问她去！我弄不懂，我真正地弄不懂。她这样极力把我当滞销商品推出去是对我的终身大事负责任吗？你说我们不同于一般老百姓家。你说让我有自己选择的自由。可实际上呢？……"

乐和轻轻舒了口气，说：

"娜娜，这些事可以好好说的。你们动辄这样剑拔弩张，叫我怎么办？我连站在中间当你们俩的箭靶都当不成！"

"当然不成！你是我妈的情人，你得站在她一边。可我知道，你心是站……"

厨房里的女人冲出来：

"好啊！这回我听到了，你说你们俩自己说……"

乐和站起来，迎着女人问："你听到什么了？"

"娜娜，你说什么话了？你说清楚。"

娜娜说：

"我没说什么。我只是说，他心里并不是完全赞成你的做法！"

女人泄了气，连连问：

"就说这个？就说这个的吗？……"

"你说，她还能说什么呢？"乐和问。

两个女人都不作声了。

乐和没好气地说：

"我看你们两个人的神经都搭错了。看你们这样子，我真想一抬腿出门再也不回来。我一走，你们俩非得天天吵架不可。没错的，我看出来！人家说，多年的父子成兄弟。为什么就没有多年的母女成姐妹？怪！真是怪。现在我才知道，这中间有个不能成姐妹的因素……"

母女俩不约而同地问："什么因素？"

乐和用一种调侃的神情看着她们，故意把情绪弄得甜美美的，好像他的手中拎着一只大容量的取暖器，硬把屋里令人瑟瑟发抖的寒冷沉闷的气氛给顷刻之间融解掉了！那两张冷漠表情的脸，先从眼里有了生气，有了亮色，然后渐渐膨胀起来，出现可喜的悦色。他发现那两张不同色彩的嘴唇都在同一时间

里欢乐地蠕动着，这种蠕动是不可见的。他更清晰地看到娜娜从自己身边转过时，那粒不知何时滚到她嘴唇上的泪珠，把她唇上柔软的汗毛放大了好多倍，那汗毛就在泪珠里面随着颤动而滚来滚去……而女人的嘴唇则赤裸裸地朝他喷着渴望一吻的信息……

两双眼睛都在问他，要他答复。

他却说出了另一句话：

"散步去。"

两个女人扫兴地垂下了眼帘，但又说不出更好的理由来。也许她们各自都想让他私下单独告诉一个只有她自己单独知晓的秘密……

大家一起下楼，走到楼下，女人想想还是憋不住地说：

"你这个乡下人，总是玩老农民的那种狡黠，耍小聪明……这有什么好处？除了说明你是典型的农民，还能有什么呢？"

乐和看看她，说："是吗？"

"从前你可不是这样的。那时候，你很潇洒！一点也没有乡下人的那种土气。你谈吐举止有风度，连老赵都说你浑身的贵族气。要不然，我怎么会看上你这个打杂的？……真正地想不透，人还会变得这样的。一定是你从城里下去以后，那个胖姑娘把你调理成这样的……"

"是吗？"

"你用这种眼光看我？我不喜欢！"

"是吗？"

女人脸有愠色：

"你是陪我们散步还是给我们找气受。阴阳怪气的，什么'死马'、'活马'的！你是越来越不像话……"

在一边看相的娜娜却插进来说：

"你身上的土气要比那个人身上的市侩气不知好到哪里去呢。我宁可天天闻土气，也不想一秒钟和市侩气的人在一起。"

乐和明白，娜娜这话一箭双雕，是对许可没有好感。

"……虽然我也不喜欢农民。你知道，那天我还对人家大放厥词说农民的坏话的。但我喜欢农民的朴实，我憎恨城市人的那种虚伪……"

乐和打断娜娜的话说：

"我希望我们大家都不要忘记。农民是我们的祖宗！一切城市的东西都是人创造的，人也可以毁灭它。而只有农村的一切，你无法毁灭！人可以离开城市生活，但你却不能离开农业。农民地里不种出吃的来，你饿着肚皮，什么思想和主义都不会有……"

女人不高兴地打断他的话说：

"没有让你来同我们讨论什么农民和城市的大理论。我只是想松懈一下自己劳累一天的身子……"

娜娜好像来了情绪，她不满地说：

"我们这样走着，也是散步。一边谈论谈论，有什么不好的？你要是不想参加我们的谈论，你就独立大队去……"

"你……"

"娜娜，你不该这样对你妈妈说话。"

"她不自觉。"

女人想发火，不知为什么她没有发火。大概她看出女儿憎恨她的原因了，她得想法子对付！她现在似乎越来越摸不透乐和了，这个男人的心里到底打着什么主意？如果说他乐和想借她而得到娜娜，这似乎早已不成问题的事了，可他没有这样做，从表面上看他还是站在她的这一边，与她一起去做娜娜的工作。可怕的是娜娜在不断地向他进攻，一个男人如果坚持不住怎么办？现在好像是支持不住了。今晚娜娜的情绪告诉她，而且十有八九，娜娜与许可的关系有裂缝了。怎么会呢？我还没有看到他们怎么接触呀！唉，现在的年轻人。真正要不得的！娘的情人也敢抢。这日子怎么过下去，看来，我早有防备还是对的……

她默默地随着乐和的身边走着，什么话也不说。乐和好像察觉到什么，他有意识地把话多朝着女人说，以安慰她并缓和母女间的气氛……女人是个聪明的人，很快理解了乐和的用心，胸中流过一阵感激的暖意，唉！也真难为他了。

娜娜并没有注意到这个细小的情节，她还没有在情感的战场上真正经过浴血断肢的较量，当然就缺乏那种敏锐。她已经满足了刚才的胜利，正把话题朝自己感兴趣的方向转，她静静地听着乐和说话，不时地低头咬着嘴唇思索，时而还双臂抱在胸前，一只手捂着下巴，将乐和说的话细细地回味。

乐和在有一句没一句地说着自己的事，他觉得同女人说这种事很有一种情调，也极有利于调节好氛围。娜娜对这些话题听起来也有一种劲道，她似乎觉得乐和说的话，都是对她说的。这想法、这念头，她只放在肚里，不对任何人说。她觉得这世上没有多少人是真心对她的，除了乐和以外……

乐和在说着什么呢？

他实际上还是在说着对乔子白的怀疑。还是在说着他的那些感受，乐和说他对这个乔子白，一见面就有似曾相识的感觉。他相信自己的这种感觉，决不是乔子白对他说的那种理由，他坚信乔子白认出了他是谁。乔子白是非常狡猾的，用说《易经》看相进一步摸透他乐和的底细。乐和明白，这个乔子白不会就这样对他善罢甘休的。那么，他会对他做些什么事？他乐和对这个乔子白到底有什么影响和障碍，使他这么不远万里来找乐和？这都是乐和应当也必须尽快知道的。

"我应该知道。应该问问许可，他总会比我知道多一些的。"乐和说。

娜娜来了劲，怂恿说：

"现在就去打电话问他。"

乐和看看身边的女人，不作答复。

女人是何等人，她当然晓得男人们惯用的伎俩。她倒想再看看乐和在她的背后究竟是一副怎样的嘴脸，于是说：

"你们去打电话吧！我先回家。你记住，用电话把他喊到我们家来，你们去是不好的。老乐，记住！"

乐和说你提醒得很及时，他朝娜娜吩咐：

"投币电话就在那边的。"

"我有点累了，要先回去了。"

女人说着，陪他们在广场外面走了一阵就分手了，是回家还是别有去处，谁也没有留意。

34

乐和随着娜娜一前一后来到广场南边的电话亭前。娜娜推开门，乐和进去，拎起话筒先摸口袋掏硬币。摸遍身上的口袋只搜到三个硬币，加在一起放掌心跳跳，才八分钱。投币电话打一次三角。

"你有硬币吗？"他问站在一边的娜娜。

娜娜摸遍身上口袋："钱包没带。"她看到旁边有个小店，便说有纸币可以到那儿去换硬币。乐和想想也对，两人走过去。

店家在灯火亮处。她趴在柜台上观外面的景致寻乐趣，见着男车带女友犯规被暗中冲出来的城管老头老太抓了，她就拍手直乐。前面有一辆女带男的车和另一辆男带女的车相碰。是男的压到女的身上还是女的压到男的身上，没人说得清楚。没人说得清的事就有着永远斗嘴的乐趣，她在柜台里远远地指手画脚，津津有味，其乐无穷。

乐和上前请她换点硬币，她头也不抬地说不换。

"为什么不换？"娜娜问。

"不为什么。没有情绪！闪开，闪开，别挡了我看他们的戏……"

乐和把身子让了让。

"换个硬币跟情绪有什么关系？"娜娜问她。

她朝娜娜看一眼，然后眼睛直勾着乐和，定睛看着，直看得乐和见到她那双眼睛里有两个贼亮的小人，他知道那是他。他却不明白这女店主如此看人有何道理。没料到，女店主石破天惊地掷出一句话，冲着娜娜厚颜无耻道：

"就像你偎在这位先生的怀里，没有情绪，绝对没有情绪。我不明白，你怎么愿意偎进这么老的人怀里？搁我，我就不！老不搭少。"

"你——！"

娜娜何曾有这样被人奚落过，一时没了回词。

"我说错了？"女店主越发得意起来。

"是的。你说错了，她是我女儿！"

乐和心里还想说你醋意大发却是找错了对象，猴子对水塘照镜子，没你的好果子吃，不信？你等着看。

果然，娜娜回过神来，把乐和的臂膀一抱，大声冲她说：

"你没有说错！他是我的未来的情人。因为他目前还属于我的妈妈。你不说，我也许永远没有这个胆量。现在我高兴了，我就要照你说的话去做，偎进这位先生的怀里。做他的小乖乖！怎么样，你该满意了吧！你听说过吗，找情人要找年长的可靠，经久耐用！他们不是愣头青，上来三分钟的热度。"

"你！——"轮到店主沮丧了。

"怎么，还不换给我们？"娜娜用另一只手笃笃柜台。

店主无奈地从钱柜里拿出硬币盒来，换了五角钱的硬币。

娜娜欢大喜地挽着乐和走向电话亭。

电话打通了。

许可不在，说是送客人上飞机场了。

"送哪位客人？"乐和夺过话筒问。

对方问："你是谁？"

乐和告诉对方他是谁，对方立即明白过来了，说道：

"知道，你不是下午才在这里的那位先生吗？许可送乔老先生去国际机场了。乔老先生听从了我们的劝告，临时决定马上回国筹措资金，半个月以后再来和你叙旧。他一定会再来的，我们已经同他签了意向书。喂，你身边那女的是谁？是个可靠的？可靠！那我就告诉你。按照引进资金的奖励政策，我们已经先把一百亿美元投资中的返回部分的十万人民币预付给了他。不用怕，这是小头，十分之一都不到的。他会来的！一定会来的，鱼只要吃一回饵子，它就会再来吃第二回、第三回的……这一点，你放心。我们之所以在签了意向书后就先付这笔款，就是钓他的胃口，也让他看到我们的诚意……"

一种预感，一种不祥的预感告诉乐和，这个乔子白的身份已经确凿无疑。也许他永远不会再来了……

"怎么办？"娜娜站在一边问。

乐和挂上电话，只说了一声："回家吧！"

娜娜挽住乐和的臂膀朝家的方向走去，一路两人无话。快要走过那个广场中心大花园时，娜娜说，我不想马上回家。乐和劝道，你妈妈不放心，免得惹出许多无端的战火，还是回家为好。娜娜一听他这样说话，倔脾气上来了，把手抱住他的臂膀撒娇着，嘴里连连说道：

"我就不回去！你要回去，你一个人回去。"

乐和想，让她一个人留在这里，自己回家？女人还是要他来把娜娜喊回去的，女人不会放心她一人夜里在外面的。好吧，你不想马上回去，我就陪着。两人走进不知来过多少回的中心花园里面的喷泉旁。乐和有意识地逗她说：

"回去你妈要是不高兴，我可把责任都推在你身上的。"

娜娜快活地应道：

"好啊！就怕你不敢。我们现在可说好了，到辰光，你可不能大包大揽都说是你自己的责任。你看我怎么对付我那可怜又可厌的妈妈。"

她如此大言不惭。乐和也拿她没办法，心想，真是有其母必有其女，古话一点错不了的。

娜娜看看周围无人注意这边，便把身子更贴紧了乐和，说道：

"我可以问你一些事吗？"

"当然可以。今天的天气好热啊！你这样搂紧了我，你不热，可我受不了。"

"松开就松开。我想你也不至于会丢下我一个人走的。"

娜娜从他的臂膀下抽出了手，她扬手把一支小小的迎春枝折下放在手上弄着。弄得她自己有了一种长长的情调，她含着这种情调缓缓地说：

"我完全可以肯定，你并不爱我的妈妈，甚至也根本对我没兴趣。你实际上是为了你自己那个谁也不知道的目的来到我们家的。这你无须否认，你早对我们袒露过你的心迹，那只是不成为秘密的秘密。你对我妈妈也只是一种承诺！我没有说错吧。你不要想急于表白你的什么想法和动机，我只是想真正地知道你一直没有告诉我，你那苦苦追求的目的到底是否还真的存在？我不能相信你说的就是那洋楼的事……凭我的直感，我似乎认为你是在爱着我！你为了你的那个高尚神圣的爱，你编出了那套用来蒙我妈妈的鬼话，你说是不是？如果真是这样，你为什么不敢在我妈妈面前坦率说出自己的这种念头。倒是要千方百计迎合我妈妈的意愿去做许多违心的事呢，你这是何苦啊！难道这就是你们男人的成熟？你这样做，你知不知道是在两个女人的心上下着刀，让那刀尖尖扎在她们的心上，却不剐，也不割，让她们永远那么痛苦地等待着一种说不清道不明的东西……"

乐和没有话说，他的心被震撼了，他没有想到娜娜会这样指责他，又是那样一针见血地说出他灵魂深处懦弱的要害。他该怎么办？他能说什么话，还是那句自己的年龄比她大的话吗？没有多少作用了，连以前那个挡一阵的作用都没有了。他想起那天晚上讨论娜娜对赛珍珠《大地》的看法，她突然把一本从单位带回来的书递给他。书中间夹着一张字条，上面是她用钢笔字写的英文"Amo, erso sum！"，笔迹清丽飘逸，谁见了都喜欢。那本书叫《阿拉伯与哀绿绮思》，是她们单位接受台胞赠送书中的一册。据娜娜自己说因为是梁实秋翻译的，她就先拿过来看了。可把她看入神了。书中说的一位少女爱上了比她自己大十九岁的老师，双双坠入情网。这样的故事实在让娜娜太感到和自己唇齿相连了。书中的一对主人翁坠入情网后，很快就有了爱情的结晶，于是，他们秘密地进行了婚礼。这件事终于还是被姑娘的父亲发现了，他派人把阿拉伯的男根阉掉，使他永远不能再与女人发生性行为，以此来使他痛苦终身。阿拉伯只好进入修道院度过残生。但他没有想到，年方二十二岁的哀绿绮思依然追随心上人来到修道院。阿拉伯多次写信让姑娘离开修道院，重新嫁人开始新的生活。而姑娘却在信中说："我决心活着，是为了你，为阿拉伯。假如失去了你，我这样残酷地生活着也毫无益处。""我从容地舍弃世间的欢乐，只保存了我的爱情，唯一的乐事就是不断地想你，和听说你还活着。这就是我最大的欢乐……"娜娜顿时就觉得自己好像就是那个叫哀绿绮思的姑娘。对着自己心中的阿拉伯信誓旦旦：只要你说上一句，说爱我，我将永远这样等你下去，我不一定要追求生理上的情欲满足，我知道那没有多少实际的意义，我只要有精神上的满足就完全够了。我的精神的长久爱情，就为你而存在！你不说？你的眼神告诉我，我知道你心中是爱我的。我就为这爱的眼神，为你的心里的许诺而幸福！古时季札出使过徐国，徐君心欲得到季札佩身之剑，虽没说出，但季札已经看出。季札归途时，挂剑徐墓，他对自己这种举止解释说，爱莫重于心欲，义莫重于心许。李白为此写长诗颂之，可见不管中国还是外国，自古以来都是如此。而你，心许却不露，是为何？莫非真是另有所约？那到底是什么呢……

面对这样的姑娘，乐和还有什么良策？

乐和想，你为什么要带这本书，一本淫乱的和尚和尼姑的通信？难道你的表白还不足以表现你的那些举止吗？你是想借这本书更好地说服我？有这必要吗？难道我真的这样值得你爱？倘若如此，为什么这爱来得这样的迟，这样的执着，这样的令人痛苦啊！

"我知道你内心的痛苦。我知道你是不愿意我属于别的男人的，这我完全知道的。所以，当你让我去和许可相面，我就去了。于我是演戏，于你是任务。当然，妈妈是不会这样看的。这件事我妈妈是主动。而我却是看在你的面子上的，我曾经想，你们也许会合谋为我找一个外表良好，却是个阳痿的男子做我的丈夫。那样，我就可以像我妈妈当年那样，将自己永远永远地属于你。我就可以像我母亲一样为她心上人生个孩子！我相信我会为你生个男孩的。那个男孩，具有你的内在的气质和品格，又有我的外貌。这将是多么好的结合啊！……可你，你给我找的许可是个极端自私的家伙，完全不是那回事，你让我非常失望。那个许可一见面就对我说，你还是处女吗？如果不是，我们就不要浪费时间了。如果是的，或者你欺骗我，我到那一天是会知道的。我问他怎么知道。他说，任何一个女子无论她的处女膜怎样因为运动或其他原因被破坏，只要不是被阳具戳的，他都可以知道。办法很简单，第一次性交后，用毛巾在那儿按一下，如果有不规则的红色圆圈就是真的，没有红色的圆圈，却有血，且在中央，边上没有，那就可能不是第一次阳具插入……你说看，他和我才认识了多久？却像夫妻一样讨论起性来了，怎么叫我受得了？说那些无聊的话目的又是什么？听话听音，锣鼓听声，他那肚皮里的三钱花头精，谁还看不清的？本姑娘讲的是实实在在的感情……"

她欢快地展开手臂，做了一个拥抱大自然的姿态，然后娇娜地侧脸望了乐和一眼，真诚地说："我可从来没有这样对谁袒露过我的心迹啊！……我还可以坦诚地告诉你，我一走进我们的家中，我只要一想到那种种不能使我随心所欲的拘束。我的情绪就不好。我真恨你！你明明知道我爱你，我为你敞开着心扉，敞开着一切，而你却不进去，这为什么？你知不知道这是比刑具还厉害的摧残人心灵的绝招？你呀你！你的心真狠啊！我若这辈子得不到你，我下辈子也一定要得到你！下辈子还得不到你，我就在阎罗殿前骂你三千三万天！……"

听她这么说，乐和想，你们母女俩倒真是天配地合的一个腔，这可叫我怎么办才好？

"你听我说吗？听？好像你有点心不在焉……你知道古代有个杜秋娘吗？"

"是的，我知道。但是不是真有其人，一直有争论。最早出现在杜牧的《杜秋娘诗序》，后来又见《唐国史补》……"

娜娜笑道："你说她的来历，能比我清楚？《太平广记》上有记载。还曾'籍之入宫，有宠于景陵'。景陵就是宪宗皇帝。宪宗对这个杜秋娘是很恩爱的，有人把他们比作曹操对两乔。穆宗接位后，她又做了皇子傅姆，她还是蛮有点快活的。可她只爱着杜牧一个人。太和七年，杜牧经过镇江，在那里过江北上。他在镇江无意间相识了杜秋娘，一见钟情，开始了他们短暂而又炽热的，令后世千秋慕往的爱恋生活。这种爱情生活，于杜牧生生死死难割舍，于秋娘今生不得君，此生便无缘为人妇。杜牧曾犹豫过，但他后来还是把她带到了南京。你应当知道，秋娘要他带走自己时曾写下一诗。那诗中劝杜牧说，你要真爱我啊，你就应该像对枝上的花一样，趁它长得正丰满绝妙之时去采摘，千万不要等到花谢的时候再想起来，那就晚啦！……她把这段话用诗写了下来。你知道那诗怎么写的？你说，你一定要说出来的，那诗的内容……"她抓着乐和的手摇着，要他说。

> 劝君莫惜金缕衣，
> 劝君惜取少年时；
> 花开堪折直须折，
> 莫待无花空折枝。

乐和轻轻地吟完这首他当年曾和着泪水与他心爱的女人同吟的诗，娜娜哪里知道，母女俩同对一个男人说着"杜秋娘"，这是真正地伤透了乐和的心啊！他没有说话。他觉得没有什么话好说了，他还能说什么呢？能告诉她过去她的妈妈也曾有过的一切？不！他才不傻哩！

娜娜拍着手高兴地跳起来，连声叫说吟得好，忘情之时还踮起脚去狠狠地对着乐和的脸上"咬"了一口。疯够了，她又不高兴地对乐和说：

"你让那个许可闯进我的心中，他能闯得进吗？我没有对他敞开门，他只有强行闯入。破门而入，除了把门毁坏，在心灵上增添创伤，还能有什么？……"

"好了好了，娜娜，你别说了！你呀你，我真不知该怎么说你。你和你的母亲是一个样子。只知道自己眼前，却没有替别人想想，再替你自己将来想想……好了好了，我们把这个话题收起来，回家去吧！"

"你还没有答应我。"

乐和搂起娜娜的腰，坚决地说：

"回家。我现在什么也不能答应你！"

娜娜见他态度坚决，想耍脾气，不知为什么却又不敢了，只好乖乖地顺从乐和朝家走去。

35

在两人身后的不远处，女人尾随着。

从电话亭到广场中心花园的每一幕，包括他们的对话，她是看得再清楚不过的了。现在，她明白了。她那痛苦的心灵上在承认这种她极不愿意承认的事实下，开始思考怎么办？

事情到了这个地步，她倒是真正觉得束手无策了。找个人商量？不！千万不能。那该怎么办？

唉！理也乱……

36

乐和和娜娜到家敲门敲不开。

"说先回来的，却不在家，上哪里去了？"

乐和觉得奇怪。

倒是娜娜反应敏锐，鼓鼓身后，乐和看背后楼道没有女人的身影，这女人上什么地方去了呢？掏出钥匙开门进了屋。两人刚坐下。女人上来了。等她一进门，娜娜就变着笑脸扑上去搂着她：

"妈妈，妈妈，你真是我的好妈妈也。怕我被这个坏蛋吃了害了？在后面暗中跟踪保护着啊！……"

女人一下子没了对策，睁大眼睛，疑疑惑惑地望着两人，半天才缓过气来问："怎么？你们知道我跟在后面的。"

乐和正想说不知道。娜娜却抢在前面说：

"你说，要是不知道，我会那么做吗？人家不要说我有神经病了吗？做姑娘的人跟自己的妈妈抢情人，这可是天下头条新闻哪！"

"说的倒也是！"女人看看两人，一脸的疑惑，问道：

"难道你是在演戏给我看？"

娜娜朝她扮个鬼脸：

"怎么？不可以吗？"

乐和和女人都怔住了，他们俩谁也搞不清娜娜说的是真话还是假话……

"大家都站着发什么怔呀！"女人说着自己推开娜娜，径自坐到沙发上，对乐和说，"老乐，我累极了。你倒杯水给我！"

娜娜抢在前面："妈，还是我来倒吧！"

说着她就去倒了一杯水过来，故作嗲情地送到母亲嘴边："妈，你喝呀！"

女人没有喝，从娜娜手上接过杯子，把水放在一边，长叹一声道：

"知女儿者，莫若其母。"

娜娜闻此言，脸色骤变，想说什么却又不知该说什么才好，跺跺脚，带着两眼眶刚刚涌满的泪水跑回房间去了。

乐和站在屋中央，一时也没有好说的话题。

"老乐，你也去歇着吧！你该做什么事就做什么事……不用解释，我全明白。她装得还欠功力！不用愁，我会调整好自己的。你也不用去看她。我现在是完全明白了，她并不傻，她想做什么事我这回算是都清楚了……"

"你准备怎么办？"乐和试探着问，他并不希望这母女俩为他而闹得天翻地覆。在他这种年龄的男人身上，最希望出现的事情是和平共处。

女人两眼紧紧盯着他，并不急于说话，像握着两把锋利的刮刀在他的脸上慢慢地刮着，试图刮去什么……

乐和不怕这种眼光，没做亏心事，心里没有鬼，怕甚？

唉！……女人又是重重地一声长叹。然后站起来，双手搂着乐和的脖子，有滋有味地做了一个长吻，饱含着无限情感地对乐和说：

"真难为你了，让你夹在中间受气。今晚，可让我头脑清醒了，算是真的清醒了。你去吧，你让我好好想一想，拿出个好办法来。你放心，我不会有什么事的。你也不用去看她，她更不会有什么事的。你去吧！该干什么还是干什么……"

乐和说："那好。我想回我的房间，今晚我就一个人睡了。"

"好吧！……"

乐和刚转身，女人又招手喊他回头，耳语道："你别把门闩上，我要睡不着，还是要睡过去的。"

乐和点点头。

第九章　梦欲成真真成梦

37

仿佛有谁在里面放了明矾，又用一根无形的棍子均匀地搅拌了一阵子，白天的闷热、烦躁以及那莫名其妙的高分贝噪音，充实在空气中的尘埃，此刻都统统不知去向，似乎全被那夜的明矾在澄清的过程中穿过地表沉到地府里去了。空气再也不像白天那样干燥、醒腥，一扫烈日下那种充满令人作呕的气息。从窗户外面无声无息地飘过来的夜雾，清凉、爽口，含着薄荷油的刺激，吸一口叫人浑身振奋，那思维的齿轮也因此转得比白天更快更稳。乐和捧着茶杯站在窗前，他没有喝那杯中的茶，只是借着窗外朦胧的微光打量了一眼沉于水底的茶叶。是光线太弱还是⋯⋯总之，什么也看不见，只有水面的让窗外的微光折射出的朦胧白雾。但他知道那水的下面沉着新鲜而且是要价昂贵的茶叶。

"为什么要看见呢？"他把茶杯放在桌上，忽然想，不看见不是更好吗？只要看见表面的东西就好了，一个人如果能满足表面的需求并且久长平安，也就真的算不错的了。试问，生活中有几人能平平安安度过一辈子的？乐和想，受尽磨难的我，能在下半辈子有表面的满足就够了，我不该再去想那些生活深处的什么，那不是我能想的，绝不是我这样的人能想得到的。那都只能属于赵契那种人！我凭什么要去想？如果我不想，我不流露，我没有人的那种贪婪欲，当年的我会有那悲剧吗？就说娜娜对自己的一厢情愿吧，自己没有缝，她会生那邪念朝里钻吗？还是那位性学专家说得好，在性这个问题上，纵然女的千般主动，真正能发挥实战效果的还是男根！法院总是判男的有过，难道没有它科学上的道理吗？

是吗？

他有些糊涂起来……

忽然他想，干吗要想那个事。让他们见鬼去吧！我不愿再想那些倒霉的事了，我得想点有用的东西……

乐和回到写字台前，把茶杯放下，打开了灯，台灯的光把桌上的东西都罩进了一片柔和的乳白色光芒之中。首先映入他眼中的是他正在创作的那部长篇小说的成沓稿纸。他的眼光在那沓稿纸上停顿、凝视，然后坐下来。

他拿起笔，开始写下去，笔尖触到纸，脑中刚闪现的情节却又消失了。他只好又把笔放下，开始翻着前面的章节……

38

慢慢地，他开始忘掉周围的一切。

他的思维进入了角色，进入到几十年前的那个时代——

在革命先驱李大钊那"敲响这只钟吧！把东方的睡狮唤醒……"的呐喊声中，从未有过的一股激情开始在乐和的胸中汹涌奔腾，他拿起一份《晨钟》，拼命地向前奔跑，一口气跑到市中心那个广场上，爬上那块这个城市人作为吉祥物的巨石上面，大声地对着来来往往的行人高声朗读道：

　　——今者，白发之中华垂亡，青春之中华未孕，旧棋之黄昏已去，新棋之黎明将来。际兹方死方生、方毁方成、方破坏方建设、方废落方开敷之会，吾侪振此《晨钟》，期与我慷慨悲壮之青年，活泼泼之青年，日日迎黎明之朝气，尽二十（世纪）黎明中之努力，人人奋青年之元气，发新中华青春中应发之曙光，由是一一叩发一一声，一一声觉一一梦，俾吾民族之自我的自觉，自我之民族的自觉，一一彻底，急起直追，勇往奋进，径造自由神前，索我理想之中华，青春之中华。……吾之国家与民族，不在陈腐中华之不死，而在新荣中华之再生；不在白发中华之保存，而在青春中华之创造。

39

那是曹家之。林稚陶怎么也不敢相信站立在那块巨石上的人，是她昨天还认为懦夫胆小鬼的曹家之！现在，她看清了，她确确实实认出了是曹家之。

没想到他曹家之还真有他曹家之的水平。他在慷慨激昂之际，呕心沥血疾呼民众之时，倾全身之英魄，泻血肉之精魂。竟然使那些奉命前来抓他的人一个个都被他的演说所感动。你看，这些人的眼睛湿润了，他们手中的枪慢慢垂下来……"本是同根生，相煎何太急"，都是炎黄子孙，谁能忍受外国列强的虏凌，谁没有希望国家富强的一颗心，谁没有父母兄弟姐妹，谁不想过那种朝不耽饥夜不愁眠的日子，这一切到底是怎么造成的？是封建主义，是几千年的封建帝王制度！推翻了皇帝，可中国又陷入混战！这到底该怎么办？……

对面那个楼上的窗打开了。曹家之看得清清爽爽。曹家之显得有些激动，他在心中呼着，我的维纳斯，我的爱神，为了我的民族我的母亲……

林稚陶就站在窗前，她目睹着楼下的这一切，心里道：你难道没有听说过，武士弄墨尚可附庸风雅，做学问的扛枪舞剑，那就只能归咎命运的残酷！你应当在你那个研究《吕氏春秋》的斋房里，你应当听着你的导师对你说着"霸王道杂之，然固国之本，乃需儒佛道并用。而天下则'罢黜百家，独尊儒术'。"从中悟出那些助王业、富民众的理论，绝不是要你在这里扛枪舞剑地鼓惑……她轻轻地叹息着，想下去救曹家之。她刚要迈步出门，那两腿却不听使唤地停住了，好像有个人在拉住她的灵魂，在对她说：

"他们并不是疯子，这是我知道的。可他们从他们的老祖宗孔丘开始就犯了一个自以为师的大毛病。喜欢指手画脚地说别人，总以为这世界需要他们来指导，这世界也已经彻底腐朽而需要他们来拯救。如果没有他们，老百姓就会在水中永远成为水族，在山上永远成为草虫走兽！他们说他们是代表着上帝和真理的，他们向那些至今还没有看到真理的人们说出真理，即所谓的'道'。真是这样吗？世上难道真有什么永远的真理？既然没有，那就更用不着去充当什么先知先觉者。你们读了几本胡说八道狗屁不通的所谓先哲的书，自以为是。那个嵇康，他能改变司马昭当皇帝的狼子野心吗？他想改变，结果呢？四十一岁生日都没有过得成。还有三千学生来救他，也没有救成啊！秦始皇就是恨你们这些不会干实事，只会用嘴皮子鼓惑人心，动摇军心的读书人，他把你们中间对他不利的读书人统统活埋，还把你们的狗屁理论也一并烧掉。叫你们的子孙永远记住，皇上不喜欢的理论就让它扼杀在娘胎里，谁让他出来谁就连自己的小命也搭上。秦始皇真正做到的就是颁布针对读书人那种所谓'道'、所谓'世'的自以为能够惩治世人的一种至尊理论，他告诉后来继承皇业者，对读书人的使用只能像人穿的衣裳一样，冬夏各不同，夏天时可以毁掉冬天的衣裳，冬天可以烧掉夏天的衣裳，没有关系，季节来的时候自然会有更好的衣裳送来，不愁天下没有，就怕你不要，因为我是皇帝，至尊无上！……他在这上面足以为后来的统治者作楷模，也是后来的许多统治者明里暗里尊他捧他学他效仿他的原因。你不能说不对……"

可是另一个声音在高喊："纵观中国之历史，以仁治者得天下；以霸行者失天下。汉高祖用张良策、尊萧何相，始建皇业，开创我汉之先威。唐太宗重赏魏征成为千秋佳话，亦得以唐朝自商周以来中国之鼎盛！就是那个风流皇帝李隆基，若无姚宋两相，怎有他的开元大盛？……"

前面的一个声音发出冷冷的惨笑，接着说："先生如果没有健忘，你是不会不知道董仲舒是如何改篡你们的理论的吧！没有那一改一篡，你们读书人能有几人生存？汉高祖何许人，是你不清楚还是我不明白？……你大概还晓得那个诗写得绝妙的张九龄吧！你听我吟：'江南有丹橘，经冬犹绿林。岂伊地气暖，自有岁寒心。可以荐嘉客，奈何阻重深。运命唯所遇，循环不可寻。徒言树桃李，此木岂无阴？'

多绝妙的好感遇诗，蘅塘退士编那本《唐诗三百首》竟然将他放在头一个。当然，人称他是继姚宋以后，唐朝又一贤相。结果怎么样？还不是被皇帝贬掉了吗？这到底为什么，你想了？……不错，是李林甫从中挑拨。可关键是李隆基听不进他的忠言了呀！"

另一个声音有些悲凉地应道："你说的是事实。"

前一个声音顿时高昂起来："你想过没有，读书人的思想是为谁而存在？不为自己，完完全全为别人！真正地为别人。这就是知识分子从本质上说的可贵之处。张九龄和许多人一样，他们的理论和才华都为皇帝存在的。皇帝不用他的理论，他就没有地方去了。你说张九龄后来有什么大作为了没有？读书人的这种毛病，读书人自己不但没有看出，还洋洋得意地称'以天下为己任'！己任什么？屈原跳江，李白追月，杜甫潦困，陈东被杀……千古一部奇书记录着你们多少读书人的蠢事，却引以为自豪……一个读书人连饭都不知道怎么才能获得，一旦失去别人的'施舍'，我说的这种'施舍'是指把你奉为上宾的礼遇，你将会怎样？因为你的全部人生的目标和价值就在于'明道救世'，而事实证明，'道'非你所明，'世'亦非你能救，那么你的整个人生的支架都被抽净精髓，你顿时觉得人生的意义全部失去。于你只存在两种选择，一种是像屈原一样自投水，或像陈东一样抬口棺材到皇帝面前死谏不成被杀！另一种便是成为别人的附属品，听从别人来改造自己，苟延喘命！"

"依你所言，中国的历史就不是读书人的历史？"

"当然不是。先生如果还是执迷不悟，我不妨说个事与你听听。你见过纯白的狐皮袍子没有？见过。是的，裘皮店里有得买。你知道它是怎么制成旳吗？那是用许许多多只狐狸腋下的白毛皮缀合而成的。打个不十分贴切的比喻，皇帝向世人展示自己治理天下纲领就好比在晚会上亮相一件纯白狐皮裘大衣。而它是无数作为完整'狐狸'的文人进贡给皇上的，可皇上却只用你的一小块'腋下皮'。然而，你能被他用上这么一小块，还是幸运者，就像那些被召进宫来一生没有皇上幸遇的宫女一样，大量的'完整狐狸'因为某些原因而没有被取走'腋下皮'，他们最终悲哀地或被杀或自尽。其实，秦始皇坑的就是那些他不需要的，他认为没有取腋下皮价值的狐狸。你的一生就是为了能让皇上取你那一小块'腋下皮'，你读了一辈子的书，就是为了能够让皇上取你那完整一张'皮'上的一小块'腋下皮'！你明白了没有？触类旁通了没有？许多读书人都没有读出书中真正的滋味，只有董仲舒读明白了，他把吕不韦从慎到那儿贩来的'集腋成裘'用'天下无粹白之狐而有粹白之裘，取之众白也。夫取于众，此三皇五帝之所以大立功名也'的话彻底地悟透了，明白了其隐喻政治的伟大，并延伸了其真正的内容。"

"偏执、偏激！照你这么说，读书还有什么用？就你说的为皇帝写点功德文章的作用？哦，给皇帝的'裘皮大衣献上一小块腋下皮'？"

"那你说呢？当然，读书人可以在自己的书房里，钻进故纸堆，可以在那里遨游世界，思考过去与未来，寻找人生的真谛，寄托和排遣感情悲欢的波澜……你千万不要忘记，你做的这一切都因为是你自己拥有着这个外人不详知，而你自己却觉得十分伟大的虚幻的宝藏。因为你不想而且完全不让'皇上'知道你，你更不会自己献上去让'皇上'去取你那一小块'腋下皮'成他的'裘皮大衣'。尤其是在这奸雄与人杰并起的年代里，人性在日益消亡，兽性在日益高涨的环境里。你若去显耀、摆弄你的那些所谓知识、才华，你除了引火烧身自取灭亡外，你还能得到什么？……"

"那就让明清两朝的黑暗继续把我们民国的曙光吞没？"

"你应该走出你的书斋，你应当到那万古不朽的广阔天地里去。你听我念首诗给你听：

> 许多路将失去行人，
> 许多小路将再也无人问津。
> 未来发现它们
> 被荒草覆盖，被人们忘却，
> 大家开始赞叹它们的美；

　　　　如同我们年轻时选择

　　　　那长满草的荒凉古道。

　　"你能品出它的原汁原味，那么，你对生活就有了一种新的认识。光这样还是不够的。我们还应当看到我们在年轻时选择那长满草的荒凉古道时所具有的思辨。你知道什么叫立宪吗？……"

　　"我当然知道。"

　　"好啊！你说说。"

　　"白俄一个下巴上留山羊胡的人说过，他说英国的那些没落资产阶级在1837年向英国国会上呈的请愿书，后来就用《人民宪章》公布了，目的是要制定一套对他们自己有利的公平的法律……"

　　"好了，你别说了。我这就知道了，现在我们人人都在争取着摆脱万恶之源的封建皇帝的统治。人人高呼'立宪'就是明证。你知道吗？就算立了宪法，不戴皇冠的皇帝还是存在。为维护真正的宪法，民众与总统在法律面前人人平等，那可是很难让我们看到的……"

　　他们是谁？都是从何来的？难道是我大脑里的吗？

　　林稚陶举起自己的小拳头狠狠地擂着脑袋，想把这两个在里面打架的人赶掉，但她马上又冷静下来了，他们说的不对吗？她觉得后来的那个人说的正合自己的意思。她转过身，重新回到书桌前。斜靠在椅子上闭目沉思，她想好好思索。可是不能，外面的喧哗一阵阵排浪拍空似的打在她的心房上，使她的灵魂震撼，使她的肉体战栗……她坐将起来，把桌上那本已经翻开的诗集捧起，重新读起来：

　　　　从车轮下碾过的光短暂强烈

　　　　渴望它的我对它深沉的血哀悼

　　　　它从地核迸发，倔强地向黑暗喷射

　　　　燃烧的声响炸裂整个夜空

　　　　它虽然只是一束却燃起一座森林

　　　　夜被融化有了语言和歌声的大河

　　　　从天而来浇灭这森林之火

　　　　铁蹄与车轮交替碾碎这地火的光

　　　　你不屈地摇晃着星播火散

　　　　你向它们宣告

灵魂的不灭宇宙将永远光明

为了再次的燃烧你要越过死亡
从死亡走出便是永恒的光

40

"笃笃笃"

有人重重地敲房门。

正沉在小说人物场景中的乐和被这猛烈的敲门声惊动。他有些不情愿地站起来，准备去开门，忽然想起门没有闩，"真讨厌，打扰人也没有时候……"他嘀咕着，提高嗓门道：

"门没有闩！"

门被轻轻推开，女人走进来，低语道：

"我知道你门没有闩。你正在聚精会神写书，冒冒失失进来会吓了你的，所以我敲门是先轻轻，然后稍加重一点，最后正常偏重，你就不觉得吃惊了……"

乐和有些不耐烦地问：

"你有事吗？"

女人忒温存地对他说：

"如果我真的影响你，那我就回我的房间睡去。我看出来，你今天是真在这里用功的……"

她说着走过来，拿起刚写好的几页纸认认真真的看完，然后又略略沉思片刻，说道："没有看出来，你过去的那些经历都在你的小说中成为一种沉得很深很深的东西了。像你这种小说，可不是那种躲在茅厕里看的书。这种书一般人是写不出来的，我知道。"

她见乐和没有什么反应，便又说道：

"有件事，我一直想告诉你。"

乐和看她的神情很认真，便把一张折叠椅拿过来，对她说：

"有什么事，坐下来说。"

她没有坐，只是把那些手上的手稿在桌上笃齐了，重新放回原处，然后抬眼望着他说："今晚还写吗？"

乐和看看她，没有说话，往往他并不要说话，就用这眼光便可以让女人知道他的脑子里想的东西。女人果然把椅子挪在一边，走过来扑在他的胸前，一只手勾着他的脖子，另一只手轻轻地伸到了他的衬衣里面，在他那宽阔的胸上抚着，低吟的声调道："我要你现在把我抱上床去……"

都是多大的人了，还有这种罗曼蒂克，真叫乐和想不透。女人抬起了脸，半昏半明的灯光油一样涂染得她青春焕发，一双眼神全然被情欲所浸透……"他知道，不管他说今晚写不写都没有用的。女人说要上床，他就得奉陪！他把她轻轻地抱起来。她双手搂着他的脖子，把嘴伸上去吻他，吻得他的脸颊痒痒的。他把她放在床上，她没有松开他，而是把他的一只手抓着放到了自己的腹部。他无法抗拒她的要求，更没有办法抵挡她的情欲。她低语道："今天我的胸口很闷，我要你压一压，也许就会好的。"

"还要把另一个地方堵上。"乐和笑道。

"你连说粗话也是情意绵绵，真讨人喜欢。"

女人说。

仰吟低唱，浓涂淡抹。沙滩承急雨、流水过芭蕉。须臾，一场好战弄得两人气喘吁吁，浑身汗水。那女人更如水中捞起一样。女人却很快活。她给乐和拭擦以后，又抓紧自己胡弄一番，这才躺在乐和的身边。她一点也没有睡意，睁着眼睛望着天花板思忖良久，说：

"今天娜娜的举止就是我当年的样子，一点也没有变化。我真怕！……"

乐和劝她：

"失去的东西，你想拉也拉不回头的。不想要的，来了，推也推不掉！事情都是这样。你要学会自己把握住自己……"

"我信你。这几十年了，我对你的为人能不信吗？过去，是我对不起你，现在我要做对得起你的事。俗话说，老不搭少。老话总是有它的道理！小姑娘的事是套不牢靠的。你要是被她缠了，现在她心血来潮在兴头上或许不会对你太差。日后你人老力不从心了，她却正在劲头上，你说那日子还好过吗？……"

乐和不高兴地打断她的话："就没有别的事好说？"

女人没了声响，一会儿，她侧过身来对乐和说：

"有件事我要告诉你的。不管你是说好还是说坏，我都要说的。我那天听你说你从前有过一个相好的事，心里就琢磨想帮你找到她。其实我早就隐隐约约听到过一些，但不完整。听你自己亲口说了以后，我才真的托人到你从前的乡下去过。有个叫胡二呆爷的，你认识的？还有个叫秋蒲的女人，你也认识的？他们都说你是个好人。他们说，当然还有别人说的。说你是有过一个相好的女人，叫'春'，人家还是乡党委书记的千金，是个大姑娘让你快活的。听说她要和你结婚的，是别人没让她当你这个右派分子的婆娘。她肚皮大了以后就一个人出走了。去了什么地方没有人知道，她爸爸在'文革'中被人打死了。有人说，'文革'后看到她带着一对双胞胎男孩到我们市里来找过政府，是为她爸爸的冤案来的，有人见过她……"

乐和冷冷地问："就这些？"

"你不关心？"女人睁着一双漠然的眼光看着他。

"你说的，我都知道的。我也去找过那个女人，就在我和你们生活一起以后不久。结果和你一样。不同的是我找到了那个女人，那是另一个女人和另一个男人的故事。那女人不是春！……我只是听说春是在大肚皮时去了山东她姨家，去她姨家问，倒是真去过，但那时她姨家成分不好，姨父正挨斗没敢留她，让她去了姨父的小妹那儿，小妹在南方。我去信追问过，原封退回！又听说她去了南方后到了香港出国去了……也有人说她已经不在人世了，是生孩子的时候得了感染……好了，别说那些没指望的东西了。"他轻轻地抱住女人吻了吻，说声晚安，然后对她说：

"你最好回你的房中去睡。"

女人撒娇地扭着身子说不去。

乐和听她这么说，也就随她，自己把身体侧过，渐渐地，脑子里又开始浮现起他笔下小说中的人物来……

41

不知为什么，星期天许可没有来。

娜娜出去了一下，很快就回来了。带着什么表情出去，还是带着什么表情回家来，没有丝毫的变化，然后便躲进自己的房间里，一点声音也不弄出来。

女人见她这样子，心里不乐，朝乐和嘀咕说，搞不清这孩子犯什么神经。她找乐和拿主意。乐和看看她，那眼神就是在说，她有精神病多半也是你这样虚七虚八搞出来的。女人却不理睬，要他去问问娜娜。乐和明白她说问，当然就是看看她的情绪，使她可以猜测女儿到底在哪个神经上搭错了。乐和清楚这家中两个女人的秉性，没办法，只好去轻轻敲娜娜的门。

娜娜过来开了门，又躺到床上去听她的音乐，乐和见状，没有进去，只是站在门口问她："许可今天来吗？"

娜娜把耳朵里塞的小黑色球似的耳机一个一个取下来，然后用漠然的神情看着乐和，问：

"什么事？"

乐和说："你妈问你，那个许可来不来吃中饭？"

"我怎么知道。"娜娜呛呛地回道。

女人在客厅里听到了，抬高嗓门儿说：

"不是你回来说他星期天来吃饭的吗？"

"我什么时候说了？我从来没有叫他到我们家来过。要是我叫他来的，我就敢留他在我的房间里过夜了！……"娜娜大声争辩道。

"你！……"女人气得手直发抖，对乐和说，你看，你看，这就是我亲生的女儿，这就是我一把屎一把尿拉扯大的宝贝。她、她、她就这样对她的妈妈！

乐和一看这母女俩又要斗气，连忙上前打圆场，解释说：

"你歇歇气，说他来吃饭是我昨天从国宾馆回来说的。"

"就是嘛！什么事都扯到我头上来，我是癫子头，散布病毒的罪魁祸首，什么事都先查查我？"

"娜娜，你不能这样对待你妈。她也是关心你。要是许可来，就要多做些菜，不来就少做些。天气热，做饭的人也难。你应当体谅到别人……"

娜娜没了声响，嘀咕着：

"他来不来，与我没有关系。"

"这就对了。"乐和说。

女人一听不高兴了，在他的后腰上拧着一块肉：

"你这是什么意思？"

"没什么意思。什么话都不好深究下去的，你还是去做你的饭。我没有那么多时间陪你折腾……"乐和把她推到厨房去后，自己依旧躲进房间继续写他的那部长篇小说。

午后，女人想上街，问大家谁陪她去。

"当然是我去。"娜娜在房间里大声说。

女人问乐和去不去，乐和正想答话，娜娜抢先说：

"你别打扰得他把最精彩的情节忘掉了！我说陪你去逛商店还不好吗？"

女人没有再说什么。临出门时，女人突然问：

"要是许可来了怎么办？"

娜娜非常肯定地说："他绝对不会来的。"

女人用惊诧的眼光看着她。

"你这么看着我干吗？"娜娜问。

"你好像知道他今天不来？"女人疑惑道。

"是吗？我是这样说过的吗？我好像没有这样说过嘛！"

女人不高兴地说："你的语气就这样告诉我的。你别把你妈当十三点，当那种深山沟沟里从来没有见过世面的蠢婆娘。你妈年轻时是见过大场面的。"

娜娜得意地笑了，一种获得胜利后的自乐，挽起母亲的手臂，说：

"我当然不会忘记的。要不，人家就会说，你那女儿活脱是你当年那模子脱胎的。对不对？有其母必有其女。老话总是对的吧！还有，你别忘了。青出于蓝而胜于蓝！这句至理名言最容易让人忘掉。但最不应该忘掉！妈妈，你说对吗？"

女人无奈地苦笑："好吧！别再逗了。快去快回！"

两个女人出门后不久，许可来了。

乐和只好放下正写了一半的稿子过来接待他，给他泡了茶，陪他坐下来聊天。许可好像不是专门来的，像闲来无事路过似的，闲盐淡味地说着一些不着边际的话题，只字不提娜娜。乐和倒是不忍，有意识地在谈话中提到了几句娜娜的事，又再三提及她上街去了马上可能要回来。

许可说："我不一定要见她的。"

"看你们的样子，这段时间好像蛮谈得来的嘛！"

许可笑笑，没有回话，另找了一个话题说：

"我主要来看看你。领导说，要我好好跟你学学。要我多写些新闻……"

"我已经退休了。"

"我知道，我们领导也是知道的。我跟你学新闻和你退休没有什么关系的，我们领导也是这么说。"

乐和觉得他言不由衷，也不好意思对他说什么，只好点点头道：

"你说的也是。我其实没有什么好教给你的，我能做的大概就是帮你从新闻角度挑些你自己其实也可以避免的小毛病。"

"当局者迷。就凭你那一点，胜我读十年书啊！"

"你这样说，叫我怎么受得了。"

两人又聊了一阵子闲话。不知怎的，乐和觉得今天和许可说话有点话不投机半句多的味道，心里这么想，便存芥蒂起来。人也怪，心里一有嫌隙，谈兴就越发渐渐疏凉下来。场面一冷，许可便也觉察出无聊，他把杯中的茶喝过二回后，起身告辞。

乐和想到娜娜，有心做点努力成全他们，看看墙上的钟，找着话题提醒他：

"再等一会儿，她们就要回来的。"

"我去隔壁那幢楼人家还有点事，已经约好的，不好推辞。我就不等了。"

说完就走了。

许可走后十来分钟。娜娜和她妈妈就回来了。

女人一看茶几上的茶杯，问：

"谁来了？"

"许可来了。"乐和说。

女人四下看看，问："人呢？"

"坐了一会儿就走的。来时像没事，坐上三分钟却又说与人家约好了，匆匆忙忙站起来，说走就走了，拉也拉不住的。我喊他等的，他半分钟都不肯多待，你说有什么办法想的。"乐和答道。

"看你平常蛮聪明，怎么一下子就这么笨起来了！"女人着急起来。

乐和想起娜娜上午下楼的事，问娜娜：

"你上午下楼干什么去了？"

"打电话。"

娜娜看也不看他一眼回道。

女人跳过来：

"打给谁的？"

"许可。"

"说什么了？"乐和问。

"没说什么，只是希望他不要来。来了大家没有投机的话反而拘束，他说他要来。我就告诉他说，我的态度已经表明了。其他的你想干什么我就不管了。他后面便没有说话，我正要把电话挂上。他却在电话里大叫……"

乐和和女人异口同声问：

"叫什么？"

"要强奸我！……"说完娜娜脸上泪水流了出来。

乐和没想到还有这么一个"奇峰异端"的出现，好在他是个见多识广的人，很快就明白个中的实质，知道这一次的"婚姻介绍"又流产了，由此倒想起了一位不知什么时代的哲人说过的话来：就男人与女人的交往而言，只要女人想的，没有不能成功的；如果她不想的，那总是不成功的。他见女人那本来想发作的神情被娜娜最后的话镇住了，一副全然是听人摆布的不知所措。乐和看看她，女人竟一下子当着女儿的面扑在他怀里哭起来，边哭边说道：

"这个人怎么这样野蛮下流啊！幸好我们还没有把娜娜推过去，要是让他们结了婚，这种人不是要娜娜吃煞苦头吗……"

乐和看看娜娜，娜娜一副没有动静的木然表情。

娜娜没有看他。

他想，为什么不看我呢？你应该看看我的脸啊！

娜娜没有看他，从他身边走过去的步态似乎有些不稳，但他还是挑不出毛病来的。他看着娜娜的背影，不知怎的想到了著名电影《茶花女》中的玛格丽特。那么，谁是亚芒呢？

他想。

乐和忽然肯定，在玛格丽特背着亚芒接受亚芒父亲的"请求"以及后来情节的那几页，娜娜一定作了文学以外要素的综合性社会功能研究，这是毫无疑问的。

42

一晃又是半个月过去了。

恰如季节的交替，女人为娜娜找婆家的热情也在新几轮的失败中，渐渐趋于平缓。用娜娜的话来说，秋凉了，该有几天安宁日子了。乐和却暗暗悲叹，他知道这个家中出现这样的"安宁"，并不是好现象。这母女俩是在养精蓄锐，说不定哪天养好了精神又要开始新的一轮战争，再把他卷进去。走进这个家庭的近十年，这种整天较劲、厮斗，他经历的并不算少！眼下，他希望娜娜赶快出嫁，女人少了对手，这个家庭中的战火才能真正平息，他的生活也才能真正平静下来。他现在完全可以说一句内心话：对娜娜没有一丝一毫的情欲奢望。但一想到自己正在写作的长篇小说，那赶娜娜的念头又不敢有了……

那部长篇小说在娜娜的参与下，进展得还是可以的，已经完成了十几万字。乐和想，没有特殊的情况，再过半年，书就可以拿出初稿了。他框估了一下，这本书初稿将有四十万字以上。他想，原本以为自己这辈子没法完成的，一定要娜娜来继续完成。想到干起来倒还挺顺的，要是没有那些婆婆妈妈的事，说不定还真有些精力能再写一本。如果是真的再写新的长篇小说，那就一定写写这铁塔的故事，真是普天之下再也没有比这更稀奇古怪的事了。

想到这里，乐和的情绪格外高涨起来，嘴里哼起了歌：

……
我要沿着这条细长的小路，
跟着我的爱人上战场。
纷纷雪花掩盖了他的足迹，
没有脚步也听不到歌声，
……

这天午后，母女俩都去上班了。

乐和饭后稍事休息，起来后站在阳台上养神，准备下午继续他那长篇的工作。忽然听得有人喊自己，四下张望了半天却不见人。

"我在这里。"

乐和好容易看到在前面斜角线的一幢大楼北窗上有人喊他，距离太远，看不清是谁。但他很快就猜想到那是周得山。

对方朝他高喊道：

"你不出去吧？我马上到你家来。"

没多一会儿，周得山就来了。

乐和泡了茶，在客厅里陪他。

这回，周得山没有再同乐和谈论那部长篇小说。他放肆地抽烟发感慨，从美国总统被弹劾到市长行贿升副部长，从七十老妪下嫁二八少年以报复虐待老人的亲生儿女的社会新闻，纵横千里，然后把话题一转，慎重地对乐和说：

"那个许可没有再到你家来吧。我听说了，那小子绝顶聪明，说你那女人的女儿已经被你先开了苞。让他吃剩食，他不干。你别急！听我慢慢说下去。我说过他了，我说你许可小子想吃，人家未必肯让你吃。别说老乐不是那种人，就算是的，也只怪你葡萄没吃到说葡萄酸！这小子在情场上也是个处处吃败仗的角色，别看外表傲，内骨子里虚得很。老乐，我看你那女人对许可挺有意思的，这里面到底是怎么回事？她找过我，我没答应。好朋友一场，我当然是听你的，哪能跟了她的鞭子转陀螺？你开个口，说！要不要我去替你们家说说？我倒是可以的，那小子肯听我的话。……"

乐和说："不必，勉强的事情做不来的。娜娜这孩子与众不同！"

"你最近没有出去？"

"上哪？我退休了，没有出差的机会。"

周得山笑道："问你散步。你扯哪里去了？"

"喔！没有。我没有事就不出去了。"

"不去买菜？"

"家务事我做得很少，买菜更不用我，全是她们的事。"

周得山倒是有些羡慕他起来：

"你过的倒是真正爷们的日子，谁能有你这样苦尽甜来的日子，也真是福啊！苦，算什么？人年轻时就是苦的。盼的就是老了不苦。这可不是人人能有的……"

他把烟灰弹在烟缸里，朝乐和继续说道：

"今儿来给你说个正经事。就是那铁塔的事。"

"还没有拆？"

周得山把身子朝沙发上一仰，长吁短叹道：

"我怕是看不见它拆掉啦！除非它倒掉。我俩真的是让人家说中了，人家女儿在那铁塔下开店还真是开得好欢哩。那些个发烧友。对不起，我也学了点新时髦的词……发烧友还试爱上那儿，说什么那是巴黎的埃菲尔铁塔。他们也真会做生意，在店里角落上搞了个小小的酒吧。灯光弄得暗暗的，店主又是个小女子，那情调实在调得好浓的，像电影里那些外国黑社会出入的地方似的……"

乐和没有兴趣听他说那些闲话，他只关心为什么没有拆。

"我也说不清楚。有人说得清楚的。"

"那位区长？……"乐和问。

周得山点头道：

"正是他。这几天他找过你，上你们单位去找的。他们说你已经退休了。他说他知道你退休了，但那铁塔的事是你采访的，要你再问下去。人家回他，退休了就是在家休息，不能再去采访的。硬把他给撵了出去，他好气愤。我是今天中午在路上见到他的。以前不认识，也是铁塔的事，那回许可带我去找他才认识的。我觉得他现在特让人可怜、同情，你若能帮人家就帮人家一把。救人难处，可是积阴德的好事啊！"

"这么说，许可也一定知道为什么没有拆。"

"他当然知道。听他说是那个叫乔子白的人到现在还没有来，发过去的传真也没有回音。他们大概也猜到有可能是上当了。这一点上，他们倒是一点也不怕，镇定得很，说是事先有了些准备。他们实际上想的就是国家的拨款，至于那个乔子白的投资，有了不嫌多，没有也不恼。"

"那就赶快让西山区的大楼上马呀！"

周得山打着哈哈欠起身，说：

"妙就妙在这里啊！你想想看，如今谁不知道钱这东西好啊？谁不晓得把有限的资金用到最需要的地方去呀！你西山区晓得要发家致富，我市级机关的人都不是人养的，都不晓得肉比青菜好吃？现在钱来了，搬铁塔是说到马上能做到的事。可他乔子白为什么要失信于我们？他可以失信于我们，我们为什么要真诚地对他？铁塔倒下来把他的故居砸烂了更好，说不准这狗东西的祖上当年还不知怎的和洋人串通了来鱼肉我们中国人的，刮了民脂民膏才建了这幢洋楼的……"

乐和打断他的话，问：

"这是你编的还是他许可说的，或是他们领导说的话？"

"许可说的，但他也是搬了他们领导的话啊！有的话，他就敢瞎说了吗。你没有听出来？这些话句句都是有来头的……"

乐和点头道：

"也不能说人家说得没有一点道理，可这一来，不就苦了他们西山区了吗？好，我不打断你的话，你继续朝下说……"

"听说他们是拿这钱去办公司了。"

"办公司？不可能吧！"

"千真万确。要不，那区长就去找你了？他也很恼火啊！他因为让你捅了娄子，得罪了大家，而且那满打满算能到手的拨款，突然半途被市里卡去了。你说，全区谁高兴他。人人都不喜欢他，怎么办？让他提前退休！他得知后，满肚皮不服气。说是要到上面去告。能告吗？再说，那钱又不是私分的，用来做生意的。发了，滚出利来改善整个机关干部的福利，谁不叫好？你去告，告的是谁？得罪的又是些什么人？大家，整个市委机关的干部们！……话换回说，过了一年半载，那乔子白真的回来了，来了投资，我们再搬铁塔也不迟。那么牢的铁塔，怎么可能真的像你们说的那么可怕，一天两天就倒塌呢？……你说，你说，你还有什么好办法可想的呢？还有什么锦囊妙计可以使的呢？"

乐和苦笑笑，发了一句感叹：

"如今这世界，遍地是道理。"

他看看周得山，继而又说：

"一个民族到了人人都只想着自己的利益时，这个民族便再也没有别的更可悲的事可言了。我记得在'文革'时，有人拿着国家一级文物的国宝当痰盂，竟然毫无所知，不是专家发现，他就很有可能将那国宝扔掉。你想想看，一个民族能有那样的小悲剧发生，就不会有更可悲的大悲剧发生吗？……"

"说得对极了，我们工厂的人有句现成的话，不管你蛇管有多少弯弯绕，进口总只有一个！不管你把你的闺女打扮得再漂亮，总还是一次只能嫁一个丈夫。想再嫁，那得离了，那得设法让丈夫翘了辫子。你说到这话头上，我向你请教个问题，你说历史上有句谶，说秦亡在胡，秦始皇以为是胡人对他威胁，而后来却应了他的儿子身上。这种解释是不是单指'胡亡秦'，还是别有他指？"

"你怎么也研究那些东西来了？"

"见你说到了，顺便问问。因为我们厂里有个职校的老师说，那是最早的'窝里斗'，用写书人的话说，叫'祸起萧墙'。他用到我们的企业发展上说，真正对企业产生威胁的不一定是来自市场的竞争，而是'内部'。你说是吗？"

乐和点点头说：

"那说法是有一定道理的。那你说，区长找我，我又能帮他什么忙？"

"当然帮不上忙。要不，我就不把你家的地址告诉那区长啦！而且你们单位的人也没有说。都是为你好，不让你卷进去。你说，你要是卷进去了，你能对那些市里的大官们有什么办法？他们嘴大你嘴小。他们有市委常委会的决议集体负责，你能怎么样？闹不好，再找个什么借口把你重新赶到乡下去当右派做坏分子，让你在从前那地方受罪……"

"乡下倒是不苦的，我下去，乡亲们对我蛮好的。"

"我只是打个比方，他什么理由不能找，找个随便什么借口都可以治治你的，说乡下，只是打个比方嘛。"

乐和点点头，这倒是说的大实话。

第十章　曾是惊鸿照影来

43

女人又要出差去了。这回去的地方是新疆，听说还是南疆。人说这个季节去南疆就等于是赴八月八的瑶池神仙会，最美最妙的玩处。去这种地方，女人当然非常高兴。种种平时的不快，这一刻都给抛到脑后那个爪哇岛去了。一点也没有以前每逢出差就发牢骚，不想离家的情绪流露，而是快活得像个小姑娘，早早就把出差要带的东西给准备好了。

娜娜过来悄悄问母亲带不带乐和去，问话的时候特意把情绪调得浓浓的，她希望母亲看到她这"别有情钟"的表情而有所戒备、有所嫉妒，迫使自己改变行程。当然，她不希望这样的事实出现，可她不敢相信一向精明过人的母亲会在她面前出现奇迹。

"不带！"她回答得干脆利落，没一点儿拖泥带水的羁绊。她的这种态度让娜娜非常吃惊。她被震动了，母亲的这种态度是她万万想不到的，这虽是她渴望的结果，但它来得太突然了，令她有些不安。娜娜记得母亲自己说过的，现在老乐退休了，她出差在外把他放在家中，实在是叫她在外面分分秒秒不放心，只要有出差的机会，她去也带他走，系裤带上最可靠。没几天，怎么忽然变卦了。难道母亲相上了别人？凭母亲那风流，难说没有那种事的。但是，从母亲对乐和的爱上看出来，母亲不是那种"吃得碗里又馋锅里"的角色，她不会在有乐和之外再去搞个情人。那到底是为什么？娜娜咬着嘴唇不说话，只把两只眼睛看着母亲。她更担心的是：做母亲的是在用计谋算计女儿。

女人是明白人，那眼睛就是语言。

娜娜笑笑对母亲也用眼睛说话。

她告诉女儿，小丫头，世界大得很，学问多的是，许多方面你还没有成熟，我相信乐和，而且我有制约他的法宝，你永远不知道那是什么？

娜娜没能反应过来。她在这个雨季里，情绪被搞得很糟。她甚至发现自己很难把握住情绪，而且对于某种现象的感觉也明显比春天迟钝许多。她摇晃了一下脑袋，把自己镇定住，再看母亲，发现她特别温柔，好像在这个雨季里流向她的雨水都及时地蒸发成了浴室里的那种雾气，向四下播散她的充满着母爱的温馨，一点也不是娜娜多少年来眼中憎恨的那个母亲了，连那个形象的影子也没有，她感到非常惊讶。她就想把这发现尽快地告诉一个人，那人是谁？她都没有去想，因为她知道那是谁的……

她再晃动一下脑袋时，母亲的影子就没有了。她揉揉眼睛定睛看，前面根本没有母亲的影子，是同事。对方说："电话，娜娜，是你的长途电话。你怎么啦？一个劲地发呆……"

"喔。我的？好，我去接。"

"那边，在那边！在馆长办公室……这小姑娘，今天怎么魂不附体地乱七八糟没头绪……"

娜娜赶过去，是母亲打来的，电话里声音好清晰：

"是娜娜吗？我的好女儿，是我呀！我在乌鲁木齐给你打电话，我们明天就坐直升机先去月亮湖……"

娜娜听声音有些变调，忙问：

"你还好吗？没有事吧！"

"好女儿。我没有事的，我一切很好……"

娜娜不高兴了，没事打什么电话？她心里这么想，情绪就流露出来了：

"没事就别拿公家的钱不当钱。"

"娜娜，我是在人家单位里打的，没事。人家领导挺好的，是个上海人，老乡啊！打打电话是呒啥关系的，'老公'的，不打白不打。打打好。打打电话就可以结识些人，联络联络感情，建条关系网的。我请他以后到我们那儿去玩。这人好气派的……我打这个电话总是有点事的。我告诉你啊！我走的时候忘记锁上我房间里的那只小抽屉了。你去看看，可别让老乐翻啊！要是他没翻就好，要是翻了就糟了。哦！还有件顶顶重要的事，你去看看我办公室的抽屉锁没有锁？……我走的时候好像没有来得及锁，都是我们那儿的鬼天气实在把人搞得心烦意乱，碰巧上飞机前又急着赶高速公路上的空当，弄得人忙手忙脚连卫生巾都没来得及拿……什么？买啊，我现在都快不来了，要了也是备备的。买了派不上用场，不是浪费吗？再说买了找谁报销哪！"

"什么？这东西还要去报销？"

"你这小丫头，就不晓得钞票好赚。妇女用品都是每月公家领的，我领的我们俩人用，每次还多那么多在家中。那东西又不好当饭吃的，也没有办法带到店里找人换别的东西。你说，买了不用，浪费掉可惜吗？这地方？样样都贵，一包要八元多，可能是我们那儿的几倍价……"

娜娜说："我在馆长办公室接电话的，还有什么话要说的？"

"你那边的电话老占线啊！好了好了，我没有什么事要再吩咐了。记好了，马上就去看啊！我是很不放心的。好乖乖，你可是你妈的心头肉、命宝宝啊！人家总是局外人，我们吵了闹了，最后不还是坐在一张桌上吃饭？谁还能说你不是我这根藤上结的瓜？……"

"妈，你别说了。我全知道的！"

娜娜放下电话，嘴里嘀咕了好半天，这死老太婆，不晓得她的葫芦里到底是卖的什么药："说倒说得蛮好听的。对女儿也没有个真心话吐出来！"

下班的时候，雨还没有停。她厌倦这雨季，每当秋天来临前的雨季一到，娜娜都感觉自己快要死了似的难受……

娜娜在回家的路上顺便买了点菜，母亲不在家，她就是当然的家庭主妇。

一路上，娜娜把自己裹在雨披里，慢慢地蹬着车，一边琢磨母亲的电话内容。她知道母亲的过去，她更知道母亲对于乐和的爱的程度。其实，到了这种年龄，母亲这样的人是没有什么必要再躲躲藏藏过去的那些东西的，甚至隐私完全可以作为荣耀。而且过去的事乐和装满了一肚皮，他会没事找事地去捅这个马蜂窝？依他说的，到这个年龄上还不是混光阴的？有什么好多计较，他更不会没事找事地惹那份腥。她要担那份愁是什么意思呢？莫非……话说回来，有她这种母亲，连女儿在某些场合都好像低人家一个档次。不晓得母亲她自己明不明白。娜娜想，她该是知道的。那么，母亲这个电话到底是什么意思？不会是没有事打得玩玩的。娜娜晓得母亲的脾气。一定有什么秘密，她要瞒住乐和的。是什么事呢？

娜娜想，先别急着作声让乐和知道，回家看看母亲房间里的小抽屉，那里面到底会藏着什么。如果真有什么，说不定倒还可以先利用它一下。到那时，不怕我没有办法离间他们。不管怎么说，我年轻，男人哪有不喜欢年轻女人的道理？想想也真奇怪，这个乐和好像就是一点也不晓得嫩笋比老笋好吃的道理。这个怪人，一定有什么蹊跷在里面！常言说得好：石头上冒水珠，晴不了天；人要反常，必有反常举动。且看我怎么逮住了狠狠治他一治，叫他晓得本姑娘可不是他想象中的那号只晓得"爱啊！情啊！"哥长妹短的蠢货！让那蠢老婆子尝尝地道的"青出于蓝而胜于蓝"的滋味！哈哈，她调的好酒她自己喝起来，大概别有一种风味吧！

雨越下越大。

在这座城市里，进入秋季的特点就是来几场大雨，把暑天的溽热一扫而空。这时的大街上再也没有蒸人的气浪薰扇，游泳池里水的凉爽也全消失了，寒意渐添。住大楼的人家，晚上睡觉开始关窗，加盖薄薄的丝棉被。喧哗了两个多月的夜夜纳凉晚会终于在四合院的庭院里拉上了帷幕，芭蕉扇的潇洒定格，预示明年仍有它主沉浮的岁月。秋凉由台风带来，人们在感激台风卷去酷暑时又怨声载道说台风给他们带来的种种不安。因为每年都在附近江面形成的十二级以上台风，分批悄悄光顾本市。风来得急，雨也来得猛。人们几乎来不及有所思考，它就来了，叫整幢大楼的窗户玻璃哗啦啦洒下来，落在地上变成铺地的"石子"，房倒屋塌，警车、救护车比平时欢唱得调高八度。

"……浸过马尿的皮鞭抽着疯女人，把人们的生活秩序给彻底地打乱，人人六神无主，情绪反常……"

就靠着人们晚上纳凉说书挣几文养家糊口的吴叫驴气愤难平地说。

他怎么难平，与娜娜来说，总是八丈的竿子着不了梢。她才不问哩！她在路上慢慢蹬车悠悠地荡，思想着她的那些怪念头……

44

乐和在大雨来临前已经写完了今天计划中的一节，起身来到阳台上活动一番筋骨，然后再静心把眼睛向远方眺望。远处的天空，正翻滚着墨黑的乌云，风是从北边来的，那乌云也从北边慢慢向头顶的方向涌来。一年三季东风雨，唯有夏季东风晴。这是他在农村生活过的烙印，他甚至还记得这个民谚是胡二呆爷整天吊在嘴边的。现在这天，还是夏天吗？他想了半天，才把自己从小说的历史时空接出来沉入这现实中。他这时发现隔壁的阳台上有衣物在风中飘荡。他知道，那是娜娜房间的阳台。她妈妈出差去了，她自己的衣服洗好以后就必须晾在她自己的阳台上，其实，她可以像往常一样晾在他和她母亲房间的阳台上的，因为她知道这一次她母亲出差后，乐和就一直住在他自己的书房兼卧室了。他要赶紧把那部长篇小说写完，万一真的铁塔倒下来，他的书没有完成，岂不是千古遗恨？

乐和从客厅的小茶几隔挡里找到娜娜房间的钥匙，开了门，去阳台把在风中飘荡的衣物收进来。全是娜娜的内衣内裤，都是一些极普通的她自己或是她母亲制作的。看到这些女人的东西，他的脑子里闪现当年的一些往事，使他想起了女人当年的一些事，那时候她的内裤也好像都是自己用布做的，虽说她那时就有些时髦的做法，把裤管做得很高，平了裆。别人看不顺眼，她却说，看吧！能看到什么？一条缝用另一条缝挡了，你还能看到什么？你看见了吗？看见了有什么用！望梅止渴？那个渴可是难解的！看着得不到，焦你的心，炽你的肺。现在，女人全都用港澳人说的性感内裤了。薄薄的几乎等于没有穿。她这样做，作为她的女儿为什么却不这样？而且还是她年轻时的习惯，女儿在这上面没有一步跨过三十年，还是按部就班，这不令人奇怪吗？

他把娜娜的内衣内裤挂在阳台里面的绳子上，一个雨和风都光顾不到的地方，这才回到屋里。又几乎是一个无意间，他看到了娜娜摊开在窗前桌上的本子，上面的第一句话就吸引了他，他过去拿起来读道："《心的历程从来都是……》……都是什么呢？"乐和想，想着就情不自禁地看下去：

谁说过，是谁说过的？短的是人生，长的是磨难。

人为什么要到这世界来？来了以后又为什么要在情海欲河里搏击？

你既然承认他（她）是一个独立的个体的人，为什么又不让他们有自己的爱？是谁造就了那么多的清规戒律来自己作践自己。难道说这就是一种文明，一种与生俱来的幸福制约剂。犹如美酒虽好不能多喝！女色虽娱却不宜多贪？

难道还没有看出这文明是属于谁？难道还没有清醒这清规戒律是冲着谁来的？

所有赞美羔羊温柔驯服的人都因为想吃到鲜嫩美味可口的羊肉。如果羔羊有狼的性格，你还喜欢那羔羊的肉吗？

不用你回答我。

因为我知道，谁也不会对散发着毒味的花去亲吻，尽管那花堪称世界最美的花。人们在选择享受的时候总是从自身的需求出发。你不认为这也是一种"毒"？你可以不承认，因为我从来没有要别人承认！

我就是那朵最毒的花。

我就是那个在狼窝里吮狼奶长大的羔羊。

我就是那种……

你为什么要这样坦白？

你不知道，沉默是老成的代言，多嘴则是幼稚的象征！

你说你这样对人们说，还有谁会爱你？

一块鲜美的羊肉被人们说成是注射了毒液的，你说，谁还会去要它，尽管它根本没有毒液——人言可畏，其威力无比。

"很有才华的孩子。"乐和自言自语道。

他把那本本子仍然放在桌上的原处。在为它摆好位置时，他又想起了什么，重新又拿起来，翻到最前面看了看扉页，原来这是一本娜娜的创作集。在扉页上工整地写着一句话：

写下来吧！

乐和翻了翻，掂估了一下它的字数，大约已经有了十几万字，如果把它们交给出版社，若能出版，也是一本很有看头，分量可以的书了。乐和轻轻叹道，这孩子，不但有才气，她的大胆和敏锐恐怕也是常人所难有的……他又想起自己创作的这部长篇小说，娜娜真是在每一页上都倾注了她的心血，也完全让他看到了娜娜那渊博的学识。在与她同年龄的人中，她确实是位不可多得的才女。是不是就因为她的才高，从而造成她婚姻的阻碍？……他忘不了那本他看过的日记体文章，再从现在这本《心的历程从来都是……》来看，可以看出娜娜之所以拥有那本不寻常的日记体文章，本身也正是非同寻常。现在可以说，那一对在长江上邂逅的男女，说不定就是她和另一个他与她妈妈都不知道的男人，如果是这样，那个令她倾倒的男子会是谁呢？……

他在娜娜坐的凳子上坐下来，开始观察这位少女的案头，想从这里寻找到蛛丝马迹。应当说，少女的房间是人世间最富有情怀的所在。整洁的墙上可以有几张主人特别喜爱的画，画并不大却张贴得很有艺术。画面一定是与主人的情操相吻，树林深处的小路上走过来一对情侣，鲜花和生命之绿的草铺天盖地；或者画面是宁静的大海，柔软的海水一如酣睡的情人偎在他的臂弯的海湾，海湾的滩，温情如床；当然，画面应该有一条小小的溪流，弯弯曲曲从那边来，向不知何处的那边去，小溪也许没有湿润两岸，因为两岸都是高凸的沙丘；远处的景物都模糊了，近处的两个洋娃娃却非常天真的逗趣着，他们只穿着小裤衩，也许他们刚从游泳的地方走过来，或者说他们的父母还在游泳池里……小男孩把自己的裤衩拉开，告诉小女孩俩人并不同性，这就是最初的异性间的交往吧……

娜娜房间的墙上什么也没有。连一幅小孩的铅笔乱涂画都没有，干干净净，洁白如一张纸。她为什么要这样做呢？是表示她的处女身份？好像没有这层意思，她说过她早已不是处女了。

望着这墙壁，望着这什么也没有的墙壁，他不明白这到底为什么？是不是她已经过了少女的岁月？是不是在她看来那墙上贴画的举止有一种幼稚？

总之，你有许多与常人不同之处。乐和说。

他把眼睛落在娜娜的桌上，这属于少女梦幻世界一部分的领地上，除了书以外就没有别的。真奇怪。哦！还有一只不倒翁。这是什么？

乐和突然发现一本已经明显看出是陈旧的精装书。他把它从书夹中抽了出来，这是一本封面已经发黄的布面日记本。乐和一眼就认出了它。原来它正是自己当年送给娜娜母亲的东西。他记得，中间的插页都是西湖风景。那时候的日记本就是这样的。乐和翻到最前面，发现前面几页已经撕掉。撕的是什么呢？谁撕的呢？乐和无法知道，因为它从他的手上到了娜娜母亲手上后，一切都由不了他了，虽然那并不重要。现在，乐和看到它，心情还是很激动的，他知道在那个岁月里，能将这样一本日记本保存过关已是很不容易的了。关键是她因为看中它而保存，还是因为偶然的原因让她把它放在这里？

他觉得这本身就是谜。

乐和翻了翻，上面没有旧的笔迹记载着的什么。除了已经撕掉的几页外，其他全是非常完好而且没有写上任何东西的空白。只是在这本日记本的最后一页记着一些数字："12、3，84。234671，356792，234132，321770……"这些数字干什么用的呢？他是没有办法明白的。

他把这本日记本还是放回到了原处。

乐和想再找到他曾从头到尾一字不漏地读过的那本日记体文章的本本，却找不到了。他明白，那一定是被娜娜收起来了，或者真是别人的已经还给人家了。那也许真是她的心迹历程。他想。

在他离开时，他又想起了什么，再次打开那本日记本。在一页空白处，他看到有行外文字："tomboy"。

他不懂外文，只好找张纸把这几个字母照葫芦画瓢地描了下来。

45

乐和出了娜娜的房间后，想起了他送娜娜母亲日记本的事。

那是在一个非常好的天气里，是星期三的下午。按照机关的规定，星期三下午是政治学习。这是个雷打不动的节目。大家都坐到那个大会议室里等着赵契来做政治学习的辅导。从那个岁月里过来的人都知道，这也是一种戒律，学习的形式是先由某人读一篇报上的文章，这报上的文章大致上应该是《人民日报》社论，也可以是省报的。他们单位一般不读省报，这不是因为他们本身是中央派驻地方的大区下属机关，一个副省级单位的原因。是因为省报的重要文章大多出自这里，如果再返回来，就没有多少意义了。最多可以读《红旗》杂志上的头条。读完文章后，开始由本单位最高领导做辅导讲话，最后是讨论。讨论可以时间长一些，长到每个星期三的下午，直至一年五十二个星期中所有的星期三。但一般都没有这么长，连"反右"也只是花掉了三十三个星期三，如果连上每天的检举揭发和星期天的大会，倒也蛮长的了。那时候人民政权刚建立，大家的思想觉悟还都不很高，需要领导不时地加以辅导。比方说，有人不知道西红柿是树上结的还是地上长的，这事儿倒是高深一点，因为从延安来的领导也没有说清楚。但有一点大家是听明白了的：如果是树上结的，那它就是资产阶级的，因为它离开代表人民的土地太远；如果是地上长的，那它是革命的，理由是明显的，因为它的根深深扎在土地里，能与人民同呼吸、共命运。那时候，西红柿几乎看不到，讨论的时候大家只好在小麦与韭菜如何分辨上谈体会。赵契说了一句，他说，这就是区别我们是工人阶级还是剥削阶级的分水岭。于是，大家都去熟悉它们。一会议室的女人们叫起来，这事儿只有你们男人会立场不稳，女人上街买菜，谁会把小麦当韭菜买回去？

男人们说："你们也别嘴硬。那是因为农民没有把小麦割了来当韭菜卖，你们能什么呢？在这个问题上，最有立场的应该是食堂里的毛师傅！食堂里的韭菜都是他回家时挑来的。"

女人们都没有了声响。乐和见大家都没有声响，他就想到夜晚河边的树林里鸟儿都睡觉了。他看看身边的她，就想学着食堂的毛师傅晚上拿着赵契的手电筒去树林子里逮鸟的样子，去她的那个地方逮个什么乐一乐。

这时候，赵契把眼光看了他。那眼光里有东西，乐和不敢造次了。

赵契看看大家，然后拿起茶杯喝水，把水喝出了一种声音。一种气氛。

会场上，大家这才想起来，刚刚念完了关于要改造思想的社论还没有进入领导的重点辅导，怎么就犯自由主义了？

赵契看看大家，开始打开那只大大的笔记本。

乐和坐在靠门口的位置上，正好有一缕阳光把赵契托起来，乐和看得特别清楚。乐和十分羡慕赵契手中拥有的那种大大的笔记本。他也听打字员说了，赵契的笔记本每一本都是编好号的，那上面有毛泽东在主席台上做报告，他在下面做的记录；当然也就更有周恩来的了，政务院总理抓全面工作嘛！打字员说周总理认识赵契。乐和说，这没什么奇怪的，赵契连我这个打杂的都认识，当政务院总理的连一个大区机关里的专员都不认识吗？话这么说，乐和还是十分羡慕赵契拥有那种笔记本的，更对他的笔记本编号被收入保密机关而吃惊。他就想有朝一日，他也要这样做。他想，他比赵契年轻许多，可惜就是比赵契多张大学文凭少一段光荣革命史，但他相信自己还是有许多可能成功的条件！就在他胡思乱想之际，机关大门口站岗的警卫跑步过来了。办公室的人立即都迎上去了，胖子老赵走在最前面，他们迎着警卫站在那儿指手画脚说了半天。这边的人都把一对对探奇的眼光向着他们。赵契的辅导到底是说了些什么，乐和根本没有听进去。乐和看着赵胖子，就想着一种外国的啤酒桶，想到一个作家的小说里说的五十四加仑啤酒装在一只桶里的样子。就想到外国人为什么要发明啤酒，有了葡萄酒应该满足了，"葡萄美酒夜光杯"，中国人就认为那是最高境界的体现。你外国人为什么不是这样呢？……就在乐和轻轻松松驾驭着思维海阔天空遨游之际。赵契喊他了。

大家都非常吃惊地看着他，赵契笑着问他：

"乐和同志，你很认真。我能打扰一下你准备发言的思考吗？"

当然可以。我并不是在准备发言。……这话他不能说。他看到赵胖子就站在赵契的身边，他心里直喊：坏了，他们没有好事给我的。

"你陪着她去花园弄堂一趟。赵主任派车送你们去，回来的时候你们自己坐车回来。"赵契对他吩咐说。

乐和问：

"回来是坐出租还是公交车？"

"你这小子想得太美。你没坐过大院外面的 11 路？"赵胖子说。

他笑笑，他本来是想问让打字员坐什么车回来的，因为她是保密人员啊！机关里重要的人物除了首长就是她们嘛。可他没有说，既然说漏了嘴就不想再提，再提了不好。乐和这时想到另外一个问题，要是赵契不让他去怎么办呢？这是个极好的机会啊……他们没有从大门口出去。乐和发现大门口有几个女人走过来，是直朝会议室来的。事后，乐和才知道那是赵契的原配夫人来了，据说她已经发现家中的勤务、警卫都在某个敏感问题上有事瞒着她，她经过细心观察，发现赵契在那个事情上心猿意马，梦中几次都是柔起嗓门喊着某人的名字，而且常常找借口不回家。她今天来搞突然袭击！见识见识某人的丰韵。

乐和听到这消息的时候已经太迟了，他要是早点儿知道多好，不去，或者找借口让打字员与那婆娘相撞，好戏一场说不定能对乐和有好处，历史也许就完全用另一种程序演绎了。唉！过去了的事，再后悔又有什么用？……

乐和还是非常感谢赵契的，那个下午让他玩得很快活的。他们谈了许多的事，而且都有共同的看法。他在一家文具商店里买了一本新近出来的非常好看的布面日记本，送给她。她一点也没有含糊地接受了，还再三要他在上面写几句勉励的话。他写了什么呢？他想起来了，他当场就接过营业员的笔在上面写道：

"沿着毛泽东主义的思想旗帜奋勇前进！"

这是当时最时髦的话啊！

她接过去以后，双手把它紧紧地抱在胸前，两只眼睛非常亮，非常好看，脸上春风荡漾。要是这事搁在今天的年轻人身上，一准就在店堂里拥抱接吻了。而那时的他们，连拉手都必须在无人的地方。他们是在店堂外悄悄拉了拉手的。她对他充满情感地说了一句：

"你真好！"

这话放在今天可能就是"我爱你！"接下来就可能是一边跑回宿舍，一边脱着衣服了……那个时候的年轻人却没有这么幸福的。日子过得真快，快得如今年轻人的爱情也越来越没有那中间的过程了，从起点到终点的高潮加上跨越太平洋也不会有多长时间。有专门家说，从相识到做完好事，给二十分钟时间就足够开支了，还有时间可以抽支雪茄，或修饰妆容。

乐和记得第二天，她悄悄告诉他，她用赵契送给她的关勒铭金笔在他送给她的日记本上记下了第一篇日记。写的是：《社会主义永远是春天》。

为什么不写我们这个一生中最有纪念意义的"出游"呢？还可以再加上一些背景材料，包括赵胖子那一刻的几个优美步型。他想说，还是没有说。后来的历史证明他没有说是对的，同时也证实了她的言行都在这时开始定型了。

"唉！——"

乐和轻轻叹了一口气……

雨就在这时来了。

雨来得好怪。

乐和说他长这么大还是第一次见到这么大的雨。

乐和回忆起雨的来临，的确非常有意思。他记得，就在收了娜娜的内衣内裤以后，太阳就整个儿不见了踪影。一会儿，东南方向那片山顶间响起了一阵怪啸似的咆哮。朝那啸声望去，只见山顶上，乌云在那儿被死死咬住不放，乌云想摆脱而摇摆，竟将整个天体的云气搅成一股巨大的漩涡，包围起整个山体，并不断将四周的云气向山边调集。只见山间的树木成片被折断，卷在半空中，飞沙走石夹云吞雾，天昏地暗！终于，山尖慢慢露出来，忽然有豁口透出光来。紧接着，那条乌云的龙离了山体，开始在城市里横冲直撞，腾跳着扑向大楼，把大楼上的窗户玻璃击穿，把女人们惊慌得披头散发，衣服不整地朝楼梯口拥。它想干什么呢？它想再来一次1951年1月15日上午10点左右发生在意大利首都罗马那条沙沃依大街上的惨案吗？那是因为这家大街的31号5室的人家要聘用一位年轻的女打字员。由于想得到这份工作的姑娘太多了，都是些年轻漂亮的姑娘，她们在同一个时间里同时用左脚在同一频率中拥到这栋大楼里，都塞在窄窄的楼梯里。于是，楼梯因为承担不了过重的感情而垮下。医院便有了七十七名受伤者的就诊，这对正经济萧条的医院来说是一笔极好的收入，而对没有找到工作却先付医药费的姑娘们来说，实在划不来，因为这毕竟不是约会，更不是让她为心爱的人买一杯马爹尼酒的钱。当然，她们比那位当场死亡的人来说，还是幸运的。

它想在这里再制造一起沙沃依大街的惨案，但不可能了。如今它钻进的那个楼梯道里只有一个小小的口，它钻进去就无法转身，完全失去了威力，一点也没有朝着大面积的玻璃窗发威来得爽快。它根本没有办法使楼梯坠下，只好回头扑向大街上，它腾腾落落，右翻左展，绞头摔尾，把行人都赶进了街边路旁的屋里，把汽车拍打得哼哼哈哈……

天完全黑下来了，黑得没有月亮星星的深夜一样，人们只感到风在响，树木在呻吟，大楼也在摇摇欲坠，还时不时地从空中划过铁皮还是玻璃钢瓦被撕开而发出的凄惨怪声。"轰！——"一辆汽车撞着了另一辆停在路上的汽车，油箱被撞坏，引起大火。雨没有丝毫的办法能扑灭这火……

这一切，只是十几分钟。就在娜娜接着妈妈的电话时。当娜娜接好电话后，世界平静下来，进入了那雨是雨、风是风的平平静静的境地……

人们甚至不敢相信刚才曾经发生了什么？或者说，这一切是太空人对我们的突然袭击还是更大规模侵略前的小小试探？

谁也说不清。

谁也不知道，它会不会再来。

乐和走出门去，他关心那铁塔的状况。

铁塔完好无损。

铁塔下的那家小店，生意特别好。画眉涂唇的年轻女店主已经不是刚开店时候的稚面嫩口，她以一天等于二十年的速度丰富了自己的实战经验，对着所有敢向她那露着的半爿丰乳发出挑逗信息的人们，把他们统统引到柜台或酒吧来，让他们心甘情愿地掏钞票，使她的利润成倍地增加。她可以把浙江某地一元一瓶的雪碧买进来，充着六元一瓶的正宗货推出去。她把药用酒精在家中兑成四十五度的酒，然后在这里做成各种名酒让那些想在她身上拧一把过过瘾的人上当受骗！

"谁叫他们来的呢？不宰他们这些憨头的，我还能去赚谁的钱！"

她自鸣得意地走出店，在门口把两只肥腴的大腿叉着，一条齐着臀部的超短裙不时被风掀起，叫人们看到她的那条漂亮的性感内裤；她双臂抱胸，两只眼睛勾着来来去去的人，不时地朝熟人软去嗓门：

"来呀！你来呀！喝上一杯吧……"

乐和走过去。

她也用这样的情调这样招呼他。

乐和问她，你在这铁塔下面不害怕？

她笑着，露着那一排都烂了床的牙，指指旁边的一个招牌说：

"先生不识字？我的店可是很有名的。埃菲尔铁塔。听说过吗？法国巴黎的大招牌。我这里是小的，小埃菲尔酒吧。名字好听不好听？"

"为什么要这样？你爸爸的主意吧！"

她摇摇头，说：

"我妈妈的主张，我妈说这名字好。吉利……你说，刚才那大风怎么一点儿没有对我威胁。怕？你说，那要怕什么。哈哈，说不定我真的靠它发大财……"

"刚才真的没有一点动静？"乐和问。

"没有。丝毫没有。"

乐和想，这也许真是杞人忧天。照此而言，前一阵子的忙碌岂非蠢事一桩？

去听听周得山怎么说。他想。

46

娜娜回到家，敲了半天门，没有敲开。

她只好用钥匙把门打开，进屋一边嘀咕一边四下寻找，却见不到乐和的影子，心里有些纳闷：他这个从来不大出门的人会到哪里去呢？难道又是有铁塔那样的事来缠他去了？似乎不大可能，因为铁塔的事已经使他吸取了许多的东西，再遇上，他不会那么轻率了。他是会事先告诉她的，或者打个电话给她的。他都没有做，会到哪里去呢？在乐和的房里，娜娜看到他刚刚写完的新的一章，捧着读了几页，感觉非常好。心里道：他还真有点道道的，写得不俗，也有氛围，说不定这书出版后还真能有名气！人生在世，犹如草木遇春，哪有花不发树不茂之理？雁过留声，人过留名。看来，他并不俗啊！没想到自己的眼光也不俗，而且看得很准，想到这一点，她不免有些沾沾自喜起来，脑子里那久有的念头便越趋成熟，她几乎坚信自己那计划已经进入了尾声。可不是吗？好戏总该有个收场的时候啊！那么，什么时候是高潮？

现在，现在应该是进入了高潮期！

娜娜放下了乐和写的那些手稿，并且看看摆的位置是否和原来一模一样？她确信与原先乐和摆的样子没有多少区别，这才放心地离开。她来到母亲和乐和的房间里。她知道母亲不在家的这几天，乐和没有睡过来。她一下子倒在那张席梦思床上面，富有弹性而且柔软，身子轻轻地一动，就像人浮在水面上似的摇晃着，让她想到那次在长江上的事，那个船舱里。那个高级的二等舱里，那好梦一场的故事，她多么想重温啊！她清楚，那儿没有席梦思，但那儿有你在别的地方无法得到的浪漫和情怀，有使你永志难忘的事……有的时候，她恨他把那段情缘编得看不到她的影子，但她还是感谢他的，因为真实的生活一旦成为艺术，那就不单单是生活，也不单单是她在那里面像与不像的事了。唉，如果她不一气之下别他而走，也许现在是另一种生活了。奇怪的是，从那次以后怎么就再也没有见到过他？难道他在这世界里真的消失了？那种生活怎么会过去了就不再来呢？……睡在这样的床上再加上有那些激动的事情可做，真是神仙般的快活。那情趣、那回味也不亚于苏联小说中那个在船上与一位素不相识的中尉度过一个销魂夜晚的少妇的乐趣。她想着，倒是有些嫉妒起来。娜娜觉得在这个家中发生的一切都应该是在她的年轻的肉体上，偏偏现实的一切却是这样的不合情理！本来，她可以得到乐和。她可以而且应该是这张床的主人，那天她和母亲去买菜时她就这样想过的，她的幻觉中老是有一种将长江大轮船上的故事在这张床上继续演下去的意识。人生的欢剧是不应该那么短暂的。那又是什么阴差阳错搞得这样的呢？如果是她，这个年轻时就没有头脑的母亲，那么她就最好给这个不愿意为女儿幸福做出让步的母亲做个安排。怎么安排？娜娜想，最理想的安排，便只有两个选择，一个是找个男人出去欢度那真正的没有任何欲念的晚年，另一种办法便是灭了自己的情欲当起真正的老丈母娘！那会是一幅怎样好的图画啊。可惜她的母亲并不是农村山沟沟里的妇道人家，没那么大的忍让和牺牲精神。唉！……

人家说经历越复杂的人当作家越有好作品，他乐和被活活地折磨了几十年，肚子里将是多少奇妙古怪的闻所未闻的故事啊！把这些东西写出来，一有稿费二有名气，多美的事？她呢，也写过那么多的作品，却不知为什么越来越难发表。现在好了，她只要帮他修改修改错别字，顺顺句子，照样也是作家。作家不等于没有错别字，有的涂改了要重新抄的，当然由她带到图书馆去利用上班时间抄好。在发表的时候……哦！应该说是出版的时候，署上两个人的名字。因为有两个人的辛劳啊！更重要的是，两人署名，在扣除税收上就要比一个人强得多！还有，他这么大的年纪，能有多少年的寿？年轻时吃了那么多的苦，如今年老了，和我这样年轻的情欲正旺的女人在一起，实在是朽木烤火，没多少能耐的啊！得抓紧把他榨干，让甘蔗放在那儿慢慢自己风干，实在不如预先把它的汁榨出来好！把汁放在那儿，啥时想喝都可以，想熬糖也可以，想做饮料更是方便极了。

这样好的事，却给一个生养自己的母亲挡住了，叫她怎么办？

娜娜又想，乐和出书给她带来的名声还不应是最大的收获，如果那样，她的追求欲望也实在是太小了。她觉得最要紧的是母亲当初对她无意间说的那种只有乐和自己意识到的神秘。那时候，她就极力纵容母亲把这个不可估量的人弄回家来。母亲也许在当初是万万想不到她这小肚肠的弯弯绕，就是今天，母亲也还没有完全识破她的良苦用心。后来，当他身上的那种神秘光环在娜娜眼中越来越微弱时，娜娜也进一步证实了这种可能：即那座洋楼与他乐和有着千丝万缕的联系，那到底是一种怎么样的联系，她又不得而知。而且，关于洋楼的传说已经相当多了。现在又冒出了一位乔子白，文章就更多了，更有味儿了，那也就更证实了里面有着许许多多人们没有揭开的秘密。娜娜相信，一个秘密就是一笔不可估量的财富。况且，现在还没有多少人能真正到那里面去。不是进不去，而是去了不知道门穴，不知道穴点就打不开它的真正的门。她相信那儿一定有一种类似"芝麻、芝麻，快开门……"的咒语。这咒语就是打开她从乐和那儿得到的日思夜想的宝藏的钥匙，它就在乐和的身上。这一点，她确信无疑。而且时间越来越少，万一真的那铁塔倒下来把洋楼弄塌了，那还有什么好戏？一堆破破烂烂的东西里面能找出什么来？再有高妙的咒语也将无济于事。

偏偏母亲就是不能理解，给她添乱。

想想也对，母亲要乐和进家门的目的是非常明了的。她如果不把这么大的女儿嫁出去，家中能安宁吗？她是绝不可能让娜娜来分享她得到乐和的那份爱情的，除非等她享受完了，让娜娜以接受遗产的身份来得到，那是哪个猴年马月的事？能等得了吗？林彪还等不到正式接班，我就能等吗？再说，那还有什么意思。

娜娜能把自己心中的秘密告诉母亲或者乐和吗？

谁也不能告诉。宁可烂掉，也不能告诉的。

娜娜在床上翻了一个身，爬起来，身子正好倾向母亲的床头柜。她拉了拉，拉不动，轻轻动了动。锁着。她起身又去开动床前那张老式的梳妆台上的抽屉。这张梳妆台上的抽屉没有一个是能上锁的。不能上锁，就不会被母亲用作收藏秘密的地方。那么，还有什么地方的抽屉？她看了看，都与母亲说的"那只小抽屉"相去甚远。她断定，是床头柜上的无疑。但已经上了锁。是乐和给她上的？如果是乐和，那就是说明母亲有什么背着他的事已经被他发现了……

不！娜娜摇起了头。乐和在她们这个家中从来不去乱翻她们的东西，有一次看完电视后她把记有自己隐私的一本日记本掉在客厅里，忘了带进房，第二天竟然还在原地，虽然那摆的位置有了变化，她有意识地进行了"火力侦察"，事实证明他几乎就不知道……

不！娜娜摇摇头，心里道，这更说明了一个男人的狡猾和成熟。你有什么把握说他没有掌握你们母女俩的一切秘密？你那本记着隐私的笔记本，他没有在半夜起来借着上厕所的机会带到卫生间里从头到尾地看过一遍，然后再不动声色地放在原地，一切都可以做到的呀！要不，怎会有自己对位置的猜测？……

人心难测。

娜娜开始寻找打开这个小抽屉的钥匙。她记得母亲的习惯，这些钥匙都不会带在身上的，万一掉了，很麻烦的。她凭借着自己的记忆，终于在衣柜的一件母亲从来不穿的衣服口袋里找到了一串钥匙。从这串钥匙的匙口上看，是备件。她试着打开了衣柜里的两只小抽屉。左边的一只除了存有每年应买的国库券和国债券外，还有的是大量的地方粮食代用券和全国通用粮票。有几扎子已经霉变了，还有一扎全国粮票中间爬出了两只又肥又亮的银光闪闪的蠹鱼，腻味极了，她赶紧把它们打死了。望着两条烂了的蠹鱼，娜娜突然后悔起来：我为什么要打死它们？让她回来看到我开过她的衣柜？别看她现在要我帮她办事而放心我，没准过几天回来就要四处查点看我有没有拿了她的什么东西？

当然是有关她的心灵的秘密。

娜娜想起很多年以前一件不该发生的事。想起这件事，她就越发觉得自己做得有些莽撞了。她呆呆望着那两条死掉的蠹鱼，很久才叹了口气把那个抽屉里的东西按照原样摆好后重新关上。打开另一个抽屉，却没有发现什么，除了一些母亲的早已不用的首饰外,连一张字条或小本本或让人觉得很有点回味的什么重要东西都没有。但她发现了一本账本。拿出来,账本里掉出了一把小小的钥匙。她想了一会儿,知道那是临窗写字台上一只永远锁着的抽屉。她有些惊喜,并断定这是个秘密。也许母亲就是担心这个抽屉没有上锁。她翻了翻账本,是一本从前的家庭流水账兼杂记。有一天的账是这样写的:

47

××年××月×日

早上,他说吃油条有碍健康。改让他喝牛奶,本地草鸡蛋。他说他在家里就没有这么好的招待。这我知道,离开了我,他也许就活不下去,我也是一样的。他吃了两只鸡蛋,又吃掉了我碗里的半碗泡饭。他知道我没有喝牛奶,更没有吃鸡蛋,便要我喝点牛奶,说是美容。他说要快些喝,别让娜娜起来了看到。娜娜是喝不到牛奶的,更吃不上鸡蛋。他说女孩子将来有人会给她吃的。我觉得他这话太自私。他笑了,他说,没有自私,你能这么长久地和我在一起吗?

他说的也对。

上午买了一根牛鞭。买的时候,那摊主很坏。他要我说出这东西是什么才肯卖给我。我看出这人说这种话意识很坏,就要走开。那人又喊我,一副猥琐相。我相信他肯定不是好东西。我毫不客气地告诉他,我可以让你的摊马上滚蛋。我说得非常认真,镇住了他,使他明白了眼前的人是谁。这根牛鞭可以让他吃三天。中午先煨好,然后切一点炒只青椒,不让娜娜吃,她还小,要是吃了有什么异常可会害了她的一生。

青椒2斤,牛鞭3斤1两,排骨1斤7两,韭菜2斤,小葱1分,生姜5分,酱油1斤半,总计2元7角4分。

中午他没有来吃饭,说是北京有领导来了,他要去陪同。晚上十一点来,说是坐一会儿就走。我猜到是要到领导那儿去。我把煨好的牛鞭汤给他喝。他喝得好开心。后来他就戏说药性发作……

××年×月××日

没有精神记账了,肚子饿得很。他从外面回来,偷偷带回了两块面饼。他要我马上吃下去,我想留一块给娜娜。他坚决不让。他说他的女儿和老婆都没有。我很生气。我说，你老婆有政府照顾你的每月五十斤大米。老百姓没有。你老婆有每月两斤食油，老百姓没有。他没有开口，剪着手在屋里来回地走动。看着我，长叹一声说："要是你的女儿饿死了，这倒是个好事，省得有人将来拿她做我的文章！"他说这话是什么意思呢？

我非常生气。我想我是第一次清醒地看着他。我告诉他，娜娜是你的亲骨肉。

他笑笑，说出了我不敢相信的话。他说，在红军长征的时候，那些红军有孩子的都是些什么人？大人物，他们把孩子托给老乡。那是一种怎样的托给呢？他们自己要那样做的吗？他们自己也不知道明天是死还是活，所以就顾不上孩子了……

他的话对吗？

48

娜娜突然发现在这一页中有另外一种笔迹的文字。这些文字看不清了，像是用褪色药水消掉了。娜娜想起来，在"文革"中母亲能够保护她自己和女儿平安度过，好像就是多亏了这本东西。否则，母亲就会被斗死！她将成为孤儿，最可能的去向是随同那些知识青年一起上山下乡到农村或山沟沟里去，然后被生产队长强奸，如果不从，一个小小的生产队长就可以任意地强奸你，把你弄死都没有人为你申冤！从这一点上看，娜娜是要感谢母亲的。

她轻轻地摇摇头，一种悲凉直袭胸中。那种书上说的家庭的幸福，那种父严母慈的爱，到底在哪里？母亲为了自己的私欲同一个有老婆的男人长期睡觉，做他的暗娼，竟然为他生下一个他们都不需要的女儿。又在灾荒的关键时刻做出留下情欲而不要这个孩子、让她饿死比让她活着好的决定……

太可怕了。娜娜痛苦地双手抱住了脑袋，嘶叫道：

"不！不！这一切都不是真的，都不是真的啊……"

当她的情绪镇定下来后，她完全相信那都是事实。她有着一对残忍的父母，而且是她的真正的生父生母。这是多么可怕而且要她正视的事实。

既然你们这样，也不要怪我无义！其实，是你们生就了我的性格，也是你们为你们自己种下了一棵祸根。

娜娜用那把小钥匙，打开了窗前写字台上的那只永远上锁的抽屉，里面是赵契的一部分使用过的工作笔记本。她翻了几页，除了说他某日到过什么地方，看到饿死了几个人。某县的某干部说他们的县长抓开河雷厉风行，搞起漂亮女人来也是雷霆万钧？住某招待所，半夜有女子自称是黄花闺女前来陪宿，说是这床上许久没有人来睡觉，阴气太重，要她上床焐焐暖。说着这女子就脱得一丝不挂，幸好他没有被诱惑，严词赶走这女子……

她看了看，这种在封面上打着"秘密"字样，"用后存档"的本子一共有十七本。封面上都有时间记录。她数了数，1956年下半年启用的有八本，启用的号码有四本是连号的，其他均不连号，但在封面的左上角有个自己编的号，那个号将这几本连在一起。娜娜翻了翻里面的时间，都是编排很顺的，到1958年3月为止。另外的几本是1961年5月前的，也是顺序排的。

"这些东西干什么用的呢？"

娜娜知道这些东西在"文化大革命"中都是生父赵契的罪证。母亲收集它们是保护生父还是另有所图？现在娜娜当然是很清楚的。她再翻抽屉，里面还有一本小小的本子，打开好像是避孕膜，上面却是外文，时间好像已经很长了，手弄弄，那些膜已经没有一点弹性。娜娜知道这是妈妈年轻时的东西。旁边还有两封系母亲笔迹的信，那是写给正在日本访问的赵契的。信里面什么也没有讲，全是些革命的套话。

娜娜按照原样把抽屉锁好。她觉得奇怪的是，母亲打长途电话说是自己的小抽屉没有锁好，那是哪只抽屉呢？

现在只剩下了床头柜。

娜娜这时才发现自己办了件蠢事，母亲打电话说的小抽屉，如此说来一定就是那只床头柜。而自己却在这里到处乱翻，让她回来看到后会怎么想？

她再次去拉那只抽屉，锁着。

锁着？

锁着！

锁着。

49

锁着？

锁着！

锁着。

"孩子，你应当学会写日记。你知道吗？世界上许多大文豪都是从写日记开始走上成名奋斗的道路的……"

"妈妈，什么口叫文豪？"

"你不是很喜欢读高尔基的《童年》、《我的大学》、《在人间》吗？"

"是啊。妈妈，《半夜鸡叫》也很好玩啊。那个周剥皮真坏。妈妈，妈妈。你知道吗？《半夜鸡叫》是高玉宝写的，同学们都喜欢看。我还喜欢看《卓娅和舒拉的故事》、《赵一曼》，还有《华盛顿》。妈妈，写这些书的人都是大文豪吗？"

"是的。"

"怎么样才能成为大文豪呢？"

"就从写这些日记开始。到了一定的时候，你的写作水平提高了就会写出好的书来的。那些一流的大文豪都是这样过来的。"

"写什么日记呢？"

"写你一天中看到的东西。"

"写别人不好的东西也可以吗？"

"写你想说的什么东西都可以。"

"写好了给你看吗？"

"你可以给我看，也可以给你爸爸看，还可以给赵伯伯看。那个赵伯伯是最喜欢你的……"

"我不想给你们看！"

"好孩子。这当然是可以的，这是你的秘密。你知道吗？一个人生下来从懂事开始就会知道许多的别人不能知道的东西。有的人把这些个人的秘密写在日记上，可以常常当作朋友一样谈心，对自己认识世界和如何对待敌人，如何交朋友都很有好处。孩子，你已经有了你自己的房间，你还有你自己的写字台。妈妈把这把小锁给你，你把你的日记本和你认为是个人秘密的东西都可以放在里面。妈妈不看你的，妈妈就你一个女儿，妈妈希望你长大了成为大文豪……"

"我要是长大了做外交家好不好？"

"好啊！带上年老的妈妈去全世界玩啊！"

"那不好啊！世界上还有许多阶级兄弟生活在水深火热之中，我们不能去玩，我们要去解放他们……"

……

×××× 年 ×× 月 ×× 日

妈妈打了我。打得我好痛啊！

妈妈说话不算数。

妈妈自己说过，她说她不看我的日记的。可她说话不算数，她今天把我的日记要了去给好久不来我们家吃饭的赵伯伯看。赵伯伯一开始很高兴，看着看着就皱起了眉头。后来他就把日记给了妈妈，说了一句要妈妈好好教育我的话。饭后，他们到房间里去了。一会儿。赵伯伯走了。妈妈就开始打我，问我为什么写她和赵伯伯睡觉的事？我没有回答她。因为我知道，爸爸就是被这个赵伯伯害死的。因为赵伯伯是个大官，没有人肯为我爸爸说话。邻居周叔叔说，因为我是赵伯伯生的，所以爸爸对我不高兴。其实我爸爸对我很好，非常喜欢我的。他常常一个人在背后哭。我知道他见到赵伯伯来就吓得躲到一边去了。妈妈和那个赵伯伯常常光着屁股在房间里。我看到了很不高兴，告诉爸爸。爸爸说，女人长大了只能和一个男人在房间里光屁股玩，不能乱和别人。我说，赵伯伯不是外人。爸爸说，你妈只能够和我，她和姓赵的就不对了。我问周叔叔。周叔叔也是这样说的。他还说，那个赵伯伯不是好人，霸占人家老婆，他是欺负你爸爸不能压得你妈吱吱吱叫。他说了一个故事，说很古的古代，有个小孩，他见他家的伯伯常常把他爸爸赶出门去，然后叫他妈不穿衣裳在屋里给他跳舞。他妈妈非常高兴地跳着舞还朝他的伯伯翘起大腿，然后他伯伯就把他妈妈抱着……他告诉爸爸，爸爸哭着对他说，这个伯伯不是他的真伯伯，是霸占他妈妈来的，他妈妈早就和这个坏伯伯串通好了的。这个孩子明白了许多道理，他一下子长大了。就在伯伯又来和他的妈妈鬼混时，他拿着事先磨得锋快的砍柴刀把那个坏伯伯杀了……这个故事被古时候的大文豪记录下来成为教育别人的故事。

我明白了，我不喜欢这个赵伯伯……

50

有人开门，这声音打断了娜娜的回忆。她赶紧把东西按原来的样子弄好，走出来，钻进厨房去。

进屋的是乐和。

娜娜故意从厨房伸出头来朝他看。

"你下班啦？"乐和手里拎着一只食品袋，见了娜娜，举了举说：

"刚出炉的新鲜鸭肫，我看到了就买上一点。"

娜娜高兴地过来接着，笑着问他：

"来点酒吗？"

"你想喝？我去买瓶上好的葡萄酒。"

乐和说着就要出门。

娜娜拦住了，说：

"别去，中午不要喝酒。再说，下午还有事。"

乐和马上应道：

"是啊！我下午还想写上几千字的。"

"我去做饭。你歇着，要泡杯茶给你吗？"

乐和朝沙发上坐下去："不用，我自己来吧。"

他坐下又起来去泡茶。他见那只放好茶叶的筒里没有茶叶了，问娜娜什么地方还有好茶叶。娜娜从厨房里伸出头来问："什么事？听不清，你说清楚一些。"

"你妈还有什么好茶叶放在哪里？"

娜娜灵机一动，好机会来了，忙说：

"好像听我妈说，她还有一包放在办公室。不过，我也记不清了。我告诉你，妈妈上午打了电话来……"

"说了什么事？她不是刚走吗？都到了？……唔！坐飞机是快的。她打电话给你说什么事……"

"她让我去她办公室把她的抽屉锁一下。她说她走的时候太慌了……"

乐和点点头说：

"是啊！她平时把那几个上锁的抽屉当命宝一样，总是锁着，好像那里面能藏什么宝贝似的。她能有什么沈万山的金银财宝留在那里。昨天我发现她的床头柜没有锁，就给她锁上了，钥匙也放在她抽屉里面了……"

娜娜跑出来问：

"什么？床头柜是你锁的。那你看过里面的东西了，那里面有什么东西你是知道的啦？她打电话来就是说不能让你看的……"

"你怎么啦？她真这样说的吗？她为什么要不放心我。我可没有多生一个心眼去看她的东西。我想她也不会有什么可以藏在那里面的，能有什么好东西藏的？我就不相信的……"

"你真没有看？"娜娜用眼辣辣地射着他。

"我不喜欢看别人没让你看的东西。不过……"

乐和这话出口，心里还真有点虚虚地。他觉得自己应该对娜娜做点解释，因为他过去看过她那本日记体文章，今天又看过了娜娜铺在桌上的东西，他看着娜娜那情绪有些变化的脸，还是没有说出口。他只是点点头："我是没有看，见她开着就替她锁上了。你去做饭，要是你累的话。我来做吧！"

"我马上就会做好的。我做了几只你喜欢吃的菜……你说你真的没有看，那你为什么要把钥匙塞进去呢？"

"这是为我好。我担心我万一思想不能稳定，突然有一天拿她的钥匙去开了抽屉翻呢？如果那里面有她掌握的对我不好的东西。你说，会不会影响我们俩的关系呢？也许她是无意的，而我却认为她是有意的。这样的误会一旦形成，就很难磨灭掉。这样的事搁在年轻人身上，也许还有时间来得及慢慢弥补，漫长的岁月足以使他们相互间挽救情感。对于早已形成固定思维又半身入土的我们来说，那可是真正的悲剧！我这一生已经受够了磨难，不想让那种完全是人为的根本可以避免的灾难再来迫害我们了……"

乐和说着，听不到厨房里有响声传出来，提高嗓子问：

"你怎么啦？"

他追过去。见娜娜身子斜在墙上，闭着眼睛。

"你不舒服？"他问道。

娜娜摇摇头，恢复了正常，开始做饭。

娜娜哪里知道，乐和说这话多少有些心虚，他想用一种方法来解脱自己曾看过娜娜的那种自责心理情绪或放纵的记录。

这顿饭吃得不香。

娜娜不知该用什么办法来动员乐和下午去她母亲单位里翻抽屉。

乐和呢，他对铁塔的事还不死心。他想，能不能再让娜娜通过许可来了解到有关部门对铁塔的目前态度，但后来他又自己推翻了这种念头，何必让娜娜去与一个她不喜欢的人打交道？下午他可以去找周得山，或者晚上也可以的，让周得山陪自己去找许可。他看看窗外的天，雨仍然在下着，而且像是要长久地下下去似的。他吃好饭，把吐在桌上的杂骨和皮核用筷子夹在空碗里，放在一边，顺手拿过一份报纸翻着等着娜娜吃完，收拾桌子。

"你去休息吧。桌子我来收拾。"娜娜说。

"下午上班去吗？"

"要去的。有一份材料要整理，是馆长交代的。一个外国人对赛珍珠感兴趣，写信到我们这里来要我们帮她查找有关赛珍珠在中国的情况。其实，他们应该到镇江图书馆或者镇江的博物馆、档案馆去查。不知为什么馆长一定要我们图书馆负责到底，而且要我一抓到底，把所有能找到的材料一个不漏地找到。要是有可能还要我写出一份有分量的关于赛珍珠在中国的年表……"

乐和说："你不是正在搞赛珍珠专题吗？是的，我知道你那是与他们要的材料风马牛不相及的两码子事。但这也是锻炼自己的好机会，你不要轻易放弃掉。这样的好机会，并非人人能有的。我看你们那位馆长很有见识，也很有远见。是个想干一番事业的好领导，这样的人现在不多啦！在这样的领导手下工作，一定可以出成果的。"

"我刚接手。会好好干的，你放心吧！"娜娜两只好看的眼睛一转，说道，"下午我要到妈妈单位去。"

"干什么？"

"她来电话说她的办公桌上的抽屉没有锁嘛！"

"我去一趟吧！"

"那太感谢你了。哎！你别忘了好好找一找，说不定好茶真在什么地方躺着，茶叶可经不起这鬼天气的……"

乐和应道："那我就找一找。"

51

娜娜下班的时候，雨早已停了。

马路上非常凉爽，风吹过来，鼓在人的身上，寒意已经很重。娜娜穿着衬衫迎着风，只觉得两臂起着鸡皮疙瘩。她放慢了速度，一边想着今天乐和去母亲单位会得到什么结果，一边思考着那个问题。她对自己说，不能再拖了，是到了应当知道乐和和那个洋楼里的全部秘密的最后时刻了。别的都好说，唯有这个"最后的时刻"不知该怎么办才能天衣无缝？

走菜场过的时候，她顺便买了点蔬菜，又看见新鲜的虾，买了几两。回家的路上，她想起了自己看到的母亲那些流水账式的笔记。她想，母亲当初的用意原本是非常明确的，为了保护自己，为了不失去她依赖的男人。可她没有想到"文化大革命"使她和那个也算曾经是她爱过的人受尽了人间的耻辱……她为什么不换一种方式，比方说人们常常在书上看到的那种用爱来维系？

她想到这个问题时，又忍俊不禁笑起来，自己难道还是小姑娘？还在做着罗曼蒂克的梦？想到自己，想到那并不长的爱情历程，不由得短吁长叹、凄惨苦笑：在生活中，哪来纯粹由甜蜜蜜爱情砌成的伊甸园？还是一位作家说得好，爱情从来都只是当着游戏，而婚姻却要记住一条准则：诸因素的总成，缺一不可。如果你只有游戏爱情的婚姻，那你就注定要饱尝苦酒或终身当它的奴仆。

因为你不知道婚后的生活是两个背贴背站着同心协力面对一群恶魔的战斗……

母亲要想系牢她的那根婚姻的绳子，当然只有这样的法宝，一来可以让他时时重温一种甜蜜，二来可以让他记住自己糊涂时的后果……女人的伎俩大抵如此。她想，这一点她不会猜错的。娜娜望着马路上来来去去的行人，心里道：他们中间又几多不是如此的呢。只不过有人用笔记有人用心记！这就是生活，这生活能实实在在地教育人。如果她处在那个地步上，她也只能那样。娜娜知道，女人要想赢得男人永远的爱心，那实在是一门不可低估的大学问。她这么年轻、漂亮。当然说不上怎么漂亮绝顶，可比那些电影演员的气质要好得不知到哪里去……乐和却看不上她，这到底是什么原因呢？她百思不解。在她真正"绝望"的时候，能说她不会干出比母亲还要过格的事来吗？会的。她现在坚信自己也会做出那样的举动来的！

娜娜到了家，乐和还在他的房间里写着他的长篇。

娜娜不想打扰他，把东西放下后就到厨房里去做饭。

吃饭的时候，娜娜问起乐和下午去母亲单位的事。她非常关注他脸部的表情，她极想知道这里面到底有什么名堂，而她将可以采取哪些方面的措施……

乐和好像没有任何可以谈的东西一样，轻描淡写地说：

"我去的时候，她们办公室还没有人。别的办公室的人说，你妈妈不在就几乎没有人来上班。后来来了一位年轻的女子，听别人喊她叫小贾。她打开了门，让我进去，说是因为另外两个人正巧都在家搞考试前的功课复习，一个是报考关系学硕士，一个是报考博士研究生。她笑着告诉我，说你妈就是严格要求年轻人上进，只要说是上学，割她的肉都情愿。看得出你妈在他们的心目中有相当高的威信。"

"妈妈当初要我拿文凭不也是这样嘛！她把别的年轻人总当自己的孩子一样，那个小贾原先谈了一个对象，大家说不好，她竟然去把人家拆散，那个男的后来说要打电话恐吓妈妈的哪！

"花三千元要你妈一只耳朵的事？……也真有你妈的，那次我就说她管得太多了。她可是我们这一代人中典型的机关老大姐！不过，那小贾好像不像没结婚的样子……"

娜娜笑道：

"那是哪一年的事？人家现在的孩子都已经六岁了。她如今的丈夫就是妈妈替她介绍的。我是一点看不上那个男人，没有男人气质。偏偏她看得上。那男的对她蛮好的，是那种过小日子式的男人。"

"如今谁不是图过日子？有多少人是真有所谓的远大抱负，有，如今也不是那种时候……"

"小贾没和你说什么？"

"没有。她把你妈的那张办公桌指给我以后，我就看到桌子中间抽屉上挂着的一串钥匙。过去把它锁上了……"

娜娜看着他，有些惊呆，她真不敢相信乐和这个人正派到了令现在的人不敢相信的地步："你、你……你就这样的……没有看、看、看看……"

"我把钥匙拿在手上站起来要走时，才想起你叫我找茶叶的事。我又去开抽屉。开之前，我问小贾，你妈平常把茶叶放在什么地方。小贾说你妈的抽屉里不会放茶叶的，要有就在柜子里。她告诉我，你妈的那只柜子从来不上锁……"

娜娜心凉了。

她还是不甘心地问：

"你就这样走了？"

"不走还干什么？那柜子里根本没有茶叶。"乐和看着娜娜说。

娜娜突然灵机一动，说道：

"你也真傻，妈妈就是有好茶叶放在什么地方，怎么会轻易告诉办公室的人？再好的同事总是同事啊！她们总不可能成为妈妈的女儿。你应当翻一翻妈妈的抽屉呀？……这样吧！我明天上午到市委大院去，你把钥匙给我，我去替你找一找。"

"不要找了，挺麻烦的事，没必要那么当真。再说，我可以上街去买点好茶叶的。你那个赛珍珠的课题搞得怎么样？"

"我明天到市外事办去找人，听说他们那儿有人搞了一些赛珍珠的东西。"

乐和看看她，想问，大概不会是许可吧。这话他没有说出口来，实在没有必要把所有的脑子里突然想到的东西都搬出来……

饭后，乐和把那串钥匙给了娜娜，给她的时候，嘴角曾漾着一丝不大容易让人看出的笑。娜娜似乎注意到了，但当时没有体味出来，后来感觉到的时候已经很迟了，大错铸成，无以挽回。

饭后的节目，照常是散步。

去的地方是那个常去的地方。

雨后的道路上干净得像特意用刷子洗刷过似的，牙条石的石缝间长出来的小草青碧得十分可爱，间或有一两朵紫色、黄色的小花点缀，更增添了这绿荫小路上的幽静气氛。道旁的树枝间或由风摇着洒下阵阵的雨点，不遂人意地落在人裸露的皮肤上，没有了夏日的凉爽，多了一层透骨的秋凉。

乐和默默地走着，他想告诉娜娜今天去她妈妈单位的真实情况。他有这个念头是他一回到家就想的，甚至非常激动地在她妈妈的单位里就要拨电话给娜娜，那一刻好像他没有带娜娜的电话号码，也可能当时电话机旁没有本市的电话号码簿，在他一个非常平常的不值得记住的动作以后，这种冲动的情绪一下子消失了。他回家的路上也想去图书馆找娜娜，去当然可以去。他后来想，她在工作，而且是做着重要的工作，能打扰她吗？还是让她回家后再说。后来，他完全打消了告诉娜娜的念头。他在家中的那只床头柜里看到了这个女人记录着关于他的言行的一些东西，这和她放在办公室里的那本"乐言集"是一致的。也就是说，女人在收集他的"言行"，而且收集的是他与现实有某种抵触情绪的。她为什么要把他正在写的长篇小说拿去复印一份放在办公室的抽屉里？而且在一些她认为重要的地方特意用红笔画了杠杠，难道想让他乐和有赵契的下场？他笑了，这是不可能的，完全不可能的。历史虽然有惊人的相同或重复，但绝不会在这样短的时间里再来。再说，他乐和能有什么大辫子让她抓的？充其量不过是"利用小说反党"，这一大发明已经被别人顶了罪去，现在再给他套上，没人会信的。那她干什么呢，难道是一种多年形成的"变态心理"？

在心有余悸的后怕中，乐和终于决定暂时不把这件事告诉任何人，因为他知道，一旦娜娜知道，很可能她会有什么事想做。或者说，她母亲让她去取钥匙，她让他去的本身就是一种阴谋也未必。静观其变，不失是一种好办法。乐和想，自己已经这样大的年龄，能求得安宁便安宁，得过去处且过去。

现在，他又想告诉娜娜这件事，因为他知道娜娜明天一定会遇见小贾的，两人如果说起来怎么办？怎么告诉她呢，说她的母亲有一种怪癖吗？母亲有，女儿会不会也有？而且他在翻过那些他进这个家门以来尚未动过的许多上锁的抽屉，认认真真的认识了一下这母女俩。

不！还是永远留在自己的心里。作家有一生中永远不会动用的素材，我为什么不可以也这样呢？

"你在想什么呢？"娜娜过来抱着他的手臂问。

乐和轻松地回答她：

"什么也不想。走在这样一个静谧的雨后的林间，我们需要想什么？什么也不应该想，我们只应该抓紧这大自然给我们的恩赐，尽情地享受一下。你深深地舒适地呼吸，你尽情地展开双臂，你不觉得一个人如果一生都是如此将是最美好的吗？一切的污染被大雨冲走了，一切人世间的尔虞我诈此刻显得多么渺小，甚至不值得一提，就是有这样的杂念，都有苍蝇在哽之恶！"

"是啊！有时我常想，人是否有两面性。同样一个人，他可能一下子是这样地善良和美好，而突然在另外一个场合又是非常可怕的魔鬼。"

娜娜说着，轻轻松松地耍着她的顽皮，摇着乐和的手，问：

"是吗？你说是不是。如果你的小说里的人物总是那种单一的面目出现在读者面前，人们会说你写的人物并不成功。你说，是不是？……"

"就写小说而言，外国有个文学评论家叫佛斯特的说过，小说人物的扁平和圆形就是作家对现实生活中人物的解剖和重新组合的作用。实际生活中是没有什么性格单一人物的，从生理学的角度来说，血液的流动和神经系统的作用使人的活动和思维产生多方位的立体性变化，理智的控制可以使人在一定的条件和外界影响下起变化。这没有什么固定的公式和什么东西来说明的。希特勒在侵略上可以是全世界人民都不肯对他宽恕的战争贩子，但他在爱娃面前，也是一位非常称职的情人啊！……你突然想到这个问题，是不是发现了赛珍珠的什么事？"

娜娜说：

"人家不说赛珍珠嘛。不想什么，就这样随便说说也不行？"

"当然可以。"乐和嘴上说着，心里却明白，这个总不肯嫁出去的姑娘似乎没有什么随便说说的话题，至少他还没有发现……

52

两人来到了通向洋楼的岔路口。说岔路，实际上因为路中央立着一座铜像。那是中国资产阶级革命的先驱孙中山先生的。铜像的右边路是通那座洋楼的，左边却是别的地方。乐和站在这座铜像面前，一股夹着凉意的秋风慢慢地在他的心际间流动着、奔涌着，他忽然有些激动起来。他的激动是先由心灵深处开始的，一股前所未有的激流在他的心灵深处的某个地方被掀起，越积越大，形成一股强大的巨流，汹涌着，奔腾着，在他的那个关闭了许多年的心房里四面出击，寻找出路，他的整个心体在颤动，他感觉到他的灵魂在战栗，那企图永远阻挡这股激流的"墙体"崩溃了，激流欢腾在没有任何碍绊的广垠世界里。他的视野开阔了，他的被激流湿润过的记忆土壤不再干燥得结板一块，一颗颗往事的绿芽从记忆土壤中喷薄而出……他高兴得几乎要跳起来，喊起来，啊！我想起来了，我完全想起来了，这地方从前是……

他望着娜娜，他不敢激动，他更不敢跳跃，他怕那记忆的大墙再次关闭，那将是永远的封闭不再打开……

"你怎么啦？……"娜娜见他的神情异常，关切地问。

乐和一把抓住娜娜的双肩，激动得声音颤抖：

"娜娜，我终于想起来了。这地方不是孙先生，是他，是他！没错，一定是他。他在这里叫那些穿着军阀服装的人向洋楼开枪的……"

"开枪！开什么枪？"

乐和变得有些急躁起来，言不达意，说了半天，也没有让娜娜明白到底是怎么回事。娜娜想得到的绝不是什么故事，但她知道，故事的里面才有她要的东西，她必须耐心地把故事听完，就好像想吃鲜嫩的笋子得等到皮剥开才能尝，层层笋皮里面才有鲜嫩可口的笋尖尖啊！得沉住气，得耐心，得有方法，千万不要因一句话或一个无意的疏忽而使自己这么多年期望的目标溜过去……她扶着乐和，慢慢朝前面的一张久已没有人坐的路边石凳走去，一路劝着他：

"你别急躁，你想吧！你当初在我和我妈妈的陪同下，一块儿来到这儿，你就说这地方似乎有个什么东西在吸引着你。就好像有个人在等待着你。妈妈说你这是幻觉。妈妈知道你对三十年前你们都很年轻时在这里有过的罗曼蒂克很是难忘，妈妈说你现在的幻觉是从前那种生活给予的错觉。我不信，我坚信你是在寻找着童年时的一个真实的记忆。我从你的眼神中看得出来的……"

乐和看看她，又看看她搀扶自己的姿态，一种别样的情绪在身体里他也说不清楚的什么地方慢慢朝上涌着。他对娜娜说的那番话表示出极大的赞赏。这一切，娜娜从他的表情上完全可以看得出来。娜娜有些激动，她变得更加小心翼翼，说话更温柔可信：

"你那时没有找到这种回忆的缺口，你好痛苦的。现在，你突然发现了它，你要高兴。可你又不能太急躁。你知道，积蓄太久的回忆就像久藏在大坝里的受到压抑的水流，它会猛喷出来。你要好好控制住，让它慢慢地听你的话，把它们一点点地流出来，对你产生作用……"

"对我还有什么作用呢？"乐和惘然地说。

娜娜心里一怔，这不是好的兆头，我不能让他感到自己久渴的等待是无用的虚幻。她把乐和扶到石凳前，自己先坐下，然后把裙摆垫在石凳上，说：

"坐下吧！你怎么能说对你没有作用？你等了它那么久，难道就是一种虚幻的等待？无望的等待？你正在写的那个长篇小说是为了什么？如果是无望，如果是虚幻，你又何必那样做呢？……你说是不是。你还记得你对我说过的话吗？……你忘了？我可没有忘。你说，我们谁能说人生不是一场戏？每个角色都必须用自己最好的技艺扮演，有人可以让大家终场大笑，有的人可以用自己的噱头或者从容娴雅去担任悲剧的生旦。这话你说给我听时，我非常有感触。

我知道这是你对生活的长期观看、洞察的认识，是非常宝贵的财富。我那时就想，如果你没有那种认真地投入，你能忍辱负重地在我们这两个都与常人不大相同的母女家庭中生活？如果你没有那种专注，你退休后完全可以不必再难为自己，又何必去写那长篇小说？还有，你对我的态度……那更说明了一种成大业者的大家气质……"

娜娜说得好真诚啊，她甚至激动得流下了泪水：

"韩信受胯下之辱，是为大丈夫来日舒其雄心壮志，你难道没有吗？"

乐和听她说到那部自己正在写着的长篇小说，冥冥之中的某种力量又升腾在他的体内，诱发他进入了刚才那种思维。他站起来说：

"娜娜，我们朝那边走，边走边说，我兴许还能记忆起更多的东西……"

娜娜高兴地说："好啊！"

第十一章 孤馆灯青旧话重

53

两人慢慢向洋楼的方向走去，边走边聊，乐和记忆的大门越敞越大，他甚至记起了路边那块蜂窝煤状大石头上发生的事：

"那是一个暴风雨的夜晚。我站在窗前……应该说，我是被奶妈抱着站在阳台落地窗前的。楼下吵架的声响越来越大。奶妈的样子非常忧伤，楼下的事几乎就牵着她的心。是的，我现在还记得她当时的脸色。她的脸型长得倒不是很难看，像大慈大悲的观音菩萨。因为她长得比我母亲好看，我后来曾听到她告诉我说那时她常常听到我母亲对父亲开玩笑，说要我父亲收她为二房太太。父亲是个很正派的人，他没有那样做，他对奶妈也是很好的。从奶妈的口气里听得出来，她是极想做我父亲的二房的，只是不知什么原因没有能成。奶妈说话的声音从来不大，细声细语，那时她大概是十九到二十岁的样子。听大人们说，奶妈的命是很苦的，她小的时候给人家做童养媳，那人家的儿子十几岁时生病死了。那人家却仍然不愿意把她退回家去，要她为死去的短命儿子守孝三年。三年后，她十六岁。那年她被派去伺候那人家八十三岁的老太爷。老太爷竟然还能睡大了她的肚皮。老爷却死不认账，说她与佣人勾搭成奸来敲诈。那是个什么样的社会？她没有说理的地方，当她知道这家主人要把她卖到上海的妓院里去时，她怀着孩子逃了出来，在过江时被一个江盗奸污引起大出血。那江盗见她在船上流血，认为不是好兆头，就把她推进了江里。也是她命不该绝，在江中随潮浪漂浮时被我那手持望远镜看长江景致的父亲看到。父亲立即派人下水把她救了起来，她就是这样来到我们家的。那时，我母亲正好怀了我。奶妈生的孩子没有活。听人说，孩子不活，她就不能开奶。但她为了报答我父母的救命之恩，偷偷挤奶等着母亲分娩……说来也真是巧合，母亲生下我却没有奶水，奶妈便用她的奶水哺我。父亲常说奶妈的性格温柔，有柔情和美的天然气质，这样好性格的女人哺育的孩子长大以后，一定是个好人才。可是母亲说她太软弱，她说，我们的孩子像她，将来会一辈子逆来顺受……父亲笑着说，我们两人都具有强烈的反叛性格，两个反叛的人在一起对旧世界更是疯狂的灭顶，而她的温柔正给这种强烈疯狂的性格注进柔和，使我们的孩子将要柔中有刚，刚中有柔，这有什么不好？是的，我应当告诉你，我在那天晚上看到的一些事。那一刻，我看到奶妈在流着泪。我用小手轻轻地在她的脸上抹着泪水，天真地对她说，爸爸妈妈不喜欢哭的孩子，和和也不喜欢哭的大人。和和是我的小名，大概是取'天下共和'的意思。她听我说这话，拍着我说，好孩子，姨娘不哭！我喊她叫姨。

　　"外面的雨像倒下来似的。四周什么也听不见，都被雨的哗哗声淹没了。一道闪电把整个外面照亮。亮得像白天，但却被涂上了一层蓝色的光，魔鬼般的色彩。在这闪电的亮光中，我看到外面有人。就是我刚才说的那块大石头上，那一刻上面就趴着一个人，周围还有许多人，他们一见闪电都十分惊慌地朝树林草丛间跑。我并不知道那些人是来干什么的，平常我看惯了我们家门前庭院里的军人，他们是保卫我们全家安全的，所以并不为奇。奶妈却十分惊慌恐惧，把我抱得紧紧的。我觉得她浑身都在发抖……我再想看外面，闪电已经没有了，只有雨中的路灯光把那些白浪一样翻腾的雨水从墨黑的夜里倒出来，滚过来，在灯光下痛苦地哀伤地翻腾着，然后又滚进墨黑的夜去。我等待着闪电的再一次出现，我想看清楚那块大石头上的人是不是真的人，还是狼外婆派来的坏蛋？我想知道那些残壁颓垣上早早被爬山虎压着的绿叶此刻会不会被雨水和闪电雷鸣弄坏了，尤其是那些砖头下的蟋蟀会不会被淹死，虽然我早就问过奶妈，她说，那些蟋蟀妈妈会把它们的小宝宝保护好的。世上的妈妈没有一个不爱自己的小宝宝。我问她，老虎也是吗？她说是啊！她告诉我，在她的家乡就有狼孩的传说，说是山上有条母狼有一次没有吃掉公狼叼来的一个小女孩子，还把自己的奶给她吃。以后，这个女孩子就在狼窝里跟狼一起生活，学会爬着走路，用手去扑食物。后来狼被猎人打死了，这个女孩子被猎人救出来，可她不喜欢穿衣裳，不会走路，半夜里爬起来学狼叫，把很远很远地方的狼都引了来，整夜整夜伏在村四周嚎着。夜深人静听狼嚎，毛骨悚然。村上人害怕极了，赶紧就把她弄死了，然后把她埋在离村很远的一个地方。没有几天，村上人发现那个埋着她的地方被狼刨开了。她的尸首没有了。再后来，就发现她被埋到山里一个狼出没的地方去了……"

"我想知道你那时真正看到了什么？"娜娜说。

乐和在那块蜂窝煤状的大石头前站住，抚摸着石头面上一个个被人们摸得圆润光滑的孔穴，从记忆中慢慢引出那些从前都没有能记起的东西：

"……就在我想着蟋蟀、想着小鸟们的时候，奶妈惊叫起来。吓得我不知发生了什么事，直朝她的怀里钻，那时的我是什么也看不到了……奶妈好像没有朝屋里跑，却是打开了门，抱了我朝阳台上跑。你马上就可以看到那个二楼上很大很大的有紫藤的阳台了。当时奶妈就抱着我朝那儿跑，跑到阳台上刚躲进紫藤里面，就听到大雨中有人高喊，阳台上有个娘们。吓得奶妈浑身颤抖，我从她的胳臂弯里朝外看，看到红色的火光像刀一样割开墨黑墨黑的天空，然后变成一团奇怪的亮光把外面的东西都照得血淋淋的，在雨中摇晃着……尖叫声、骂声、哭喊声都在枪炮声中变得越来越软弱。奶妈因为听到有人说她在阳台上，她就吓得不知怎么办才好了。我现在想起来，奶妈虽然年龄不大，可她当时却是舍命保护我的。她抱着我从紫藤下转到了阳台的一个没有人注意的角落里，也不知是事先的准备，还是老天有眼，怎么就在那个堆着杂物的地方有个木梯。也许是竹梯。奶妈也不管那梯子放得好不好，抱着我就顺那梯子到了下面。下面不是地面，是一个小通风口的窗台。那个窗台通屋里，有蓝色的玻璃窗与屋里隔着。屋里的人怎么也不会注意到那不起眼的小通风窗口的。奶妈抱着我想寻找下去的路，突然一个闪电，她看到自己就在一个挥着短枪的军官头顶上。吓得大气都不敢喘了，赶紧捂着我的小嘴不让我喊出声来或哭出声。幸好这个窗台的外面有个铁栏子……"

娜娜说："你看，那不还在吗？躲个人在上面，莫说下雨天，就是大白天也没有人会发现的。你说你为什么要被奶妈带到那个地方去的呢？……"

"你让我慢慢说嘛！就在又一次雷电来的时候，一只火球在我们身边不远的地方滚着，把那个梯子弄得滑了下去。不倚不偏就落在那个军官头上，军官就被砸倒在地上了。梯子在雨中烧起来，雨一点也浇不灭它，把那个军官烧得直叫。我看得非常清楚。那一刻奶妈好像睡着了。是的，她被雷声吓得昏过去了！我看到大雨中雷电把那个军官烧死的样子，却一点也不怕。没有人管我了，我爬出奶妈的怀，趴在窗上开始朝里面看……"

娜娜长吁一口气，心里道："这才是正经的事。你这人大概天生有编故事的才能，把事情弄得这样曲曲折折，叫人跟着你搞得晕头转向。"

她不想打断乐和的思路，扶着他从大石头前走开，朝洋楼走去，一路继续听乐和说下去：

"……屋里，我的母亲已经倒在地上，好像死了。我的父亲被绑在柱子上，有两个人不停地用皮鞭抽打着他，把他身上抽打得没有一块好肉。我哭了，我拍着窗玻璃喊爸爸，却没有任何作用。玻璃的隔音太好了，屋里的那些人一点也听不到我的哭喊声。他们根本听不到。他们继续在拷打着我爸爸。我就看到有个人叉腰站在屋子中间指挥那些人打我的父亲。那人……我想起来了，闪电把他的脸照得清清楚楚。有一次闪电出现的时候，他的脸正好对外面仰着，所以我看得非常清楚的。娜娜，我可以告诉你。那人就像一个人……"

"像谁？你说了我认识吗？"

"你不一定认识。可你听说过的。没错，我越想越觉得这个人像他。不！应该说就是他。没错，我敢说，百分之百是他……"

"真急死人了，你说呀！他到底是谁？"

54

"……是吗？我还没有把意思表达明白吗？我是说我在国宾馆看到的那个乔子白呀！我现在想起来就是他……"

娜娜问：

"你能肯定是他？人家会说你那时才多大？一个小孩子能记住一个人的貌相几十年没有错？刀刻在石头上的东西，这么多年过去，风刮雨泼的也会变了样子的，何况是人的记忆？……"

"是啊！你这话也是有道理的。可我坚信我没有记错……"

乐和拍拍娜娜的肩问道：

"古人是不是有一种说法，说是'最是稚童不可欺'？"

娜娜睁着一对好看的眼睛看着他，忽闪忽闪，明白了他的意思，笑着说：

"我只听说过'童叟无欺'，没见过'最是稚童不可欺'。那也没什么，古人说没说，谁知道呢？我们为他们编一个也是一样的嘛！"

"哪能这样戏言？我当然记得有这样的句子的，有本书叫《张邦基墨庄漫录》的，上面有话说，'若要京都无人知，最是稚童不可欺！'说的是吴中做小生意人朱冲因杀人后以贿得免死，逃至京都交结童蔡，其子得以援引为官。《水浒》中的'生辰纲'就是他的事……"

娜娜说："你说他的事？我倒是从书上读过一点的。你说的那两句话是不是说要使京都的人都不知道你们的坏脑筋，除非你们叫小孩都相信？是不是。"

"你说的很对。我现在提到这句话是因为我在那个雨夜，趴在窗台上突然想到了父亲教会我的这两句话。我的父亲从我开始牙牙学语时教我的就不是一般人家教的《唐诗三百首》或《三字经》，或是其他的。他教我的都是他自己编的东西。我想到这两句话，当然也就对这个人有了非常深刻的认识……"

"他们把你父亲绑在柱子上干什么呢？"

娜娜此时此刻真怕乐和说话七岔八拐地把主要东西丢掉了。

"我也不知道，是真的不知道。你想吧，我在上面敲窗他们听不见，他们的声音我当然也听不到了！但我可以看到啊，看到他们拿着一只箱子。这箱子，我见过的。我知道那是一直放在我父亲房间里的。我记不清我是听奶妈说过还是我妈妈说过，说那是一个宝贝，比全家性命都重要。我当时看到那些人把这只箱子抬到大厅里来，心里怦怦怦直跳，不知他们要干什么？……"

说到这里，乐和站下来，抚着路边一个铁锈斑斑的路灯柱，无限伤感地说：

"万万没有想到。今天，他还活着，还要想来夺回这座洋楼。是谁证明说这楼是他的呢？难道他当时要找的就是这洋楼的产权证？不！不可能的事。我记得他们那些人说话的样子好像是在讨论一件非常重要的大事。对了，我想起来了。他们要我父亲去干件什么事。那会是什么事情呢？娜娜，你明天帮我找一些那年的当地报纸，看看有没有这方面的消息可以作为我们寻找的线索。"

"不用去查。我在整理赛珍珠材料时发现两则与孙中山有关的资料，我都把它们复印下来了。不知对你有没有用？"

"那你先说说？你先捡孙中山的说吧！"

"从资料上看，孙中山在1911年12月26日路过本市，他是乘坐火车路过的。当地一份报纸记载当时的盛况，说火车路过本市时，故意放慢车速。因为事先人们都知道孙中山先生要到南京，大家来到铁路穿城而过的地段，久久等候。大约在上午九点多钟，孙中山乘坐的火车出现了，两边的人群欢呼声盈耳不绝，掌声如雷……报上这么说的。想想也是会这样的。还有就是1922年因为陈炯明叛变后他在上海居住时到本市来过。报上说是住在广肇馆……"

乐和高兴地说："你这一说就对了。我今年六十一岁，是1924年出生的。如果是1911年，时间和天气都不对。那是个大雨的季节，电闪雷鸣，最迟也是秋天。应该是1922年的秋天。这个时期，政治形势非常复杂。他们想在广肇馆里做文章，对孙中山下手。孙中山是广东人，来了以后住在广肇馆的可能很大……可我那年还没有出生，我母亲甚至还没有怀上我。那么，会不会是在1925年孙中山先生去北京前呢，这倒是完全有可能的了……"

娜娜没有想到，她期待了多年的结果竟是一起历史早成陈迹的故事，顿时就没有了信心。当乐和问到她孙中山在本市待了多久，有些什么事在报上报道时。娜娜漫不经心地说，报上说是考查江面的情况，要造过江大桥，要开通对外国通商的码头！别的就不记得了，要查查报纸才说得清。

"但没有查到 1925 年去北京前来本市的材料，有一种可能，因为不安全，他来本市就不一定每次都让报馆报道了。"娜娜说。

就这些材料已经使乐和非常高兴，他记忆中的东西被诱发得越来越清晰了。他对娜娜说：

"你说的这些材料已经够丰富了。你应该知道，如果是当时他们是要赶我们出去，为什么要杀掉我的父母呢？就说那只箱子吧，他们打开后，空空的，里面什么也没有。这下他们恼羞成怒，发了疯似的打我父亲，一直抽打得好像要把他打死才罢休。当然不是马上打死！打死了我的父亲还怎么要他们要的东西啊！对了。我想起来了。是的，是孙中山先生在这地方住过以后发生的事情！也许是孙中山先生去世多年后发生的吧。反正我那时已经有三岁左右。很有可能是 1927 年。那时他们要我父亲交出一只镶银的小盒子。他们好像不停地说着：'交出你的意大利来！'父亲骂他们，骂他们想对孙中山先生下毒手没有成功，现在又想玩新的计谋……"

娜娜也被他弄糊涂了：

"你不是说你没听见他们的说话吗？"

乐和笑了，解释说：

"奶妈醒了以后，她悄悄把我带着躲到了洋楼后面的小屋子里。听奶妈说这小屋子是给大厅和其他房间通风的，有个小通风口通着大厅。我趁着奶妈不注意时，爬进通风口去看大厅里发生的事情……"

"你发现了什么？"娜娜问。

"什么也没有发现。从那以后，我总觉得这洋楼里有秘密。几十年中，一直有着一种什么力量在引诱着我，等着我去发现并把它从地下挖出来……那会是什么呢？是的。那会是什么呢？……"

娜娜说："我们去看看可以吗？"

乐和看看天色不是很晚，便答应了。两人一起朝洋楼走去。洋楼的大门前已经砌起一道围墙，围墙上有个小门。娜娜走在前面，刚推开小门一脚跨进去，一条狼狗扑过来，"汪汪、汪汪汪、汪汪汪……"

吓得娜娜拔腿就跑。

狼狗比她的腿快，一下子就把她扑倒在地。

乐和见不妙，上前去抓狼狗。他哪是狼狗的对手。眼看两人就要吃亏……

"滚开！——"

　　一个洪钟般的声音从后面传来。狼狗立即跑进了围墙。一位慈眉善眼的老者走过来，对着倒在地上三魂吓掉了六魄、衣裳撕破的娜娜歉意道：

　　"姑娘，不要紧的。它没有伤着你！……"

　　他又对乐和说：

　　"老先生，这是一条专门训练过的狼狗。因为年岁大了才让它来看门的……你们两位走到这里是有事？还是专门来的。"

　　娜娜已经爬起来了，拍打着身上的灰，揉着身上的疼处，听着两人的交谈。

　　乐和看看门里，问：

　　"现在是什么单位在里面？"

　　老者摇摇头：

　　"没有任何单位和人住在里面。多少年没有人住了！其实，这房子倒是一点也没有坏。这种房子要比现在造的那些大楼质量不知好到哪里去呢？真弄不懂，怎么没有人来住，却花钱让我在这里看它。还让一条公安局退下来的狼狗陪我。"

　　"平时有人来吗？"娜娜揉着身上的疼处过来问。

　　"没有。没有人来！上个月，来了一个年轻人说是要陪同华侨来看看，说这房子就是那华侨的。老同志，我年岁也不小了。从来都知道这房子是广肇馆，怎么会变成私人的呢？难道现在改革开放了，什么都变了？老祖宗们的事也变了？井冈山朱毛会师会变成林彪和毛泽东会师，那种事后来还不是也扳过来了？孙先生的广肇馆也会变？也要变过去，然后再扳过来？这种事，我想不通……"

　　乐和说：

　　"老同志，有些话说是说了。可历史并不见得就赞成的，用你的话说，过些日子还是要扳过来的。老同志，我们想进去看看，可以吗？"

　　老者摇头说：

　　"不是不让你们进。实在是这里面非常的脏，从来没有人来看过的。几十年前的大粪都还在地板上啊！人进去了，没个踏脚的地方……"

　　"没人整理？"娜娜问。

　　老者悄悄说：

　　"谁敢去？这楼里死过许多人啊！常常闹鬼。"

　　乐和说：

　　"我们不怕鬼，让我们进去看看。"

　　"好吧！"老者看看两人，还是劝道：

"你们就这样进去是不好的。最好换了衣服，万一真有什么，你们也好防着一下。再说，天色也不早了。要是大白天进去，会更好些。再带支手电，那里面没有电，有的地方黑洞洞的，大白天都伸手不见五指。你们看如何？"

娜娜坚持马上要进去看。

乐和想了想，觉得老者的话有道理，他劝娜娜说，明天白天来也没有什么关系的。就是看看，能看出什么名堂也绝不会在乎早一个晚上或迟一夜的。要有什么事情，几十年中，还不早就变了样子。娜娜听他这么说，想想也对，便放弃进去的打算。她挽起乐和的膀子朝家走。

一路上，乐和提醒她，明天最好先到她母亲单位去一趟，他可以在家等她回来后两人一起去洋楼。他又提议她最好这次不去，让他一个先去看看，打个头阵，探明虚实，然后再两人去。他说：

"真是看看了，无非是对旧物触景生情来点思古之幽情的东西罢了，还能有什么呢？我想不会有什么了……"

娜娜一听他说他一个人先去，心里好生不乐，你回想出了线索，想背了我先去取掉一些？没门。她没有把那情绪流露出来，而是找着理由说：

"后天去妈妈单位也无妨的。反正你已经替她把抽屉锁上了。我陪你来这里。你要晓得，有时候多个人就多一分安全，有了什么事，相互间也好照应的。你要是真嫌我，我就不陪你。你说，你什么时候开始这样嫌恶我的？"

听她这么说，乐和赶紧表白，绝没有那种嫌恶的念头，苗头都没有冒过的。

"没有就好。不过，一个人藏的东西，一万个人都是难找到的！你现在想起了许多的往事，千万要再多想想，说不定还有更重要的东西没有想出来！那都是很难说的……"

"你说的也对！"乐和点点头。

55

乔子白的身影总是在自己的眼前晃动着，还有那电闪雷鸣，还有那腥风血雨，还有那蓝色光亮中的洋楼……

乐和不能入睡。

那个大雨什么时候停的？他记不得了。他醒过来时就躺在奶妈怀里了，是奶妈把他摇醒的。他看到父亲躺在地上，奶妈跪在他面前哭泣着，说着他听不懂的话。奶妈的手上有一把钥匙。父亲艰难地摇动着身子，再一次恳请奶妈要把这把钥匙和孩子带走……

他记得父亲在奶妈的帮助下，用手摸了他，说了几句话，大概是，孩子，从现在起奶妈就是你的亲妈，要好好听她的话。将来革命成功了，奶妈会把你带到这儿来的。这是革命人的营房……

父母亲的下葬，他没有参加。听奶妈说，不能让任何人知道他还活在人世间。奶妈没有敢在这里多停留，带着他趁着雨夜出了城，坐上一条小船去了乡间。

乐和对于自己在乡间的生活是非常清楚的。他们住的那个小镇叫古柳镇，说是宋朝两位被贬的宰相坐船在这里停下上岸，分手之际都知今生难有再相逢的日子，于是各植一棵柳树在岸上以示纪念。没想到若干年后，两棵抱腰粗的大树成了一片好荫凉，过往行人在它的下面歇脚纳凉，再后来，此处成为一个渡口。又是若干年后，有一年的暴风雨将其中的一棵刮倒，倒下的树身正好横于水面成了桥。一树为桥，一树覆荫，两树依然如它们的主人在世一样为百姓造福，后人便称此地为古柳镇。奶妈带他来这儿投奔一爿从城里搬来的药店。这家药店的老板姓郦，这家药店叫益寿堂。这药店在城里时，奶妈曾替父亲到这家药店办过事。在她走投无路之际打听到益寿堂的下落，带着他来找郦老板。郦老板听奶妈简单说了几句乐和父亲的事，就叫她不要再说，在店里留下。从此乐和在药店里一直生活到读书的年龄。郦老板问奶妈他的大名，奶妈说孩子的父亲说不能把真实姓名传出去。于是，郦老板从父亲曾对他说过的"乐为天下共和奋斗"的话里取"乐和"为名，把他送到盛记酱醋坊的少爷们读书的私塾读书，由于盛家自仗权势欺负乐和，郦老板便只好专门请了先生开馆授课。后来他进了明阳书院读书。再后来，他在郦老板的资助下考取了金陵大学。这是一座外国教会大学，乐和进校正值全国上下一致要求抗日的时期。在举国上下的抗战高潮中，乐和也全身心地投入了进去。共产党的地下组织注意到了他，乐和很快被发展成为中共党员。不久，学校内迁。抗战胜利后，内战开始，革命斗争进入残酷的地下阶段。金陵大学校长由蒋中正兼任。刚毕业的乐和由于政治身份尚未暴露，被挑选进入《中央日报》。第二年，奶妈死了。乐和回去奔丧。郦老板告诉他，奶妈临死前什么话也没有说，只是要郦老板把一把钥匙交给他。

这是一把非常普通的钥匙，能开什么地方的门呢？奶妈没有说。

乐和隐隐约约知道这钥匙与洋楼有关，他没有询问郦老板，因为郦老板已经说了，奶妈临死前没有留下任何话。作为中国共产党的党员，他不能对同情革命的郦老板说上更多的话。这把钥匙的事应该告诉党。

他把这件事告诉了党组织，领导从他的手上接过这把貌不惊人的钥匙看了半天也没有看出这是含金量多少的宝贝，问话的口吻就有了许多的漫不经心，只是要他说清楚这钥匙到底是怎么回事。他没有任何办法说清楚，因为他实在不知道奶妈接手这把钥匙时父亲对她说了些什么话，他也无法肯定这把钥匙就一定是父亲给她的那把。再说，从时间上推算，父母亲是国民党左派呢还是当初国民党就没有分左右派？在这种国共两党严重对立的关键时刻，要是说出来，准没有好事给自己。自己那本来清白的身世这么一来，岂不染上污点了吗？虽没见过，却听闻过的种种清党惨案，使他闻之毛骨悚然。他只好把这事情中最最重要的与洋楼可能有关的故事掐头去尾，只说奶妈因为临死前紧紧抓牢了这把钥匙，或许她是有什么事没有来得及说……他作为一名中共党员，应该对组织上忠诚，所以就向领导交代了。领导又不便说他什么，人家忠心，你能说不好？说不定是这老女人几十年前与情人幽会时，情人给她一块手帕，而她给了他贞操。那男人另有新欢，早把这事忘得一干二净，而她却还在痴情地等待，甚至把那夺走自己贞操的手帕当宝贝一样藏在小箱子里，如今还要乐和再去为她寻找那个负心郎。多可悲的封建礼教啊！这样的制度再不摧毁它，中国还有希望吗？可悲的是乐和和他的奶妈都没有真正能意识到这一点。由此可见，呼唤人民大众的任务是多么艰巨！领导顿时感到了肩上担子的沉重和使命的伟大。他再一次用无产阶级的光辉理论给乐和上了一堂课……再后来，战争开始了。领导没有再问他关于钥匙的事，钥匙也没有还给他。倒是在一个花香鸟语，气候温暖的春天下午，他看到一个人来到他工作的《中央日报》，没有几天，他就被带走，后来关进了老虎桥监狱。一关就是多年，没有人来看他，他没有任何亲人在这世上了，更没有地下党来同他联系。他去找别人，别人像避瘟神似的躲他。他想弄明白这是怎么回事？却没有人敢告诉他是怎么回事。1949 年，在人民解放军占领南京后，他被释放。出狱后他才知道，原在《中央日报》的地下党内的叛徒把他出卖以后，又把全部罪过加在他的身上。这些叛徒并没有因此而得到多少快活，在又一次严峻考验面前，他们的再一次变节行为被识破。他们被处决。然而，了解实情的领导也被敌人杀害！乐和明白，他的党籍也随着入党介绍人的牺牲而被埋入土中，无论从政治还是血统、家庭上来说，乐和都完全成了没有娘的孩子。

乐和明白了这一切，他只好不再对过去的事抱任何希望。老老实实做一个普通的老百姓。所以才有了赵契身边的那个勤杂工。

乐和现在躺在床上想着这位乔子白。

现在的乔子白在几十年前是什么模样？

那个风雨之夜，在那个大厅里置父亲死地的真是他吗？

那个面很熟的，在《中央日报》楼梯过道上见到的人是不是乔子白？如果不是他的话，为什么这样面熟？难道是在金陵大学里与他见过的？还是在内地的陪都重庆见过的？……啊！想起来了，这个乔子白就是那个人。

乐和终于想起来了——

那是一个冬天，一个非常寒冷的下午。蹲监狱的人都穿上了狱外亲人送来的棉衣棉裤，乐和没有人给他送棉衣来，他只好依然穿着单衣，靠在牢房里不停地跑步来取暖御寒。看守中有个说话口音与他相近的人，他们各自都认了对方是乡亲。有一天，这个看守问他想不想与家中的亲人联系。乐和告诉他，这世上仅有的一位亲人已经去世了，他再也没有亲人了。言谈之中，乐和很想请他与郦老板联系，又担心给郦老板带来不便，只好不说。看守看出他的顾虑，悄悄告诉他，有个人想来看他，只是因为监狱长没有同意。如果乐和提出有同乡来看他也愿意见见，监狱长可以开这个方便之门。

"那人是谁？"乐和问。

"你不要问，见了面就会知道的，那人说他是你的同乡又是同事。"

乐和不相信，他在《中央日报》的同事中，只有那个看门烧水的贺老伯。贺老伯在他最先关在看守所时来看过他。那是贺老伯念着乐和平日对他的情分才来看他的，再说他是个孤老头儿，委员长不会由此抓他来吃号子饭。要是就这个罪名抓贺老伯坐牢，那委员长就太不近人道了……贺老伯从他正式关进狱后，就再也没有来过，是不晓得他被关在这里，还是贺老伯生了病或是已经不在人世，或许是因为看过他而被张道藩赶走去了乡下？起先，乐和还想过他，日子一长就没有再想。现在来的人是什么同事呢？

三天后放风时，看守来喊他。

他们把乐和带到监狱长的办公室里。

乐和一进门，就看见沙发上坐着那位在报社楼梯过道里见过的那个人。乐和现在记起来，那个人没有向他通报姓名，只是直截了当地问他：

"你是乐和？金陵大学毕业的。进来之前是《中央日报》社会法律版编辑，因为共党案进来的！"

乐和没有理睬他。现在，乐和又一次做了认真的回忆，他确信当时没有理睬，甚至没有正眼看他一眼。

他似乎没有介意乐和的态度，把手一挥，叫监狱长他们所有人都带出去，只让他们两人留在屋里。

屋里只有他和乐和。

他问乐和认不认识他。

乐和想说我们在报社见过，但他没有说，只是摇了摇头。

那人笑起来，说：

"我说你是共党，你还不认账。你是共党，只有你们共党才这样明明见过我却说不认识。你还是叛徒，你知道吗？你不是？你说不是就不是了？你说有什么用？我们说了才有用。我说你是就是！告诉你，委员长最恨叛徒。没有一个叛徒投靠委员长会有好果子吃的。你不去投靠委员长？你当然投靠不到的！可你已经是叛徒，你会被委员长视为眼中刺。你的同伙也已经视你为狗屎。我们当然也就只好让你住在这里到你离开这人世为止……"

乐和愤怒地说：

"我没有什么叛变不叛变的事。你们以莫须有的罪名把我抓进来是为什么？你必须放我出去！"

"你想出去？好啊。你回答我的问题，答好了，马上放你。我说到做到！"

"我没有什么好回答你的。要说有，那就请你听我说。只给政府的拥护者以自由，只给你们自己一个党的党员以自由——就算他们的人数很多——这不是自由。自由始终应该是持不同思想者的自由。这不是由于对'正义'的狂热，而是因为政治自由的一切振奋人心的、有益的、净化的作用都同这一本质相联系，如果'自由'成了特权，这一切就不起作用了。我想你应该听的是这个回答！要说我有罪，大概就是这个。"

"是的，在你的卷宗上有这方面的事。如果没有记错的话，当年你的父亲也曾说过这种话。从现在的形势来看，共产党坐江山已成大局。这并不奇怪，如果一个腐败的政权不垮台，那才叫真正的奇怪。我倒是有句话想对你说，那就是贵党坐了天下，也能如你所说，允许别党有今天你们对我党所要求的自由，那就真正以诚服天下，以仁治天下了！"

"这是当然的，也是可以肯定的。我想，你应该放我出去了吧！"

"不急，我想问你，你手上有没有一把小的铜钥匙？钥匙和普通的没有什么不同。只是柄有些异常，那个形状有点像羊头。这是因为在它的锁面上也有同样的一个羊头。除了这些特征以外还有一个重要的特征，那就是有两个匙孔……"

说到这里，那人不再说话了，只把两只眼睛盯着他。

乐和想告诉他，那把钥匙没有了。他看着对方，这话滑到嘴边的时候，换成了别的话："你怎么就断定我是有那把钥匙的人呢？"

那人点点头，想了想说：

"你问的也有道理。但你要知道，你关在这里，谁来看你？为什么没有人来看你，是真的你没有亲戚吗？不！人常说，叫花子还有三个富亲眷，你能没有？事实上你有许多亲戚，可他们都不知道你，他们甚至也早就不知道你父母亲了。你知道你真实的姓是什么吗？你知道你是谁的后代吗？……这一切对于你来说，也许都是谜，一个永远的谜。因为这世上已经没有几人知道这个底细，他们也绝对不会来告诉你的。我？我当然知道。我可以告诉你1927年9月中旬的那场惨案，那是继4月的上海、广州行动后，委员长为巩固国民政权迫不得已做出决定要对他的同学采取的行动。其实你的父亲自己不好，他为什么要把我党的成立宣言手稿窃为己有呢？还有英国伯明翰造币公司的那几十枚镍币样币，是华侨作为对北伐战争支持的捐赠，党国的财产，窃为己产是什么行为？……"

乐和第一次听说这种事，他简直不敢相信，原来自己的父亲是中国国民党的元老，怎么可能呢？又怎么不可能？一般的人能住在那个孙中山先生住过的广肇馆里吗？他问：

"你说的话，我怎么才能相信呢？"

"相信不相信都不一定要你说。但我可以告诉你一点，也是我们的疏忽。那天去执行任务是我带人去的。那是个大雨倾泻的夜晚。你父亲可能早已知道自己要遭到委员长的责备，事先安排人把你送走了。有人在那天看到一个女人抱着你在二楼阳台上的，后来就不见了。还有那把钥匙也被那女人带走了。我们一直在寻找那些东西，尤其是文件，我们认为那些文件更是无价可估的。在那座洋楼里，我们彻底找了，没有找到。我们坚信东西还在那里面，没有人拿走。因为你父母亲在那天晚上为党国殉职了，这世界上就再没有别人能知道那些秘密。能有的，当然是那个带你走的人。你父亲再傻，也不可能不把那些秘密留给自己的儿子……"

"是你杀了他们！"

对方笑笑，说：

"说的对。如果委员长要我现在殉职，我想拖到明天，能吗？……我们找你找得好苦啊！你失踪多年，长大了，又出现了！我们庆幸共产党还不知道你的真实身份，没有把你弄到延安去保护起来。现在他们只知道你是破坏他们安排在《中央日报》内组织的出卖者。我们也不想你有更多的罪状，有这一点就足以使你永远抬不起头来。使委员长的话得到了印证：一切与党国为敌的人绝没有好果子吃，包括他们的子孙！……"

好残忍啊！乐和恨得只敢在肚里骂，他脸上却平静如水。他明白了这一切都是他们事先弄好的，而他个人的力量是无论如何战胜不了他们的。他想到自己的党组织，希望党组织能去找到那些东西……"

"你在想什么？"

"你能肯定我就是你们要找的那个人吗？……"

"是的。因为你把那把钥匙交给了你们的共党领导。那人是个蠢货！只知道在女子学院里搞女人的肚皮，还不认账。你知道他现在在哪里吗？在九泉下的地狱里受苦。他出卖了你们在本市的几乎全部地下党组织，并且栽赃于你，想以此来换取委员长的信任。这正是你们这些人不识时务之处。你想，大事业岂是你等平庸之辈所能办到的？倘若那样，还要流什么血？还叫什么革命？孙先生还要搞什么国民党的改组？……他临死前求我饶他不死，说有个重要情况，我们以为是真的，他说了半天，就说出了一把钥匙的事。别人不知道是什么，我心里是明白的。他说他当时并没有注意，钥匙又还给你了。你说，他是蠢货吗？现在，你该明白了吧！你不要再同我绕弯子了……"

"没什么弯子好绕的。我对你说的事和钥匙一点也不感兴趣。我只是感谢你在这里编了故事为我排遣寂寞。"

乐和真想回他一句：你还有嘴说别人？说不定出卖《中央日报》地下党组织的真正罪魁祸首就是你！你用女色勾引我们队伍中的意志薄弱者，当你得到了你要的一切，就把他杀掉。那人是个可怜虫，死得活该。而你更比他可怜，贼喊捉贼的事在今天已经不是什么稀罕事了！他拿了那把钥匙根本就没有再还给我，却说还给我了，他为什么骗你？你能明白吗？

对方恨恨地问："你真这样顽固？"

"我要那小钥匙有什么用？我拿了也没有用。如果给了你，说不定你还可以早点放我出去。就算你没有那份善意，你杀人灭口，让我早点儿死掉，也省得在这里受活罪，对我来说也是一种造化啊！如今我生不自由，死无去路。我活得如此艰辛难受，能不想别的吗？除非我没有人的本能……"

对方没有了办法。他用那种奇怪的眼光看着乐和，许久没有说话，只是摇摇头转身而去了……直到现在，这一幕，乐和只要能回忆起来总是刻骨铭心的。

这人就是乔子白。

没错！这人就是乔子白。乐和肯定地说。

如此说来，在国宾馆的那个见面时的冷场完全不奇怪。

乐和现在完全清楚了：这些印在自己脑子里的那个人的影子，如今都不偏不倚地重叠在这个乔子白身上，没错！

完全没错!

这么说,他是想来这洋楼里寻找那个没有了钥匙的锁?

这锁会在什么地方?

兴许还在,千般的劫难未必能动摇到它!

56

"笃笃笃!……"

乐和知道,是娜娜在敲门。

他看了一下放在桌上的手表,已经快 11 点了,此刻敲门,能有什么好事。他隔着门说:

"有什么事明天再说吧,今天时间实在不早了,我也睡下了呀!"

"你开门嘛!人家有事要向你请教哇!"

"不能等明天吗?"

"明天?!思路断了怎么办啊!你还真的不管我的事了……"

在这种话面前,乐和没有办法了。他只好起来去开门。

乐和先把门打开一点缝,他想过,如果娜娜放肆的话,他就坚决把她阻在门外。令他惊讶的是娜娜一点也没有平时的那种"放肆",衣服穿得格格正正,手上捧着那本足有一块城墙砖厚的长篇小说《大地》。

乐和打开了门。

"你真的睡了吗?平时你可是常说,人家睡觉我工作,夜深人静好读书。没想到你也是做给我那妈妈看的呀!……"

娜娜说着走进来,四周环顾,然后在写字台前站定,把手上的书放在桌上,伸手随意地翻了翻乐和写的手稿,开玩笑问:

"第几届诺贝尔文学奖的书啊!"

她在旁边的圆凳上坐下,双手合膝,一副极虔诚的样子在墙上扫视几眼,然后说:"我在想,要真正能反映赛珍珠思想的东西,还必须从这部长篇中去寻找!你说一个人一生追求的仅仅是属于他个人的一种欲望吗?……"

"你怎么看?……喔。我想,我们能不能到客厅里去谈?虽然是在家里,可我觉得这个话题非常严肃,有个好的气氛能有利于我们思维的开拓,你看呢?"

娜娜站起来,随和道:

"好啊！我去准备点咖啡？"

"那就别弄了，我只要添点茶就行了。"

乐和把桌上的杯子拿着，随娜娜来到客厅里。两人对视而坐，俨然是一副真正的学术研讨。娜娜从冰箱里拿出了一碟冰镇过的冰冻糖呛西红柿，伸出一只手指揿着茶几上那只企鹅，每揿一次，企鹅的嘴就啄出一根牙签，她就拿着那根牙签插到西红柿上，等到碟子里的西红柿都遍插了牙签，她才抬起头来，仰身躺在沙发上，开始欣赏还是剖析对面这个人物，大概只有她自己知道。

"你还没有回答我刚才的提问呢？"她说道。

"你要我说？"

乐和想了想，他该怎么回答呢？就着问题直观地回答似乎是极好解决的，但他心里一直有那种预感，预感这位姑奶奶并不只是满足一种表面文章，而她往往都是打着杏旗插茱萸——图的别道。她今天的举止，又是为图什么而来的呢？还是她从前的那些没有成功的？不！不会是的了，应该说她的欲望是更深了一步，也是更简捷地要急急直奔主题，亮出自己的目的了。他想到这里，慢慢地心中也有了一些主见，开始对娜娜说道：

"从个人而言，可以说是一种个体精神的体现。而从整个历史与社会的背景上看，任何人的任何一种欲望都受着环境的影响。用一种最通俗的话来说吧！你们常常讲某某人的作品有独特的个人风格。这话是对的，但不完整。风格是人，更要紧的也是围绕人的环境。没有外部条件，怎么能诱发内因起质的变化？欲望大抵也应该是有这方面的关系的……你说是不是？"

"是啊！我就觉得赛珍珠这部长篇写出了中国二三十年的农民，如何由光棍靠勤奋加农民与生俱来的诡诈变成地主，然后由地主变为土豪，再后来由土豪蜕变为资产阶级！农民的这种欲望，应该说是他们每个人都有的。而有的人就一辈子不暴露出来。有的人就时时暴露，一有机会就要去试一试。我以前总是难以用一种精确的句子来形容，你刚才那么一说，倒是给了我启发，豆芽发育不完全是豆子本身，还有水、空气等等诸因素……"

乐和应道："是的。人为财死，鸟为食亡。自古就这理！欲望就是这种东西的膨胀剂和催化剂……"

"你说赛珍珠她是什么欲望驱使而写这部书的？"娜娜打断他的话说。

"怎么能这样联系起来说？作家的欲望是一种心理上的思想上的喷发，是作家思想的外在体现形式。也可以说是欲望。可与你说的那种欲望是有着本质上的区别的！作家和思想家都是用自己的思想去引发人们对某种现象的观察和思考，作家都是提出某种现象，思考则是你自己的事。而思想家则把渠道开好，引导你进入他为你事先设计好的渠道，然后顺着他的渠水的流向朝前走……如果说欲望，他们只是希望人们能接受他们的思想和他们观察所得到的某些代表他们的思想的现象。"

"你写的那本书最终想告诉人们什么？引导人们去了解什么呢？"

娜娜单刀直入地说道。

乐和心里道：看，她就是这么迫不及待。

他呷了口茶，笑笑问道：

"我在书里想说什么，你还不明白？"

"哎呀！你可夸得我太厉害了。你写的前面那半部我还没有能从深处细细研究过，看不透是不能乱说话的。这是你经常教导和告诫我的话呀！……不过。"娜娜想了想继续说道：

"你好像让人看出，是要说明一种道理。那是什么道理呢？好像是说，人最可怕的是明知不对的东西，偏要去上当，所谓越是山有虎偏向虎山行，这也是人的一种惰性。因为有的人常常把天道当作儿戏，不相信我们人的命运是受着大自然规律摆布的事实。而另一种人又是自暴自弃，把自己能动的力量也全部地否定，凭任自己像风中一叶似的随着天意……你是想把这两种思想的人来一个中和，提倡在天道的允许下，尽人的最大力量改造生存的环境，使人的一生的过程变得极富有意义。任何主义和激进的东西都不被你所赏识。是不是啊！"

她说得也对，乐和想。

乐和的确一直是非常佩服娜娜的才华的，现在更是如此。从某种角度讲，她的这番"见解"也启示着他对后面情节的发展。他赞同了娜娜的看法，说道：

"话这样说，也不是不可以，你的理解多少还是有些道理的。其实，小说完全可以不必那样做，把思想搞得那么弦紧弩满的，有什么意思？潜移默化，最好的效果是潜移默化！那才是小说的真正功力。"

听他说着，娜娜拿起一块西红柿，却不急着朝嘴里送，而是在手上用手指面捻动着，意味深长地说："这并不表示你没有那种欲望。而只是说你的欲望的表现形式更为巧妙些罢了。比方说，我手上的这块西红柿。谁不爱吃呢？我想，人人都喜欢的。漂亮的姑娘，谁不爱呢？人人都爱的。人们出于各自不同的需要和原因，用着他们自己的方法表现着欲望的排泄。是不是啊？……"

"娜娜，你怎么这样说话？"

娜娜用秋水难平的眼光看着他，把西红柿送进嘴里，优哉游哉地调侃道：

"怎么，说到你的痛处了？你以为我真的不知道你多次拒绝我的原因吗？你的目的快要达到了。那就是你终于就要解开系在你心头上的那个洋楼的谜了。我们母女俩被你使用的价值也快完了！你可以一脚踢掉我那可怜的母亲，她爱你爱得发狂发痴的岁月已经属于过去，只是在花凋人瘦时才与你相度残年的，你蹬掉她，她敢打个哈哈吗？除了以泪洗面，她还能有什么办法对你？可你如果上了我的床，你知道你是无法一脚蹬掉我的，说不定是腿入泥淖拔不出来的，因为我不是我那可怜的母亲。所以你就痛苦地压抑自己的情欲，不敢让它奔出来。你想得太美了！可你有没有想到，我的母亲绝不是一个简单的女人！她能够在那种年代把赵契控制住，没有手段是不行的。这一点，你应该明白……"

乐和有些吃惊，他急切地问：

"你妈妈怎么控制我？"

"哈哈！……"娜娜放怀大笑道：

"你着什么急？说到你的痛处也不要这样急嘛。你啊你！我就猜到你只是老谋深算，耍我们两个女人！你身上的人的情欲早就被物化了，这是现代文明对你最好的建设。你的真正的欲望在哪里？想瞒我？没那么容易……就是那个让你刻骨铭心的洋楼！现在好了，你已经记起了许多事。你可以抛弃我们了，可你就没有想到黄雀后面还有弹弓啊！……"

娜娜看着乐和紧张神情的脸色，心里好痛快：

"你要我告诉你，这又是怎么回事？……"

"娜娜，你可能误会了。我这么大的年纪，还能有什么作为？干吗要从生活得美满如意的家庭中走出去呢？出去以后的生活能比现在好吗？……"

"这种话谁也没法说清楚的。是人总有想法。脑袋安在你的肩上，你有什么想法，我能阻止吗？看看有的人一脸聪明相，做起糊涂事来，叫你想还想不出来的。其实，有时他们也不想做的。没有办法，他做了。你说该怎么办？……"说着，娜娜从对面的沙发走过来，依在乐和的身边说：

"你难道不想有个自己的亲生骨肉在世上？我妈妈都快绝经了，她是肯定不能再生育了。而我可以，你为什么不那样做呢？你要是在洋楼里找到了什么，一下子证明你是那楼的主人，或者你找到什么价值连城的宝物，这辈子的吃用享受不愁的时候，你就没有那种念头？有个亲生的骨肉留在世上总是一脉希望啊！还有那些思淫之念，难道也没有？皇帝佬敢干想干可以干的事，那一刻的你一定更会干，我从你的身上能看出来，我坚信这一点……"

乐和心里道，这母女俩玩司马昭路人皆知的把戏，想控制我，又是何苦来哉？倒也好，且看她们怎么摆布我？只可惜我早就说过，我到这个家中来是混"晚餐"的，那种莎士比亚说的，"女人所赖以赢得我的爱的，是她们的仁心，不是她们的美貌。"都已经与我此生毫无相干了！一个男人到了这份儿上，还要让她们用那么多的心计来算计、防范，实在是有些莫名其妙。究其所以，症患又在哪里？乐和久思不解。

他问道："娜娜！依你说我该怎么办呢？"

"怎么办是你的事。我呢，能为你做的事，就是你真的心口一致对我。至于妈妈的工作，我会做的。她手上现在握有控制你的全部材料，我都会一一巧妙地拿到手。其实，我们这个家现在的结构还是很好的。你真的离开了我们，就算你有钱，能请人伺候你。那是外人，对你没有贴心贴肉贴骨头的情感。你别忘了，我妈妈可是你的老情人，她对你是绝对的忠心耿耿……"

乐和点点头："你说的也是。可我不能理解你刚才说的，你说你妈妈用一种奇怪的手段控制着我。这又做何解释？"

"这还不好解释吗？爱啊！她爱你，她怕她的女儿夺走你，她怕你被外面的女人夺走……总之。美国有个女人爱自己心上的男人，可以爱得把他杀掉，把他的肉烧了吃，把他的骨头放在高压锅里压压喝汤。与她相比，妈妈的行为又算什么？我就想做一件石破天惊的事，把自己爱的人吃下肚去……"

"你爱的人是谁？"乐和胆怯地问。

"天字第一号机密！……"娜娜狡黠一笑。

乐和明白，如果自己真要有什么歹念，那个女人倒并不难对付，真正棘手的人是这个娜娜。他绝不相信像娜娜这样一个美貌的人会死缠活绞在他这个黄土埋到脖子根儿的人身上，内中必有蹊跷，他虽然隐隐约约意识到一些，总是不明显。

娜娜见他又在想什么，便说道：

"……好了，别的话不要多说，说了也没有什么用的。我们还是归到原来的话题上吧。你应该告诉我，你现在知道的一切机密，就是关于洋楼里的……这是为了你自己的利益而做出的对你有利的选择。我可以不听，我也可以不要你讲。可你现在还少不了我。是不是？"

"当然是。娜娜，你的文才我很佩服的。我所以想写那部长篇，就是有你在我身边能帮我完成，如果我完不成，你还能接下去完成。这部书就成了我们俩的合作产品，你说不好吗？我多次同你妈妈说过这事的……"

娜娜摇摇头，说：

"这我知道。现在还不到谈论此事的时候，现在的话题是你的洋楼……"

乐和说：

"我一直把你当作我的女儿。这你知道，我在这世上没有亲生骨肉。当然，做妻子比做女儿有更丰富的内容。可我是个穷光棍，如果要我和你一起生活不是不可能，这不仅仅是会得罪你那可怜的妈妈，实际上也是毁了你的前程。你大概没有想过。想过？……"

"你当我是傻瓜蛋一个？做女人的与男人不同的。女人想什么？男人想的，女人也在想。男人要娶老婆，女人要嫁人。男人要娶自己如意的，女人当然也要嫁自己称心如意的。什么叫称心如意？你说，世上万物都可以用秤来称的。大象都可以称出重量。唯有人心的如意没有秤能称！要说能称，只是有情人的眼光。每个女人眼光里的秤也是不同的。有人爱年少后生，有人爱钱财，有人却喜欢老成，有人喜欢把自己当小鸟依进随便一个男人的怀里，有人就有女人过多的天性要嫁个男人好让自己照顾他做他的牛马、做他最最忠实的奴仆，有人则要做女强人而让丈夫做她的情人兼保镖……真可谓青菜萝卜，各有所爱。大千世界，无奇不有……"

乐和打断她的话说："这些我都明白。"

"好了，明白了还说那么多废话干什么？……"

"你怎么能这样说话？"

"是吗？我说话太露了，太生硬了？好吧，我向你道歉。你说吧，别急，慢慢把你能想到的事都告诉我……"娜娜从碟子里拿起一支冰冻糖呛西红柿，送到乐和嘴边，甜甜蜜蜜地说：

"吃吧！好东西总是等着你来享受的。你是个有福之人啊！"

乐和无法推掉她的殷勤，张口吃了西红柿，开始慢慢把刚才自己想到的一切都一五一十告诉了娜娜。

窗外的秋风又起了。

窗台上，什么东西在那儿被风弄出细细的尖叫，窗上有什么在钻打着，发出细尖的响声，好像是在打着进来的行路……

客厅里静极了，只有乐和一个人的声音在回荡着，把时空的距离时而拉长时而缩短。这客厅已经不再是客厅，而是一辆在时空间运行的列车。窗外的景物慢慢在曙色中荒凉、疏明，几座泥屋，几棵苍拔的树抖着浑身的曙光向青天直刺。漫垣的荒丘植着历史的古气，推出一座座断墙残壁的故事告诉你过去的绿水荡漾、青洲生灵、民欢官乐，让你感受历史的无情，人世的炎凉。那些带血的画面，那些功风名雨，那些个人的恩恩怨怨，都化作比列车烟囱里冒出的烟还要淡静的近乎无形的空气，消散在这空间。而涨溢的无以倾泻的理想，却要进行自我的放逐，寄望那渺远的跋涉能有精神的绿洲出现，能有明朗的清月相慰。一切的孤独、迷惘、凝重、坦荡、静穆、苦楚都将成为淫念的惬意，放纵的快欲。最后，烟消云散，回归自然，一切重复过去，一切再度开始……

乐和该说的都说完了。

屋里很静，静得连空气的流动在墙角撞疼的声音都能感觉到。

娜娜缓缓地抬起头来，看着乐和，没有言语。

"你不想说点什么？"乐和问。

"说什么呢？"娜娜看着他，问。

乐和感到她的眼光有一种异彩，让人受不了。他避开，说道：

"随便说点什么，总比什么都不说要好些吧！你刚才可是说了不少话的。"

娜娜站起来，回房间去了。一会儿，她出来时手上捧着一本报刊剪集簿。坐下来，把那簿子摊在茶几上翻着。乐和见上面剪集的全是有关各种散失于民间的稀世珍宝的报道。

他问道："我怎么从来没见过？你搞这东西有什么用啊！"

娜娜没有答话，只是翻着，嘴里说道："你说的那些镍质样币？……啊！找到了。你看，你看这一则英文报道。是《泰晤士报》的，我译出来给你听：此间人物告诉记者，女王伊丽莎白去东方的中国访问，她的心愿之一是想亲眼看一下一个世纪前设在伦敦的伯明翰造币公司为中国造的镍币。这种有中国皇权象征的龙的浮雕的镍币，当时造出了一批。以中国使团团长身份的北洋大臣李鸿章在 1896 年赴俄国参加尼古拉二世加冕典礼后，取道前往伦敦。回国时，他带走了一批作为中国新的货币的面值为五分的镍币。由于中国皇帝没有真正的权力，掌握实权的太后慈禧本来就不喜欢李鸿章背着自己向她的儿子献计划谋。她以大清帝国的货币应以白银黄金为由，把那三枚小镍币扔到了痰盂里……伯明翰造币公司得知中国不欣赏镍币，便毁了该版。但此版第一次试铸的该币数量多少没有数目，一时成为欧洲各国收藏家竞相争抢的宝物。因为年代久远，在中国慈禧太后痰盂里的那三枚镍币是否打捞起来，不得而知。但李鸿章带回的那批镍币便再无面世之机会，虽然此物如今世界上的最低价已开到每枚十万美元，但没有听说多少人拥有此物。有的人也不想轻易露出声色……看来，女皇此行中国能否看到它，还是个谜……"

"有没有搞错啊！一个镍币就值十万美元，折算人民币近六十万！这可不是小数字。要真有那几十枚，可不发大财了呀？……不，你一定是搞错了吧！"

"我可没有搞错。你看，你自己看：100,000 U.S.A. about ones。我想这些阿拉伯数字和美元代号，你总是认得的吧！我早就有预感，我坚信这个事实。你想吧！在政治的梦幻清醒以后，人们首先想做要做的事是什么？当然是金钱。因为只有金钱才能使人有维他命，才能有美酒，才能有美女。而且金钱还可以再买来政治！政治没有什么真正的价值，充其量只能算是女人的处女膜。非常现实的是生存条件的改善，你明白吗？你要相信我说的话，我们去把它取出来，我们全家就赶快搬走。那个乔子白一定是你刚才说的从前的那个坏人。现在，我们没有办法对付他的。他到政府去放个屁都比我们灵，你想想看，政府能承认那洋楼是他的祖产，可见内中的奥妙深不可测。我们惹不起他，避他十万里行不行？……什么，你说什么话？要把这些事告诉政府去，你是疯了吗？你以为还有人会相信你的话？你给他们也是白给他们的！……你现在告诉他们，他们还当你有精神病。你不知道如今的官老爷们……"

"依了你，我不去说。就算我们拿到了，也是没有用的。"

"那里面难道就只有那点东西？一定还有别的。哦！不是说还有一份国民党成立时的宣言手稿吗？那更是无价之宝。还有……说不定还有你父亲的笔记本。一般的文人都喜欢把一些重大的事件记录下来，留给后人或作写史参考，或作考据旁证之用。如果你真的拿到了那些笔记本，你就把这些本子上记载的事整理出来，不仅会有钱财，还有名望。说不定还可以捞个全国政协委员。你别小看那职务啊！你去乘火车一时挤不上买票，拿它就可以坐软席。现在你就不行。就算你把那几十枚镍币都变成了人民币，也没有软席车厢坐的，级别不够，有钱也不行！……"

乐和见她眉飞色舞地说着，忍不住给她泼盆凉水道：

"寄希望太大的事总是不大可靠。我劝你还是老老实实去搞你的赛珍珠研究去吧！那东西实在，流多少汗就能有多少收获。丝毫没有假。好比农民种地，给他多少汗水，多少肥力，那地就给你多少收成……"

娜娜不服气地反驳道：

"你说得好听。那赛珍珠研究有了成果，想出书，还得自己掏钱啊！你忘了？妈妈想给你把你从前写的文章结集出书，她还认得出版社的人，那个社长还是她给弄过去的，怎么样？人家狮子大开口，咬得你和妈妈都喘不顺气吧！幸好没有听那人的，要真的出书，后面的洋罪还多着呢？……"

"那是我的文章质量差嘛！……"

"笑话。文章质量好的又怎么样？你不要死脑筋。就这样吧，我们大家早点休息，明天就去找。什么？没有钥匙。没关系，只要找到了就好办的。"

她站起来，把那本报刊剪集簿合上，说：

"这上面，等待人们去发现的宝库线索多着哩。就看我们每个人，谁有这福气了。"她说着把簿子送回屋里，转身出来，抱住乐和吻了他一记说：

"你现在想要占有我，我还是愿意的。你相信我，我绝对是真诚的。我非常常赏识你对我妈妈的忠诚，就怕她对你不是你这样的……好了，你不想，我只好自己忍住啦！你不想，我想也没多少意思的。我相信我们会睡到一张床上去的，只是迟早的事。我在等着，我有这耐心等待的……"

说着，又是一个响吻：

"晚安！"

接着，卫生间响起了娜娜盥洗的水声。

唉！乐和简直不知道该怎么办才好了。

57

娜娜太兴奋了。

她躺在床上，双手枕着头，眼睛睁得大大的望着天花板，这是她久已养成的习惯。虽然那天花板上洁白一片，却能在她的面前显现出她所幻想的种种画面。如果情绪好，她见了这些幻影，立即就会产生一种奇特的兴奋，诱惑她进行深度作业。她自己也说不清楚这一切是怎么产生的。她也从来不从深处去想去问。追究干嘛，只要能有兴奋和刺激，还管它别的干嘛！婆婆妈妈的拘束不是当代青年的个性！她翻了个身，眼前的画面晃动了，洋楼、树林、伯明翰镍币……她不知道，她也说不清楚，这眼前即将来到的收获是她多年以来刻意追求的结果，还是对她虚荣心的一种惩罚？她几乎不敢去想了。她总觉得这一切来得太快，似乎还应该再过一阵子。她变换了一下姿势，轻轻叹道：唉！既然来了，来了就来了吧！顺其自然，说不定更是一种吉祥。她不想让那些不好的情绪冒出来影响了她的大事。她想，一旦真的发现了宝藏，要做的第一件事就是瞒掉所有的人，当然包括母亲。这事只能是她和乐和知道，如果那个时候他愿意向她"投降"，也就是说完全顺从了自己，或者说他在自己的肚里植下后代……不！她摇起指头。她自语道，他不想上我的床，难道我就真的愿意那么做？我为什么要嫁他呢？只要找到了那些东西。他不就等于掌握在我手中？到那时候，根本没有必要再下更多的赌注。他是个目光短浅的凡人，我不必过分地为难于他，让他同我那从来就没有什么贞操可守的母亲生活在一起就够了。说千道万，感情是无聊，钞票最可靠；若为钞来，感情做投资。有了那些东西，我将会怎么样呢？娜娜慢慢陷入了又一种幻觉。

她恍惚间觉得自己已经拿到了这笔财物，但是不妙，乔子白也知道她拿到了。只因为他去迟了一步。乔子白见她拿到了他朝思暮想几十年都没有得到的东西，恨火自心头起，当然要追杀她。她毫无惧色，以静待动。并以十二万美元的价值抛出了一枚。这对于拥有58枚伯明翰镍币的她来说，没有什么了不起的。她甚至把乐和父亲留在里面的二百多本笔记本都不要了。那都是国民政府重要的文件记录和会议笔录。还有那份海内孤本的宣言，上面有许多名人的亲笔签名，其中有孙中山先生的亲笔。她也不要了。她之所以忍痛割爱是觉得好东西都集在身边并非好事。倒是这些镍币放在平时的硬币一起，目标越小越没有人会注意。她暗暗佩服自己的果断和机敏。紧接着，她花五万人民币轻巧地找到了一个"职业杀手"，神不知鬼不觉地结束乔子白！……乔子白没有想到，这个要他命的人正是韩女士本人。他死得非常"漂亮"，在他的办公室里突然脑溢血……那时候的韩女士已经有了新欢，她真正感到青春和伟岸能美妙结合在一起的妙不可言的欢乐，那是那个糟老头子永远不能给她的。对于一个女人来说永远的鲜艳滋润是最为重要的，而那个失去了男人雄风的乔子白除了钱对她的控制外，还能有什么呢？两者之间的比较就更多地出现了一种碍手绊脚的厌恶感，女人处理这些要比男人们爽快多了。

"是啊！青年男子谁个不善钟情？妙龄女人谁个不善怀春？这是人性中的至洁至纯。如果我和这个能做我父亲的人发生性生活，我难道能保证自己不会在将来步韩女士的后尘吗？虽然他目前可能在时间上玩得比后生长，暂时地满足于我，时间一长，女性渴望的伟岸、刚烈不会再有时，那一刻我该怎么办？知道那一刻无法摆脱而去步韩女士后尘，我现在又为什么要黏住他，为了什么？为了鲸吞他的那部天晓得能不能有轰动效应的长篇小说？也许有一点这方面的因素。他的才华，他写的那部长篇都可能成为我日后的财富。离水三尺，总不如顺手抓的鱼来得快！他被打成右派补发的两万元工资都统统缴了党费，你对他还能有别的指望？金钱既然可以买到官做，金钱既然可以让鬼推磨，金钱既然可以租人当杀手，金钱就更可以买到英俊伟岸的小伙子来满足我的需要……那些昔日美妙的幻想都随着这个糟老头儿的末日见鬼去吧！"

忽然，她感觉到门上有轻轻的弹叩声。这轻微的击指声刺入娜娜的耳中，直达她的心房里，把那颗心叩得没有了规律……

她走到门口去开门。

门开处，外面没有人，客厅里的灯火早已熄灭。她看一眼乐和的房间，里面还没有熄灯，蹑手蹑脚走上前去，举手想敲门。手在半空中停住了，半晌，她咬着嘴唇愤愤地走开了。她没有回房间，而是去了卫生间。她对着那宽大的镜子，照着自己，她费解自己不被乐和"占有"的缘故，她想寻找出自己在美貌上还是什么地方真正不能让乐和看中的原因。她很快沮丧了，多少年来，她都没有找到。她不相信那种为了母亲的缘故！这理由似乎站不住脚。镜子里出现了一对乌黑的大眼睛，在浓而长的睫毛下非常活泼地转动着，那满含妩媚、怨恨、柔情的女性魔力似乎没有减少一丝一毫对男人的震慑作用，两道细眉，微微一皱，便有不尽幽怨慢慢流出来，叫人不得不去怜悯，不得不去爱抚……她用手摸着脸颊，白细丰嫩的脸像刚刚剥净皮的笋尖儿，多么可爱啊！小嘴唇包在匀整的细白牙齿外面，像一朵盛开的花朵。"精气之集也，必有人也。集于鸟羽，与为飞扬；集于走兽，与为流行；集于珠玉，与为精朗；集于树木，与为茂长；集于圣人，与为明。精气之来也，因轻而扬之，因走而行之，因美而良之，因长而养之，因智而明之。"这是谁说过的？说得好极了，万物所出，皆天地之合。父母受天地之精，生出了我。在我的身上，最能体现出天地合一的精华！我当然不是那些凡夫俗妇可以比较的。可是……这眼下的一切又到底是为什么？娜娜始终没有忘记那个人说过她的：女子嘴小，最能曲解男人心意，她仰起了脖子，透着玉般光泽的脖子没有因为自己的任何不负责的行为而使它失却迷人的诱惑力。可……令人沮丧的是：那种自信若飘云而来，似微风而去。娜娜重新陷入了那难以自拔的苦楚之中……她简直不相信自己的美貌了。她痛苦地把自己脱得一丝不挂。站在镜子前，她用手挤起两只依然丰满坚挺的乳房，愤怒地冲着镜子里那个同样和她一样愤怒地挤着乳房的女人吼道：

"为什么？为什么？……"

娜娜拼命地揉着它们，用两只手上四只纤细的手指，分成两拨，去拧着那两颗缺乏爱情甘露滋润的乳头。一股来自海洋深处的波流细细地从她都无法得知的什么途径朝上喷涌，这种热流非常迅速地在她的全身漫开，她感觉到那种少女特有的肉香四下喷射开来。她怨怨地骂道："你真蠢啊！……"

她的手从乳房上慢慢向下摸去，那腹部，那腹部下端稀稀的金色毛丛，那好看的大腿……她骂起自己，娜娜，你有这样健壮的美妙匀称的身材，你有如此秀丽迷人的美貌，你何必要去想着这个糟老头儿？你何苦啊！男人有什么好，你难道还没有尝够他们给予你的那种专横粗暴的所谓爱？你应当自己寻找爱的快乐，你可以自己获得的……她情不自禁地对着镜子旋转着自己的身体，欣赏着那腰线的起伏曲幽，圆润臀部的弹性，慢慢地，她像累了似的静下来，把那一头乌黑的长发静泻在胸前，哀怨之情顿溢体表，一副如诉如泣的样子，一副期待异性给予爱的渴望。那一切，都没有。没有人会给她送来的……她开始把手伸向那个平时常去的地方，开始抚摸起来……

一种热情的冲动开始在娜娜的身上扩展开来，那便是最初心的震荡而触发的微跳，现在却不是了，随着她动作加紧，她的呼吸渐渐急促，全身涌起一股潮热。她开始忘记世界的存在，她开始忘却自己的存在。她觉得自己的身体飘飘地开始起浮，一种强烈的渴望在紧紧地揪着她的心……她仿佛置身在巨大的海洋，那些来自幽深海底的波涛细流急喘着上升，并膨胀成巨流把海分为两爿，她就在这两爿的中间，她渴望着那股有力的细而强大的流从这两爿的中间穿透她。那细流来了，来了，可是到了面前却偏开了。她急切地迎上去，她扭动着整个海洋来迎承那细流的介入，成功？失败！一次又一次，失败了，再来……她没有绝望，她无法失却那渴欲而产生的巨大的海洋流的膨胀。她默默地、巧妙地诱引着那股细流向她的海洋的最深处去。那股细流终于被她引过来了，慢慢地，慢慢地，顺着她的诱惑而向纵深进探着，达到了她的海洋的最底部。那是柔软的沙滩啊！在那柔软的沙滩上，她以坚挺的力量迎着它，她合闭了双眼，她知道这一刻的到来将使她得以最美妙的整个生命的再生，温柔而颤战的痉挛将使一个人由少女变成妇人，啊！触着了，触着了，在天体的宇宙空间，最伟大的卫星和飞船就在这茫茫没有边际的天体中接轨了……可是，在这千钧一发之际。那细流退却了，它几乎就没有到达她引它来的那个地方。

她清醒了，她看到没有任何东西，更没有那个让她变成妇人的男人，她怨恨地痛苦地紧皱了眉头。她打开了淋浴器，让四十多度的水流温暖地冲泻自己体内喷出来的燥热，整个身体在水流的冲揉下丝毫没有减弱那股渴欲，反而加剧了。她只好把淋浴器的开关开到单股水流上，让温暖的水流强烈地直冲自己的下体。然而，炽热的感觉和快感一点也不像平时那样使她很快平静下来，相反更加剧了她的那种渴欲。越是不满足，那欲火越是助势穷燃，越发不可收拾。她明白了，她需要那一种连男人都不可比拟的力量……她跑出卫生间，把水淋淋的身子带进卧室。她找到了那个东西后，立即拿到卫生间。她开始在浴缸里放满水，然后躺进温暖的水中，再把那小瓶敲开，把毛巾在水中弄湿，把小瓶中的液体倒在温暖的湿毛巾上，并用它立即捂住自己的嘴和鼻子。同时用力深呼吸。一缕颇带温暖的凉爽甜香地滑过喉头，注入胸部，迅速走遍了全身……使那种不可名状的快感带她进入那完全是她朝思暮想的境地。这已经不单单是做爱所能给她带来的快乐了，她的感受实质上成了全面的、立体状的、幻觉式的。她已经无法把男人具体到是谁了，是乐和还是别人实际已经不重要。她开始又一次感觉到在水中起浮的美妙……这次，她是一点一点地起浮的。她上了岸，在他（是谁？她也不知道了）的搂抱下，一边做爱一边向洋楼奔去……他告诉她，在二楼楼梯拐角的地方，有幅难以取下的画……她果然看到了，那是一幅极普通的画。没有吸引人的地方！灰尘和"文化大革命"对它已经进行了体无完肤的摧残，画面没有多少完整性了。

他说，不完整不要紧，只要画上那个部位完整就行了。

她做了一个妙不可言的长动作，得到了相当一段静观的时间。她说她看到了那地方实在是"秋毫无损"，她不明白是为什么。

他说那是一种意象，中国人对于诗境的意象总是强调极少，而只是追求直达。

在那地方有什么呢？她问道。

在那地方有两个锁孔，根据大厅上那幅八卦图，记住，那是文王八卦，正好与二楼伏羲八卦相异。伏羲八卦上南为乾卦，文王八卦上南为坤卦。乾乃古"天"字，即为阳；坤为古"地"字，即为阴。两个锁孔象征两种八卦，阴阳相交。女持钥匙要开乾孔，男拿钥匙要开坤孔。然后再倒过来开！若是岁差让白羊到黄道，在双鱼和金牛两座间，即是农历三月二十一日，此时，一开即通，而其他时，则春为上转，秋为下转……

她不高兴地说，你这样说了有什么用？没有钥匙，你说得天花乱坠也没有办法想的。钥匙早就被那个叛徒弄丢了……

是啊！是弄丢了。钥匙弄丢了有什么关系呢。那个钥匙并非是普通的钥匙，是得天地相交的阴阳之精气聚凝而成的。你忘了？太一出两仪，两仪出阴阳。阴阳变化，一上一下，合而成章。混混沌沌，离则复合，合则复离，是谓天常。天地车轮，终则复始，极则复反，莫不咸当。日月星辰，或疾或徐，日月不同，以尽其行，四时代兴，或暑或寒，或短或长，或柔或刚。万物所出，造于太一，化于阴阳。我给你说过，太一即道，至精也，乃久修得天地合之精华而成。道固精，精光道；道聚精而行，精载道而治天下。我们实际上已经制造出了一把由天地合—阴阳精气凝聚而成的钥匙。他说着就把他的那个让娜娜千欢喜万陶乐的东西拧了下来，放到娜娜手上，竟真的变成了钥匙。她根据他的说法先伏羲后文王，都给他们这两位先人好好地爽快了一阵子，只听得天地巨响，那画面顿时开了一个大口子，现出一只金光闪闪的箱子。那箱子锁着。娜娜问他怎么办？他说，你那儿的一把可以用上。她正想说没有，却已有感觉来到了，手一抓真的抓到了一把，打开箱子，哇！她惊叫了起来：里面的东西实在是太多了太值钱了！……

她激动得简直就要昏过去了……

就在这时，她突然感到整个洋楼一阵旋转，接着又听到无数的声音在她的头顶上轰炸着，似乎很响，要把她的脑子炸开；似乎很弱，细如蛛丝，针尖似的穿入她头顶的百会穴，直戳她的心脏，然后在那儿轻轻弹着，使她感到难以忍受的苦痛。她感到胸闷，她抱紧了那只箱子不放，那箱子却带着她升腾起来。她看到原来躺在那儿的他已经不知去向……她开心极了，她大声地说，我就是希望这只属于我一个人所有。她抬头看天，天上的云就在身边飘浮，一伸手就能抓住，奇怪的是手伸过去云就散了，怎么也抓不住它们。一道疾转着的白光卷过来，旋转着把她卷住了。她在这旋转的白光中，身体的各个部分都在融解，只有脑袋好像还是属于她的，有着清醒的意识，使她意识到自己的不妙处境。她害怕了，她看到自己怀里抱着的箱子还在，她放心了。她开始设法挣脱这白色的光带……终于，她逃脱了。她开始下沉了。她看到自己穿过云层，穿过天空，那生她养她的大地就在自己面前，她兴奋地喊着什么，耳边呼呼的风声使她听不到自己在喊什么。令她奇怪和失望的是，她没有能在地上站住。那大地也被她穿过去了，下沉、下沉，她只觉眼前一片昏黑，什么也不知道了，连那仅有的一点意识也没有了。

第十二章　一蓑烟雨任平生

58

　　半夜，乐和起来小解，见卫生间的灯亮着，他没有贸然去开门，而是抬手轻轻敲敲门问：

　　"娜娜，是你在里面吗？"

　　没有人应答。

　　乐和把耳朵贴上去听听，里面没有动静。

　　乐和想，一准又是娜娜这姑娘上过厕所忘了关灯。她妈妈每个月缴电费的时候就嘀咕。女人哪里知道她这宝贝女儿大手大脚，全然不把她的话朝心上放呀！他这么想着，手就去拉门，果然门没有闩。门开处，他一眼看见娜娜泡在浴缸里，大吃一惊，慌忙退出，把门重新关上，在门外连连说：

　　"娜娜，我问了那么多声，你在里面怎么不应一声啊？真把人心脏病都要吓出来了……"

　　里面仍然没有声响。

　　乐和以为娜娜又是故意这样做的。他轻轻地叹了口气，没有去敲门，而是在门口来回地走动着。他非常清楚，这种事已经发生过几次。有一次娜娜甚至赤裸裸地从浴缸里追出来把他拖进去，那次如果不是她母亲在，还真不知道会闹成怎样。乐和记得还有一回，娜娜的两眼亮极了，硬把身子贴在他的身上，一块火炭似的，嘴里却在不停地喃喃癔语地重复着："要你压我嘛！……我要你压我嘛！……"乐和吓坏了，他并不知道娜娜这是犯了癔症。女人也不说，只是气得直哭。后来，她才对乐和说了实话，说娜娜有癔症，那次是犯病，是一种俗称为"美人疯"的病，性饥渴加上性压抑造成，说是娜娜十八岁时发

274

过，这么多年，她以为好了，没想到又犯了。女人也没有办法，幸好家中备有从前为她每天打针用的注射器，胡乱给她扎上一针镇静剂，让她安睡。从那以后，这个家庭中的故事便有了许多的无法用语言表述的内容。乐和也格外地慎重起来，虽然他知道娜娜那个病并不能称之为病，只要有适当的性生活满足就不会有问题。这是他私下请教医生得知的。医生说，是因为女性激素十分强烈所致。乐和想，这也许是遗传，她妈妈十六岁就像二十多岁的姑娘那样与人谈恋爱，迅速进入实战，弄得艳事像五月的公园，遍地开花。这个女儿，快三十了，却还没有稳定，饥饱不当伤心神，老人的话听是听不大中意，可实在啊！那医生问他，女的是谁，问话时两眼贼亮。乐和就明白，又遇上了色狼，他想，你别臭美，就算是告诉了你，你也未必能搭上手，除非你能趁她发病时，那一刻的她是没有别的渴。可惜她只在家中对我发病，你就白费那精气神啦！他把医生的那种眼神告诉了女人。女人便多了个心眼，从那次娜娜发病在家打针产生了治疗效果后，女人找到了预防的法子，搞来了镇静剂，只要娜娜一有发作的迹象，她就给她打上一针，让她治住……这个办法还是蛮有效果的，只是娜娜后来没有再发过病，时间一长，乐和差不多忘掉娜娜有这病了。难道今晚……

"今晚好像不对劲……"

乐和在卫生间外面站了一阵子，没有听到里面再有什么动静，心里就更不踏实了。不像往常，他心里道。

他再一次去拉门，伸出去的手，又缩了回来，万一没有事，是她玩的诈术，怎么办？这不是没有可能的事！娜娜这姑娘是什么事都会干出来的，她是不会为她那可怜的母亲着想的。乐和想起晚上娜娜说的话，越发觉得这本来心路就非同一般人的姑娘今晚明花头精。如果自己不能控制自己，产生了后果，那可是不好对女人交代的。而且，从今往后这家中将再也没有安宁可言，他那本书也将无法再继续写下去，他过去的一连串设想都将成为泡影……想着，他不再去拉门，转身便走，小解也似乎没有了。走到自己房门口，转而一想，不对！照她平时的那股声风风火火的脾气，此刻早该从浴缸里跑出来了，今天怎么横竖没声息？怕是真有什么不祥。要真出了什么事，我可是责任重大啊！她妈妈那条老命就要早早跑上路啦！别看活在这里母女俩有些争争吵吵的，一旦到那地步，做娘的就先认女儿后看他啦。人间凄景目难睹，搁谁身上都会这样的！那样一来，自己还要大吃苦头。

乐和只好又折回到卫生间门口。

他依旧是先敲门，这一次，他加重了敲门的分量。

但是，里面仍然没有回音。

这一来，乐和确信是出了事。但他没有想到多年以前娜娜的那个令人沮丧的癔病。他只是想到她有可能是心脏病之类的危险性疾病！这时，他不再有那些不必要的拘谨，而是伸手一把拉开门，娜娜果然躺在浴缸里没有一丝动静。他走上前去，先用手朝她的鼻子下试试，没有感觉到她的呼吸。他再把她的身子从水中抬起些，将自己的耳朵贴在她的胸前乳房下心脏部位听听，也好像没有听到声音，手摸摸她的体肤，是热的。再试水，水也是热的。是水热她死了没有让体温下降？还是她的体温确实存在，她还没有死？他一时也搞糊涂了。怎么办？是去喊医生还是先把她从浴缸里弄上来。对了，先让她上来，这样子让医生看到多不好啊！总还是没有嫁人的姑娘嘛。他把娜娜从水里抱起，拖过浴巾把她裹住，抱到房间里，放在床上。他忙完这一切，直起腰一看，糟了！怎么昏头昏脑地把她放到了自己的床上，万一真的死了，她赤身裸体躺在他的床上，这无头案怎么了结？赶快把她搬到她自己的房间里去。弯腰搬时，又想，干脆把她身子擦干净了穿上衣服再说。他转身去拿衣服的时候，却想起了一个急救的常识，他也不知哪来那么大的胆，竟敢在家中做起抢救人的事来。他找到一瓶女人拿回家来搞浇花杀虫的浓氨水，这种用作晒图的浓氨水也常常被医生用作抢救休克昏迷病人的急救品。这是他从稿件上看到的，据说这种刺激味很浓的液体对心脏病休克的病人抢救很有效……他抱起娜娜让她侧起身子。自己把瓶子盖打开，将瓶口对着娜娜的鼻子，让浓氨味直接进入她的呼吸道内。他站在一边看了一会儿，发现她的鼻子那儿没有反应，心里真急了。气不通则滞，水不流则腐。怎么办呢？乐和这一刻没有了办法。他只好去找人，找人之前，他还是要先把娜娜衣服穿上，胸罩不戴没有关系，内裤不能不穿。他去娜娜的房里翻找了裤子来，又折腾着给她穿戴好。然后让她侧着身子，好使那氨水瓶口照样对着她的鼻子。收拾差不多，他这才去喊人。就在他正准备去找人时，君！——有响声从他房里传出。

他赶过去，见氨水瓶已倒下，流淌得满屋都是的氨液，弥漫着浓烈的气味，刺鼻难忍。令他惊喜的是，那团搁在床上的肉有了动静。啊！他高兴极了，赶紧上前试试娜娜的鼻下，果然感觉到有微弱的呼吸……啊！真是万幸，她真是命不该绝。快去找人来把她送到医院去。

夜深人静，敲谁家的门是好？他不敢贸然。乐和又犯了难。

乐和想到周得山，虽然多跑几步路，他想，老周总是不会见怪他的。

他慌手慌脚给娜娜穿好衣裳，这才三步并两步跑去喊周得山。

好容易把周得山家的门敲开。

老周睡眼惺忪哈欠连天，也不让他进屋，把手撑在门框上问他这深更半夜来有什么急事？

"没急事就找你吗？我家中那个姑娘洗澡时突然昏死在浴缸里了……"

"啊！那是什么时候发生的事？"周得山被这消息惊醒，知道是漂亮的娜娜，却还是改不了他那开玩笑的习惯，吐出一串玩笑话来：

"都什么时候了？你欣赏完了人家雪白粉嫩的姑娘身子才想到救她的命，有你这种德行吗？……"

"你声音小一点好不好？人家都要睡觉的，什么时候，还有精神开玩笑。"乐和不高兴地嘀咕道，"她妈不在家，我也不知道她那把澡是几时去洗的，又是几时洗好的。刚才我要上卫生间小解，才发现她躺在浴缸里，没了一丝儿气……"

"那还有什么用？喊火葬场来吧！"周得山那支撑在门框上的手垂下了，头也耷拉了下来，"这么好的一朵花，白给你糟蹋了！唉，可惜啊……"

"干嘛送火葬场？她已经醒过来了……"乐和急切道。

"醒过来还怕什么？天亮再说吧。"

周得山提起了精神，但还是爱理不理地打着哈欠回身想去睡觉。

"还是早一点送她到医院去踏实。"乐和拉住他说。

周得山伸了个懒腰，想了想，点头道：

"好吧！看我们多年交情的份儿上，我去喊救护车。你回家给她弄弄好，记住，如今医生中的人也是杂七杂八的，什么怪念头的都有。上回就听说有个人家的姑娘洗澡昏过去，在送医院的救护车上被人奸污了，事后姑娘肚子大了自己一点也不清楚。后来总算找到点线索，但至今还没有人对那未出生的孩子负责，麻烦的是，打官司都不易找到对手……"

"那……还送不送医院？"乐和担心起来。

"别人被狼咬，跟你有什么关系？凡事自己小心点就是！别怕，我有朋友在市急救中心，这事包你没有问题。你只是不要让她赤裸着上医院就行。割羊肉朝狼堆里扔，狼堆里是找不到吃素的。"

"我已经给她穿戴好了。再去准备点别的，一切都拜托你了……"

59

天气乍阴乍雨，气压高，人闷得难受。

医院里，医生也是用浓氨水在娜娜的鼻子下刺激几下，见她活跳几下，便不再理睬，说是等天亮后别的医生上班再说。娜娜没有醒，一直沉睡着。天亮后，白天来上班的医生给娜娜听了听心脏后说没有问题，接着掏出笔，胡乱在病历上涂了一些乐和看不懂的蝌蚪文，把听筒往白大褂口袋里一塞，病历朝腋下一夹，抬起两只指头弯成推巴似的把鼻梁上的眼镜朝上推了推，认真看看乐和，脸上出现一种说不清表情的神态，没有言语，转身走了。接着，护士来了几趟，抽了几次血。那些护士抽起血来就像开自来水龙头打水，一抽就是满满一针筒，好像一点也不在乎。只见娜娜那平时红扑扑的脸上很快就没有了血色，成了白纸一张。乐和在一边看看都心疼，那是人，能有多少血让你们这样浪费呀！他忍不住说了一句，抽血的护士朝他翻翻眼睛，说是要化验呀，我们也没有办法的。后来，不来抽血了，来给娜娜打了一针，让她好好睡一觉。那一觉，一睡就让她睡到了第二天的下午。

这回她算是真正醒了。

一直守候在病床前的乐和见她醒来，高兴地跑去喊来医生。

医生看了娜娜的神情，又翻看了她的眼皮，然后对他说：

"不能和她多讲话，她还需要休息。你是她的什么人？……"

"我？……她妈是我的爱人。"

"什么她妈的是你的爱人。说话文明点，她的小命在我的手掌上攥着！你他妈的不就是有几个臭钱找了个年轻的老婆吗，你瞧你这快进火化场的熊相，别把嫩笋子的女人当宝，上你这年龄的人整天抱了她呀！她可是把你当甘蔗段朝榨机里塞。没见过世面的暴发户，吃亏的事还当福……"

乐和被他呛得赤红了脖子，连连辩道：

"你搞错了，我是说，她妈是我爱人。"

"她妈是你爱人？你是她爸。你这人真是读书读得太多的迂夫子！这么简单的话都不会说？要绕那弯子摆摆你肚皮里的学问还是怎么的？你们呀！"文革"还没有把你们斗怕……"

"嗨！这话我没有说错呀。你听我说嘛，我说她妈是我爱人。我可没有说她是就是我女儿啊！"

"这……"医生摸着头上的白帽子，巴眨半天，忽然拍拍脑瓜，恍然大悟道："喔。哈哈，我明白了。这回我明白了！……那，她妈妈为什么不来，出差去了？打电报呀！打了？打了就好……来，我给你说话。"

他把乐和拉到门外，低声说：

"从她的血液化验结果看，她是因吸毒过量引起休克！……我们怀疑她神经或者脑神经有问题。需要进行检查以后才能知道，所以要家属配合。她单位的领导已经表了态。她是公费医疗，不存在给单位产生经费危机的事。她妈妈来了以后，你们一起到我办公室来一趟。"

"现在她醒来了，要注意点什么？"乐和问。

"没有什么注意的，不要让她多说话。其他问题要等检查后才晓得。"医生说完就走。

乐和从医生的话里想起了娜娜的癔病，他想，娜娜可能是癔病发作后用药品自我解救，因为他听说过，那种做法实际上也是一种变相的吸毒。他赶紧追上去拉住医生，问："你刚才说她吸毒？"

"我们只是怀疑。"

"你告诉她单位领导了？"

"当然没有，这种事是不能轻率的。"

"太感谢你了。医生同志，别的我不清楚，在吸毒的问题上，我敢保证她没有这类事。这孩子就是个性强，好胜，没有别的什么……"

医生拍拍乐和的肩，笑语道：

"这我相信，看来你这当继父的还真关心她。也是的，没有你，她真的就会没命了。好了，就这样吧！"

乐和到医院门口的小卖部买了些娜娜平时喜欢吃的零食，还有一包口香糖。回来的时候，娜娜的精神显然好了许多，能说话了。她见乐和进来，问道：

"我怎么在这里？"

乐和告诉她昨夜发生的事。娜娜听了以后，羞涩一笑：

"这回你没有躲？"

"再一躲，你就没有命了。"

她忽然想起什么事地着急起来：

"哎呀！我们今天上午应该去洋楼的……"

乐和忙安慰她："那不急，改天去也是可以的。"

娜娜没有再吭声，两眼静静地看着乐和，渐渐记起了一些幻觉中的东西，不觉脸有些红起来，羞涩低语道："你坐近一点好吗？"

乐和顺从她的要求，把凳子挪到她床前，然后把那些她平时喜欢吃的零食放在床头柜子上。动手剥开一只柑桔，给娜娜：

"吃点东西吧，你已经两天没有东西下肚了。"

"我不想吃。"她推开乐和送过来的柑桔，忽然激动起来，急切地说道：

"我已经去过了，真的。我知道那只箱子……"

　　说着，她突然脸色惨白，嘴唇被抽干了血似的直抖颤，吐着一连串并不潇晰的单词："我、我、我我……真的抱着那箱子的，是真的。我是抱着那只箱子到医院来的，那箱子呢？那箱子到哪去了？一定是被你拿去了，你放在什么地方了？你快告诉我，你不能一个人独吞它的啊。你把我弄昏过去送进医院，然后独吞了那个箱子。哈哈，我还是记起来了，你快把那只箱子拿出来……"

　　"你什么时候去那地方的？你是躺在浴缸里的，你昏死过去了……"

　　乐和解释道。

　　"不！不是这样的。我自己还不知道我自己吗？你这是在制造假象！医生，医生快来，医生快来啊！……"她大声喊起来：

　　"你们快来呀！是他制造了假象，是他用药把我弄迷昏过去的。我没有病，我要出院！医生快来啊！我没有病，我要出院……你，你给我滚开。你要是再不走，我就报警。让警察把你抓起来！……不。不、不不不！你别走开。我要你一直和我在一起，你不能一个人把那么多的宝贝独吞了……医生，医生快来。我没有病，我要出院！我要出院！……"

　　乐和想与她辩解，看到她两眼定光无神，知道是真的犯病了。他站起来要去喊医生。娜娜却不让他走，手舞足蹈地扑过来。乐和怕她滚下床来跌伤，赶紧过去把她按在床上，她却拼命地反抗挣扎。乐和突然发现娜娜的力气比平时大了几十倍，一个平时连二十斤米都不能一口气提上楼的姑娘，现在竟然可以迸发出牯牛般的凶猛，这似乎并非好事。他没有办法制止她，只好挣脱出来，去喊医生。

　　"你别跑！你想丢开我自己独吞那箱子吗？别梦想！那是我弄来的……你不能走！就是地震把这医院震塌了，我俩死在一起也不能让你单独去……从现在起，我不能让你离我一步。你别去喊医生，你听我说……"她的脸上放着异彩，从病床上跳下，扑过来缠住乐和：

　　"你别怕，你别怕呀！我是真爱你。我现在就脱了衣裳，我脱，我脱。我比她年轻啊！我们一起带着那只箱子远走高飞吧！我会给你生个又白又胖的儿子的，我比你说的那个春还要温柔漂亮啊！你没有发现？嘻嘻，是嘛！嘻嘻嘻……"

　　乐和看到娜娜这样，心里痛苦得直朝下坠，这可怎么办才好？娜娜，你还年轻啊，沾上这病，你往后还怎么生活，往后的路，你比我和你妈长得多啊！……

　　娜娜丝毫没有看到乐和那痛苦的表情，她此刻根本看不到。她拉着乐和，把他拉到床前，掀起被子说：

"你上床吧！我们睡一个被窝，不要紧的，是我要你这样做的。妈妈不会反对的，她老了，不如我年轻。花是鲜的美，人是年轻的俏。对不对啊！嘻嘻，嘿！嘻嘻嘻……嘿嘿，嘻……嘻嘻。嘿嘿嘿……"

笑声完全没有了平时的那种可爱，全然充满着阴森可怕的恐惧。乐和明白了，娜娜病得不轻，不是癔，可能是比癔症更为严重的更为可怕的病。他和她们生活在一起快十年了，娜娜一直是那么的鲜活，一直是那么执着地追求着他这个黄土没脖子的人，他总觉得有些不可思议，怎么也不相信她会丢开年轻英俊的小伙子而爱上他！现在他明白了，她有病，那一切都是一个病人不正常的举止。乐和忽然摇摇头。不对！病不是掩盖那现象的理由……那么，这一切是怎么造成的？是我，一定是我，是我给她带来的！他自我谴责道，如果我一开始就和她结婚，她还会有这病吗？一定不会再有的！天哪，是我，是我害了她的，惩罚我吧。请饶恕了这个可怜的姑娘，她还年轻，她还要生活下去，生命给她的路还很长啊！你们不能这样毁灭一个有才华的姑娘的前途……

就在这时，医生来了。医生还是那位把乐和拉到走廊上说话的医生。他进来后先朝乐和点点头，他知道乐和只是娜娜的"继父"，所以他见到这种场面并不作怪，那点头和嘴角的一丝笑意就是一句好听的话，乐和读来就是：小子你的艳福不浅啊，是姑娘主动找你，你不赏脸，她都为你急出癔病了，你小子还那么傲……

乐和回他一个苦笑。人生的艰难往往可以写出几百几千万字的巨著，如果浓缩起来，一张激光盘就可以储存，然而，更浓缩的呢？只要一个苦笑，就能让别人全部理解。难道不是吗？你看，医生的表情变了，他似乎理解了乐和。没有再说什么话，而是走上前去，突然变戏法似的不知从哪里拿出一块纱布，朝娜娜的嘴上一捂。只见她手脚几下一抽搐便没有了动静，重新不省人事地躺在床上。医生像捉什么东西一样把娜娜的光膀子捏了捏，吩咐身边的护士：

"给她腋下注射加量镇静剂！"

接着，医生又对旁边跟进来的护士嘀咕了一些乐和听不懂的话，然后整了整自己的肩或者是某种感觉上的重新调整，或是视角对象变更时的某种习惯。总之，他耸耸肩，又挺了挺身体的好几个部位，迈出了自以为与身份很符的高雅的步子，来到发怔的乐和面前，充满自信地说：

"她会安静一天一夜的。你可以去好好睡会儿……"

乐和的表情没有反应。

"你怎么啦？"医生用手在他的眼前晃了晃，说：

"该不会你也有癫痫症吧！"

乐和推开他的手，不满地回道：

"我怎么会有。"

"那你，在想什么呢？"

"我觉得医生和刽子手没有两样。"

医生惊诧地看着他："你这样看我们？"

"是的。不过，细说起来。两者之间还是有些区别的，除了人道上的区别外，当然还有一些别的。哦……你看，我这话是不是没有注意到政治上的影响……"

"没关系，我倒是很想听听你说的不同之处。"

"希特勒的刽子手就是用和你刚才一样的手法把青年男女弄去，趁他们在昏迷状态时，把他们的皮剥下来做灯罩或者手提包，把姑娘的乳房和外生殖器做成工艺品。你不信？《肉色玫瑰灯罩》的小说，还有电影，你都没有看过？不错，那是电影和小说。但那是二次大战中德国法西斯暴行的真实记录。美国有部小说说医生找种种借口把病人弄昏迷，然后摘取他们的内脏卖大价钱。而对病人的家属只说他们是得了一种不治之症。死者家属当然不信，人好好的没病没疼，进了你的医院就成了不治之症，这能让人理解吗？所以我说你们与刽子手没有什么两样。要说有不同的地方，那就是刽子手干脆利落暴行残忍，令人发指。而你们手段高明，过程奇妙，干了坏事，病人家属还要对你们千恩万谢……"

医生生气了，脖子上的筋暴得突突地，像爬着几条青灰的小毒蛇，声调也走了样："你这人混淆是非！我看你的脑子一定有问题。是不是也在这里做个CT？查查清爽好放心些，免得说话不中听。"

"你让我说话的，你不中听就不听，干嘛要不高兴。我说你们医生比政治家还要可怕，又让人家说话，说了你不中听的话就要叫人家做检查，然后说人家大脑有病，把他关进精神病院，或者干干脆脆给他打一针说他死了，然后把他送到火葬场烧掉，谁也不晓得是怎么回事。要是有人追究起来，你们把那天书一样的病历记录一摊，好像还蛮受委屈的。连法官也没有办法对你们，是不是？这世界太可怕了！在你们的眼里哪有什么真理可言，全是随心所欲……"

"我们只讲治病，不讲政治。我们讲科学，不讲随心所欲！请你注意你的用词和说话方法。"

"那你为什么说我刚才说的话不中听就认为我有病？"

"你的话有悖常理，所以我说你的大脑有问题。"

"悖逆常理？你把我的话交给中央电视台，让全国人民自觉自愿投票，看看是赞成我的多还是赞成你的多？……"

医生听他这么一说，便也转怒为笑，摇着那只脑袋连连说：

"你这人真是天真，可爱又可笑。莫说你这种念头在这里行不通，就是搁美国那个国家去也没有人会让你那样做的。尼克松首先不赞成！你这样做不是明明要动摇他的总统座椅吗？……好了，我们不讨论那些东西。我只是要你赶快把病人的母亲找到，看她是否可以提供一些病人过去的病史。另外，明天给她做 CT，脑部定位检查……你可能一夜没睡觉太累了，有点精神恍惚，去好好睡一觉就什么事也没有了……"

"是吗？"

乐和望着医生离去的背影，自言自语道：睡一觉能把从前的什么都忘了？那倒是好，我真想睡那样的一觉，可惜没有，也不可能有的……

乐和看着躺在病床上被药麻醉过去的娜娜，心里好不忍，他实在没有想到这个孩子怎么会这样。细想起来，虽有他的不是，但娜娜身上也确实是有许多不好的东西。唉！这是遗传？还是社会影响的？要是那个老僧此刻来这里，多好，好好向他请教一番。他忽然怀疑起来，他过去的生活中是否真有过一个老僧的介入？还是一种梦幻呢？

唉！——

这一切，谁又能说得清……

就在这时，病房里进来了几位男男女女。其中有位叫小贾的，乐和认识，不用介绍，便知道是女人单位的同事。小贾见了乐和，第一句话就说：

"她妈妈已经收到我们的电报，来了电话。我们局长说，是我们单位同志的家属，本人不在家，单位就要负起全部的责任。你们有什么要求可以提出来，我们局长说了，一定会妥善解决，使你们满意！他说他还要来看娜娜的……"

"太感谢你们了。她妈妈说什么时候到家？"

"大概还有三天才能动身，坐飞机最快也要五天以后才能到家。真是不巧，正好有件事岔了出来。我们局长说了，只有她在那儿才能解决好，换谁去都不顶用。所以我们局长说了那话……"

"可医生要等她妈妈来啊！"乐和着急地说。

"别人都不行？那……到底发生了什么事呢？是不是……"小贾话到嘴边，看看乐和又把话缩了回去。两只眼珠转转，忽然想起了什么似的神情慌张起来，赶紧告辞乐和，转身回到她的同事们中间，把那一拨子人全拉到一边去。一会儿，叽叽喳喳的嘀咕声虫鸣蚊吟。乐和不知她们在说什么，正要过去听，她们立即警觉地停住了。小贾连忙赔笑着对乐和说：

"嘿，嘿嘿嘿……嘿嘿……我们没有说什么啊！真的什么也没有说啊……"说着，她赶紧拉上同伴们朝外溜：

"要是没有什么事，我们就先走了……"

她们的突然出现和仓皇离去，搞得乐和也不知发生了什么事。他又不敢擅自将娜娜一个留在这里，只好自己坐在凳子上背靠墙打起瞌睡来……

60

乐和没有遇见那位能知道过去，预知未来的老僧。

他还是和娜娜在一起。娜娜今天修了指甲，开学时带走的两条长辫子没有了，一头的乌发被修得像公园里的冬青树，女人说，那像只帽子合在头上，活像结不熟的"小不丁"。娜娜说，结不熟就结不熟，帽子就帽子。她和她的妈妈说话发呛是久有历史的遗留问题，长期没有解决好，如今也难指望乐和的介入就可以马上得到改观。那"帽子"下，忽闪着一对特别逗人的"明珠"，那明珠中有一种鲜活无比的东西流下来，流在一片丰饶的"土地"上，你看，那红嫩娇艳的玫瑰花为什么总是开在她的脸上，而且还流泻着她心灵上的欢乐，波射着她精神上的渴望，向着人们悄悄地拔掉了通向她心灵那扇门后面的闩，你注意到那门已经虚开一条缝了吗？只要你轻轻地一推，门就为你而开……她好像有什么不高兴，好看的小嘴唇噘得高高的，上嘴唇已经快要舔到鼻尖尖了。他甚至可以看到在那弯翘起来的地方，盛满了少女忧郁和羞涩，还有甜蜜、自信搅和在一起形成的糊糊状"蜜汁"，在那儿像刚刚含露绽开的玫瑰一样朝外散发着五月清晨的青春"芬芳"……她没有穿她妈妈为她精心挑选的衣裳。娜娜喜欢穿一些过时的半新不旧的衣服，这些衣服经她自己动手稍稍改动，便格外能在她的身上透出一种知识女性的高雅，出入社交场的新颖时尚，特别能引得人注目的敏感。今天娜娜上身穿的是白色的半新衬衫，外面披着一件她用红线钩的花背心，远看去，像一团火，像一堆绽开的花。下身那条紧细的长裤，更把她的青春活力勃发得令人耀眼灼炽。

女人没有和她在一起。

乐和今天休息，他带着从大学里回来过五一的娜娜去郊游。本来，乐和可以和娜娜一起坐单位组织的郊游车。娜娜不愿意，她总是不愿意和报社的人在一起，怕人家说她是"拖油瓶"。其实，报社没有人会那样待她的。她不愿意，乐和便只好陪着她坐公交车到城边上，然后换成郊区车，到了这山下，旅游车可以直上山去。而其他的车却只能在山门前下来，大家步行爬上山去。他们一路走着，说着话。乐和后来明白了娜娜之所以不愿意和母亲一起来郊游的原因了。她要和乐和商量一些事情。

她说，班上有个叫玲的女生和她特别地要好，什么事都告诉她，也包括她同男同学之间的事。娜娜说到她的这位同学的事，在欢快的带着羞涩的笑声里，流露出了一种羡慕与向往，但很快又被忧郁所笼罩。她说起那次周末的晚会，她说那次的晚会非常有意思，可惜被玲冲掉了。玲那天晚上一直和她认为很谈得来的彬在一起的。彬是从农村考来的。像他们就读的这所全国屈指可数的名牌大学，彬能考上，真是非常不易的。听说彬还是他的父亲后来的老婆生的。玲告诉娜娜这些别人的秘密时，一点也没有准备为朋友保密的要求。当然，娜娜后来一直没有把这件事泄露过，她觉得没有什么值得泄露的价值。那时的娜娜在班上年龄不算很大，大家都差不多，五年大学生活才有两年，学校的生活单调乏味，交朋友、谈恋爱都已经是很正常的事了。那天晚上的同学中间除了"独行侠"外，全是配好对的，各人都沉醉在各人的欢乐之中，谁也不去管别人的闲事。玲那天穿的是裙子，她这条裙子在当时还是非常时髦的，学校里演《日出》就向她借过。她和彬在一起时，两人的舞跳得很合拍。彬在最关键的时候悄悄用一只胳膊搂了她的腰，而她当场就吓坏了，连嘴唇都白了。因为彬不单单是搂了她的腰，还把她那娇娜的小巧身子靠他那只搂她腰的手轻轻托得她两只脚离了地面。彬的嘴里一个劲地说着"你太可爱了，你太可爱了……"那话在玲听来，就好像是在说，"我们到我的宿舍里去吧，今天所有的人都不在那儿的……"她在颤抖和惊恐中被彬接了个吻，她没有感觉到那就是外国人津津乐道的吻，她好像一点也没有感觉出什么。那是她出世以来第一次被一个年轻的男子如此脚悬腰搂地接吻。她害怕同学们看见，赶紧闭上了眼睛。那时她一点也不懂，此刻的闭上眼睛将意味着顺从和接受。她就这样被彬悬搂着离开了大家。她没有去彬的宿舍。她被他带到旁边的几乎没有灯光的树林丛中，她记得这片树林丛中是学校里青年男女幽会的场所，地上不是泥，是修剪得非常好的草皮。她终于从彬的手臂上落到地上。她的身子还被紧紧地贴在彬的身上。她想起外国小说中描写的求婚或求爱的场景，她想，无论彬此刻是向她求婚还是求爱，她都会答应他的。她爱彬，她心中的白马王子不是那种找来珍奇献宝以获得女人欢心的权贵人物，她只是要一个外表沉静、充满刚毅力量的男性。她愿意随他天南海北地全世界去闯荡……他轻轻地吻她，她也不知道自己为什么突然会把脚踮起来去承接他的吻。这个馨香的夜晚啊！玲好快活呵。他的双手轻轻抚着她已经被拉开束在裙子里的上衣，他的双手就贴在她的肌肤上，一种说不清的感觉，非常愉快地从那儿射向她身子的各个部位，她开始渴望一种新的生活，她的身子朝后仰去……玲就这样把她的全部感受毫无保留地告诉了娜娜。

娜娜在山间的野花树林丛中，聆听山涧的响声说这些话时，她告诉乐和，虽然当代女性，尤其是受着高等教育的知识女性，在能读通 Simone de Beauvoir 的有关女权主义的书的时候，对于性的开放自然不再是中国人过去的观念，但也不是那种乱来的，大家毕竟还是少男少女。她说这话的时候，没有看乐和。她的脸上依然泛着少女羞涩的红彩。乐和想，她还是孩子，害羞着呢。他就想到她调皮的时候，充满稚童腔的歌声……

娜娜说，玲那一刻如果是彬要干什么都是会同意的。就在这时，有人过来了。从声音上听出是班上的调皮蛋。说到这里，娜娜不再说下去了。

"为什么不说了？"乐和问。

"没有多少意思的事情。彬和那个被我们称之为调皮蛋的同学是同一个地方来的，彬一见到他就要赶快躲开。尤其是和女同学在一起。后来我们才知道彬能来上学是彬已经有了老婆，他的丈人是乡长，丈人家掏钱供他来读书的。有了女人，为什么还要在班上欺骗女同学呢？那次，据玲说，好像调皮蛋没有看到彬和玲在一起的。他只是把一只球无意间踢了过来，球被踢到了玲的身上，不，也许是踢在彬的那两只搂抱着玲的手上。总之，这个时候彬就完全忘掉身边的玲和他刚才要干什么的事了。玲就看到彬和调皮蛋他们几个男生完全忘掉了她的存在，而只顾踢他们的"夜光杯"足球去了。玲这时候靠在一棵大树上，她好想哭，她在暗处，同学们有的在明处，在暗处的都紧紧抱在一起好叫人羡慕的。她不愿意看着别人的欢乐而加重自己心灵上的苦楚。她独自回到了好冷清的宿舍。平时的晚上她从来没有一回是单独一个人在宿舍里待着的，那个单独的日子只是属于教室，她一个人静静地坐在那儿，把全部的精神和思想都进入那个与先哲对话，与思想交合的境地里。而在宿舍里，她是个无拘无虑的欢乐的少女。可现在，她在这里却孤独了。不是孤独，是她的感情被别人欺骗了！一个初涉爱欲的少女，尝到了那种滋味，将是多么的不幸啊！……"

乐和看得出来，娜娜深深地为她的同学的事痛苦着。他想劝她一点什么，却找不到恰当的话题……

"玲后来的性格就变了。她一直不理睬那个彬了……"

乐和轻轻地叹道：生活本来就不是鲜花遍地，少女的时代，只是代表着一种浪漫情怀的可爱，而绝不是生活的主题。

娜娜听了他的这番话后，有所思索地点点头，问：

"你说，我为什么会把这些事告诉你？我能对你说说我对那些事情的看法吗？"

"你把我当作你的朋友，你当然可以把你认为必要告诉我的话都告诉我的。至于哪些话能说，哪些话不能说，由你自己定……"

娜娜老成地点着头，说："我也很想恋爱。我不知道恋爱这个东西到底是个什么样的形状。你说，玲和彬那样算是恋爱吗？彬那样抚摸着玲的身子，是直接地接触了她的肉体了。她会怀孕吗？要说不会，为什么她从那次以后，已经三个月没有例假了？不，我不知道怎么才叫性器官的直接接触……要是玲怀孕了，那多可怕啊！你可以帮助她吗？我已经答应了她。我告诉过她，你是我最可信赖的朋友。我的朋友也就是她的朋友，你过去答应过我，说只要我有事求你，你就会帮忙的……"

乐和是完全没有想到，她会说出那些事来的。这是他第一次惊诧地用另一种眼光看着这个在他的眼里永远是个孩子的娜娜。使乐和能够清醒的，正是在娜娜说那些话的时候，大家都看到花的鲜艳，风的轻摇，阳光的妩媚，还有那些天上的云和鸟……

他不知道这些刚刚涉世的鸟儿是否已经意识到在它们生命的旅程中，到底有多少风险，有多少阳光？

61

也不知睡了多久，一阵惊天动地的雷声把乐和给震醒了。他揉揉眼睛，见屋里灯火通明。再看外面，天已经大黑下来，知道是入夜了。他赶紧起身去看娜娜，娜娜睡得正香，脸上那些异常的神采和潮红已经退却，重新出现了她平时在家睡着时的安详和可爱。平心而言，乐和是很喜欢娜娜的，也很爱她。但这些，他都只能是作为父亲给予女儿的爱，而要他改变这些，以另一种形式去爱这个孩子，他确实一时还很难做到。尽管娜娜多次挑逗他，他没有动心，是他没有了那种对年轻姑娘的欲望？不！他要对自己的爱情负责，他也要对娜娜和她的家庭负责。他不年轻了，他不能像年轻人那样做事没有前思后虑……他替娜娜把被角压好，心里默默祝愿：娜娜，好姑娘，愿你这次病好以后不再有那些不切实际的异想天开。"幻想永远是扼杀女人的凶手"，这话你应当多听听，深思一番……

门被人轻轻推开，一位大腹便便的人走进来，在他的后面跟着一大群人。小贾不知从哪里旋风似的冒了出来，站到那人的前面，冲着乐和说：

"我们局长来看你们了。"

乐和一听是女人单位的局长，慌忙站起来，朝局长伸过手去，就在这时，他借着屋里的灯光，抬眼望着局长。突然，他怔住了，不敢相信地说道：

"你……"

对方也有一怔，脸上似乎有一丝尴尬滑过，好在他是久经各种场面，颇善急中生佳智，一个哈哈便圆了场："啊！哈哈，是您啊！……"手马上伸了过来。

乐和终于认出了他，心里只是苦笑，这世界也实在太小了，不和魔鬼不和上帝相遇，偏偏是哪壶不开提哪壶！怎么会与他在这里相遇的？他竟然还是自己女人单位的领导，天晓得他也能当领导，难怪高老庄的女婿总在唐僧面前比孙悟空吃香，这回他算是服了，清醒了。乐和握了握对方那只肥厚的手掌，发现这只手已经完全"贵族"化了，根本看不出一点点当年在山上植树时的痕迹了。

在局长去看娜娜的时候，小贾悄悄问乐和，他认识你？

乐和点点头，不再说什么。小贾见他不多言，她也不好多问。

局长见娜娜睡得正香，学着电视里大人物的样子给娜娜的被角做作地压了压，转过身来对乐和说：

"真对不起，小贾她们误会了你。幸亏我刚才一来就先去问了医生，医生证实说她不是宫外孕，是脑子里有孕，生了个瘤。听医生说，他们让妇产科替她查了，虽说她没有结婚，也没有完整的处女膜了，这……"

他用一种神秘的眼光看着乐和。

乐和当然明白他那眼光里的意思，心里恨恨的。他想起当年那个山上植树的故事。他想，如果那天他偷听到连这人在内的几个无赖要对春下手的消息不告诉春，那会怎样？真没想到，后来竟是痴人有痴福，春让他得到了。想到这一点，不由地暗自好笑：你以小人之心度我君子之腹，若与你一般见识，我成何人了？

"哈哈哈，我就知道，如今的女孩子家把那东西看得随便，我们的观念都陈旧僵化啦！……别来无恙，你还好吗？我怎么就一直不知道你是我们单位的老女婿？好！好！……等你那位回来，我一定到你家登门造访。"

说着，他转身对小贾说：

"你留下来替替老乐。他一个人值班太累了。那个图书馆也真是的，人家好歹总是你的干部，你怎就不能派个人来……"

乐和连忙说：

"他们都说要派人来的，是我没让他们来。如今大家搞四化都很忙，没闲空。你们也不要派人了。我反正已经退下来，在家闲着也没有什么大事要抓要忙的。说真的，倒是要她妈妈早些回来，医生也在等着她回来……"

"这你放心，那边的事情一了手，她就会赶回来的。"局长说。

乐和心里好不舒服：你堂堂那么一个大局，难道再也找不到比她母亲更有用的人了？这话他当然没说出口。他明白如今市面上的东西，拎勿清的事他勿好乱搀乎。虽说大家都是一样在机关里捧铁饭碗，但受不受领导重用，这可是情况大不相同的。领导用你让你吃苦是对你的信任，办起什么事来，你在领导面前不比别人活络些吗？分房、职称、晋级、疗养，多如牛毛的事情，哪一件不是要领导的感情倾斜？许多人盼还盼不到这份福呢？你说那些提包掖礼上领导家的人都图个啥？不就图这一份"领导器重"吗？你再看那些"靠边的"多凄凉：你再有能量，我就是不用你，把你撇在边上，你能怎么样？是分房有你，还是评职称有你？管你新闻工龄三十年能有个官定的"次高级"，我就是随便找个理由挡掉了上面的不给你，你能怎么样？搬石头砸天！乐和如此一相比，顿时觉得女人还是一种幸运！……想想也是，李白有才，天上文曲星不可与他比，人称太白，但圣聪的皇帝不用你，你能咬龙卵？李隆基宁用那个"迎合上意，以固其宠。杜绝言路，以成其奸。妒贤嫉能，排抑胜己。屡起大狱，诛逐贵臣"的李林甫；他宁可让杨国忠这个纨绔子弟当宰相，把国事当儿戏；他宁可对安禄山养虎为患，就不用你们。你能啃他鸟！你说你嚷了有什么用？你在那里忧国忧民，有屁用？江山不姓李还有姓赵的来当皇帝，总不会落到把蟒袍加你身上的事吧！想透了这一层，乐和顿觉胸中的怨气一下子全排到了下腹……

大家又寒暄了一阵，这才分手。

62

三天后，娜娜完全清醒了。

娜娜的脑部检查结果也出来了。检查报告说，在她脑部某个地方有个瘤，需要手术切除。把大脑劈开后能有把握活下来的，在这个医院里据说只有3:1。乐和岂敢作这个主？只好等着娜娜的母亲回来了再说。娜娜的精神状态已经不再是三天前的那个样子了，大概是药物的原因，她好像变了另一个人。一个非常疲倦的需要人怜爱的弱女子。她见了乐和什么话也不说，只是抬着两只缺少精神的眼睛默默地看着他。脸上呈着安谧、祥和、温存、柔美。眼里流出的是静如幽谷、美若原沃的长卷："碎清光尽琼瑶，耀玉液润乾坤。"

乐和倒觉得这时的娜娜有了女人的气息，像个真正的女人了。他想，女人的真正魅力大概是要在她的芳容憔悴、娇弱无言时才能不加掩饰地出现。你看她那睡昏昏的情思，她那肝肠寸断的愁绪，她那精神萎绝的楚楚可怜，多么像她母亲当年的样子啊！乐和想起那年女人突然背了他进了医院，出院后没有来上班。知道乐和与赵契争一个打字员的人悄悄来对他通消息说女人进医院是被姓赵的压得太猛，小产了。虽然乐和正在审查之中，不准乱说乱动。但他闻此消息还是难咽那口气，偷偷冒着危险去看她。她告诉他，是小产了。"是他干的？"乐和问道。她点点头。他拔腿就要去找赵契算账。她拖着虚弱的身子拉住他，就像今天娜娜这样一种娇弱的样子，流泪说道："你不要再想我了，我已经不值得你喜欢了，天下好姑娘多的是，千万不要再想我。那天我要把闺女的身子送给你，你不要！现在已经迟了，想也没有了。你为了我，和赵契做下冤家对头。你想过没有？你是什么身份，他是什么派头？鸡蛋哪能碰得过石头？现在，你不仅仅丢了工作，你差点儿要被定为极右分子。你晓得极右是什么？要押到荒无人烟的青海去劳改！劳改是什么滋味？你没有看到那些古代的流放？就是那个样子！你这是何苦？还是他说的对，天下三只脚的田鸡不好找，两条腿的漂亮姑娘哪里不能找到一大堆！非要在这里同他争？你应当能想得开的嘛，怎么能在一棵树上吊死，天地广阔得很啊。你记住我说的话！记住。你答应我，把我刚才说的话牢牢记在心上！……现在他答应只把你定为一般。那就是可以不开除公职或者只把你下放到本地区的农村落户。他说，再减，他也没有办法了，上面有指标，而且中央派出机关更要带头完成或超额完成指标！……"当时，年少气盛的他多么恨她。人常说，宁让财富，不让老婆，你、你就这样抛弃我？乐和想狠狠揍她，她说她也希望他揍她一顿，也许那样，大家的心里能都好受些！听了这话，他那举到半空中的拳头再也没有落下的力气了。

……

娜娜的身子动了，好像要说话。乐和忙劝她：

"娜娜，你什么也不要想，好好歇着……"

娜娜温颜有动，缓缓说道：

"我想起了一件事。我想现在告诉你，我怕不说要忘掉的。那是个很好玩的事情，不晓得你还记得吗？我们去南郊玩，有野餐的那次啊。你说那地方是你从前常常到的，妈妈说你是人老心不老。你笑着说，这溪水清澜小泛，水中五彩的卵石欲欲有生气，'波连云生青雾重，草色着意轻老翁；山中不是神仙居，世俗方晓日落虹！'你的这顺口拈来的诗还真有些妙呢，我后来就记在一个本子里的……"

乐和想不起能在娜娜的哪本本子里找到这首诗。她大概真是有许多的本子，乐和想。乐和想着的时候就想起自己刚才睡着时好像也进入了那个梦境，他想告诉娜娜那时候的她是多么的天真可爱，好像一块没有被任何东西沾染过的玉。他没有说出口来，因为谁都晓得，这世事、这俗欲能将万物变形，江山移位，你一个人又能怎样呢？他后来还是说：

"那些随口乱拈的东西，记了也没有什么作用的。"

"我记得印象最深的还不是那诗。"娜娜坦率地说。

"噢？是什么。那次我没有什么特别的事能让你记住的嘛……"

娜娜的脸容由于情绪而慢慢变得妩媚起来。

乐和暗自吃惊，心里道：

"姑娘真是十八变啊！你还真真的难以明白到她的心里到底装着什么？三天前的举动是病态，现在呢？是正常还是病态？……"

"你想什么？记起来了吗。"

"哦，没有！"乐和掩饰道。

"妈妈以她过来人的口气对我说过，别看男人们在闯天下办大事上有雄心大志和精谋伟略。可他们在感情上的细腻，绝对是女人们的手下败将。你知道吗？那天你坐在妈妈的左边……不错，也是我的右边。可你为什么要绕过妈妈给我夹凤尾鱼呢？你的手臂在空中划出一个漂亮的弧，引得我多少个夜晚没有入眠安睡？你可以不对自己的行为负责，而我要对我的感觉做到执着不变……"

娜娜幻想入神地娓娓诉道：

"那真是非常美丽漂亮的，你那个弧把一个崭新的视角实实在在地给了我，我相信了作家们说的话，爱情的力量使我们每个人都明白，它可以不附加任何条件！我爱上的人如果他和我哪怕只有一次性生活，他就从此永远地离我而去，这又有什么关系？真正的爱情，人生本来就只能有一次，这一次足以享用终年……"

乐和睁大了眼睛看着娜娜。他实在有些怕，他难以辨明她这说话的神态是正常还是病态？……

"不要用这样的眼神看着我啊！我向你说的都是我真正的心里话。古人说，鸟将亡，其鸣也哀；人将死，其言也善。我对你说说心里话，你也不想听？你们说的那番话我都听见了，我知道我的脑子里有个瘤。不开刀，我会死得很惨的。你过来，你握着我的手。你握着我的手好吗？你不用怕，我不是吃人的老虎啊！……"

乐和苦涩地笑着：

"你当然不是老虎。你是最美的仙女……"

他把她的手轻轻地握在自己的手掌上，心里默默地说道，但愿那是一场虚惊，一场虚惊多好啊！

娜娜宽慰地笑了：

"我现在应当告诉你，我也不知道是为什么，我没有见到你的时候，只是从妈妈嘴里知道你，妈妈不断地说你的故事，那些故事太动人了，不知怎的，我就爱上你了。这事儿，我想过许多次，大概是因为我在爱情上受的挫折太多的缘故吧！少年男子的爱太残酷，不如年长者的温柔。这也许是我爱你的一个原因。你知道吗？我有时就想，你是一个疲惫至极的人，有人牵上一匹马给你骑，你一看，那马是你熟悉的，你就骑了。后来你发现另一匹马比原先那匹还要好，它的颜色也是你最喜欢的。可是，你又不能丢掉原先那匹马，于是你就常有一种感叹，叹息这匹马怎么就不早点来到我的面前呢？当然，我瞎说的，最后那说法应该是我，我说那匹你喜欢的马，你怎么就不早一点先到他面前去呢？尽管如此，我也不会因此而抢走妈妈的爱。我对你说的都是心里话！我还要告诉你，我早就知道我的脑子里有瘤了，我是从书上看到的。书上说，有脑瘤的人会有种种征兆出现的。我一一对照过，全都符合，我没有上过医院，我不想进医院。我没家，没孩子，没丈夫要牵挂的。你忘了吗？我那天对你渴望的举动，你以为反常？其实是很正常的！……"

"那……"

"你能告诉我吗？我真的要在这里开刀！……"

她不等乐和回话，压着嗓子低语道："我大概是没那福气享受了。那个箱子你拿去就拿去吧！不管你怎么看待我，我自己明白我绝不是什么坏女人。我本来想得到它以后到外国去治疗自己的病。外国在这方面的技术要比我们高，服务的质量实实在在也是比我们一些医院好许多……唉！我实在没有想到我会这么快地倒下来。就算你现在给我，也已经迟了。这一切都晚了……我想求你一件事。在这世上，我只有你一个人可以相信。是的，我不相信我的母亲。你别看她对你好，表面上看，她把心都像掏给你似的。可她时时防着你会背叛她。她整理收集你的材料，当作法宝来制约你。她的这种毛病也传给了我，可我没有学成……你在发抖？你害怕。用不着怕！只要你这辈子不抛弃我的妈妈，她绝对不会对你怎么样的。你相信我的话没错。……"

乐和明白了女人抽屉里那些东西的真正作用，他感激娜娜把这一切告诉了他。他问道：

"你要我干什么？你说，只要我能办到的我会去做的……"

"你找我们馆长去，我们馆里有两部国外送给我们的微型摄影装置，本来是用来对我们图书馆进行防盗用的，装起来试过后就又收起来了，一直没有能使用。现在，人心不古，都忙着用各种各样的办法捞钱，图书馆里那些不值钱的书，谁会去偷呢？那设备闲在那儿也没有用。你把它借出来安装到这个医院的手术室里。请卫生局来搞，不要让医院开刀的医生知道。我总觉得那医生不是好人！把人放在手术台就像把田鸡放在他家厨房的案板上。那天我被送到妇产科检查，他也跟了进去，还抓了我那地方一把，拉拉两块唇边，说是很肥腻，没有用过多少回。他以为我真的昏迷着，其实我的脑子非常清醒，只是身子不听使唤……"

乐和吃惊地问：

"真有此事？"

"一点不假！所以我要你帮我这个忙。你能做到吗？"

"没有多少把握。不过，你别怕。说不定开刀的是院长，院长是我们国内脑外科的权威。只要我们一起向他们要求，是可以做到的。"

"那医生会不会强奸我？说不定我已经被他强奸过了。真的，我常常被他用麻药麻过去。他怎么奸我我都不知道的……"

乐和想，你怎么竟有这样的怪念头，忙安慰她：

"不会的，医院里有那么多的医生，他没那胆。"

"可他说我的体型好看，那儿肥腻，你说是什么意思？"

"这……"

乐和想不出什么好的话来安慰她。他想她大概还没有完全恢复，应当少让她说话，多休息，有利于体力和神志的恢复。于是，他劝道：

"他们整天闷在医院，憋得难过，开开玩笑也是有的。你不要朝心里想，那样对你的身体恢复没有什么好处。你躺下睡会儿。现在外面雷雨交加的，我没有办法马上到你们单位去。我想先去打个电话，同你们馆长联系一下，约好时间再去谈这事儿。你呢，别想的太多，好生躺着养心……"

乐和说完就赶紧起身。他不敢再多说，怕又不知说出什么话来而引起理不清的话题。他在门口轻轻把门反关上，来到走廊上，他没有马上去找电话，而是坐在一张长椅上喘口气。刚坐下来，他就被旁边一阵窸窸窣窣翻报纸的响声骚扰，睁开眼想看看是谁，却不料自己先被报上特大醒目的标题吸引住了。

63

　　[本报讯] 前天深夜一场特大飓风，将西城区政府竖在一座旧大楼（本报曾作专题报道并提醒过各有关方面，但没有引起有关部门的重视）顶上的一座30米铁塔刮倒。幸亏此时风向有偏（是否天老爷有意怜悯生灵？），铁塔整体倒在一座已有百年历史、具有文物价值，本市百姓称之为"洋楼"的"广肇馆"上，这座局部有三层的大楼霎时变成一堆废墟。同时遭受不幸的还有铁塔身下的非法建筑物"小埃菲尔酒吧"。年轻女店主当场被砸死。据分析，如果没有这家酒吧，铁塔将向人口最密的一幢大楼砸去。

　　由于该楼一直以其神秘的色彩被封锁在僻静处，铁塔倒后，附近群众蜂拥而至欲找古董或值钱文物。市公安局接到报案后立即赶往现场，对洋楼及其附近地区进行了封锁。市政府责成市文管会以最快的速度抢救这批文物。据市文物管理委员会透露，现已获一只铁箱。由于箱子用密码封锁，暂时还没有打开。其他文物有：商鼎、汉镜以及从未在国内发现过的文物共3000多件。

　　今天记者发稿时，又从省文博馆获悉：那只铁箱已经专家打开，内有国民政府铸之未发行银币（面值50文）47枚。中国国民党第一次代表大会会议记录一份。原国民革命军领袖之一×××记录簿64册。这些记录簿的时间均连号，可以从中看到记录的最后时间是1927年9月17日。这个时间正是这位革命志士和夫人一起遇害的前一天，他们的唯一儿子就在那天失踪，至今仍未找到。从这个铁箱里还发现了《国民党部分党员对蒋中正不信任提议备案宗卷正本》以及该房屋产权证书一份⋯⋯

　　有关方面称，这次广肇馆获得的文物是我国近年来在现代文物发掘中的重大发现。有关这方面的消息，本报记者正深入采访。本报将作连续报道。

　　这是真的吗？乐和简直不敢相信。他翻到报纸前面，没错！正是本地的地委机关报。18日。呵，是昨天的。乐和想了想，照例今天的报纸还应该有这方面的消息，去找今天的报纸。他起身来到医院的阅览室，很快找到了当天的报纸。在第一版的角落里有一则消息：

　　[本报讯] 记者昨天下午从市有关部门获悉，因违章在旧大楼上竖30米高

铁塔导致重大事故的直接责任人，本市西山区政府原区长××被收容审查。

又讯，本报前不久报道一位庞姓工人私闯民宅敲诈并强奸民女案，现已查明，系我市市府原秘书长××（现已拘押在案）一手炮制的假案，此案已于日前彻底平反。由于本报在新闻采访中受诸多外部条件的制约、干扰，使本案的最初报道严重失实。本报特向有关部门和庞某表示道歉，同时也希望各有关部门以后能对本报在"新闻采访中相对有独立、公正、客观"的工作给予合作、支持，使社会主义的新闻真正成为党的喉舌，人民群众的代言人，党密切联系人民群众的桥梁……

64

这怎么能完全说是他的责任？

乐和翻动报纸，没有再见到有他要找的文章，一版上已经有了，还能再在别的版上有什么更新的消息呢？他把报纸放下，找到电话，拨了个电话给报社。接电话的人是章子明。听出是乐和的声音，便喊道：

"你在哪里？我正要找你！"

乐和感到奇怪。

这个章子明不是在我前面动员他退休的吗？怎么还在报社。这到底又是怎么回事？他问道："你上班？"

"是啊！哦……我是退休以后返聘的。你知道吗？最近报社又换头儿啦！这位新来的头儿重视用老的人员，说是老同志经验丰富，办事可靠！你要是来看看，说不定他也会用你的。你想，我这个办公室的都返聘，你们这些业务尖子还能不重用吗？……"

"他没有找我。"

"嗨！你还守着哪门子的贞节牌坊？如今的事是你求他，不是他求你，当然是要你先来找他啦！像你这种人才打着灯笼都难找。你来！我带你去找找他……"

乐和心里道，算了！要是真爱才，三顾茅庐也不谓过分，何在乎你当头头的让人上我家门来找我呢？想必这位，还是那种趴了门槛自称王的角色，别听他在这里瞎咋呼。他抓着话筒问：

"老章，听你的口气，有什么事要找我？"

"是啊！是外事办公室传来了一份奇怪的电传。现在在我手上，要我们派记者去调查。因为那次铁塔的事件是你采访的，听说你也曾在国宾馆见过一个叫乔子白的外籍华侨。我就想到别人再插手采访，对情况并不十分了解，会有出入。新来的总编听了我的汇报，要我们找到你，让你来写这篇续篇……"

"原来是这回事。老章，你说，那电传到底是怎么回事？"

"我让人送给你怎么样？你现在在哪里？医院里。好！我马上派人送去。"

"老章，我想问你，你们那篇报道是不是按人家来的原稿或记者采访原稿发出的，有没有做了大的删节或者还有没报道的东西？"

"你这是什么意思？……哦！我明白了。你等一下，我去问问。什么？我打电话给你？好，你就在电话机旁边等。号码是……2231355。好吧！"

乐和把电话放下，他没有等，而是拨了许可的电话。电话占线。他只好把电话放下。刚放下，电话响了，他拎起来正是章子明的。章子明在电话里告诉他，那篇稿子见报的时候是有删节的，据说是责编以为不重要而删掉的。章子明说，是那个铁箱子里还有一部书稿，没有写完，稿子在文管会。他说，一般人是没有办法拿到的，恐怕看一眼都困难。如果记者去，当然是另当别论了。

"我知道了。"

乐和快快地放下电话，闷闷走回病房。一路上，他的情绪是很不妙的。他简直不明白目前的状态是喜是忧？他想，如果是他和娜娜找到了那铁箱子，别的他都可以不要，那部书稿他是应该拿到的，并不是想贪天之功，他总觉得自己目前写的与那书稿有着某种神秘的内在联系，他忽然悟出来，要说一直有什么冥冥之物在这么多年牵着他，这部书稿才是真正的根源……如今这一切都完了。他走在病房的走廊上，没有进病房去，而是站在走廊顶头的落地窗前，默默地注视着窗外那人流如潮、雨柱如河的世界。

窗外的世界是令人振奋的。然而，一点也不能使他激动。他冷冷地看着世界上的一切，所有的信息都不能进入他的大脑。一个从自行车上摔下来的男人把一个走路走到自行车道上的姑娘撞倒，裙子和人都滚在路边的积水里。他漠然地望着，然后再也想不起来……

有人喊他。他转过身来，是位姑娘，身上雨披上的水已经把一边裙子淋透，贴在她的身上，清晰地映着姑娘好看的大腿。秀色可餐，他的脑子里突然冒出了这么一个成语。还有什么美好的思维出现？他没来得及捕捉，姑娘的喊声把他大脑通向外界的通道都阻上了。

"乐老师，是我。"

乐和朝姑娘笑笑，他认识她。那天他退休回家离开办公室时，她望着他的，后来她用另一种情绪朝他点了点头。至今，他都没有体味明白内中的真正含义。他想起了什么地对姑娘说：

"是报社喊你来的？"

姑娘点点头，把一份电传的复印件给他，然后说：

"如果没有别的事的话，我可以先走了吗？"

乐和感觉到自己还应该有什么话要对姑娘说的，一时怎么也想不出来，只好点点头。姑娘走了，那纤秀的身影慢慢缩小在走廊的尽头，融入这巨大的楼中，他感到这是一种恐惧、压抑，莫可名状的痛苦。他追过去，在楼梯口朝下注视，想看到姑娘的身影，哪怕是偶尔在那蜗牛卷的边上露一下也好。但是没有。他又追到落地窗前，透过玻璃朝外面看，终于，他看到了姑娘弱小的身影小草一般在风雨中艰难向前走去。他这才重重地吁口气：

"她也在这磨难的世风俗雨中……她应该知道，短的是人生，长的是磨难。她向哪里去？她会像娜娜那样吗？不！她应当去寻求得以舒卷裕如的空间，一任精神的自我酣畅地滑翔！她应当趁这没有被世俗袭蚀的机会，在那纯净的处女地上种植独立高洁的人格！以对付那外来的粗粝中饱含艰涩的困顿、撞击、屈辱、摧毁，从而使自己能避免滑入地狱，不受尘俗的诱惑、鼓噪，走向质朴，走向永恒……"

他想到娜娜，他面对着姑娘融入街上人流的身影，轻轻地摇了摇头。

他转身的时候，意识到手中的那份电传。他开始看起来：

65

……是的，当我看到你们带来的那位乐先生，他让我想起了1927年9月的那个雷雨交加的夜晚。想到了曾对中国革命有过不朽伟绩的那位先哲……是世事的残暴还是人自身的命运多舛，几十年后的今天，我在与那个应该忏悔的地方有万里之遥的异国他乡想起这些往事，心里总有一种不安！我已暮年，一切于我都无意义了，只有往事还铭刻在心，似乎唯有心灵的忏悔，才能使我步入天国的步履变得轻松起来。

……现在，我在我的师父，承天神运大师的几十年教诲下，修炼成了这世上第一种感应奇功。我想，你们也已经知道了。那座不应该出现的铁塔实际上是神给予我的帮助！我用它来帮助我完成多年前的夙愿，将那座乐先生居住的大楼在夜深人静时摧毁。使他进入天国与他父母相会时不至于有太多的对尘世的眷恋和离别的苦痛……你们可以把我那次去贵市的真实情况公布了，我实际上就是去寻找那位乐先生的，我相信我当年没有能做到斩草除根是一种罪过，让那可怜的人在世上受尽了不应有的磨难。罪过！罪过！

……你们可以把那幢洋楼更好地保存好，我会来整理的……

66

乐和简直不想再看下去。他不明白报社为什么把这样一份类似精神病患者的胡说八道，当桩事情在做？难道这世上没有比这更为重要的事情可做了？这位乔子白怎么会这样口出妄言！如果他知道倒在铁塔下的不是他乐和而是洋楼，乔子白的自信又该怎么表演？

他不想再看下去了，他觉得乔子白的这份电传实际上还是几十年前那个阶级中的一些不纯分子本质的再一次流露。他觉得只有这样的解释，没有第二种！他也找不到第二种解释来说明眼前的荒唐事。

他把那份电传撕成了碎片。正要顺手朝外丢时，一位护士朝他大声呵斥：

"放到废物箱内去！"

乐和看看护士，顺从地向废物箱走去。他把这撕碎的电传扔进了废物箱。他朝护士的背影一笑，觉得自己很奇怪，怎么一点也没有恨护士呢？甚至她的那种生硬的态度……

傍晚的时候，周得山来了，他约乐和去看那位被关起来的区长。

乐和把自己知道的全部关于铁箱的种种事一股脑儿都告诉了周得山。在这段时间里，乐和事实上已经把周得山当知己了。他说那些有关铁箱的奇闻后，不无感叹道："可能是一种天意，要不怎么会没有让我和娜娜拿到那个铁箱呢？"

"你只想那部书稿？你能保证自己正在写的这部书稿与那铁箱里的书稿是有连续关系的？如果真是这样的话，我来帮你的忙，如何？"

"你怎么帮？人家已经不让看了。"

"你保证你在以后的书出版时，人家的冠上人家的名，你的署你的名就行。我怎么搞出来，哪是我去想办法的事。鸡有鸡路，鸭有鸭路，田鸡不撒尿，也没有被尿憋死！你就坐在家中定心静意等候我的好消息。怎么样？我们这就去看看那位倒霉的区长。"

"能去看他吗？"乐和问。

"我也不知道他们让不让我们去看。我有这种癖好，当一个人倒霉没有人去理睬他的时候，我就想去看他。从前我们厂的一个人，在'文革'中上去了，我没有去找过他一回。找他，他也不会理睬你的。后来他倒霉了，关在监牢里没有人理睬。连他的儿女都不去看望，'四人帮'嘛，躲还来不及呢，谁还去沾那个腥？唉！人心不古啊！……政治，算什么？妓女！我就恨政治。好好一家人，就被它三搅四搅给搅得夫妻反目，儿女成仇！有什么好处了？国穷家破人凄凉！我这话对不对？你凭良心说说看……我去看了那人，我对他说了我的心里话。他非常激动。我说，你现在清醒有屁用！当初为什么听不进呢？你热衷的事，别人为什么不热衷？你想过了没有，这就说明内中有可以考虑的地方啊！可是你那时没有办法听得进别人的意见的……他掏了心里话啦！那是一篇真正的《醒世恒言》啊。内容以后告诉你，一篇呱呱叫的好文章，《醒世恒言》啊！好吧，我们去看这位倒霉的区长，我相信他一定会对我吐几句肺腑之言的。他这个人，虽不是治世之能臣，却也不是乱世之饭桶，一个好角色。这种人物，是你写小说中的好模特啊！我约你去，是因为你总想写出惊世之作。惊世之作在哪里？就在他们那些人心里啊……"

乐和万万没想到周得山有如此的眼力和远虑，十分高兴，也就应了。他给娜娜交代几句后便随周得山出来。

打听那位区长被关的地址倒是非常容易，这位区长在本市并非默默无闻的人物，加之报纸的公布消息，虽没有任何渲染，却已引起非同小可的影响。检察院的邹检察长要了一辆车陪同乐和周得山一起去看望区长。

区长没有像别的刑事犯那样关在牢里，他实际上是住在一间空房子里，可以看报纸看书，看电视听广播。只有两个不方便：不能自己上食堂打饭，不能上街去。当然也不能打电话给外面的人。他见了乐和倒是非常高兴，自嘲地说：

"……现在？现在我在修炼哪！文王拘而演周易，仲尼厄而作春秋，屈原放逐乃赋离骚，左丘失明厥有国语，孙子膑脚兵法修列，不韦迁蜀世传吕览，韩非囚秦说难、孤愤，诗三百首，大底圣贤发愤之所为作也。此话对耶？放屁！我以为是修炼的成果。闭之思过，静室之中才有清醒！有清醒方有新的作为。这几天，我想起我看过的一本书上的话。什么书，我还没有记得起来，好像是说：'人生有一部真文章，都被残编断简封锢；有一部真鼓吹，都被轻歌艳舞湮没。'这话我记得全不全已经不重要，重要的是我现在算是真正领悟了。是领悟而不是别的。在官位上，整天吵吵嚷嚷，你想清静也没有……"他说到这里，一副全然无所谓的态度对乐和愤愤道：

"你知道吗？有个叫乔子白的人。呃！我想起来了，你认得的。就是在国宾馆里见过的那人，他说是他在几万里外施魔法把铁塔弄倒的。你信吗？这可是真正的天方夜谭！亏得那个外事办的人还让许可把那乔子白的电传给我看。我看什么？我是共产党员！我是无神论者，我绝不相信他的胡言乱语。你说，我在旧楼顶上竖铁塔不好，你们为什么不叫我拆？那个乔子白来了，你们叫拆了。为什么要拆？看在钱的分儿上！为什么又不拆了？也是看在钱的分儿上。他没有钱来了，你们就不拆。你们指望他的钱。他指望什么？指望你这个叫乐和的人死掉，这多奇妙啊！谁想过内中的奥妙？说你们没那么大能耐，算不到人家那一步。眼皮下的又看不到？你说，那个大楼下面能推墙开店吗？城管会为什么会批的？城管会的人能看不到，看到了为什么不制止？你说，你老周说，这都是为什么？这都是为什么！说我在这里拿人命开玩笑，我真不知道到底是谁在拿人命开玩笑……"

他越说越激动，脖子上的筋都勃起了，冲着乐和伸出手来指着：

"你回答我！你能回答我吗？你的文章登出来以后，谁理睬了？你们新闻舆论监督作用到哪里去了，赵括纸上谈兵还谈到了取代廉颇当上大将军的份上。你呢？连屁的威力都不如！你说吧，你说！那塔倒了！到底是什么原因？是诸多原因造成还是单单我的责任？现在谁的责任都没有，只是我有责任！谁叫我要办 BB 台！谁叫我要搞第三产业为机关职工谋福利？这年头是多做事的人多倒霉！你看我都快退了，土都埋脖子了，却要去逞那能！为什么？为我自己吗？现在好，现——在——好——！唉……算了，这也算是一种结局。世上的人，有几个说得清自己是怎样的结局呢？相比那些逐臭之夫，相比那些明哲保身的，相比那些素餐尸位的，我能有如此的结局，真是荣幸！……"

乐和不知道自己是怎么离开那位倒霉的区长的。

一路上，乐和想到那诱惑自己到这里来的神秘力量，想到这么多年苦苦期待的竟是这样一种结局，前所未有的凄凉顿时涌上心头……

"我想得到什么呢？真是那部书稿吗？"

他摇起了头，是啊！他想，也许，他乐和并没有真的想在这里得到什么，只是一种精神上的追求，或者完全是一种莫名其妙的幻觉……要是他心存杂念，他早把娜娜的肚皮搞大了！他要想发财，他早就去洋楼寻宝了，要真想那部书稿，还能等到今天吗？现在，他倒是清楚了一些事，这些事并不单单指乔子白的自我暴露，而是他对眼前这个世界，对芸芸众生，对历史的一种轮回定律，有了更新的认识。由此而想到自己写的那部长篇小说，他突然觉得在对整体的把握上有了一个更新的起点。

想到这里，他的精神顿时振奋起来。

很快，他的思维还是落到了现实之中。他那面对的两个女人的世界：

明天，明天女人能回来吗？

娜娜要开刀，面对她的结局将会怎样？

他多么希望娜娜这次开刀能成功。

他更希望这次对于娜娜来说是一次"轮回"，出院以后，便有一个新的生活起点，一轮站在船首可以看到的冉冉升起的朝日，一朵浸过夜露而绽开的鲜花，一个新的健康思维的活活泼泼的少女，一个他和女人对生活充满信心的希望……

1993 年 7 月 21 日暑中初稿

1993 年 8 月 20 日凌晨改定

1993 年 11 月 12 日一稿毕

附　录

T型结构模式:《惊鸿照影》的故事处理

红　帆

一

张国擎在不声不响之中又拿出了一个长篇《惊鸿照影》。这个颇有"鸳鸯蝴蝶派"小说色彩的名字让我在翻书稿的第一页时便私自预构了整部小说的大体情节:一对情人未成眷属,久别重逢之后又生出一番难舍难分的情感纠葛,而最终是一掬清泪,劳燕分飞。这故事如泣如诉,情节定能吸引一批少男少女或一些情感上颇不得意的中青年人,在文学受到商品经济强烈冲击的今天,追求小说创作的离奇、曲折以吸引读者无疑是一项比较聪明的选择。但《惊鸿照影》并没有按我的思路发展下去,粗略看过去,个中并非没有男女情感纠葛、社会世态描写、历史史实追溯,但是透过这些表层的叙述话语我们看到的是对社会、历史与人的深沉思索。更为值得注意的是,张国擎为了表达与完成自己的思索,巧妙建构了一种"T"型本文结构模式,即以退休的男主人公乐和为中心,他的现时生活范围、交际对象及生存处境成为横向的本文线索,而他自己的家族历史追溯及他的个人经历则形成一条纵线,贯穿了从大革命时期直至今日半个多世纪的民族发展史。

可将这一结构简单图示如下:

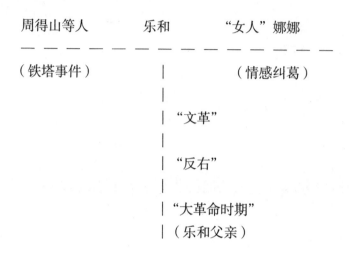

这种"Ｔ"型结构无疑是走进"历史与人"、探究"历史与人"的一种理想模式——横向线上提供了芸芸众生的现时生存状态与生活图景，纵向线上以中心人物乐和为基点，形成对历史史实的俯瞰，从而更为便利地进行一场历史与文化的反思。同时，作者还在作品中安排了作为新闻记者的乐和自己也在创作一部小说的情节，宏观世界所展示的是二十世纪初期一批热血青年为寻求救国图强之路而经历的坎坎坷坷，这一小说中套小说、故事中套故事的技巧恰恰弥合了乐和出生之前的史实描述（即他有父辈人的创业经历），在不经意间将"Ｔ"型结构的历史纵线稍稍延长了一点，三代人（乐和父辈、乐和、娜娜）在不同历史时期、不同时代环境内的不同个性与追求便被全部包容进去，增大了这部小说的内容含量，也使作品意蕴更为深厚。

对于作为素材的"故事"及作品技巧的"情节"研究在形式主义批评那里颇为细致。他们认为，小说创作的表层叙述所呈现出来的叙述时序与素材本身所提供的事实时序是两个互不干扰的系统，这在什克洛夫斯基那里成为两个互相区别而又有联系的概念，即作为事件的编年顺序的"法布拉"（即"故事"）和作为小说叙述实践中的时序处理的"休热特"（即"情节"）。同一个"故事"经过不同"情节"的创造性变形便成为读者视觉下形形色色的文本，我们之所以浏览无数作品却并不觉得雷同正是因为作为素材的"故事"被作为手法的"情节""陌生化"了。里蒙·凯南给"故事"下了一个极为简洁而又明确的定义，即它是"从作品本文中抽象出来的一系列被叙述的事件及参与者"，对这些"事件及参与者"的不同"情节"处理则显示了作者不同的主体观念倾向及迥异的技巧偏爱。譬如对于"夫达而弃妻"这样一个故事模式，在古典戏曲里面它选择的是陈世美得中状元、攀附权贵、喜新厌旧的情节发展，中心观念指向的是对陈世美的道德批判；而在新时期，这一故事便被处理成丈夫通过努力考上大学，与原来的妻子不再有共同语言，而重新找到一个同一文化修养层次的女子为妻，这部分作品的中心观念有的倾向于对真正爱情婚姻的赞尚，而有些则仍未超脱传统的伦理观念，不由自主中流露出对陈世美式的丈夫的道德谴责。

由此可见，就文学创作来讲，选择怎样的素材做"故事"内容是一回事，而怎样进行恰当的"情节"处理以便充分实现自己的创作主旨又是另外一回事。《惊鸿照影》的故事不能算作新颖，但因为它较为高明地选择了一种"Ｔ"型结构去重新处理这个"原始故事"，便使小说本身获得了鲜活的生命力。视点是从乐和开始的，叙述视角是较为传统的全知视角，这样小说中"隐含的作者"（即里蒙·凯南所谓的"在作品整体里起支配作用的意识"）便以一种俯瞰芸芸众生的哲人般的清醒讲解着历史，讲解着本体的人。而"叙述者"与"隐含的作者"不是同一个人，它是本文的叙述"声音"或"讲话人"，"隐含的作者"在智力上与道德标准上远远高于"叙述者"，因而体现在《惊鸿照影》这部小说中即是：当"隐含作者"在洞察世事百象之后获得历史与人的形而上的顿悟的时候，"叙述者"却以一种近乎木讷的迟钝感觉慢吞吞地描述着这个世界，其中自然不乏对形而下的东西的展示与叙述。这种背反现象使得小说的深层叙述结构获得了一种若隐若现的反讽效果，它吸引你透过文本的叙述话语去把握小说的潜在思想内涵。当你终于从叙述的正面走向叙述的反面却又终于发现这才是小说的正面抑或"隐含作者"的神秘居处时，你会对这种大智若愚的"叙述选择"报以会心的微笑。

二

让我们仍然回到这个"Ｔ"型结构中，去考察一下构筑起这一"Ｔ"型结构的人与历史。"人类"与"历史"在社会学、历史学与文化学的研究中是不可分割的两个概念，历史是人类的历史，人是历史的人。所以研究历史必然要研究人，对人的探询也不可避免地要牵涉到对历史的探询。马克思曾经说过，有生命的个人存在是人类历史的第一个前提。乐和就这样带着他的历史走入我们的视线。米兰·昆德兰在一次谈话中指出："每一个时代，所有的小说都关注自我之谜。一旦你创造出一个想象性的存在物，一个人物，你就会自动地面临这个问题：自我是什么？如何能够把握自我？这是小说之为小说赖以做基础的那些基本问题之一。"要把握乐和这个人物，除了返回历史之外，便是从他与他所赖以生存的环境及周围人物之中去固定他作为一个人在宇宙三维空间中的坐标位置了。

与乐和的生活联系最紧密的莫过于"女人"和她的女儿娜娜了，表面上看去这是两个女人与一个男人的情感纠葛——"女人"与年轻时的情人相遇并同居，准备安度晚年，却不料三十岁的女儿看上了这个可以做她父亲的人。这故事做起来容易得很，它可以是男人背弃旧情人另寻新欢的"陈世美式"的伦理道德故事模式，也可以是一个年轻女人作为第三者插足另外一个家庭的反思婚姻爱情的故事模式，抑或如萨特为了论证他那个著名的哲学观点"他人就是地狱"而创作的《禁闭》中循环追逐的三人关系模式。总之，一个男人同两个女人的故事可以做出很多演绎，但《惊鸿照影》中三者关系不同于任何一种，男人（乐和）跟母女二人既不存在夫妻关系，又不存在父女关系，却又同住一室。母亲（即小说中的"女人"）对年轻时的恋人旧情难忘，女儿（娜娜）则因崇拜母亲的情人而穷追不舍；男人为了完成自己心目中的那个"伟大的计划"而决定暂居女人家里，于是他无可避免地充当了一个不伦不类的尴尬角色。这种关系并非作者随意杜撰，更不是为了哗众取宠而故作离奇，作者有他的目的，他的人物关系的建构正是为了充分表达久久回旋心中的那些观念和思想，即尽可能充分地将自己"对存在的探询"（即对本体的人的探询）结果表述出来。

贯穿乐和生命线的前后两个端点恰恰是中国的两个历史转型时期。乐和的父辈是二十世纪初那场轰轰烈烈的大变革中的热血青年，他们有着传统知识分子的强烈的民族责任感与义务感，同时又有新青年的热情与自信，寻求救国救民之路是他们不惜一切代价为之奋斗的毕生事业。而乐和的子辈娜娜则处在二十世纪末期改革开放的中国，祖辈开辟的道路使她们不再有创业的艰辛与苦难，全新的价值观念使她们不满现实，愤世嫉俗，偏激中又不乏深刻。乐和正是在两个转型时期的两代人中间成长起来的知识分子，他既无法抛弃父辈遗传的传统知识分子固有的社会忧患意识，同时又沾染了子辈人对一些终极价值的怀疑思想及对人类生存状态的重新评估的渴望，他的人格内涵也因此既包含传统知识分子的理智约束成分，同时又有新时期开放青年的本能放纵成分，因此他的个性便显得复杂而难以把握。一方面，当铁塔的建造危及了周围居民的生活与生命安全时，他不辞辛苦地以一个新闻记者的身份到处奔走，调查了解，力图制止铁塔的建造；另一方面当调查受挫时他又遗憾自己对时间的浪费，不如安心在家写自己的小说。一方面强烈的责任感使他理智地决定与"女人"保持夫妻般的关系，而使娜娜断绝对他的希望，以成就一个三口之家的和平处境，但同时对年轻漂亮、主动热情的娜娜又不无动心，娜娜深厚的文化修养与清晰的思辨头脑无疑是他进行交流与对话的理想对象。甚至在他的潜意识当中对两个女人争相宠爱自己的事实不无得意之情。

乐和最终没有越雷池一步。从某种意义上说这不是乐和个人性格中理智成分的胜利，而是作者本人的主观力量使然。就总体来看，作者是有些偏爱他所选择的这一主人公的，因此关键时刻他的人格成分中的理智总是大于本能，个性中的责任感与知识分子的参与意识总是高于一些猥琐的人性弱点。创作主体对笔下世界的这种不自觉的主观干预在一批中年作家中相当普遍，因为这批作家本身的成长经历便带有新旧交合的因素，一方面传统文人的伦理道德个性在他们的思想内深深植根，另一方面新的历史转型期的价值观念又冲击着他们的心灵，这使他们的价值判断在倾向新体系的时候又怀恋旧的体系，而在反顾旧的人伦道德系统时又不由自主对其惰性因素予以批判，他们的心灵注定要在新旧交替的价值标准之间苦苦挣扎。

尽管如此，作者在带着一定的倾向性塑造乐和这一形象时仍暴露了知识分子固有的弱点。中国知识分子的特点历来是虽怀有强烈的民族责任感与忧患意识，但一旦干预起现实来却又显得软弱无力，因为中国的传统是知识与权力往往不成正比，知识文人的参政道路异常艰苦，因而多半无官可做，而做官的又往往不是从贫民阶层奋斗上去的知识文人。所以乐和为铁塔之事奔走相告，却终没有实质性的改变，尤其是在遇到一些敷衍了事的官僚机构和狡猾如西山区区长之类人物时，乐和虽有很深的阅历，但知识分子固有的诚恳与教条仍会使他在事实面前束手无策。

乐和是作者苦心塑造的一个人物形象，他无疑是想对过于迂腐谨慎、胆小怕事的知识分子的模式化性格予以大胆的反叛，从而建构起一种传统个性与现代个性有机融合的理想化人格模式。这种预期目的虽然并没有得到充分实现，但相比较而言，乐和确实已经成为一个有血有肉的活生生的人物形象，他带着他的优点和缺点、快乐和苦闷从作者的笔下走入读者的视线。

三

二十世纪末的中国又处在一个具有重大意义的历史转型时期，"对话"似乎是现在这个时期颇为时髦的一个术语。国家与国家之间感到政治意义上的对话的必要，而人们愈来愈发现精神上的"对话"也是必须的。生存与竞争的压力造成的心灵压抑使人们渴望互相之间的沟通与理解，人们终于发现"对话"

是打破封闭、实现交流的一种理想方式，二十世纪末的时代是高呼"对话"的时代。

从某种意义上讲，创作本身即是一种对话，是创作主体与笔下人物的"对话"，也是人物形象与接受主体、创作主体与接受主体之间的"对话"。

现代派小说家不追求与读者的对话，他们只同自己的心灵抑或同自己心灵的外化形式——作品主人公进行对话，因而其作品往往"独白"色彩浓重。他们沉浸在一种孤芳自赏的高傲与孤独之中，细细品玩自己的哲学顿悟，所以他们从来不求自己的作品是否有人能看懂，是否有人能理解，而只求在同自己的心灵对话中达到一种情绪宣泄的目的。现实主义的小说则不同，作家本身的责任感与参与意识使得他们的创作带有极强的目的性——即总是想通过作品达到一种"说教"的目的，充当一位"训诫者"的角色。这样的"对话"倾向于作者与读者之间的对话，或者说创作主体借笔下主人公实现对接受主体的教化作用。

在文坛各现代流派稍稍平息的九十年代初期，在古老的现实主义已很少被人提起的今天，张国擎又顺手拈来了现实主义的"工具"，作为自己的创作原则，似乎玩了一个小小的声东击西的把戏。读毕《惊鸿照影》你会发现，作者并不完全如以往的现实主义作家有意去做一个"训诫者"，不免有些俗气的题目和题材以及近乎木讷的形式下都潜在一种努力与企图，那就是与历史对话的企图，与"人"对话的企图，以及借"历史与人"同接受主体对话的企图。作者在整部书的"题汇"中便以颇为豁达的口气说：有好事者"欲对号本书，入座千秋"者，"吾劝该君，慎尔择之"，这本身便预示小说是与读者的一种"交流"，而且是颇为轻松的一种"交流"——你尽可以相信书中的人物和事实，对号入座，也可以漠然置之（非好事者），何去何从，悉听尊便。

而作者处理故事的方式，即他所建构的"T"型结构模式无疑是实现"对话"的一种理想模式，它同时包容了横向的与"人"的对话和纵向的与历史的"对话"。

反观历史本身即是一种对话。一个评论家曾指出，当我们重提历史时，必然地面临"历史的真实与历史理解的真实"的分别，因此，回顾历史就绝不是简单意义上的回忆过去，重温旧梦，而是在与历史的对话中重新认识这个世界，去获得评估现实和人生的参照系。当我们站在时代的高度重新审视已经成为历史的过去时，因为视角的优越我们将获得更为接近真理的评价。乐和正是站在"T"型结构的至高点上回首他的历史（其实也是整个民族的历史）的。乐和的一生恰好经历了中国历史上的几个重大时期：大革命时期，"反右"至

"文革"时期，八十年代的改革开放时期。大革命时期的乐和正处在幼年时期，于是作者便借助乐和所写的那部小说完成对那段历史的反思。父辈人的救国图强热情是乐和感慨不已的民族品格，但某些人的盲动和偏激则是乐和着重反思和引以为鉴的个性特征。"反右"——"文革"是乐和体会最深的一段历史。我想每一个亲历那段特殊时期的人重新回顾那个时期都不可能无动于衷，尤其是如乐和这种身心经受磨难的知识分子。一旦想起那个年代"红色"理论指导下的种种不可思议的行为，乐和就无法平静。看守的人强奸了一个无辜的姑娘却硬说是为了把"无产阶级的思想"植入反动者体内以减轻其罪责，围观者非但没有制止还对自己心生的疑惑自责不已。那个禁锢的时代使人们丧失了判断是非的标准，所有违背政策的行为与观念都是"非"的，因此，一旦人们发觉自己"不合时代"的时候，就毫不犹豫地从自身寻找原因，"修理"自身以"合乎时代的潮流"。

那个年代已经作为历史的陈迹被时间的巨手轻轻翻过，但回忆却如昨日梦魇在一代人的心灵上烙下深深的印痕，作为"过来人"的乐和尽可以重新评判那段历史，尽可以洒脱地沉浸在现实的生活安宁之中，但他不可能将那段历史省略为一个空洞的"能指"。作者是清醒的，他清楚地知道背负历史沧桑的乐和无论如何努力消除自己人性中传统的惰性因素及历史的、文化的积淀，都不可能再回复到"自然人性"。当小说中历史的延伸在"T"型结构的顶点——乐和及周围现时代人的身上终结时，我们发现我们正站在同一条线上开始了新的起跑，现在必将成为历史，而未来将会有新的回顾、新的评判……

就这部书的创作主旨来看，作者是立志要写出一部具有相当容量的"以示子孙"的小说来的，但《惊鸿照影》并未能充分展示出作者理性的思索和对历史的深刻见解。"T"型结构作为统领整个文本的骨骼的确发挥了很大的优势，但这种宏观的优势仍无法弥补微观的理论阐述的欠缺，因而作品中的理性剖析相对来说显得少而苍白，这丁作者、读者都不能不说是一种遗憾。

我们寄希望于张国擎和他未来的创作。

(《文论报》，1994 年 2 月 15 日。《镇江师专学报》，1994 年第 3 期)

介入与被介入：一代知识分子的生存状态

读小说不外两种方式，一种是以自己的生命体验去读，它会读出先于语言存在的真理；一种则是站在旁观者的角度，对文本现有的存在进行信息的捕捉，自然会对内容、语言、结构甚或文本环境因素有所分析。在这里我选择第二种，因为我想，以我们这一代人的生命体验去读张国擎，几乎是不可能的。

《惊鸿照影》据说是作者的第一部长篇，它并没有一个真正意义上的故事，事件相对于人物的存在一直是弱的。小说描述了一个已届退休之龄的记者在过去与未来之间徘徊——然而他恰恰是没有过去没有未来的：他对于自己那个或许繁华过的古老家族只有模糊不清的记忆（旧房子里让菲特的雕像成了打不开的记忆之间的无奈见证之一）。为此他一直在自己的记忆边缘苦苦守候与窥探，甚至想凭借写作来再现那段丢失了的时光；他也不知道若干年前，他与那个"春姑娘"之间的原初萌动是否为他留下了一男半女，一切都在不可捕捉的传闻与错过之中，待到时间淹覆了过去，他根本已无处追寻。

在序言里，丁帆将小说分为四个构成所谓"复合结构"的独立故事：1. 乐和和女人、娜娜之间的感情纠葛；2. 那个久远而又迷离的家族故事；3. 铁塔事件；4. 乐和的罗曼史——大致也可以用来概括小说的情节进程。但是这些表层的情节设置实际上都只为一个中心服务：那就是乐和这个——人。

那么乐和究竟是怎样一个人呢？在小说的第三章，乐和就宣称他要写一部"有几代人思想的书"。所谓几代人，不过是向上追一代，向下追一代，观测的中心则永远是自己。尽管文学创作和文学批评发展到今天，我们已再难用作者的顾影自怜去解释他的作品，然而张国擎仅仅是在乐和的身上具有全知型叙述者的意味，不能说他是没有用心的：他于是成了少数几个能够用自然生成的茫然惊悸的笔调来描绘那一代知识分子茫然惊悸的心理的人。

乐和这个人物（或者说这一代人物）的意义就在于他们承上启下时那一种深入骨髓的两难。一方面是他们自己自始至终也无法明了，也许是袭承父辈而来的使命感，那一份萨特式的"介入"；另一方面却是社会的动荡变迁几乎剥夺了他们所有主动承担社会的权利：在时代与社会面前，他们忽然表现出一种与他们的精神不甚相符的无能为力，由于"介入"的先在思想，他们无可推阻地"被介入"了，直至丧失所有的，包括纯私人的生活。

乐和把自己的存在动机往上一辈人身上推，恰恰是因为历史上的断裂造成了他们这一辈人的"无根"。上一辈人对他们而言根本只是一个影子，却宛如旧房子里让菲特的雕像一般顽固地影响着他，存在于他生活的左右。他为了这个影子长期生活在象征着记忆深井的旧房子的边缘，为此罹难、等待、兴奋与绝望。在大部分时间里，他并不去追究这一层根源：他和女人、娜娜纠缠不清地生活在一道，或许只是为了能够探近旧房子；他满怀激情地投入铁塔事件，投入新的历史时期在他身上所设置的嘲讽，或许只是为了等那个叫作乔子白的人，等他那"一刹那的眼光勾起他迷茫幻觉中的一线清醒"，那种"来自遥远的记忆"；他要写一部"有几代人思想的书"，更是为了"在冥冥之中与那形象模糊的父亲对话"，为了"体验父亲那一代人对对理想和主义的执着"……丢失了影子的人便无法证明自己的存在，这个古老童话的寓意印证乐和对上一代人接近偏执的情结。

正是这命里的相连，使得乐和从来无法真正地放弃自己"介入"的使命，哪怕一而再、再而三地受到捉弄与打击。他就是自己笔下的何应钦：

> ……离他不远处的警卫正目视着那条唯一对外的通道。他轻轻地不可见地低叹道：画句号的时间终于到了！……若干年以后，人们还会想到在某天的傍晚，一位忧国忧民的人在这里有过短暂的思索吗？……大江东去，浪淘尽千古风流人物！历史不可逆转啊……

然而与对上一代人的态度极为不同，历史没有把山河危亡，把民族的抉择交到他们这一代人的手里，乐和的介入在自己命运的承转之际表现出的，除了无能为力，还是无能为力。他没有办法与上一代人所决定下的一切抗争，哪怕关联到自己的私人生活。这种无能为力最终造就了乐和"负责任的退让"的生活信条。他以不可思议的理智抵挡着娜娜的性的诱惑（这与爱情的忠贞无关）：其实这份看似懦弱的推搪早在他做"右派"时就上演过，他曾经机敏地处理过一起"寡妇事件"——在小说的开篇伊始，作者就拿它定了乐和这个人物的调——不同的只是，如果说在"寡妇事件"里，乐和的推搪含有拒绝不公平的环境配置的意味，那么在娜娜这里，他则是用传统道德的力量在拒绝着即将到来的一切（仍然与爱情无涉），在用过去拒绝未来，这已经是很明显的下滑了。与乐和的使命感相映成趣的是作者在这里流露出的自己的使命感，他让乐和一反常态地在这两个女人面前扮演着救世主的角色。乐和是一直这样教育娜娜的。

> ……娜娜，即便明天铁塔倒下，世界到了末日，而你还是要有生活的勇气，你还是要为寻找到真正属于你的爱情而努力。人活着不单单是为了自己，也要为别人多想想！我记得有个人说过，人生就是苦难，人生的意义就在于战胜苦难，为他人创造光明。（……）中国人有句俗语，床上的欢乐不能代替腹中之饥，好看的脸蛋出不了大米。这句话里的哲学意味，我想你应该懂……

娜娜还算真实地没有被挽救过来，在小说的结尾，她如同大多数上一代人眼中的孩子一般，选择了决绝的远离生命的方式。与对上一代人不近情理追思相比，乐和对与下一代却是无法沟通，甚至漠然无视的：又一次新的、历史的断裂。作者是在昭示着对历史使命之承担的终结吗？

最具讽刺意味的则是所谓的"铁塔事件"。乐和在作者技巧的安排下，浓缩了一生的命运在其中。相对于与娜娜的感情纠缠——显然感情生活并不是作者意欲表达的重点，它必须服从于其他主线的安排——铁塔在这里当然更胜一筹。铁塔象征的是即将到来的时期里人类命运的新的主宰，那就是金钱。问题在于乐和这一辈知识分子有没有能力阻挡？他曾经以为有，所以他以何应钦的忧国忧民之思，以实际上已随退休告终的"人民喉舌"的身份四处奔波，为民请命。其间的一波三折也并没有让他意识到铁塔的竖立与否根本在他的能力之外。直至小说结尾，众多主线一并收尾之时，作者才借区长一番似醉非醉的嚷嚷点出它的讽刺：

> ……你说，我在楼顶上竖铁塔不好，你们为什么不叫我拆？那个叫乔子白来了，你们叫拆了。为什么要拆？看在钱的分儿上！为什么

又不拆了？也是看在钱的分儿上。（……）说我在这里拿人命开玩笑，
我真不知道到底是谁在拿人命开玩笑……

乐和至此是没有办法不悲哀的。上一代人西西弗斯的神话，是推石头的悲
壮，毕竟是看得见的，是自己命运的主宰——哪怕有牺牲，也价有所值；下一
代人是置世事于不理的冷淡，没有了精神，为他人牺牲却是可以避免掉了。只
有乐和这一辈人，他们的牺牲是不明就里的："乐和想到诱惑自己到这里来的神
秘力量，想到这么多年来的苦苦等待竟是这样一种结局，前所未有的凄凉顿时
涌上心头"……

值此我们或许可以借助小说的主体结构看出，作者当然有技巧上的追求：
例如象征隐喻、众多主线并行、时空交叠与倒叙手法的运用。然而，明确的历
史思想，叙述时间点的落实，叙述者与主人公的不谋而合，以及以人物描绘为
中心的写实，使得我们更有理由相信小说在结构安排上更接近传统而少前卫的
意识。我们花了这么多时间来分析乐和，因为乐和这个人物是真实（传统意义
上的真实）而成功的，是小说最具意义的地方，在这里我们可以看见作者由于
熟悉而产生的驾驭能力。但是叙述者与主人公之间没有一定的张力可以游刃，
就不免会带来视野的局限以及镜头转换时的不协调。作为补救，也是小说中另
一个极为成功的地方，作者选用了社会化的语言，作为包容大量社会政治因素
的手段，来完成这部真正意义上的社会政治小说，来完成乐和的"介入"与"被
介入"。

小说囊括了从"反右"开始到九十年代初期三四十年间的种种历史细节：
而对于细节最忠实最完美的记录无疑是几近民俗的语言：

> 没想到，朝深里这么细一究，嗨！那些话还真不是捕风捉影，实
> 在的成分蛮高。一辈子坎坎坷坷疙疙瘩瘩的乐和，人老了却还有个时
> 来运转，顽地生金地那么一回风流。做鬼也甘心啊！

偶或也有高于"民俗"的"精致"，作者仍然是擅用修辞的：

> 屋里很静，静得连空气的流动在墙角上撞疼的声音都能感觉到。

然而更多的是借助对话表现出来的彻彻底底的市井语言：

> 他自己对二把手说不让去劝。二把手说正好！其实，二把手就是早想看这出戏！一把手不出丑，他永远当二把手！……这小衙门，要油水没油水，要名声没名声，我不知道他们在这里天天出谋划策地整那可怜的书呆子干什么？真是池浅王八多，庙小妖风大……

正是凭借这样的社会语言，作者才一气呵成地描绘了三四十年间的幕幕怪事："文化大革命"期间丧心病狂的残忍，伦理全失的颠倒，到今天的官僚、拜金与文明的没落，包括知识分子本身的迂腐无能……社会语言的效果第一是真实，它可以让我们抹去文学唯美倾向的虚伪，第二便是缓解政治上的严肃性，减少历史小说的厚重之感而转入一种微微的、含泪的讽刺——这就属于语言的技巧了。

其实写小说也分两种方式，一种是以自己生命体验来写；一种则是为文而文，为语言、为文学形式的不断创新而写——东西方小说的传统分别即在于此。张国擎在他的第一部长篇小说里显然是选择了第一种。他在非常努力地为我们讲述他们这一代人，他们的思考与包围他们的现实，还有从他们这一代人身上折射出的上一代与下一代的影子。如果拿米兰·昆德拉作比，他们当然相去甚远，在技巧上远不够成熟的张国擎还不明白用小说的历史来报复历史的道理（可张国擎是聪明的，因为在这种状态下，他选择了最接近自然的写实手法）。甚至还不懂藏拙地流露出他们这一代小说家挥之不去的"共和国手笔"。小说的主人公经常要即兴来上一段冗长的宣教式演讲，抨击时政，展望未来。于是在小说的结尾，在乐和茫然自省之际，作者仍然没有忘记让他"强作欢颜"，他希望着"一个新的生活起点，一轮站在船首上可以看到冉冉升起的朝日，一朵浸过夜露而绽开的鲜花，一个新的健康思维的活活泼泼的少女，一个他和女人对生活充满信心的希望"……

文以载道的思想固执若此，这或许是急欲介入的张国擎的被介入？

但愿有一天，被其视作乌云后的"朝日"的我们这一代人，能够以生活体验的方式读懂他们的担当与忧虑，他们真正因介入而被介入的可爱的悲哀。到那一天，《惊鸿照影》仍不失为一件佐证，时代的、社会的——文学的。

（《出版广角》，1997 年六期）

再版说明

早在一九九三年末到一九九四年四月，北京出版社的一间编辑室里，相对坐着一男一女两位人到中年的文学编辑。他们是田珍颖与姬梦武。两人手里分别编辑着两部都是反映知识分子的长篇小说。田珍颖编的是《废都》，姬梦武编的是《惊鸿照影》。前者讲述的是知识分子在特定条件下的"人格分裂"，后者讲述的是知识分子在特定条件与环境下的"操守"！一贬一赞，形成了当年北京出版社的"特色"。结果是，《废都》发行一百二十万册以上，《惊鸿照影》却没有突破三十万册。一年后，不同的形势是：《废都》被禁，《惊鸿照影》得以重印。

不久，茅盾文学奖开评。当时送选参评作品只限作协与出版社，每个单位送选仅限三部。这部反映知识分子操守的长篇没能被北京出版社送选。同样，当时的江苏作协领导更不愿意选送不入他们法眼的作家的作品。但茅奖评委直到投票前夕还给我打电话，希望我做做江苏作协领导的工作，用电话来"补救"，我婉拒了。我知道这是不可能的……

二十多年过去了，形势发生巨大变化。

今天回过头再来看知识分子的实际情况，应该说，坚守知识分子固有传统操守的大有人在，而朝《废都》那条路去的越来越多，尤其知识分子进入官场后……

今天，便有必要再版《惊鸿照影》的话，也没必要重说了。

2017 年 5 月 25 日凌晨于文华园

图书在版编目（CIP）数据

惊鸿照影 / 张国擎著 .—北京：作家出版社，2018.7

（国擎文集）

ISBN 978-7-5212-0158-1

Ⅰ.①惊…　Ⅱ.①张…　Ⅲ.①长篇小说—中国—当代

Ⅳ.① I247.5

中国版本图书馆 CIP 数据核字（2018）第 177878 号

惊鸿照影

作　　者：张国擎

责任编辑：张　平

装帧设计：意匠文化·丁奔亮

封面题字：言恭达

出版发行：作家出版社

社　　址：北京农展馆南里 10 号　　　　邮　　编：100125

电话传真：86-10-65930756（出版发行部）

　　　　　86-10-65004079（总编室）

　　　　　86-10-65015116（邮购部）

E-mail:zuojia @ zuojia.net.cn

http://www.haozuojia.com（作家在线）

印　　刷：北京明月印务有限责任公司

成品尺寸：170×240

字　　数：360 千字

印　　张：20.75

版　　次：2018 年 9 月第 1 版

印　　次：2018 年 9 月第 1 次印刷

ISBN　978-7-5212-0158-1

定　　价：39.00 元